Jonas Jonasson

Der Hundertjährige, der zurückkam, um die Welt zu retten

Jonas Jonasson

Der Hundertjährige, der zurückkam, um die Welt zu retten

Roman

Aus dem Schwedischen von Wibke Kuhn

C. Bertelsmann

Die Originalausgabe erschien 2018 unter dem Titel
Hundraettåringen som tänkte att han tänkte för mycket
im Piratförlaget, Stockholm

Dieses Buch ist auch als E-Book erhältlich.

FSC
www.fsc.org
MIX
Papier aus verantwortungsvollen Quellen
FSC® C014496

Verlagsgruppe Random House FSC® N001967

1. Auflage

Umschlaggestaltung: semper smile, München,
unter Verwendung eines Motivs von shutterstock/Hein Nouwens
Satz: Uhl + Massopust, Aalen
Druck und Bindung: GGP Media GmbH, Pößneck
ISBN 978-3-570-10355-5

www.cbertelsmann.de

VORWORT

Ich bin Jonas Jonasson, und ich habe das Gefühl, ich bin Ihnen vielleicht mal eine Erklärung schuldig.

Eine Fortsetzung der Geschichte des hundertjährigen Mannes, der aus dem Fenster stieg und verschwand, war nie geplant. Viele Leute wünschten sich eine, nicht zuletzt der Protagonist selbst, Allan Karlsson, der mir weiter durch den Kopf geisterte und bei jeder möglichen und unmöglichen Gelegenheit auf sich aufmerksam machte.

»Herr Jonasson«, konnte er aus heiterem Himmel anfangen, wenn ich gerade mit meinen eigenen Gedanken beschäftigt war. »Haben Sie es sich schon anders überlegt, Herr Jonasson? Möchten Sie nicht doch noch eine Runde nachlegen, bevor ich so *richtig* alt bin?«

Nein, wollten wir nicht. Ich hatte schon alles gesagt, was ich über das wahrscheinlich erbärmlichste Jahrhundert aller Zeiten hatte sagen wollen. Der Grundgedanke war der gewesen, dass wir der ganzen desaströsen Defizite dieses zwanzigsten Jahrhunderts gedenken sollten, in der Hoffnung, dass wir dann zumindest weniger geneigt wären, *diese* ganzen Fehler zu wiederholen. Ich verpackte meine Message mit Wärme und Humor, und bald hatte sich das Buch über die ganze Welt verbreitet.

Und eins steht fest: Es hat die Welt so was von überhaupt nicht verbessert.

Die Zeit verging. Mein innerer Allan meldete sich irgendwann gar nicht mehr. Und die Menschheit bewegte sich weiter voran, oder wie auch immer man die Richtung nennen möchte, in die sie sich bewegte. Ich beobachtete die Ereignisse und bekam immer mehr das Gefühl, dass die Welt defizitärer war denn je. Und ich sah einfach nur zu.

Irgendwann entstand dann aber doch das Bedürfnis, mich wieder zu Wort zu melden, auf meine eigene Art. Beziehungsweise Allans. Eines Tages hörte ich mich selbst, wie ich Allan geradeheraus fragte, ob er immer noch bei mir sei.

»Ja, ich bin hier«, sagte er. »Was haben wir denn auf dem Herzen, Herr Jonasson, nach so langer Zeit?«

»Ich brauche Sie«, sagte ich.

»Wofür?«

»Um die Dinge beim Namen zu nennen. Und indirekt zu sagen, wie die Welt stattdessen aussehen sollte.«

»Und ich soll mich zu allem äußern?«

»Zu mehr oder weniger allem.«

»Herr Jonasson, Ihnen ist schon klar, dass das nichts helfen wird, oder?«

»Ja.«

»Gut. Dann können Sie auf mich zählen.«

Ach so, eines muss ich noch hinzufügen. Dies ist ein Roman über Geschehnisse der Gegenwart oder jüngsten Vergangenheit. In der Handlung kommen eine Reihe von bekannten Spitzenpolitikern sowie Leuten aus ihrem unmittelbaren Dunstkreis vor. Die meisten davon treten in diesem Buch unter ihrem richtigen Namen auf. Andere habe ich verschont.

Da Staatsoberhäupter im Allgemeinen eher auf das einfache Volk herabschauen, als zu ihm aufzublicken, ziehe ich sie logischerweise ein bisschen durch den Kakao. Aber trotzdem sind sie allesamt auch nur Menschen, und als solche verdienen sie ein gewisses

Maß an Respekt. Diesen Machthabern möchte ich gerne sagen: Es tut mir leid. Und: Macht euch nichts draus. Es hätte noch schlimmer kommen können. Und: Was, wenn es am Ende *wirklich* noch schlimmer kommt?

Jonas Jonasson

INDONESIEN

Ein Luxusleben am schneeweißen Strand einer Paradiesinsel sollte jeden normalen Menschen glücklich machen. Doch Allan Karlsson war noch nie ein normaler Mensch gewesen und hatte auch in seinem hundertersten Lebensjahr nicht vor, ein solcher zu werden.

Eine Weile war es ganz befriedigend, einfach auf einem Liegestuhl unter einem Sonnenschirm still zu sitzen und auf Bestellung Drinks in verschiedenen Farben serviert zu bekommen. Vor allem, wenn der beste und einzige Kamerad, der unverbesserliche Gelegenheitsdieb Julius Jonsson, neben einem saß.

Doch bald hatten es der alte Julius und der noch viel ältere Allan sattgehabt, nichts anderes zu tun, als die Millionen aus dem Koffer zu verjubeln, den sie aus Schweden mitgenommen hatten.

Das Verjubeln an sich war schon nicht uneben. Es wurde nur so eintönig mit der Zeit. Julius versuchte es mit dem Anmieten einer fünfzig Meter langen Yacht mit dazugehörigem Personal, sodass Allan und er jeder mit seiner Angelrute auf dem Vordeck sitzen konnten. Es wäre eine nette Abwechslung gewesen, wäre da bloß nicht der Umstand gewesen, dass weder Allan noch Julius gerne angelten. Geschweige denn Fisch aßen. Die Fahrten mit der Yacht bedeuteten letztlich nichts anderes, als dass die Freunde an Deck dasselbe machten, was sie schon am Strand gelernt hatten. Nämlich nichts.

Allan wiederum ließ Harry Belafonte aus den USA einfliegen,

damit er an Julius' Geburtstag drei Lieder sang. Thema »zu viel Geld und zu wenig zu tun«. Harry blieb zum Abendessen, obwohl er die Zeit nicht extra bezahlt bekam. Unterm Strich war es ein ganzer Abend, der die übliche Routine durchbrach.

Dass seine Wahl just auf Belafonte gefallen war, begründete Allan damit, dass Julius ja eine Schwäche für diese neue, jugendlichere Musik hatte. Julius wusste die Geste zu schätzen und kommentierte nicht, dass der fragliche Künstler seit Ende des Zweiten Weltkriegs nicht mehr jung gewesen war. Im Vergleich zu Allan war er freilich das reinste Kind.

Obwohl der Bali-Besuch des Weltstars nicht mehr gewesen war als ein kleiner Farbtupfer in ihrem ewig grauen Dasein, sollte er sich noch eine ganze Weile auf Allan und Julius auswirken. Nicht wegen irgendetwas, was Belafonte gesungen oder gesagt hatte. Sondern wegen etwas, was er dabeigehabt hatte und womit er sich beim Frühstück vor seiner Heimreise beschäftigte. Ein schwarzes plattes Ding mit einem angeknabberten Apfel auf der einen Seite und einem Bildschirm auf der anderen, der aufleuchtete, wenn man draufdrückte. Harry drückte und drückte. Und gab ab und zu einen leisen Grunzlaut von sich. Bevor er plötzlich anfing zu kichern. Um gleich darauf wieder zu grunzen. Allan war nie besonders neugierig gewesen, aber es gibt Grenzen.

»Also, es steht mir zwar nicht zu, meine Nase in die Privatangelegenheiten des jungen Herrn Belafonte zu stecken, aber ich nehme mir nun doch heraus zu fragen, was das eigentlich ist, womit Sie sich da beschäftigen. Passieren da irgendwelche Sachen in diesem ... na, also, in diesem Ding da?«

Harry Belafonte begriff, dass Allan noch nie ein Tablet gesehen hatte, und führte es mit dem größten Vergnügen vor. Das Ding konnte einem zeigen, was so in der Welt passierte, was schon passiert war und beinahe auch noch, was als Nächstes passieren würde. Je nachdem, wo man draufdrückte, kamen Bilder und Filme aller Art, alles, was man sich nur vorstellen konnte. Und auch ein paar

Sachen, die man sich schon nicht mehr vorstellen konnte. Wenn man auf andere Knöpfe drückte, kam Musik heraus. Wieder andere, und das Ding begann zu sprechen. Es war offenbar eine Sie. Siri.

Nach Frühstück und Vorführung nahm Belafonte seine kleine Tasche, sein schwarzes Tablett und sich selbst und begab sich zum Flughafen, um die Heimreise anzutreten. Allan, Julius und der Hoteldirektor winkten ihm zum Abschied. Kaum war das Taxi des Künstlers außer Sichtweite, da wandte sich Allan an den Direktor und bat ihn, ihm auch so ein Tablett zu verschaffen, wie es Harry Belafonte gehabt hatte. Der abwechslungsreiche Inhalt hatte den Hundertjährigen amüsiert, was ja mehr war, als man von den meisten Sachen sonst behaupten konnte.

Der Direktor war gerade von einer Hotelservice-Konferenz in Jakarta zurückgekommen, wo er erfahren hatte, dass die Hauptaufgabe des Personals nicht nur in der Erfüllung der Gästewünsche bestand, sondern in deren Übererfüllung. Dazu kam, dass Karlsson und Jonsson zwei der besten Gäste in der Geschichte des Bali-Tourismus waren. Kein Wunder also, dass der Direktor schon am nächsten Tag ein Tablet für Karlsson hatte. Und ein Handy dazu. Als Bonus.

Allan wollte nicht undankbar erscheinen, also sagte er nicht, dass er für das Telefon keine Verwendung hatte, weil alle, die sich vielleicht bei ihm hätten melden können, seit mindestens fünfzig Jahren tot waren. Außer Julius natürlich. Der jedoch nichts hatte, um einen Anruf entgegenzunehmen. Obwohl sich dieser Mangel ja beheben ließ.

»Da, nimm«, sagte Allan zu seinem Freund. »Das hat der Hoteldirektor eigentlich mir geschenkt, aber ich hab außer dir ja keinen, den ich anrufen könnte, und bis jetzt hättest du ja auch nichts gehabt, womit du meinen Anruf hättest entgegennehmen können.«

Julius bedankte sich recht schön. Und verkniff sich den Hinweis, dass Allan ihn ja immer noch nicht anrufen konnte, nur jetzt aus dem umgekehrten Grund.

»Aber verschlamp es nicht«, sagte Allan. »Das sieht teuer aus. Früher war es besser, als die Telefone noch mit einem Kabel in der Wand feststeckten – da wusste man immer, wo sie waren.«

* * * *

Das schwarze Tablett wurde bald Allans liebster Besitz. Außerdem kostenlos, weil der Hoteldirektor die Belegschaft im Computershop in Denpasar instruiert hatte, Tablet und Handy nach allen Regeln der Kunst einzurichten. Dazu gehörte unter anderem, dass die SIM-Karte ans Hotel gekoppelt wurde, welches seine Telefonkosten schon bald verdoppelt hatte, ohne dass jemand den Grund ahnte.

Der Hundertjährige lernte schnell, wie das seltsame Teil funktionierte, und kaum war er morgens aufgewacht, schaltete er es ein, um zu sehen, was in der eben vergangenen Nacht passiert war. Die kleinen und vergnüglichen Neuigkeiten aus allen Ecken und Enden der Erde amüsierten ihn. Zum Beispiel, dass hundert Ärzte und Krankenschwestern in Neapel sich abwechselnd gegenseitig ein- und ausgestempelt hatten, sodass niemand zu arbeiten brauchte, aber alle bezahlt wurden. Oder dass man in Rumänien so viele Staatsbeamte wegen Korruption hatte einsperren müssen, dass die Gefängnisse des Landes voll waren. Woraufhin die noch nicht verhafteten Beamten auf die Lösung verfielen, die Korruption zu legalisieren, damit sie nicht anbauen mussten.

Allan und Julius legten sich ein neues Morgenritual zu. Bislang hatte es so ausgesehen, dass Allan jedes Frühstück damit begann, sich über das lautstarke Schnarchen seines Freundes zu beklagen, das er durch die Wand hörte. Zum neuen Ritual gehörte dasselbe, aber mit dem Zusatz, dass Allan berichtete, was er seit dem letzten Mal in seinem Tablett gefunden hatte. Zunächst gefielen Julius diese kurzen Nachrichten, nicht zuletzt, weil sie den Schwerpunkt von seiner Schnarcherei ablenkten. Geradezu begeistert war er von der rumänischen Idee, das Illegale legal zu machen. Wie viel einfacher einem das Leben als Gelegenheitsdieb in einer solchen Gesellschaft doch gemacht würde.

Doch diesen Zahn zog ihm Allan schleunigst, denn wenn es legal wurde, Gelegenheitsdiebstähle zu begehen, existierte der Begriff ja per definitionem nicht mehr. Woraufhin Julius, der schon fast vorgeschlagen hätte, dass Allan und er Bali verließen, um nach Bukarest zu ziehen, doch die Lust verlor. Die Freude am Gelegenheitsdiebstahl lag ja hauptsächlich darin, dass man jemand um etwas betrog, am besten jemand, der es verdient hatte oder zumindest nicht besonders schlimm geschädigt wurde. Wenn es jedoch nicht mehr als Betrug galt, jemand um etwas zu betrügen, was blieb einem denn dann noch übrig?

Allan tröstete ihn damit, dass die Rumänen auf die Straße gegangen waren, um gegen die Pläne der Politiker und Beamten zu protestieren. Der Rumäne als solcher war gemeinhin nicht so philosophisch veranlagt wie die Regierenden. Er oder sie argumentierte einfach so, dass Diebe eingesperrt gehörten, ohne Ansehen des Titels, der Position oder des Problems, ob es noch einen Ort gab, wo man sie einsperren konnte.

Die Frühstückssitzungen im Hotel auf Bali landeten immer öfter bei dem Thema, wohin Julius und Allan reisen sollten, nachdem es an ihrem Aufenthaltsort nun mal so eintönig geworden war. Als die wichtigste Nachricht des aktuellen Morgens lautete, dass es am Nordpol zwanzig Grad wärmer war als normalerweise üblich, überlegte Allan, ob das vielleicht eine Alternative sein könnte.

Julius schob sich gebratene Nudeln in den Mund, kaute und sagte dann, dass er nicht an den Nordpol glaubte, was Allan und ihn betraf. Vor allem nicht, wenn das Eis jetzt langsam schmolz. Julius erkältete sich nämlich, wenn er nasse Füße bekam. Außerdem gab es dort Eisbären, und über den Eisbären wusste Julius nur, dass der jeden Morgen mit dem falschen Fuß aufstand, quasi von Kindesbeinen an. Die Schlangen auf Bali waren zumindest menschenscheu.

Allan meinte, es sei wohl nicht überraschend, wenn es dem Eisbären die gute Laune verschlug, nachdem ihm der Boden unter den Füßen wegschmolz. Wenn es ganz dumm lief, musste er wohl zum Festland marschieren, solange noch Zeit war. Das müsste dann aber eher Kanada sein, denn die USA hatten wieder einen neuen Präsidenten – hatte Allan das Julius eigentlich schon erzählt? Und der Neue ließ ganz bestimmt nicht jeden über die Grenze.

Ja, doch, Julius hatte schon von Trump gehört. So hieß der nämlich. Der Eisbär war zwar weiß, aber in erster Linie doch Ausländer. Von daher sollte er sich mal besser keine allzu großen Hoffnungen machen.

Die Nachrichten auf Allans schwarzem Tablett hatten die Eigenheit, gleichzeitig groß und klein zu sein. Langweiligerweise überwiegend groß. Allan pickte sich das Kleine, Pittoreske heraus, aber das andere war eben zwangsweise mit dabei. Man konnte schlecht die Elefanten aussieben, wenn man die Mücken übrig behalten wollte.

In den ersten hundert Jahren seines Lebens hatte Allan nie über die breitere Perspektive des Lebens nachgedacht. Jetzt erzählte ihm sein neues Spielzeug, dass die Welt ein ganz fürchterlicher Ort war. Und erinnerte ihn daran, warum er damals recht daran getan hatte, ihr den Rücken zu kehren, um sich nur noch um sich selbst zu kümmern.

Er dachte zurück an seine frühen Jahre als Laufbursche in der Sprengstofffabrik in Flen. Dort verbrachte die Hälfte der Arbeiter ihre Freizeit damit, sich nach der roten Revolution zu sehnen, während die andere Hälfte schreckliche Angst vor der Bedrohung durch China und Japan hatte.

Die Ansichten zur gelben Gefahr wurden genährt durch Romane und Schriften, die allesamt ein Zukunftsszenario an die Wand malten, in dem die weiße Welt von der gelben geschluckt wurde.

Allan hielt sich nicht groß mit derlei Nuancen auf, und er verfolgte diese Strategie nach dem Zweiten Weltkrieg weiter, nachdem

Braun die hässlichste aller Farben geworden war. Darum scherte er sich genauso wenig wie das nächste Mal, als sich die Leute um eine Ideologie scharten. Diesmal war es eher eine Sehnsucht nach etwas als fort von etwas; angesagt waren Frieden auf Erden, blumenbemalte VW-Busse und gegebenenfalls auch mal Hasch. Jeder liebte jeden, außer Allan, der überhaupt niemand und nichts liebte. Außer seiner Katze. Nicht, dass er bitter gewesen wäre, er *war* einfach.

Die Blumenära hielt an, bis Margaret Thatcher beziehungsweise Ronald Reagan an die Macht kamen. Sie fanden es praktischer, sich selbst und den eigenen Erfolg zu lieben. Wenn man denn absolut jemanden hassen wollte, dann war es der Russe. Andere Bedrohungen gab es im Wesentlichen nicht, und als Reagan den Sowjetkommunismus zur Strecke brachte, indem er nur davon *redete*, Mittelstreckenraketen aus dem Weltraum zu schießen, war Friede und Freude für alle, außer der Hälfte der Menschheit, die nichts zu essen hatte, sowie ein paar Tausend britischen Grubenarbeitern, die keine Grube mehr hatten, in der sie hätten arbeiten können. Das Neueste war, dass man sich nicht über die Maßen um seinen Nächsten kümmern musste, es reichte, wenn man ihn oder sie ertrug. Was man auch tat, bis sich der Wind wieder drehte.

Es kam vielleicht ein bisschen unerwartet, aber die braune Farbe erlebte ein schleichendes Comeback. Diesmal nicht von Deutschland ausgehend, zumindest nicht in erster Linie. Nicht mal in zweiter. Sondern von einer Reihe anderer Länder. Die USA waren nicht die ersten, wurden aber rasch die größten durch ihren neu gewählten Präsidenten. Wie braun der in seiner Seele war, konnte man nicht recht sagen, dafür widersprach er sich selbst zu oft. Aber jetzt reichte es nicht mehr, dass man selbst Klassenbester war, nein, man musste auch äußere Bedrohungen des westlichen weißen Lebens benennen, das wir alle zu leben verdienten.

Allan wollte sein schwarzes Tablett ja als reinen Unterhaltungsgegenstand betrachten, aber er konnte sich nur schwer dagegen wehren, dass er immer mehr Zusammenhänge zu erkennen begann. Er überlegte, ob er es beiseitelegen sollte. Begann, es mal einen ganzen Tag nicht anzufassen. Und noch einen Tag. Nur um sich zum Schluss widerwillig eingestehen zu müssen, dass es zu spät war. Der Mann, der es mehr als jeder andere vermieden hatte, sich um irgendetwas zu scheren, hatte begonnen, sich um etwas zu scheren.

»Verdammt«, murmelte er in sich hinein.

»Was ist denn?«, fragte Julius.

»Nichts. Nur, was ich gerade gesagt habe.«

»Verdammt?«

»Genau.«

INDONESIEN

Als Allan sich mit seinem neu erwachten, relativen Interesse für die großen gesellschaftlichen Zusammenhänge ausgesöhnt hatte, konnte er mithilfe seines schwarzen Tabletts verlorenen Boden wiedergutmachen. Es begrüßte ihn mit der Nachricht von dem Norweger, der seinen eigenen See besaß und die darin lebenden Rotaugen und Brachsen mit Karotin-Pellets gefüttert hatte. Als die Hechte im See dann diese Fische fraßen, bekamen sie rosa Fleisch, woraufhin der Norweger sie herausfischte, filetierte und als Lachs verkaufte. Er minimierte die Risiken, indem er seinen Schwindelfisch ausschließlich nach Namibia exportierte, wo zufälligerweise prompt ein pensionierter Inspektor des Gesundheitsamts Oslo wohnte. Der Inspektor schlug Alarm, der Norweger wurde eingesperrt, und der Lachspreis in Südwestafrika konnte sich wieder auf normalem Niveau einpendeln.

So ging es weiter. Durch das schwarze Tablett freundete sich Allan wieder mit dem Leben an. Julius war unterdessen immer noch frustriert. Es waren ja bereits *Monate* vergangen, ohne dass er einen einzigen gaunerhaften Finger gerührt hätte. In seinen letzten Jahren als Krimineller zu Hause in Schweden hatte er sich mit einer harmlosen Variante des norwegischen Hechtlachses befasst. Er hatte Gemüse aus fernen Ländern importiert, es umpacken lassen und dann als schwedische Ware verkauft. Damit ließ sich viel Geld verdienen. Das kühle Klima im Norden, noch dazu eine Sonne, die niemals unterging, ließen Tomaten und Gurken langsam reifen und dabei ein Aroma von Weltklasse entwickeln. Oder, wie der große schwedische Dichter des neunzehnten Jahrhunderts, Carl Jonas Love Almqvist, es einmal ausdrückte: »Nur Schweden hat schwedische Stachelbeer'n.«

Für Stachelbeer'n interessierte sich Julius allerdings eher wenig, da war die Nachfrage zu gering. Aber mit grünem Spargel sah es schon anders aus. Sobald der Frühling in den Frühsommer überging, bezahlten die Leute vier bis fünf Mal so viel für ein Bündel Spargel – solange es nur schwedischer war.

Julius Jonssons schwedischer Spargel wurde damals aus Peru eingeführt. Die Geschäfte gingen lange gut. Aber dann wurde einer von Jonssons Zwischenhändlern übermütig und begann, auf dem Hötorget in Stockholm Gotländer Spargel zu verkaufen, mindestens fünf Wochen bevor man ihn auf Gotland überhaupt zu Gesicht bekommen konnte. Das führte zu Gerüchten über Unregelmäßigkeiten, und da wachte die schwedische Lebensmittelbehörde auf. Auf einmal gab es überall und ständig Kontrollen, wo es früher keine gegeben hatte.

Julius wurde binnen Kurzem drei ganze peruanische Lieferungen los, die beschlagnahmt und im Namen des Gesetzes vernichtet wurden. Außerdem wurden seine Zwischenhändler eingesperrt – im Gegensatz zu Julius. Tja, Zwischenhändlerschicksal.

Aber obwohl der lange Arm des Gesetzes nicht ganz bis zum Mastermind reichte, verlor Julius die Lust. Er hatte es satt, dass schwedische Produkte in den höchsten Himmel gehoben wurden. War etwa schon mal jemand an peruanischem Spargel gestorben?

Nein, ehrenhafte Gelegenheitsdiebe konnten es auch gleich lassen. Da ging Julius eben in Ruhestand. Er brannte zu Hause ein bisschen illegal Schnaps, wilderte ab und zu einen Elch, zapfte bei seinem Nachbarn Strom ab, ohne zu fragen, aber sonst nicht allzu viel. Bis ein alter Mann von hundert Jahren unerwartet an seine Tür klopfte. Der Alte erklärte, er heiße Allan, und er hatte einen gestohlenen Koffer dabei, den sie nach einem netten Abendessen mit Schnaps aufmachten. Wie sich herausstellte, enthielt er mehrere Millionen.

So kam das eine zum anderen und das andere zum nächsten. Julius und Allan schüttelten sämtliche hartnäckigen Typen ab, die ihr Geld zurückhaben wollten, und landeten auf Bali, wo sie jetzt alles sukzessive ausgaben.

Allan sah, dass Julius den Kopf hängen ließ. Er versuchte, seinen gelangweilten Freund zu inspirieren, indem er ihm von seinem schwarzen Tablett von der Unmoral in allen Weltengegenden vorlas. Rumänien, Italien und Norwegen hatten sie schon. Mit dem südafrikanischen Präsidenten Zuma ließ sich ein ganzes Frühstück bestreiten, weil der sich einen privaten Pool und ein Theater aus Steuergeldern finanziert hatte. Auch einer schwedischen Schlagerkönigin wurde die wohlverdiente Aufmerksamkeit zuteil, nachdem sie in ihrer Steuererklärung versucht hatte, sieben Kleider und achtzehn Paar Schuhe als Dienstreisen abzusetzen. Doch Julius ließ weiter den Kopf hängen. Er brauchte etwas zu tun, bevor er noch richtig depressiv wurde.

Allan, der sich in hundert Jahren um nichts und niemand Sorgen gemacht hatte, war gar nicht glücklich darüber, dass seinem Freund die Lebensfreude auszugehen schien. Es musste doch etwas geben, wofür er sich engagieren konnte?

Weiter kam er nicht mit seinen Überlegungen, denn da griff der Zufall ein. Es geschah eines Abends, als Allan mit dem schwarzen Tablett ins Bett gegangen war, während Julius spürte, dass er noch ein paar Sorgen zu betäuben hatte. Er setzte sich in die Hotelbar und bestellte sich ein Glas vom regionalen Arak. Der wurde aus Reis und Zuckerrohr gebrannt, schmeckte nach Rum und war so stark, dass einem die Augen tränten. Julius hatte festgestellt, dass einem ein Glas davon die Sorgen vernebelte und noch eines sie ganz vertrieb. Um noch ein bisschen Spielraum zu haben, gönnte er sich meistens ein drittes, bevor er zu Bett ging.

Das erste des heutigen Abends war schon geleert und das zweite auf bestem Wege, da waren Julius' Sinne genügend angeregt, um zu bemerken, dass er nicht allein im Lokal war. Drei Stühle weiter saß ein asiatischer Mann mittleren Alters, ebenfalls mit einem Arak in der Hand.

»Prost«, sagte Julius ganz diskret und hob sein Glas.

Der Mann lächelte, woraufhin beide ihr Glas leerten und anschließend eine Grimasse zogen.

»Jetzt wird's langsam besser«, meinte der Mann, der genauso viel Tränen in den Augen hatte wie Julius.

»Erstes oder zweites?«, fragte Julius.

»Zweites«, sagte der Mann.

»Bei mir auch.«

Julius und der Mann rutschten näher zusammen und beschlossen, sich jeder noch ein drittes davon zu bestellen.

Dann plauderten sie eine Weile, ehe der Mann sich vorstellte.

»Simran Aryabhat Chakrabarty Gopaldas«, sagte er. »Angenehm!«

Julius schaute den Mann an, der ihm gerade seinen Namen genannt hatte. Und er hatte genug Arak intus, um laut zu denken.

»So heißt doch kein Mensch.«

Doch, manche schon. Vor allem, wenn sie indischer Herkunft waren. Simran undsoweiter war nach einem unseligen Vorfall mit der Tochter eines gar zu verständnislosen Mannes in Indonesien gelandet.

Julius nickte. Väter von Töchtern konnten verständnisloser sein als fast alle anderen Menschen auf der Welt. Aber deswegen hatte man doch keinen Namen, den auszusprechen man den ganzen Vormittag brauchte?

»Was meinen Sie denn, wie ich heißen sollte?«

Julius fühlte sich wohl in der Gesellschaft des landesflüchtigen Inders. Aber wenn sie hier zusammensaßen und sich anfreundeten, war das einfach nicht das Schlaueste mit dieser ganzen Namensreihe. Er musste die Gelegenheit nutzen.

»Gustav Svensson«, sagte Julius. »Das ist ein guter Name, sehr mundgerecht, kann man sich leicht merken.«

Der Mann sagte, er habe noch nie Probleme damit gehabt, sich Simran Aryabhat Chakrabarty Gopaldas zu merken, stimmte aber zu, dass Gustav Svensson schon gut klang.

»Ist schwedisch, oder?«, fragte er.

»Ja.« Julius nickte wieder. »Schwedischer geht's gar nicht.«

Und genau dann und dort begann seine neue Geschäftsidee in ihm zu keimen.

* * * *

Julius Jonsson und Simran undsoweiter lernten sich richtig schätzen, während das dritte Glas Arak zu wirken begann. Bevor der Abend vorüber war, hatten sie beschlossen, dass sie sich wiedersehen wollten. Am gleichen Ort zur gleichen Zeit, morgen Abend. Außerdem beschloss Julius, dass der Mann mit dem unmöglichen Namen Gustav Svensson heißen sollte. Simran Aryabhat Chakrabarty Gopaldas war es egal. Wie er bisher geheißen hatte, hatte ihm jetzt auch nicht übertrieben viel Glück gebracht.

Die Männer machten ein paar Wochen lang so weiter. Der Inder gewöhnte sich an sein neues Alias. Mochte es.

Er hatte genau an dem Tag unter seinem alten Namen im Hotel eingecheckt, als die beiden sich kennenlernten, und wohnte danach auch noch dort, während Julius und er Pläne zu einer zukünftigen Zusammenarbeit schmiedeten. Als der Hoteldirektor immer lauter sein Geld für den Aufenthalt des indischen Gastes einforderte, erzählte Gustav Julius, dass er vorhatte, diesen Ort endgültig zu verlassen. Ohne zu bezahlen. Und ohne eine Erklärung abzugeben. Die Direktion würde ja doch nicht verstehen, dass man Gustav nicht wirklich für Simrans Rechnung verantwortlich machen konnte.

Julius hingegen verstand es durchaus. Wann Gustav denn fortzugehen gedenke?

»Möglichst innerhalb der nächsten Viertelstunde.«

Auch das verstand Julius. Aber er wollte deswegen doch nicht seinen neuen Freund verlieren, also gab er ihm das Handy mit, das Allan ihm geschenkt hatte.

»Hier, ein Handy, damit man dich erreichen kann. Ich ruf dich vom Hotelzimmer aus an. Und jetzt lauf. Nimm den Küchenausgang – so hätte ich's gemacht.«

Gustav befolgte Julius' Rat und war weg. Später am Abend tauchte der Hoteldirektor auf, nachdem er über eine Stunde auf der Suche nach dem indischen, mittlerweile verschwundenen Gast herumgeirrt war.

Julius und Allan verfolgten gerade den Sonnenuntergang am Strand, auf je einem bequemen Stuhl mit dazugehörigem Drink. Der Direktor entschuldigte sich für die Störung. Aber er habe da eine Frage:

»Haben Sie wohl unseren Gast Simran Aryabhat Chakrabarty Gopaldas gesehen? Mir ist aufgefallen, dass Sie in letzter Zeit hier im Hotel Umgang mit ihm pflegten.«

»Simran wie?«, fragte Julius.

* * * *

Julius Jonsson und Gustav Svensson mussten sich danach an einem anderen Ort treffen, um ihre geschäftlichen Besprechungen abzuhalten. Der Hoteldirektor konnte Jonsson schlecht die Schuld an dem verschwundenen Gast geben, was ihn aber nicht davon abhielt, den schwedischen Herrschaften hochgradig zu misstrauen. In ihrem Fall hatte er jedoch bedeutend mehr Geld zu verlieren. Bisher hatten sie immer korrekt bezahlt, aber die derzeitige Rechnung war noch höher als sonst, und in diesem Fall war Vorsicht geboten.

Jonsson und Svensson hielten ihre Arak-Treffen jetzt in einer schmuddeligen Bar im Zentrum von Denpasar ab. Wie sich herausstellte, war Gustav ungefähr genauso sehr Gelegenheitsdieb wie Julius. Zu Hause in Indien hatte er jahrelang gut davon gelebt, dass er Autos mietete, den Motor austauschte und dann das Auto zurückgab. Meist brauchte die Mietwagenfirma etliche Monate, bis sie dahinterkam, dass das Fahrzeug sieben Jahre älter geworden war, und dann ließ sich unmöglich bestimmen, wer von mehreren Hundert verdächtigten Mietern schuldig war. Wenn es nicht am Ende sogar einer vom Personal war?

Schöne Autos wurden damals ein Teil von Gustavs Alltag. Obendrein entdeckte er, dass das Potenzial, ein schönes Mädchen zu finden, anwuchs, je schicker das Auto war. Diese Gleichung brachte ihm mehr als einmal Erfolg. Am Ende so sehr, dass er gut daran tat, sich von der Automobilbranche, dem Mädchen und ganz Indien zu verabschieden, weil das Mädchen nämlich schwanger geworden war. Wie sich herausstellte, war ihr Vater sowohl Parlamentsmitglied als auch Offizier, und als Gustav aus strategischen Gründen um die Hand des Mädchens bat, antwortete der Vater mit der Drohung, ihm das siebte Infanterieregiment auf den Hals zu hetzen.

»Das ist mir ja vielleicht ein Gauner«, sagte Julius. »Hätte er nicht lieber das Beste für seine Tochter im Auge haben sollen?«

Gustav war ganz seiner Meinung. Erschwerend kam hinzu, dass der Vater gemerkt hatte, dass sein sechszylindriger BMW ein vierzylindriger geworden war, als er auf Dienstreise in Singapur war.

»Und daran hat er dir die Schuld gegeben?«

»Ja. Ohne jeden Beweis.«

»Warst du denn unschuldig?«

»Das gehört jetzt nicht hierher.«

Zusammenfassend sagte Gustav Svensson, es habe durchaus sein Gutes, dass Simran Aryabhat Chakrabarty Gopaldas von der Bildfläche verschwunden sei.

»Nur schade, dass er seine Hotelrechnung nicht begleichen konnte. Prost, mein Lieber, auf dich.«

Einige Zeit nach der glücklichen ersten Begegnung in der Bar hatte Julius Jonsson mit einer ansehnlichen Menge des restlichen Geldes aus dem Koffer und seinem neuen Partner Gustav Svensson einen Spargelanbaubetrieb oben in den Bergen übernommen. Julius zog die Fäden, Gustav war der Chef vor Ort, und eine Reihe von armen Balinesen buckelten auf den Feldern.

Mithilfe alter Kontakte in Schweden exportierten Julius und sein Partner jetzt »Gustav Svenssons Spargel aus der Region«, in hübschen blau-gelb dekorierten Bündeln. Nirgendwo behaupteten Julius oder der Mann, der bis vor Kurzem noch anders geheißen hatte, dass der Spargel aus Schweden war. Das einzig Schwedische daran waren der Preis und der Name des indischen Bauern. Im Gegensatz zum Peru-Projekt war das hier nicht so illegal, wie Julius es sich gewünscht hätte, aber man konnte eben nicht alles haben. Außerdem gelang es Gustav und ihm, einen zusätzlichen, etwas lichtscheueren Erwerbszweig zu etablieren. Schwedischer Spargel hatte einen so guten Ruf in der Welt, dass Gustavs balinesische Variante nach Schweden verschickt werden konnte, dort umverpackt wurde und an eine Reihe von Luxushotels in aller Welt exportiert wurde. Nach Bali zum Beispiel. Dort mussten die Top-Hotels an ihren internationalen Ruf denken, und so war es ihnen jede zusätzliche Rupiah wert, den Gästen nicht die wässerige Variante aus der Region vorsetzen zu müssen.

Allan war froh, dass sein Freund Julius wieder zu alter Form zurückgefunden hatte. Da hatte ihnen das Leben wohl mal wieder unverhofft etwas Neues geschenkt, Julius ebenso wie seinem hundertjährigen Freund mit dem schwarzen Tablett – wäre da nur nicht der Umstand gewesen, dass das nie versiegende Geld aus dem Koffer nun doch zu versiegen begann. Die Einnahmen aus dem Anbaubetrieb oben in den Bergen waren zwar durchaus respektabel, aber das Leben in dem Luxushotel, in dem die Freunde wohnten, war alles andere als gratis. Allein der aus Schweden importierte Spargel im Restaurant kostete ja schon ein halbes Vermögen.

Über die miese Finanzlage hatte Julius schon eine ganze Weile mit Allan sprechen wollen. Es hatte sich nur irgendwie nie ergeben. Beim heutigen Frühstück sollte es jetzt aber passieren. Allan hatte wie immer sein Tablett dabei, und die größte Neuigkeit des Tages war eine Geschichte über Geschwisterliebe. Der nordkoreanische Anführer Kim Jong-un hatte angeblich in einem Flughafen in Malaysia gerade seinen Bruder vergiften lassen. Allan meinte, er sei nicht allzu überrascht, denn er hatte Kim Jong-uns Vater ja persönlich kennengelernt. Und seinen Großvater.

»Sowohl der Vater als auch der Großvater wollten mich tatsächlich umbringen«, erinnerte er sich. »Jetzt sind sie beide tot, während ich noch hier sitze. Tja, so kann's gehen.«

Julius hatte sich daran gewöhnt, dass bei Allan immer wieder Erinnerungen an früher hochkamen, und es überraschte ihn mittlerweile nicht mehr. Diese Geschichte hatte er zwar auch schon gehört, aber wieder vergessen.

»Du hast den Vater des nordkoreanischen Staatsoberhaupts getroffen? Und seinen Großvater? Wie alt bist du eigentlich?«

»Hundert, und ich gehe stramm auf die hunderteins zu«, sagte Allan. »Für den Fall, dass es dir entgangen ist. Die beiden hießen Kim Jong-il und Kim Il-sung. Der eine war noch das reinste Kind, aber böse war er trotzdem.«

Julius widerstand der Versuchung, mehr in Erfahrung zu bringen. Stattdessen lenkte er das Gespräch auf das Thema, das er von Anfang an angestrebt hatte.

Die Sache war die, wie Julius schon früher angedeutet habe, dass sich der Koffer mit dem Geld immer mehr in einen Koffer ohne Geld verwandelte. Außerdem sei es schon zweieinhalb Monate her, dass sie zum letzten Mal ihre Schulden im Hotel beglichen hätten. Julius wollte gar nicht daran denken, was auf dieser Rechnung draufstehen könnte.

»Dann lass es doch einfach«, schlug Allan vor und schob sich eine Gabelvoll von dem mild gewürzten Nasi Goreng in den Mund.

Noch akuter sah es mit dem Bootsverleih aus, der sich gemeldet und ihnen mitgeteilt hatte, dass er ihren Kredithahn jetzt zugedreht hatte und dasselbe mit den Hälsen der Herren Karlsson und Jonsson zu tun gedachte, wenn sie ihre Schulden nicht binnen einer Woche beglichen.

»Bootsverleih?«, meinte Allan. »Haben wir denn ein Boot gemietet?«

»Die Luxusyacht.«

»Ach so, so was nennen die hier Boot.«

Dann gab Julius zu, dass er Allan am nächsten Donnerstag zu seinem hundertersten Geburtstag hatte überraschen wollen, die wirtschaftlichen Umstände jedoch so aussahen, dass das Ganze auf einem anderen Niveau als mit einem Gastauftritt von Harry Belafonte stattfinden musste.

»Den haben wir doch jetzt schon kennengelernt«, sagte Allan. »Und meine Geburtstagsfeiern und ich, wir standen schon immer ein bisschen auf Kriegsfuß, also mach dir deswegen keinen Kopf, ja?«

Machte Julius sich aber trotzdem. Allan sollte wissen, dass er die Geste mit Belafonte sehr zu schätzen gewusst hatte. Julius war auch nicht mehr blutjung, und noch nie hatte jemand so was Nettes für ihn getan wie Allan an dem Tag.

»Na, ich hab ja nun nicht selbst für dich gesungen«, meinte Allan.

Doch Julius ließ nicht locker. Es sollte unbedingt eine Feier geben, er hatte auch schon eine Torte bei der einzigen Konditorei bestellt, die sich bereit erklärt hatte, seinen Auftrag auf Kredit auszuführen. Und danach wartete noch eine Fahrt mit dem Heißluftballon über die schöne, grüne Insel, zusammen mit dem Ballonfahrer und zwei Flaschen Champagner.

Eine Ballonfahrt, das klang fein, fand Allan. Aber vielleicht sollten sie die Torte weglassen, wenn die Finanzen so angespannt waren? Allein hundertundeine Kerze, das musste doch ein Vermögen kosten.

Nun, die Gesamtfinanzen der beiden Freunde hingen nicht an hundertundeiner Tortenkerze, meinte Julius. Er hatte letzten Abend ein bisschen in ihrem Koffer gekramt und überschlagen, wie viel wohl noch übrig war. Anschließend, was sie dem Hotel deren Meinung nach schuldig waren. Was die Yacht anging, musste er den Betrag nicht überschlagen, weil der Verleih ja so nett gewesen war, es ihnen mitzuteilen.

»Ich fürchte, wir sind alles in allem mindestens hunderttausend Dollar im Minus«, sagte Julius.

»Mit oder ohne Kerzen?«, fragte Allan.

INDONESIEN

Der Hundertjährige hatte immer eine beruhigende Wirkung auf seine Umgebung gehabt, außer bei ein paar vereinzelten Gelegenheiten in der Geschichte, als er die Leute über die Maßen auf Zinne gebracht hatte. Wie damals, als er 1948 Stalin traf. Das führte zu fünf Jahren Arbeitslager. Und ein paar Jahre später waren die Nordkoreaner auch nicht so besonders erbaut von ihm.

Na, das gehörte aber jetzt alles der Vergangenheit an. Nun hatte er Julius davon überzeugt, dass sie *erst* seinen hundertersten Geburtstag feierten wie geplant (wenn Julius es denn so gerne wollte) und sich *danach* hinsetzten, um sich mit ihrer Finanzlage zu befassen. Es würde schon alles in Ordnung kommen. Mit etwas Glück würde ja vielleicht sogar ein neuer Geldkoffer auftauchen.

Das glaubte Julius nun nicht, auch wenn man in Allans Gesellschaft nie wissen konnte. Aber obwohl es so schlecht bestellt war, hatte er Allans Vorschlag zugestimmt, vier Flaschen Champagner mit in den Ballon zu nehmen statt zwei. Allan meinte, dort oben in der Luft könnte es ja auch eine Flaute geben, und dann müssten sie etwas zu tun haben.

»Vielleicht auch noch ein paar belegte Brote?«, überlegte Julius.

»Warum das denn?«, fragte Allan.

Der Hoteldirektor hatte mittlerweile ein wachsames Auge auf den alten Mann und seinen noch älteren Freund. Die unbezahlten Rechnungen beliefen sich inzwischen auf hundertfünfzigtausend Dollar. Das war zwar nur ein Bruchteil des Betrages, den der Direktor im letzten Jahr mit den spendablen Skandinaviern verdient hatte, aber doch viel zu viel, um es sich durch die Lappen gehen zu lassen. Der Direktor hatte gewisse Maßnahmen ergriffen. Seit ein paar Tagen beziehungsweise Nächten stand ein Mann diskret Wache vor dem Luxusbungalow der Herren, für den Fall, dass es ihnen einfallen sollte, durch eines der unverglasten Fenster zu klettern und zu verschwinden.

Aber es lag auch eine gewisse Dankbarkeit in der Beziehung des Direktors zu den Herren Karlsson und Jonsson. Ersterer hatte nämlich auf halbwegs glaubwürdige Art nachgewiesen, dass neues Geld nachkommen würde, bevor die Woche um war. Und es war ja auch nicht das erste Mal, dass Jonsson sein Geld ein bisschen zu lange behalten hatte. Gut möglich, dass das Ganze nur darauf zurückzuführen war, dass er gar zu sehr an seinen Scheinchen hing. Und wer tat das nicht?

Unterm Strich fand der Direktor, dass es sowohl naheliegend als auch strategisch schlau war, die Füße ruhig zu halten und bei Karlssons Geburtstagsfeier am Strand mitzumachen, mit Torte und ein paar wohlgesetzten Worten.

* * * *

Abgesehen vom Geburtstagskind, Julius und dem Hoteldirektor war auch der angeheuerte Ballonfahrer vor Ort. Gustav Svensson wäre gern dabei gewesen, hatte aber Verstand genug, es sich zu verkneifen.

Der Heißluftballon stand aufgeblasen bereit. Nur ein ganz klassischer Anker, den man um eine Palme geschlungen hatte, hinderte ihn daran, auf eigene Faust davonzufliegen. Die Hitze im Ballon wurde vom neunjährigen Sohn des Ballonfahrers reguliert, der zutiefst unglücklich war, weil er viel lieber ein paar Meter weiter weg, nämlich bei der Torte, gestanden hätte.

Allan schaute die hunderteins unnötigen Kerzen grimmig an. So eine Geldverschwendung aber auch. Und Zeitverschwendung obendrein! Julius brauchte mehrere Minuten, bis er sie alle angesteckt hatte, mit dem goldenen Feuerzeug des Hoteldirektors (das danach zufällig in Julius' Tasche wanderte).

Na, die Torte schmeckte trotzdem gut. Und Champagner war Champagner, auch wenn es freilich kein richtiger Drink war. Alles in allem hätte es auch schlimmer kommen können, fand Allan.

Doch just in diesem Augenblick wurde es schlimmer. Der Hoteldirektor klopfte nämlich an sein Glas, in voller Absicht, eine Rede zu halten.

»Lieber Herr Karlsson«, begann er.

Allan fiel ihm ins Wort.

»Sehr schön gesagt, Herr Direktor. Sehr liebenswürdig. Aber wir wollen hier ja nicht alle miteinander bis zu meinem nächsten Geburtstag stehen bleiben. Wird es nicht höchste Zeit, dass wir mit unserem Heißluftballon losfliegen?«

Der Hoteldirektor verlor den Faden, Julius nickte dem Ballonfahrer aufmunternd zu, und der stellte sofort sein Stück Torte weg. Schließlich war er ja in erster Linie zum Arbeiten hier.

»Verstanden! Ich rufe sofort den Wetterdienst am Flughafen an. Wir wollen ja sicher sein, dass der Wind noch günstig ist. Bin gleich wieder da.«

Die Gefahr einer Rede war abgewendet. Stattdessen wurde es Zeit zum Einsteigen. Sogar für einen Hundertjährigen war das Einsteigen ganz leicht. Eine mobile Treppe mit sechs Stufen außen und eine etwas kleinere Variante mit drei Stufen auf der Innenseite.

»Hallo, kleiner Mann«, sagte Allan und wuschelte dem neunjährigen Assistenten durch die Haare.

Der Neunjährige antwortete mit einem schüchternen »Guten Tag«. Er wusste, wohin er gehörte, und er machte seinen Job gut.

Mit dem zusätzlichen Gewicht der beiden Ausländer wurde der Anker nicht mehr gebraucht.

Julius bat den Jungen um eine Demonstration und bekam zu hören, dass die Wärme und damit die Höhe des Ballons mit dem roten Regler am oberen Ende der Gasflasche eingestellt wurde. Wenn der Zeitpunkt für die Abfahrt gekommen war, musste man ihn bloß nach rechts drehen. Und wieder nach links, wenn man landen wollte.

»Erst rechts, dann links«, sagte Julius.

»Ganz genau, mein Herr«, sagte der Junge.

Und nun geschahen drei Dinge gleichzeitig binnen weniger Sekunden.

Nummer eins:

Allan hatte die sehnsüchtigen Blicke bemerkt, die der Junge der Torte zuwarf, und schlug ihm vor, er solle doch schnell hinüberlaufen und sich ein Stück holen. Teller und Besteck standen auf dem Tisch. Das ließ sich der Junge nicht zweimal sagen. Er sprang aus dem Korb, kaum dass Allan zu Ende gesprochen hatte.

Nummer zwei:

Julius drehte den roten Regler testweise einmal nach links und einmal nach rechts, und zwar so ungeschickt, dass er den Regler auf einmal in der Hand hatte.

Nummer drei:

Der Ballonfahrer kam aus dem Hotel, zog eine bekümmerte Miene und verkündete kopfschüttelnd, dass man die Fahrt verschieben müsse, denn der Wind drehte Richtung Norden, und das war nicht günstig für den Kurs des Ballons.

Darauf geschahen wieder drei Dinge, auch diesmal gleichzeitig.

Nummer eins:

Der Ballonfahrer entdeckte, dass sein neunjähriger Sohn die Nase in die Torte steckte, und schimpfte den armen Jungen aus, weil er seinen Posten verlassen hatte.

Nummer zwei:

Julius fluchte über den roten Regler, der einfach so abgegangen war. Jetzt strömte heiße Luft in den Ballon, welcher …

Nummer drei:

… vom Boden abzuheben begann.

»Halt, was machen Sie denn da?«, schrie der Ballonfahrer.

»Das war nicht ich, das war dieser verdammte Regler«, rief Julius.

Der Ballon hatte bereits eine Höhe von drei Metern erreicht. Dann vier. Dann fünf.

»Na, bitte!«, sagte Allan. »Jetzt geht die Party richtig los.«

INDISCHER OZEAN

Es dauerte eine ganze Weile, bis Karlsson, Jonsson und der Ballon so weit übers offene Meer hinausgeschwebt waren, dass sie den schreienden Ballonfahrer nicht mehr hörten. Er hatte ja auch Rückenwind.

Als man ihn nicht mehr hören konnte, konnten sie ihn trotzdem noch eine Weile sehen, wie er wild die Arme schwenkte. Sie sahen auch den Hoteldirektor neben ihm. Nicht ganz so wild armeschwenkend. Wahrscheinlich aber genauso unglücklich. Wenn nicht unglücklicher. Immerhin schwebten ihm hier gerade hundertfünfzigtausend Dollar davon. Der Neunjährige wandte sich unterdessen wieder der Torte zu, während alle anderen mit anderem beschäftigt waren.

Wieder ein paar Minuten später war in keiner Richtung mehr Land in Sicht. Julius fluchte nicht mehr über den roten Regler, sondern schmiss ihn über Bord, nachdem alle Versuche, das Ding wieder anzubringen, gescheitert waren.

Das Gas war unwiderruflich aufgedreht und brannte in munterem Strahl. Und in gewisser Hinsicht war das ja auch ganz gut, denn sonst wären sie jetzt ja ins Meer gefallen, mit Korb und allem Drum und Dran.

Julius schaute sich um. Auf der anderen Seite des Gasbehälters fand er ein Navigationsgerät. Das waren ja gute Neuigkeiten! Nicht, dass man das Gefährt hätte steuern können, aber jetzt konnten sie immerhin in Erfahrung bringen, wann damit zu rechnen war, dass wieder Land in Sicht kam.

Während Julius sich ins Geografische vertiefte, köpfte Allan die erste der vier mitgebrachten Champagnerflaschen.

»Hoppala«, sagte er, als der Korken über die Korbkante flog.

Julius fand, dass Allan die Situation nicht ernst genug nahm. Sie hatten schließlich keine Ahnung, wohin sie gerade unterwegs waren.

Doch, die meinte Allan sehr wohl zu haben.

»Ich bin so oft um die Welt gefahren, dass ich mir so langsam gemerkt habe, wie sie aussieht. Wenn der Wind weiter so bläst wie jetzt, landen wir in ein paar Wochen in Australien. Wenn er sich allerdings ein bisschen in diese Richtung da dreht, dann müssen wir noch ein paar Wochen länger warten.«

»Und wo landen wir dann?«

»Tja, am Nordpol nicht, aber da wolltest du ja sowieso nicht hin. Eher am Südpol.«

»Verdammt noch mal, was …?«, begann Julius, doch er wurde unterbrochen.

»Na, na, komm, hier hast du erst mal dein Glas. Jetzt stoßen wir erst mal richtig auf meinen Geburtstag an. Und du mach dir mal keine Sorgen. Das Gas in dieser Flasche ist alle, lange bevor wir den Südpol erreichen. Komm, setz dich.«

Julius folgte der Aufforderung, setzte sich auf den Hocker neben seinem Freund und schaute mit leerem Blick in die Luft. Allan sah, dass Julius schon wieder traurig war. Hier waren jetzt tröstende Worte gefragt.

»Stimmt schon, es sieht gerade düster aus, mein Freund. Aber das ist mir im Leben schon öfter passiert, und ich bin immer noch da. Du wirst schon sehen, der Wind dreht sich noch. Oder etwas in der Art.«

Allans absurde Gemütsruhe half Julius ein wenig. Und der Champagner würde dann vielleicht den Rest erledigen.

»Gib mir bitte die Flasche«, sagte er leise.

Und dann nahm er vier ordentliche Schlucke, ohne den Umweg übers Glas zu gehen.

Allan hatte insofern recht, als das Gas zu Ende ging, ohne dass Land in Sicht gewesen wäre. Der Behälter begann zu husten und zu spucken, und die Flamme benahm sich etwas erratisch, bis sie schließlich ganz ausging. Genau in dem Moment, als die Freunde die erste Flasche geleert hatten.

Ganz sachte sanken sie auf die Wasseroberfläche des Indischen Ozeans hinab, der an diesem Tag der reinste Stille Ozean war.

»Meinst du, der Korb schwimmt?«, fragte Julius.

»Das werden wir gleich sehen«, sagte Allan. »Schau mal!«

Der Hunderteinjährige hatte in der Holzkiste des Ballonfahrers gewühlt, in der verschiedene Utensilien für unvorhergesehene Ereignisse verstaut waren. Jetzt hielt er eine nigelnagelneue Befestigung für den roten Regler hoch.

»Schade, dass wir die nicht rechtzeitig gefunden haben. Und schau mal da!«

Zwei Leuchtraketen.

Die Bruchlandung auf dem Meer verlief glimpflicher, als Julius zu hoffen gewagt hätte. Der Korb schlug auf dem Wasser auf, tauchte einen halben Meter tief ein und glitt weiter, vom schieren Schwung und seinem Gewicht, neigte sich in einem Fünfundvierzig-Grad-Winkel, richtete sich wieder auf und schaukelte dann immer sachter auf und ab, wie der Schwimmer an einer Angel.

Die beiden alten Männer fielen um, als der Korb aufschlug und kippte, und landeten auf einem Haufen an einer Korbwand. Julius war schnell wieder auf den Beinen und hatte sein Messer gezückt, um den Korb von dem schlaffen Ballon zu trennen, der ihnen jetzt nichts mehr nützte, sondern sich auf die Wasseroberfläche legte und bald sinken und Korb und Männer mit in die Tiefe ziehen würde, wenn er konnte.

»Gut gemacht«, sagte Allan, der immer noch am Boden lag.

»Danke«, sagte Julius und half seinem Freund wieder auf den Hocker.

Dann schraubte Julius das schwere Gasaggregat ab und warf es ins Meer, zusammen mit den vier Streben, die die Konstruktion an Ort und Stelle gehalten hatten. Daraufhin wog das Ganze gleich mindestens fünfzig Kilo weniger. Julius wischte sich den Schweiß von der Stirn und setzte sich wieder neben seinen Freund.

»Und jetzt?«, fragte er.

»Ich würde sagen, jetzt köpfen wir noch eine Flasche Champagner, damit wir hier nicht ausnüchtern. Kannst du nicht eine von diesen Leuchtraketen abfeuern, während ich die Flasche aufmache?«

Es sickerte bereits Wasser durch die Seitenwände des Korbes, aber es war nicht so schlimm, sie würden erst in zwei Stunden sinken, meinte Allan. Beziehungsweise noch später, wenn sie nur irgendetwas Ordentliches zum Schöpfen hätten.

»In zwei Stunden kann viel passieren«, sagte er.

»Zum Beispiel?«, fragte Julius.

»Na ja, es kann natürlich auch sein, dass nur ein bisschen was passiert. Oder auch gar nichts.«

Julius öffnete die Verpackung der ersten Leuchtrakete und versuchte, die indonesischen Anweisungen zu verstehen. Er hatte einen kleinen Schwips und war deswegen nicht so verzweifelt, wie er eigentlich hätte sein müssen. Einerseits war ihm klar, dass er bald sterben würde. Andererseits befand er sich in Gesellschaft eines Mannes, der womöglich unsterblich war. Ein Mann, der weder von General Franco hingerichtet noch von der amerikanischen Einwanderungsbehörde lebenslänglich eingesperrt worden war, weder von Genosse Stalin erwürgt (obwohl nicht viel gefehlt hatte) noch von Kim Il-sung oder Mao Tse-tung umgebracht oder von der iranischen Grenzpatrouille erschossen worden war, dem in fünfundzwanzig Jahren als Doppelagent im Epizentrum des Kalten Krieges kein Haar gekrümmt, der von Breschnews Atem nicht gekillt und auch bei Präsident Nixons Sturz nicht mit in den Abgrund gerissen worden war.

Das Einzige, was darauf hindeutete, dass Allan jetzt sterben könnte, nachdem ihm das so viele Jahre nicht gelungen war, war, dass er in einem Flechtkorb saß, durch den Wasser eindrang, auf dem Meer irgendwo zwischen Indonesien, Australien und der Antarktis. Doch wenn der frischgebackene Hunderteinjährige auch das überlebte, war es ja nicht ganz abwegig, dass Julius sich da als Trittbrettfahrer mit durchmogeln konnte.

»Da muss man wohl einfach bloß hier ziehen«, sagte er und zog an der richtigen Schnur, hielt das Ganze dabei aber in die falsche Richtung, woraufhin die Signalrakete ins Wasser schoss und ihren Weg fortsetzte, bis sie in zweihundert Metern Tiefe logischerweise ausging.

Julius erwog, einfach aufzugeben. Aber Allan ließ den Korken der nächsten Flasche knallen, hielt sie seinem Freund hin und bat ihn, erst mal ein paar Schlucke zu nehmen – mit oder ohne Glas –, denn er sehe so aus, als könnte er es brauchen.

»Und dann versuchst du's noch mal mit der zweiten Rakete, würde ich sagen. Aber halt sie diesmal gerne nach oben, ich glaube, da sieht man sie besser.«

INDISCHER OZEAN

Der offizielle Auftrag des nordkoreanischen Containerschiffs *Ehre und Stärke* lautete, dass es dreißigtausend Tonnen Getreide von Havanna nach Pjöngjang transportieren sollte. Ein deutlich weniger offizieller Nebenauftrag lautete, südöstlich von Madagaskar die Geschwindigkeit zu drosseln und nachts im Schutze der Dunkelheit vier Kilo angereichertes Uran an Bord zu nehmen. Das war von einem Kurier zum nächsten aus dem Kongo über Burundi und Tansania nach Mosambik befördert worden und von dort weiter auf die Insel östlich des afrikanischen Kontinents, die *Ehre und Stärke* ohnehin passieren sollte.

Den Nordkoreanern war klar, dass sie nicht unbeobachtet waren. Erst vor ein paar Jahren war ein Schiff in einem von Rebellen kontrollierten Hafen in Libyen hängen geblieben, bis es dem Kapitän zu guter Letzt gelang, sich freizukaufen, damals mit einem Schiff voller Öl. Auf dem Rückweg von Kuba in Somalia, dem Iran oder einem anderen Land mit ähnlichem Ruf haltzumachen, führte natürlich zu nichts anderem, als dass auf offener See eine UNO-Truppe an Bord kam. Das war alles schon vorgekommen, zuletzt in der Nähe von Panama. Da befanden sich doch tatsächlich Flugzeugmotoren und Hightech-Elektronik unter dem Getreide, was gegen das geltende UNO-Embargo gegen die stolze Demokratische Volksrepublik verstieß. Erbost hatten die Koreaner der Welt mitgeteilt, dass die Welt die Motoren und die Elektronik eingeladen hatte, nicht die Koreaner.

Diesmal trat man die Heimreise von Kuba in die andere Richtung an – die Welt war schließlich rund. Offiziell hieß es, dass die Demokratische Volksrepublik sich nicht noch einmal auf dieselbe Art beleidigen lassen wollte. Was man verschwieg, war die Tatsache, dass man unterwegs noch etwas zu erledigen hatte.

Bis jetzt war alles gut gegangen statt schief. Kapitän Pak Chong-un hatte den Frachtraum mit qualitativ hochwertigem Getreide vollgeladen, das dem Obersten Führer ziemlich egal war, denn er aß sich ja sowieso satt. Aber zusätzlich hatte man jetzt auch noch vier Kilo angereichertes und bleiummanteltes Uran an Bord, gesichert in einer nordkoreanischen Aktentasche. Das Uran war eine Voraussetzung für den immer noch wichtigen Kampf gegen die amerikanischen Hunde und ihre Alliierten südlich des achtunddreißigsten Breitengrades. Die Menge, vier Kilo, war natürlich nichts, worauf man die Zukunft des Landes bauen konnte, aber das war ja auch gar nicht die Absicht. Es war ein Test des Vertriebswegs an sich. Wenn alles gut ging, würde man die Einsätze um ein Vielfaches erhöhen, das hatten die Russen versprochen.

Kapitän Pak konnte geradezu spüren, wie die imperialistischen Satelliten den Weg des Schiffes zurück nach Pjöngjang verfolgten, wie immer bereit, irgendwelche Vorwände zu finden, an Bord ihres Schiffes zu gehen, sie zu erniedrigen und zu schikanieren.

Pak verwahrte die Aktentasche im Tresor in der Kapitänskajüte – diese Gangsterbande würde ja doch finden, was sie suchte, wenn sie an Bord kommen sollte. Doch dafür gab es bis jetzt keine Anzeichen. Noch waren keine Fehler begangen worden. Bald gab es nichts mehr, was den Kapitän daran hinderte, im Triumph heimzukehren.

Pak Chong-un wurde vom ersten Steuermann aus seinen Gedanken gerissen, der hereinkam, ohne anzuklopfen.

»Kapitän!«, sagte er. »Wir haben eine Signalrakete gesichtet, vier Distanzminuten nördlich von unserer Position. Was sollen wir tun? Sie ignorieren?«

Verdammt! Wo doch alles gerade so gut aussah! Mehrere Gedanken schossen Kapitän Pak gleichzeitig durch den Kopf. Konnte das eine Falle sein? Jemand, der sich das Uran aneignen wollte? Am besten tat man natürlich so, als hätte man nichts gesehen, wie der Steuermann gerade angedeutet hatte.

Aber wer hier garantiert zuschaute, waren die verdammten Amerikaner. Aus dem Weltraum. Und jetzt machten sie bestimmt gerade Bilder. Ein nordkoreanisches Schiff, das darauf pfiff, Schiffsbrüchigen auf hoher See zu Hilfe zu kommen – das wäre ein Verstoß gegen das internationale Seerecht, ein enormer PR-Schaden für den Obersten Führer (und Kapitän Pak würde man natürlich exekutieren).

Nein, es war wohl besser, wenn man nachschaute, woher die Rakete gekommen war.

»Schämen Sie sich, Steuermann!«, sagte Kapitän Pak Chong-un. »Vertreter der Demokratischen Volksrepublik Korea lassen Menschen in Not nicht im Stich. Ändern Sie den Kurs und bereiten Sie die Rettungsaktion vor. Marsch!«

Der erste Steuermann salutierte erschrocken und schoss davon. Er verfluchte sich selbst dafür, dass er seine Zunge nicht besser im Zaum gehalten hatte. Wenn der Kapitän davon Bericht erstattete, war es mit seiner Karriere vorbei. Im besten Fall.

* * * *

Das Wasser reichte den Freunden im Korb auf dem Meer jetzt schon bis zu den Knöcheln. Allan saß mit seinem schwarzen Tablett da und überlegte, wie es sein konnte, dass das Ding mitten im Nirgendwo funktionierte.

»Hör mal her!«, sagte er.

Und er erzählte seinem Freund, dass es doch nicht nur Präsidenten waren, die sich auf der Welt blamierten, wie zum Beispiel Robert Mugabe in Zimbabwe, der Homosexualität als »unafrikanisch« definierte und bestimmte, dass sie mit zehn Jahren Gefängnis bestraft werden konnte, damit der Homosexuelle seine Lektion lernte. Jetzt war auch noch Mugabes Frau mit einem Verlängerungskabel auf ein Mädchen losgegangen, das mit dem Sohn des Paares in einem Hotelzimmer gewesen war. Offenbar hatte man in der Familie auch Probleme mit Heterosexualität.

Julius war jedoch zu niedergeschlagen, um die neueste Nachricht seines Freundes irgendwie zu kommentieren, und er wollte ihn gerade bitten, still zu sein, damit er einfach in Ruhe sterben konnte. Da wurde er von einem fernen Nebelhorn aus seinen Gedanken gerissen. In weiter Ferne konnten Allan und er ein Schiff ausmachen. Mit Kurs direkt auf ihren Korb.

»Verdammt aber auch«, sagte Julius. »Das hier überlebst du also auch noch, Allan.«

»Du auch, wie's aussieht«, sagte Allan.

* * * *

Das Einzige, was die beiden alten Männer mit an Bord nahmen, war Allans schwarzes Tablett und die letzte Flasche Champagner. Allan hielt das Tablett in der einen Hand und den Champagner in der anderen, als Julius und er auf dem Vorderdeck Kapitän Pak begegneten.

»Guten Tag, Herr Kapitän«, sagte er der Reihe nach auf Englisch, Russisch, Mandarin und Spanisch.

»Guten Tag«, erwiderte der verblüffte Kapitän auf Englisch.

Er beherrschte sowohl Russisch als auch Mandarin und besaß nach seinen diversen Kuba-Fahrten auch gewisse Kenntnisse des Spanischen, aber er war der einzige Offizier mit Englischkenntnissen, und sein Instinkt sagte ihm, je weniger Ohren hier lauschten und verstanden, desto besser. Zumindest bis sich diese unklare Situation geklärt hatte.

Kapitän Pak teilte den schiffbrüchigen Herren mit, dass ihnen soeben im Namen der Demokratischen Volksrepublik Korea und zur höheren Ehre des Obersten Führers das Leben gerettet worden war.

»Grüßen Sie den Großen schön von uns und richten Sie ihm unseren Dank aus, wenn Sie ihn künftig sehen sollten«, sagte Allan. »Was meinen Sie denn, wo Sie uns auf Ihrem Weg als Nächstes absetzen könnten? Gerne in Indonesien, wenn es Ihnen keine Umstände macht, denn wir haben leider keine Ausweispapiere mitgenommen, und dann kann es leicht mal sehr heikel werden, wenn man Landesgrenzen überschreiten will, wissen Sie?«

Oh ja, Kapitän Pak wusste, wie überaus heikel es werden konnte, wenn man Landesgrenzen überschreiten wollte. Dort, wo er herkam, machte man das nicht so ohne Weiteres. Aber deswegen ließ er sich trotzdem auf keine Fraternisierung mit den fremden Herren ein, die er da aus einem Korb auf offener See gefischt hatte. Und ganz bestimmt nicht vor der Mannschaft, egal in welcher Sprache.

»Als Kommandant bin ich von Gesetz her verpflichtet, während der Reise die Fracht des Schiffes sorgfältig zu bewachen und ansonsten die Interessen des Frachteigentümers zu wahren. Nach demselben Gesetz bin ich verpflichtet, das Schiff mit der gebotenen Eile in den Heimathafen zu bringen.«

»Was heißt das?«, fragte Julius nervös.

»Das, was ich eben gesagt habe«, sagte Kapitän Pak.

»Das heißt, dass er nicht vorhat, uns irgendwo abzusetzen, bis wir in Pjöngjang sind«, sagte Allan.

Julius zog es so gar nicht nach Nordkorea.

»Bitte, Herr Kapitän«, sagte er. »Wir haben hier zufällig eine Flasche Champagner, weil wir uns dachten, die kann uns gut zupasskommen, wenn wir aufgefischt werden, so wie jetzt. Sie ist nicht ganz so gut gekühlt, wie es sich gehören würde, aber wenn Sie nichts dagegen haben, Herr Kapitän, dann teilen wir sie gern mit Ihnen. Dann können wir uns ein bisschen kennenlernen und mal schauen, was für Lösungen vielleicht gleich um die Ecke warten.«

Das hatte Julius bestens formuliert, fand Allan und hob zur Bekräftigung die Flasche hoch.

Der Kapitän nahm sie Allan aus der Hand und teilte ihnen mit, die sei konfisziert, weil hier an Bord Alkoholverbot herrsche.

Alkoholverbot?, dachte Allan und hätte am liebsten darum gebeten, dass man ihn in den Korb zurückklettern ließ.

»Die Herren werden in zwei Stunden aus rein informativen Gründen verhört. Bis auf Weiteres werden Sie keines Verbrechens verdächtigt, aber das kann sich ändern. Ich habe vor, das Verhör persönlich durchzuführen. Die erste Frage wird sein, wer Sie sind und warum Sie beschlossen haben, in einem Weidenkorb auf offener See zu treiben. Mit einer Flasche Champagner. Aber dazu später.«

Dann wandte sich Kapitän Pak an seinen ersten Steuermann, dem er mitteilte, er habe seine Sachen zu packen und bei der Besatzung einzuziehen, weil er gerade seine Offizierskajüte losgeworden sei. In die werde er jetzt nämlich die beiden fremden Männer einquartieren. Des Weiteren solle der erste Steuermann dafür sorgen, dass rund um die Uhr ein Matrose vor der Kajüte Wache stand, wenn er diese Pflicht nicht sogar selbst übernehmen wolle, damit die beiden Herren nicht zu Schaden kamen beziehungsweise sich irgendetwas Schädliches einfallen ließen.

Der Steuermann salutierte. Er war gar nicht glücklich über die Entwicklung der Lage. Sich unter die Besatzung mischen zu müssen wegen zwei älteren Weißen … nein, der Kapitän hätte die beiden wirklich auf dem Meer lassen sollen. Die Sache konnte nur so übel enden, wie sie angefangen hatte.

Kapitän Pak Chong-un ahnte Probleme. Noch einmal kontrollierte er den Inhalt hinter der ansonsten ebenso verschlossenen Tür zum Tresor in der Kapitänskajüte. Den Schlüssel verwahrte er an einer Kette um den Hals.

Der Tresor enthielt die vorgeschriebenen Logbücher, ein Exemplar des Seerechts sowie eine Aktentasche mit vier Kilo bleiummanteltem angereichertem Uran.

Der Auftrag, den er persönlich vom Obersten Führer bekommen

hatte, stand drei Tage vor seiner Erfüllung. Am Himmel seines Auftrages waren keine Wolken zu sehen. Also, buchstäblich gesprochen. Dazu gehörte wie immer, dass die Satelliten der Amerikaner ein wachsames Auge auf ihn hatten. Das war durchaus eine Wolke, wenn auch nur bildlich gesprochen. Eine zweite Wolke waren die beiden fremden Männer in der Kajüte des ersten Steuermanns, Wand an Wand mit seiner.

»Puh«, gestattete sich Kapitän Pak die Situation zusammenzufassen, bevor er die paar Schritte zur Nachbarkajüte ging. Er schaute den Wachposten grimmig an, bis der begriff, dass er seinem Kapitän die Tür aufmachen sollte. Und dann schaute er ihn noch einmal grimmig an, bis die Wache ebendiese Tür wieder schloss.

»Meine Herren, Zeit fürs Verhör«, verkündete Kapitän Pak Chong-un.

»Fein«, sagte Allan.

KONGO

Der Kongo ist der zweitgrößte Staat Afrikas und war schon immer hauptsächlich an zweierlei reich: Bodenschätzen und Elend.

Am allerelendsten war es, als der belgische König Leopold II. das Land als seine private Gummiplantage nutzte. Er ließ jeden versklaven, den er kriegen konnte, und brachte an die zehn Millionen Menschen um die Ecke. Einmal ganz Schweden. Oder ganz Belgien, wem das lieber ist.

Als der Kongo viele schwere Jahre später unabhängig wurde, landete ein gewisser Joseph Mobutu auf dem Präsidentensessel. Zu Berühmtheit gelangte er vor allem dadurch, dass er die Bodenschätze seines Landes unter dem Tisch an den Meistbietenden verschacherte, das Geld selbst einstrich und seinen Namen änderte in »Der Allmächtige Krieger, Der Dank Seiner Ausdauer Und Seinem Unbändigen Siegeswillen Von Sieg Zu Sieg Eilt Und Dabei Eine Feurige Spur Hinterlässt«.

Die USA hielten diesen Typen für die Zukunft des Kongo und Afrikas.

Mit der wohlwollenden Hilfe der CIA blieb also Der Allmächtige Krieger mehrere Jahrzehnte an der Macht. An die Stelle des Gummis als interessantestem Rohstoff war Uran getreten. Die USA bekamen ausgerechnet aus dem Kongo das Uran für die Atombomben, die sie auf Hiroshima und Nagasaki abwarfen, und sie zeigten sich für diese Hilfe erkenntlich, indem sie die Einrichtung eines kongolesischen Kernforschungszentrums unterstützten. Unter der Leitung Des Allmächtigen Kriegers, Der Eine Feurige Spur Hinterließ. Vielleicht nicht unbedingt die schlaueste politische Entscheidung in der Geschichte der USA.

In dem Land, in dem alles ausnahmslos korrupt war, verschwanden große Mengen angereichertes Uran. Ein Teil tauchte hie und da wieder auf und konnte sichergestellt werden, während eine unbekannte Menge verschwunden war und blieb.

Die Zeit verging. Die wichtigsten Geheimdienste der westlichen Welt konnten irgendwann einfach nicht mehr suchen, was sich ja doch nicht finden ließ. Blieb bloß noch der Versuch zu verhindern, dass weitere Mengen auf den Schwarzmarkt gelangten. Der eine oder andere Mitarbeiter der operativen Einheiten tröstete sich mit dem Gedanken, dass das bereits verschwundene Uran ja von Jahr zu Jahr an Wirkung verlor.

Die deutsche Bundeskanzlerin Angela Merkel verfügte indessen über Kenntnisse, die ihr nicht gestatteten, die Dinge so hoffnungsvoll zu betrachten. Frau Merkel war schon länger dabei als die meisten Staatslenker dieser Welt, und sie setzte darauf, dass man sie nächsten Herbst noch einmal wählen würde. Ihr Wissen als Doktorin der Physikalischen Chemie sagte ihr, dass sie wohl kaum noch auf ihrem Posten sein würde, wenn das verschwundene Isotop dereinst keine potenzielle Bedrohung mehr für ihr Land ausmachte. Im Alter von dreiundsechzig Jahren und nach achtundzwanzig Jahren in der Politik hatte sie allemal noch viel zu geben. Doch ihre Halbwertszeit war wohl immer noch bedeutend kürzer als die des angereicherten Urans: vier Komma fünf Milliarden Jahre.

NORDKOREA

Kim Jong-un hatte nie darum gebeten, der zu werden, der er letztlich wurde. Eigentlich standen zwei ältere Brüder vor ihm in der Schlange, aber der eine machte sich unmöglich, indem er seine Familie unter den Arm klemmte, sich unter falschem Namen außer Landes stahl und nach Tokyo fuhr, um ein bisschen auf den Schlamm zu hauen. Und dann auch noch in Disneyland – zwei Fehler von zwei möglichen. Und den anderen hielt Papa Kim Jong-il für zu weichlich. Was in erster Linie bedeutete, dass man ihn für homosexuell hielt. Das Recht zu lieben, wen man wollte, wurde hüben wie drüben infrage gestellt.

Papa Kim hatte schon ein reifes Alter erreicht, als er nach dem Ewigen Präsidenten Kim Il-sung das Ruder übernahm, und er hatte wohl vor, seinem jüngsten Sohn eine ähnliche Eingewöhnungsphase zu geben. Das Problem mit dem Leben ist jedoch, dass Hohe wie Niedere eben sterben, wenn sie sterben. Auf einmal stand der fünfundzwanzigjährige Sohn da und sollte das Erbe des gerade verstorbenen Vaters antreten. Oder vielleicht ein bisschen mehr als das, denn Papa ging in die Geschichte ein als der Mann, der ein hungriges Volk endgültig in den Hungertod führte.

Der junge Kim stieg innerhalb weniger Monate vom leidlich guten Gameboy-Spieler zum Dreisternegeneral auf. Internationale Analytiker sagten ihm keine großen Chancen voraus. Ein Welpe als Befehlshaber einer Reihe altgedienter, erfahrener Offiziere, inklusive dem eigenen Onkel des Welpen – das konnte doch niemals gut gehen?

Ging es auch nicht. Soll heißen, für den Onkel und die Generäle ging es nicht so gut. Vielleicht schmiedeten sie ja Pläne, aber bevor sie fertig geschmiedet hatten, wurden sie allesamt beseitigt. Wie sich herausstellte, war der junge Kim kein Mann, mit dem man Schlitten fahren konnte. Der Onkel wurde zum Tode verurteilt, unter anderem wegen ehelicher Untreue. Nirgendwo in der zwölfseitigen Urteilsbegründung stand ein Wort darüber, dass der Vater des jungen Kim fünf Kinder mit drei Frauen gehabt hatte.

Der junge Kim hatte vor ein paar Jahren unter Decknamen eine Schulbildung in der Schweiz genossen, während seine Mutter in Europa herumreiste, um Dinge zu kaufen, die der Nordkoreaner gemeinhin nur von Bildern kennt. Kim interessierte sich mehr für Basketball und Computerspiele als für Mädchen, aber er blamierte sich nicht mit seinen Noten. Und als er über Nacht und mit mäßiger Begeisterung die ganze Nation übernehmen musste, die sein Großvater aufgebaut und sein Vater zum Teil zerstört hatte, orientierte er sich eher an seinem Großvater. Er war extrovertiert, mischte sich unters Volk, konnte dem einen oder anderen Mitbürger schon mal herzhaft auf den Rücken klopfen, wenn ihm danach zumute war, und er *unterhielt* sich sogar mit den Leuten. Vor allem aber nahm er ein paar Feinjustierungen am selbst gebastelten kommunistischen System vor, woraufhin das Essen nicht mehr auf gar so vielen Tischen gar so früh zu Ende ging.

Und während die Welt noch erschrocken über den Welpen kicherte, sorgte er dafür, dass seine Bürger nicht mehr verhungerten. Ihm war klar, dass das Land, das er geerbt hatte, entweder seine letzten Atemzüge tun oder gegen die Welt aufmucken musste, die auf seinen Tod hinarbeitete.

Er entschied sich fürs Aufmucken.

Das Ärgerliche dabei waren die unzureichenden nordkoreanischen

Finanzen. Sämtliche veralteten sowjetischen Panzer und Artilleriegeschütze gegen moderneres Gerät auszutauschen, würde wesentlich mehr kosten, als Rücklagen in den Schubladen vorhanden waren. Da war es doch besser, bei dem Projekt, das sein Vater mit gewissem Erfolg vorangetrieben hatte, ein bisschen auf die Tube zu drücken.

Nicht viele Bomben. Sondern wenige. Dafür mit ordentlich Bums dahinter.

Kurz und gut: Kernwaffen.

Mit seinem weiterentwickelten Kernwaffenprogramm und einer endlosen Serie von Testläufen mit Mittelstreckenraketen gab er der bis dahin höhnisch lächelnden Umwelt zu verstehen, dass Nordkorea immer noch im Rennen war. Dass ebendiese Umwelt aufgeschreckt reagierte, mit Sanktionen und wiederholten Missfallensbekundungen, passte dem jungen Kim ganz gut. Im Übrigen war er nicht mehr der junge Kim, sondern der Oberste Führer.

Da kam es wie ein Geschenk des Himmels, dass die USA einen Präsidenten, der Träger des Friedensnobelpreises war, gegen einen Präsidenten austauschten, der ständig in Kim Jong-uns Falle tappte. Jedes Mal, wenn Donald Trump herumplärrte, Nordkorea werde von »Feuer und Zorn« getroffen werden, wurde die Position des Obersten Führers gestärkt.

In seinem ersten Jahr an der Macht hatte Kim Jong-un mehr geschafft als sein Vater in einem ganzen Leben. Im Grunde gab es nur eines, was ihm Kummer bereitete: Dass seine eigenen Plutoniumanlagen solche Schwierigkeiten hatten, welches herzustellen. Der Nachteil an Plutonium ist nämlich der, dass es nicht als natürlicher Rohstoff in der Erde vorkommt. Wer welches zum Rumspielen haben will, mit Kernwaffen zum Beispiel, muss es zunächst mal selbst herstellen.

Und das ist kein Kinderspiel.

Schon die Herstellung von fünf jämmerlichen Gramm ist eine Heidenarbeit. Aber angenommen, es gelingt einem – dann muss es anschließend zu neunundneunzig Prozent oder mehr stabilisiert werden, mithilfe des Elements Gallium, welches wiederum die nervige Eigenschaft hat, dass es ungefähr so leicht schmilzt wie Schokoladeneis in der Sonne.

Damit einem nicht der ganze Plutonium-Prozess zwischen den Fingern davonläuft, braucht man eine hochmoderne Zentrifuge, und die ist fast so kompliziert wie der gesamte Prozess, für den sie gedacht ist.

Und das alles wegen fünf Gramm waffentauglichem Plutonium 239. Für die Ladung einer Kernwaffe, die ihren Namen verdient, braucht man eher fünf Kilo.

Das hätte sich bestimmt alles prima lösen lassen, wenn nur die Russen aufgehört hätten, so unfassbar rumzueiern. Sie hatten hinter verschlossenen Türen versprochen, so eine Zentrifuge zu liefern, doch jetzt kamen sie auf einmal mit tausend Ausreden daher. Aber man konnte nicht Ewigkeiten warten, bis sie mal in die Hufe kamen mit ihrer Entscheidung. Kim Jong-un hasste es, derart auf andere angewiesen zu sein.

Außerdem waren die Russen Meister des doppelten Spiels. Die konnten am Montag für Sanktionen gegen Nordkorea stimmen, am Dienstag so halb die Zusage für die Zentrifuge geben, und bevor die Woche um war, hatten sie einem noch wertvolle Uran-Kontakte vermittelt.

Die Alternative zu selbst hergestelltem Plutonium war nämlich angereichertes Uran. Das gab es auf dem Schwarzmarkt, im dunkelsten Teil von Afrika. Aber die stolze demokratische Republik hatte viele Feinde dort draußen. Und eine halbe Tonne Material für Kernwaffen war nun nichts, was man mit DHL von Kontinent zu Kontinent schickte.

Jetzt hatten die schizophrenen Figuren in Moskau ihnen den Tipp gegeben, es mit angereichertem Uran aus dem Kongo zu versuchen.

Aber konnte man dem Lieferanten trauen?

Und würden die Vertriebswege funktionieren?

Beide Fragen wurden gerade genauer untersucht.

USA – NORDKOREA

Der neue Präsident der USA hatte seinen Sicherheitsberater feuern müssen, weil sich nämlich herausgestellt hatte, dass dieser Berater ein Sicherheitsrisiko war. Im Übrigen lag sein Hauptaugenmerk in den ersten Wochen der Präsidentschaft darauf, den Medien Manieren beizubringen. Das gelang nur bedingt.

Deswegen kam es fast wie eine willkommene Unterbrechung für Trump, als der Oberste Führer in Pjöngjang die ballistische Mittelstreckenrakete Pukguksong-2 fünfhundert Kilometer weit schoss, bis ins Japanische Meer.

Auf amerikanische, japanische und südkoreanische Initiative hin wurde der Sicherheitsrat der UNO einberufen, um den nordkoreanischen Atomtest sofort einhellig zu verurteilen. Die UNO-Beauftragte der USA sagte in einem Kommentar, es sei »an der Zeit, Nordkorea zur Verantwortung zu ziehen – nicht nur durch Worte, sondern auch durch Taten«. Wie diese Taten aussehen sollten, überließ sie gerne dem Präsidenten, der wiederum eine Reihe von Vorschlägen twitterte.

In diesem Jahr war das kleine Schweden als Mitglied in besagten Sicherheitsrat gewählt worden. Die schwedische Außenministerin Margot Wallström hatte sich einen Ruf sowohl für ihre unumwundene Ausdrucksweise als auch für ihre Tatkraft erworben. Eine unbestätigte Quelle berichtete, dass Benjamin Netanjahu in Tel Aviv ein Bild von ihr in seinem Büro hängen hatte, das er mit Dartpfeilen bewarf, wenn er seinen Frust abreagieren wollte. Das wiederum lag in erster Linie darin begründet, dass Schweden auf Margot Wallströms Initiative den Staat Palästina anerkannte. Einen Staat ohne festgelegte Grenzen, ohne eine funktionierende Regierung und – wie Netanjahu und andere es sahen – einen Staat voller Terroristen.

Doch Margot Wallström schlug sich wacker weiter. Und jetzt, im Sicherheitsrat, strebte sie hohe Ziele an. Sie ließ verlauten, dass sie als Repräsentantin Schwedens und des UNO-Sicherheitsrats persönlich in Pjöngjang vorstellig werden würde, um mit dem Obersten Führer ein direktes Gespräch über den Ernst der Lage zu führen. Der Besuch musste natürlich von Nordkorea abgesegnet und ganz inoffiziell gehalten werden. Ein diplomatisches Spiel auf hohem Niveau, aber immerhin ein ernsthafter Versuch, die Töne der allgemeinen Kriegsrhetorik auf beiden Seiten wieder etwas einzudämmen.

Kein westliches Land unterhielt eine ähnlich genuine diplomatische Beziehung zu Nordkorea wie Schweden. Der Sicherheitsrat gab Wallström grünes Licht. Nun musste nur noch der Oberste Führer davon überzeugt werden, dasselbe zu tun.

* * * *

Wäre Torsten Lövenstierna Sportler gewesen, er wäre weltberühmt und Multimillionär geworden. Doch nun war er Diplomat, weswegen noch nie jemand von ihm gehört hatte.

In seinen knapp dreißig Jahren im schwedischen Auswärtigen Amt hatte er geräuschlos seinen qualifizierten Dienst im Mittleren Osten, in Ägypten, im Irak, in der Türkei und Afghanistan geleistet. Zu seinen Verdiensten zählte seine Dienstzeit bei der UNO in New York, insbesondere als Ratgeber bei der Irak-Inspektion, außerdem hatte er eine führende Rolle in Mazar-e Sharif gespielt und war schwedischer Generalkonsul in Istanbul gewesen.

Was Torsten Lövenstierna nicht über die gehobene Diplomatie wusste, war es nicht wert, gewusst zu werden. Nun war er schwedischer Botschafter in Pjöngjang, sein bisher vielleicht kompliziertester Botschafterposten.

Manche behaupteten, er sei ein Genie. Mochte dem nun sein, wie es wolle, dieser Mann hatte auf jeden Fall den heiklen Auftrag bekommen, die Nordkoreaner auf die Schiene der diskreten diplomatischen Vermittlung zu holen.

Der Weltfrieden stand auf dem Spiel. Wie immer bereitete sich Torsten Lövenstierna minutiös vor. Dann beantragte er – und bekam – eine Audienz beim Obersten Führer. Der Botschafter war nicht nervös, dazu war er schon zu lange dabei, aber er war extrem konzentriert.

Mit großer Schärfe und dem rechten Wort im haargenau rechten Augenblick brachte er die Argumente der Vereinten Nationen vor, warum eine diskrete Vermittlung vor Ort in Pjöngjang im Interesse des erwähnten Weltfriedens war. Er stellte es so geschickt an, dass er bis zu Ende sprechen konnte, ohne ein einziges Mal unterbrochen zu werden. Was Torsten Lövenstierna beim Obersten ausrichtete, war nichts weniger als eine diplomatische Heldentat.

Als er fertig war, bedankte er sich, dass er die kostbare Zeit des Obersten Führers hatte in Anspruch nehmen dürfen, und wartete seine Antwort ab.

Der Oberste Führer sah dem Stardiplomaten in die Augen und sagte:

»Eine heimliche Friedenskonferenz? Hier? Das ist ja wohl das Dümmste, was ich je im Leben gehört habe.«

Und damit war die Audienz beendet.

»Dann bitte ich, mich zurückziehen zu dürfen«, sagte Botschafter Lövenstierna und ging rückwärts aus dem riesigen Büro des Obersten Führers. Und dabei wäre es dann wohl geblieben. Wenn Allan Karlsson nicht gewesen wäre.

INDISCHER OZEAN

Kapitän Pak Chong-un setzte sich auf den letzten freien Stuhl am Tisch in der Kabine des ersten Steuermanns. Auf den beiden anderen Stühlen saßen bereits Allan und Julius.

Der Kapitän holte Papier und Stift hervor und begann mit der Frage, wie die Herren hießen, woher sie kamen und was sie sich dabei gedacht hatten, in einem Flechtkorb fünfzig Seemeilen vor der nächsten Küste zu treiben.

So was kann Allan am besten, dachte sich Julius und sagte nichts. Allan dachte nicht so viel, sagte aber umso mehr.

»Ich heiße Allan. Und das ist mein bester Freund Julius. Er ist Spargelbauer. Ich bin nichts, außer alt. Ich bin heute hunderteins geworden, kann sich der Herr Kapitän so was vorstellen?«

Das konnte Kapitän Pak. Er fand, dass sich das Verhör schon mühsam anließ. Der Mann, der behauptete, älter zu sein, als ein normaler Mensch wurde, hatte etwas Unbekümmertes an sich. Das stimmte den Vernehmungsleiter sowohl nervös als auch wachsam.

»Von mir aus können Sie so alt sein, wie Sie wollen«, sagte Kapitän Pak. »Woher sind Sie, und was tun Sie hier?«

»Was wir hier tun?«, wiederholte Allan. »Aber mit Verlaub, Herr Kapitän, der Herr Kapitän selbst wollte uns doch nicht mehr weglassen.«

»Fangen Sie jetzt keinen Streit mit mir an«, sagte Kapitän Pak. »Sonst kann es sein, dass ich Sie schneller weglasse, als Sie schauen können. Es dauert sicher nicht länger als zehn, zwölf Tage, von hier nach Osttimor zu schwimmen, wenn Sie es darauf angelegt haben.«

Nein, darauf hatten es weder Allan noch Julius angelegt. Allan erklärte, dass eine Geburtstagsfeier auf Bali aus dem Ruder gelaufen war. Sie sollten eine Fahrt mit dem Heißluftballon über die Insel machen, aber als sich der Ballon losriss, drehte sich zufällig der Wind. Als der Herr Kapitän und sein Schiff die Freundlichkeit hatten vorbeizukommen, war nur noch der Korb übrig. Allan meinte, das habe sicher seltsam ausgesehen, aber letztlich gebe es immer für alles eine Erklärung.

»Etwa nicht?«, schloss er.

»Was nicht?«, fragte der Kapitän.

»Dass es letztlich immer für alles eine Erklärung gibt. Denn das ist doch so, finden Sie das nicht auch manchmal, Herr Kapitän?«

Julius schaute Allan bekümmert an. Er versuchte ihm zu vermitteln, dass es vielleicht nicht angebracht war, zu viel zu reden, denn der Kapitän hatte ja immer noch die Alternative, sie über Bord zu werfen.

»Sie meinen also, Sie sind Indonesier?«, fragte Pak ungläubig.

»Nein, wir sind aus Schweden«, sagte Allan. »Schönes Land. Sind Sie schon mal dort gewesen, Herr Kapitän? Nein? Na, da sollten Sie einen Besuch aber unbedingt einmal in Erwägung ziehen. Schnee im Winter und lange Tage im Sommer. Und auch feine Menschen. Also jedenfalls im Allgemeinen. Es gibt natürlich auch in unserem Land den einen oder anderen, auf den wir verzichten könnten. Ich hatte eine schrecklich giftige Vorsteherin im Altenheim, wo ich wohnte, bevor wir hier gelandet sind. Also, auf Bali. Mich schaudert heute noch, wenn ich an die denke. Kann der Herr Kapitän vielleicht verstehen, was ich meine?«

Dem Kapitän gefiel es gar nicht, dass der alte Mann den Spieß rumdrehte und seinerseits Fragen stellte. Wenn er nicht aufpasste, würde ihm die Kontrolle über das Gespräch entgleiten.

»Jetzt mal ganz von vorne.«

Und dann schrieb er sich Allans und Julius' vollständige Namen auf, Nationalität und Vorhaben. Das Vorhaben war also *nichts*. Dass sie auf dem Meer trieben, war keine Absicht gewesen. Als Kapitän Pak sich dazu durchrang, diese Geschichte zu glauben, begann er langsam, aber sicher auch an ein Leben nach dem Tod zu glauben.

Das Verhör wurde durch ein Klopfen an der Tür unterbrochen. Der zu Tode verängstigte Matrose draußen vor der Tür hatte den Auftrag nachzufragen, ob die Gäste Abendessen bekommen sollten. Ja, das hielt der Kapitän für angemessen. In fünfzehn bis zwanzig Minuten wäre es recht.

»Herrscht immer noch Alkoholverbot?«, fragte Allan, nachdem der Matrose gegangen war.

Das bejahte der Kapitän. Zum Essen gab es Wasser und Tee.

»Tee«, sagte Allan. »Sind Sie sicher, dass Sie uns nicht irgendwo unterwegs absetzen möchten, Herr Kapitän?«

»Das würde sowohl unsere Fracht als auch mein Leben gefährden. Bei guter Führung dürfen Sie uns in die Demokratische Volksrepublik begleiten.«

»Bei guter Führung?«

»Ganz genau. Dort wird sich dann der Oberste Führer auf bestmögliche Art um Sie kümmern.«

»So, wie er sich neulich auch um seinen Bruder gekümmert hat?«, fragte Allan.

Julius fluchte innerlich. Konnte der alte Mann sich nicht zusammenreißen? *Wollte* er unbedingt Haifutter werden?

Kapitän Pak hatte zwar nicht so ein schwarzes Tablett wie Allan, aber trotzdem Zugang zu Nachrichten aus aller Welt, solange er auf hoher See war. Er wusste von den Anschuldigungen in den internationalen Medien und stellte verärgert fest, dass sich der Herr Karlsson ja offensichtlich von der imperialistischen Propaganda habe täuschen lassen.

»*Kein* koreanischer Führer tötet seine Verwandten oder Besucher aus anderen Ländern.«

Eine Sekunde lang hegte Julius die eitle Hoffnung, dass der Hunderteinjährige zurückrudern würde. Als diese Sekunde verstrichen war, sagte Allan:

»Oh doch. Der einzige Grund, warum ich heute hier sitze, ist der, dass Mao Tse-tung mir vor ein paar Jahren das Leben gerettet hat, als Kim Il-sung mich erschießen lassen wollte. Mao kam übrigens erst in letzter Sekunde zu Hilfe.«

Was hörte Kapitän Pak Chong-un da? So viel Verkehrtes auf einmal. Ein Weißer, der den Ewigen Präsidenten der Republik schmähte. Den Präsidenten, der vor dreiundzwanzig Jahren in ebendiese Ewigkeit eingegangen war.

»Vor ein paar Jahren?«, wiederholte Kapitän Pak, der darauf wartete, dass sich seine Gedanken sinnvoll anordneten.

»Na ja, die Zeit vergeht halt schnell. Ich glaube, das müsste neunzehnhundertvierundfünfzig gewesen sein. Als Stalin ins Gras biss. Oder war das dreiundfünfzig?«

»Haben Sie den Ewigen Präsidenten der Republik etwa kennengelernt, Herr ... Karlsson?«

»Ja, sowohl ihn als auch seinen bösartigen Sohn. Aber die sind ja jetzt beide weitergesegelt. Nicht jeder wird gesünder im Laufe der Jahre. Abgesehen vom Gedächtnis. Und dem Gehör. Und den Knien. Und noch was, was ich vergessen habe, wie das eben so ist mit dem Gedächtnis.«

Kapitän Pak begriff, dass die Gefahr für ihn überhaupt nicht vorbei war. Der Mann hier vor ihm konnte eine unmittelbare Bedrohung für die Gesundheit des Kapitäns darstellen. Jemand nach Pjöngjang zu befördern, der eventuell den Ewigen Präsidenten geschmäht hatte, konnte im Grunde nur zu dem führen, was ... was nach Angaben der Imperialisten den Bruder des Obersten Führers ereilt hatte.

Andererseits: Jemand umzubringen, der mit dem ebenso ewigen

Präsidenten zusammengesessen hatte, ohne sich zuvor mit dessen Enkel abzustimmen …

Pest und Cholera! Kapitän Pak wog das Für und Wider gegeneinander ab. Julius war zu seiner eigenen Überraschung immer noch bei Bewusstsein. War Allan eigentlich klar, was für ein riskantes Spiel er hier spielte, oder war er einfach nur alt? Egal, der Hunderteinjährige hatte sich mit seinem Gerede in eine Lage gebracht, in der die Erwägung des Kapitäns, sie beide wieder ins Meer zu schmeißen, aktueller war denn je.

Julius überlegte, wie er die Situation retten könnte, und hörte sich selbst sagen:

»Unser Allan ist ein großer Vorkämpfer für die Freiheit der Demokratischen Volksrepublik. Und außerdem Kernwaffenexperte. Stimmt's, Allan?«

Kapitän Paks Atmung setzte kurz aus. Reflexartig schloss sich seine Rechte um den Tresorschlüssel, den er immer um den Hals trug, um sich zu versichern, dass er noch da war.

Kernwaffenexperte?, dachte er.

Allan dachte dasselbe. Er ahnte, dass er gegenüber dem mutmaßlichen Abstinenzler ein bisschen zu offensiv aufgetreten war. Und so, wie die Dinge jetzt standen, war es wohl am besten, wenn er bei der Geschichte mitspielte, die sein Freund gerade in die Welt gesetzt hatte.

»Das war nett gesagt, Julius. Ja, man könnte wohl sagen, wir sind Experten, allerdings jeder auf seinem Gebiet. Ich habe mich eben rein zufällig auf die Spezialität verlegt, das zusammenzuschustern, was wir in der guten alten Zeit Atombombe genannt haben. Das kann ich fast genauso gut wie Schnaps aus Ziegenmilch brennen. Aber wenn ich das richtig verstanden habe, kommt Schnaps auf diesem Schiff nicht so gut an. Wahrscheinlich haben Sie sowieso keine Ziegen an Bord, oder?«

Allan sah, dass die Hand des Kapitäns nach irgendetwas an seinem Hals griff, als das Wort »Kernwaffen« fiel. Das konnte natürlich ein Zufall sein. Oder es erklärte irgendwie, warum er so gequält aussah. Der Hunderteinjährige hatte einiges über das nordkoreanische Atomwaffenprogramm gelesen. Kim Jong-un hatte zum Ärger seiner Umgebung erst vor wenigen Tagen eine Mittelstreckenrakete übers Japanische Meer geschickt. Da hatte sich der alte Sprengstoffattentäter auf den neuesten Stand gebracht, mittels seines schwarzen Tabletts, auf dem alles stand, wenn man nur an der richtigen Stelle suchte.

Wie sich herausstellte, hatte sich viel getan an der Atombombenfront in den gut siebzig Jahren, seit Allan zuletzt Grund gehabt hatte, sich in die Materie zu vertiefen. Aber die Nordkoreaner schienen ja alles andere als führend zu sein auf diesem Gebiet. Anfänger traf es wohl eher. Internationale Sachverständige schätzten, dass es den Plutonium-Anlagen des Landes noch nicht gelungen war, das Gewünschte zu liefern.

Ob Allan das dem Kapitän einfach so sagen sollte, um zu testen, wie seine Reaktion ausfiel? Sicherheitshalber konnte er ja ein kleines *Versprechen* einbauen. Die Alternativen für Julius und ihn lauteten ja nicht mehr, entweder in Indonesien oder Nordkorea auszusteigen. Sondern entweder in Nordkorea freigelassen oder über die Reling geschmissen zu werden. Da klang Nordkorea doch noch netter.

»Wie gesagt«, sagte er. »Die Kernwaffen und ich sind die besten Freunde. Und Sie scheinen damit ja allerhand Probleme zu haben.«

Kapitän Pak legte sofort wieder die Hand auf den Schlüssel. Allan fuhr fort.

»Nach der erbärmlichen Stärke Ihrer ersten Kernwaffentests zu urteilen, haben Sie entweder noch keine richtige Plutonium-Produktion in Gang bekommen, oder Sie hatten viel zu wenig Uran. Vielleicht beides. Was das Uran angeht, könnte es noch die Alternative geben, dass Sie nicht kapiert haben, wie man es maximieren kann. So ergeht es den meisten Atomwaffenpfuschern. Kein Wunder, dass alle über Sie lachen.«

»Wer lacht über uns?«, fragte Kapitän Pak defensiv.

»Wer lacht nicht über Sie?«, fragte Allan zurück, und Julius betete im Stillen, dass sein Freund nicht noch weiter ging.

Doch Allan hatte jetzt Witterung aufgenommen. Der Kapitän protestierte nicht gegen seine Beschreibung der Lage, sondern verzettelte sich stattdessen in lahmer Polemik rund ums *Lachen*. Hatte Allan besser ins Schwarze getroffen, als er ahnen konnte?

»Uran«, wiederholte er, um sich vorzutasten.

Nur dieses eine Wort. Nichts anderes. Und noch einmal:

»Uran.«

Da wurde die Hand des Kapitäns um den Schlüssel beinahe weiß.

»Warum sagen Sie denn die ganze Zeit ›Uran‹?«, fragte er verärgert und verunsichert zugleich.

»Weil jemand, der auf zwei Plutonium-Anlagen zurückgreifen kann, dann aber nur Spielzeugbömbchen zündet, logischerweise ein Problem haben muss. Wer sein Plutonium nicht selbst herstellen kann, muss sich mit – tja, eben mit Uran trösten.«

Kapitän Pak versuchte, seine Hand erneut um den Schlüssel zu schließen, nur um festzustellen, dass sie bereits dort lag. Allan meinte, der Kapitän solle doch nicht so erschrocken dreinblicken. Ihm müsse doch klar sein, dass der weltweit führende Atomwaffenexperte – um unnötige Bescheidenheit mal beiseitezulassen – diesen Zusammenhang erfassen würde?

Wer diesen Zusammenhang nicht erfasste, war Julius. War Allan jetzt unter die Gedankenleser gegangen?

»Was für einen Zusammenhang?«, fragte Kapitän Pak und fürchtete bereits die Antwort.

Allan war nah dran, darauf zu tippen, dass das Schiff des Kapitäns geschmuggeltes Uran geladen hatte. Aber wenn er mit diesem Tipp danebenlag, würde sich ihre Lage jäh wieder verschlechtern.

»Nun reden wir doch nicht so viel vom Offensichtlichen«, meinte er. »Solche Dinge werden am besten mit Diskretion behandelt. Aber Sie müssen sich demnächst entscheiden, Herr Kapitän. Entweder fahren Julius und ich mit nach Pjöngjang und werden zusehen, dass wir Ihre jämmerlichen Atomwaffentests mal in den Griff kriegen. Oder Sie schmeißen uns endlich über Bord und erklären dem Obersten Führer anschließend, warum.«

Kapitän Pak spürte, dass er sich nichts mehr wünschte, als diese beiden Herren in ein paar Tausend Metern Tiefe zu versenken. Der Ältere freilich schien so viel zu wissen. Vielleicht mehr als die Experten der Republik? Wie patriotisch wäre es dann, dieses ganze Wissen an die Fische zu verfüttern?

Allan sah dem Kapitän an, dass er sich noch nicht entschieden hatte. Sicherheitshalber zog er die Schrauben noch mal an.

»Ich glaube, das ist heute Ihr Glückstag, Herr Kapitänshandlanger. Kommen Sie, wir machen jetzt Folgendes, zum Besten aller Beteiligten.«

Und dann versprach er, dem Obersten Führer alles zu erzählen, was er über die die Technik des Heißisostatpressing wusste.

»Heißisostat…«, versuchte es Kapitän Pak.

»Fast richtig«, sagte Allan. »Doppelte Kraft, ein Viertel Uran-Menge, um es kurz zu machen. Beziehungsweise die gleiche Menge, aber achtmal so viel Bums. Mit meiner Hilfe könnten Sie halb Japan in die Luft jagen, ohne mehr als ein paar Kilo dranzugeben. Auch wenn ich das nicht empfehlen würde, denn die verbleibenden Japaner würden mächtig böse werden, das kann ich Ihnen gleich sagen. Die Amerikaner bestimmt auch, obwohl sie seinerzeit einmal in gleicher Mission unterwegs waren. Mit gewissem Erfolg.«

»Heißisostat…«, versuchte es Kapitän Pak erneut, doch Allan zischte ihn nieder, dass er sofort verstummte.

»Das ist nun nichts, was der Herr Kapitän laut aussprechen sollte – selbst wenn es ihm gelänge, es so auszusprechen, wie es sich gehört.«

Kapitän Pak saß stumm auf seinem Stuhl und schien auf Allans Ansage zu warten, was jetzt als Nächstes kommen sollte.

Nun, zuallererst solle der Herr Kapitän sofort dafür sorgen, dass dieses kleinliche Alkoholverbot mal aufgehoben wurde. Wenn er sich Allan und Julius zum Champagnertrinken anschließen wolle, dürfe er das gerne, aber er müsse nicht. Sollte sich zufällig noch irgendetwas anderes Leckeres zu trinken in der Kapitänskajüte verstecken, sei er herzlich eingeladen, eine Flasche davon mitzubringen, damit der Champagner sich nicht so einsam fühlte.

»Das Alkoholverbot aufheben?«, fragte der Kapitän.

»Ruhe jetzt, und lassen Sie mich ausreden.«

Julius schloss die Augen, während Allan den Mann anschnauzte, der ihr Leben in der Hand hatte.

Allan fuhr fort, ihm wäre es ja am liebsten gewesen, wenn Julius und er getrennte Kabinen bekämen, weil sein Freund dazu neige, im Schlaf Radau zu machen. Aber im Namen der guten Zusammenarbeit könne man davon absehen. In der Zwischenzeit sollte der Kapitän – nachdem das mit den Getränken geordnet war – dem Obersten Führer Mitteilung machen.

»Richten Sie ihm aus, dass Sie die Lösung all seiner Probleme gefangen haben und dass die Demokratische Volksrepublik blühen wird wie nie zuvor, dank dem Heißisostatpressing-Verfahren und Ihrer Geistesgegenwart. Das koreanische Atomwaffenprogramm wird Höhen erreichen, die Sie nie für möglich gehalten hätten. Vorausgesetzt, das mit dem Champagner wird jetzt gleich mal geregelt. Und das andere auch.«

Kapitän Pak schrieb etwas auf seinen Zettel.

»Heiß-i-so-stat-pressing«, diktierte Allan. »Mit Heißisostatpressing 1200 erzielt man zwischen sechzig und achtzig GDM mehr als die USA. Und *doppelt* so viel im Vergleich zur russischen Kapazität.«

»GDM«, wiederholte Kapitän Pak und schrieb weiter.

»*Doppelt* so viel. Verstehen Sie das überhaupt, Herr Kapitän?«

Nein, er verstand es nicht recht, der Herr Kapitän. Julius auch nicht. Und Allan auch nicht, wie sich herausstellte, als die beiden Freunde wieder allein waren.

»Ich hab wohl mehr dazuerfunden, als unbedingt nötig gewesen wäre«, sagte er.

»Ach ja? Wie viel mehr denn?«, erkundigte sich Julius.

»Alles.«

* * * *

Kapitän Pak versprach nichts, als er die Kabine der Freunde verließ. Außer, dass er die Sache »bearbeiten« würde.

Irgendwo in seinem tiefsten Inneren hatte er sich wohl doch schon entschieden. Die Situation war immer noch lebensgefährlich für ihn, aber der potenzielle Vorteil für die Demokratische Volksrepublik und damit ihn selbst war zu groß. Wahrscheinlich wäre es wirklich sehr dumm, demjenigen, der den Schlüssel zum Heißiso-was-weiß-ich-Verfahren kannte, ein Haar zu krümmen oder ihn auch nur zu verstimmen.

Der Kapitän spürte, dass er mit seinem Beschluss festen Boden unter den Füßen hatte. Im Rahmen der Möglichkeiten. Er würde sich gleich hinsetzen und eine (anschließend verschlüsselte) Mitteilung an seinen Obersten Führer formulieren. Nur eines musste er vorher noch erledigen.

Zehn Minuten, nachdem der Kapitän Allan und Julius allein gelassen hatte, um die Sache zu bearbeiten, klopfte es vorsichtig an der Tür der beiden Herren. Es war der diensthabende Wachtmatrose, der mit Grüßen von Kapitän Pak Chong-un erst eine Flasche Champagner überreichte und dann eine ebensolche mit dunklem kubanischem Rum. Dann fragte er auf Russisch, was die Herren ansonsten zum Essen trinken wollten.

»Ich glaube, wir kommen zurecht mit dem, was wir hier haben, danke«, sagte Allan. »Wenn Sie wollen, können Sie gerne unseren Tee haben.«

Der Matrose verbeugte sich und ging. Den Tee ließ er da. Kurz darauf war er zurück mit einem Fleischgericht mit Reis.

Die Freunde ließen es sich schmecken. Fragte sich nur, womit sie das Essen herunterspülen sollten.

»Ich würde sagen, wir fangen mit dem Rum an«, meinte Allan. »Und den Champagner dann zum Nachtisch. Mit dem Tee hätten wir uns vielleicht die Zähne putzen können, wenn wir bloß unsere Zahnbürsten mitgenommen hätten. Und morgen müssen wir uns dann eben was Schlaues zum Heißisostatpressing-Verfahren und GDM einfallen lassen.«

»Wir?«, fragte Julius.

INDISCHER OZEAN

Der verschlüsselte Bericht vom Kapitän der *Ehre und Stärke* war schlichtweg sensationell. Kim Jong-un las ihn selbst und zog seine eigenen Schlussfolgerungen. Mit seiner Eigenheit, gewisse Angelegenheiten ungerne nach unten zu delegieren, hatte er Ähnlichkeiten mit dem Kollegen Trump in Washington. Nur vielleicht mit dem Unterschied, dass Trump seine Schlussfolgerungen zog, *ohne* vorher etwas gelesen zu haben.

Es war dem Kapitän gelungen, das nicht existierende Wort Heißisostatpressing-Verfahren richtig zu buchstabieren. Und die sinnfreie Buchstabenkombination GDM hatte er auch in der richtigen Reihenfolge hingekriegt. Aus dem international bekannten Experten Allan Karlsson war jedoch ein Schweizer geworden statt ein Schwede.

Das war ein Glück angesichts dessen, was noch kommen sollte. Eine schwedische Außenministerin, die über Atomwaffen sprechen wollte, und ein paar Tage später ein ebenso schwedischer Atomwaffenexperte – da hätte so ein verschwörungstheoretisches Gehirn schnell mal heißlaufen können.

Jetzt blieb das Ganze noch so gerade eben in den Grenzen des Glaubhaften, und Kim Jong-un ahnte ganz neue Möglichkeiten.

Die *Ehre und Stärke* würde in ein paar Tagen den Hafen vor Pjöngjang erreichen. Wenn man nun …

Sagte Kim Jong-un zu sich selbst. Und stimmte sich gleich zu. Ein

PR-Krieg war auch ein Krieg. Mithilfe der UNO und dieses Schweizers könnte die Republik schon in ein paar Tagen eine außergewöhnliche Schlacht dieser Art für sich entscheiden.

Der Oberste Führer rief seinen Sekretär vor der Tür, mit dem kurzen Befehl:

»Schaffen Sie den schwedischen Botschafter her!«

»Jawohl, Oberster Führer. Wann, Oberster Führer?«

»Jetzt.«

* * * *

»Der Oberste Führer wünschte mit mir zu sprechen«, sagte Botschafter Lövenstierna, als er eine knappe Stunde später in Kim Jong-uns Palast war.

»Nicht so sehr *mit* Ihnen als vielmehr zu Ihnen«, sagte Kim Jong-un. »Ich habe beschlossen, den UNO-Sicherheitsrat zu informellen Gesprächen hierher einzuladen. Wie hieß noch schnell die, die hierherkommen wollte?«

»Außenministerin Margot Wallström«, sagte Botschafter Lövenstierna.

»Genau. Bringen Sie sie her, wie gesagt. Auf der Stelle.«

Botschafter Lövenstierna nickte bestätigend.

»Dann bitte ich darum, mich zurückziehen zu dürfen«, sagte er zum zweiten Mal innerhalb von vierundzwanzig Stunden. Und ging erneut rückwärts aus dem Büro des Obersten Führers. Was er dabei dachte, behielt er schön für sich.

TANSANIA

Im Gegensatz zu ihren amerikanischen Kollegen hatten die Deutschen im Weltraum nicht besonders viel auf dem Kasten. Aber auf dem Boden waren sie gut, nicht zuletzt dem afrikanischen. Die deutsche Entsprechung der amerikanischen CIA, der Bundesnachrichtendienst, unterhielt eines seiner vielen weltweit nicht existierenden Büros in einem Friseursalon im Zentrum von Daressalam. Dort wurde die Arbeit von einem selbstgefälligen, unfreundlichen und geschickten Agenten geleitet. Ihm hatte man eine unterwürfige, deprimierte und noch etwas geschicktere Frau zur Seite gestellt.

Mittels monatelanger Bearbeitung durch einen zweifelhaften Laborassistenten im Kongo sowie des geduldigen Aufbaus eines Netzwerks in Kreisen, in denen man sich für etwas anderes ausgab als das, was man war, hatte sich der BND deutliche Hinweise darauf zusammengepuzzelt, dass eine begrenzte Menge angereichertes Uran auf dem Weg aus dem Kongo, durch Tansania und weiter Richtung Süden war. Leider waren ein paar Wochenenden dazwischen gekommen. Zu den wenigen Dingen, die dem arroganten Agenten A wichtiger sein konnten, als die Welt zu retten, gehörte es, über Weihnachten und Neujahr nach Deutschland heimzufahren, um von seiner Familie zu retten, was zu retten war.

Die unterwürfige Agentin B fand sich damit ab, dass die Arbeit unterbrochen wurde, und verbrachte das Fest der Liebe allein im Friseursalon in Daressalaam. Sie hatte keine Familie, zu der sie hätte heimfahren können, weil ihr Mann in Rödelheim sie vor einer Weile gegen eine jüngere Frau mit schöneren Zähnen eingetauscht hatte.

Nach den Feiertagen konnte das geduldige Puzzeln weitergehen, Tag für Tag, Woche für Woche. Die Lieferung schien den Kongo verlassen zu haben. Und bereits nach Mosambik eingeführt worden zu sein. Das war über die Maßen betrüblich, denn dort regierte zurzeit ein früherer Freiheitskämpfer und Marxist-Leninist, der mit Kim Jong-un in Pjöngjang gut befreundet war.

Der Arrogante und die Unterwürfige kamen der Sache immer näher. Das Uran war offenbar in einem Fischerboot nach Madagaskar vor der afrikanischen Ostküste weiterbefördert worden. Ein Land mit ehemals engen Bindungen an die selig entschlafene Sowjetunion.

Auf Madagaskar verlor sich die Spur. Und weitere Informanten hatte man nicht.

Agent A beschloss in seiner Eigenschaft als Chef, dass Agentin B rauskriegen sollte, was da los war. Die unterwürfige B tat wie geheißen. Nach einer kurzen Analyse teilte sie ihrem Chef mit, dass es drei denkbare Szenarien für die fragliche Uran-Lieferung gab. Das am wenigsten wahrscheinliche sah so aus, dass das Isotop noch auf Madagaskar war. Falls es nicht doch schon von dort abtransportiert worden war, entweder per Flugzeug oder per Schiff. Nach oder von Madagaskar fliegen ging nur per internationalem Flug. Und wer den mit mehreren Kilo Uran im Gepäck antrat, würde zwangsläufig auffliegen. Blieb also nur noch das Schiff, also das Transportmittel, mit dem das Uran auch *nach* Madagaskar gebracht worden war. Das Ganze umzuladen und denselben Weg in einem anderen Fischerboot zurückzufahren, erschien wenig zweckmäßig.

Die Schlussfolgerung der Unterwürfigen lautete also, dass das Uran Madagaskar bestimmt mit dem Schiff verlassen hatte, doch die Größe des Schiffes müsste so sein, dass es ein Weltmeer überqueren konnte. Entweder den Indischen Ozean in die eine Richtung oder den Atlantik in die andere.

Der Arrogante nickte, pflichtete ihr bei und eignete sich die Argumentation gleich selbst an, als er seinen Bericht nach Berlin schrieb, ohne dass die Unterwürfige Protest erhob.

Der nächste Schritt bestand darin, sämtliche Frachtschiffe aufzulisten, die in letzter Zeit den Hafen in Toamasina angelaufen und verlassen hatten. Als sich kein passender Treffer fand, weiteten A und B die Suche auf alle potenziell verdächtigen Schiffe aus, die sich in diesem Zeitraum in direkter Nähe zu Madagaskar befunden hatten.

Deswegen saßen sie jetzt mit einer Schiffsnamensliste da. Und die bestand nur aus einem einzigen Namen:

Das nordkoreanische Containerschiff *Ehre und Stärke.*

Auf dem Weg von Havanna nach Pjöngjang.

Es war vor fünfzehn Tagen unmittelbar südlich von Madagaskar vorbeigefahren.

Die Stimmung zwischen Deutschen und Amerikanern war nicht die beste, seit sich herausgestellt hatte, dass die Amerikaner Bundeskanzlerin Merkels Handy abgehört hatten, woraufhin die Bundeskanzlerin zu selbigem griff, Präsident Obama anrief und erklärte, sie hoffe, dass der amerikanische Sicherheitsdienst sich auch anhörte, was sie jetzt zu sagen hatte.

Aufgrund seiner Persönlichkeit sowie der angespannten deutsch-amerikanischen Beziehungen hatte der höchste Vertreter des BND in Zentralafrika keine Skrupel, seinem amerikanischen Kollegen die Hucke vollzulügen, warum er Hilfe mit der exakten Route des nordkoreanischen Schiffes *Ehre und Stärke* benötigte. Und natürlich auch der genauen momentanen Position des Schiffes.

Als die CIA hörte, dass es um Verdacht auf Industriespionage beim Automobilhersteller Volkswagen in Brasilien ging, erzählte sie, was sie so wusste. Noch dazu ohne Murren und Hinhaltetaktik. Nach dem Fauxpas mit dem Handy der Bundeskanzlerin würden sie jetzt noch ziemlich viele Jahre im Soll stehen.

Das nordkoreanische Schiff hatte seinen Kurs etwas näher an der Südküste von Madagaskar vorbeigeführt, als optimal gewesen wäre. Die verschiedenen Zeitangaben, die sich aus dem Satellitenprotokoll der CIA errechnen ließen, deuteten zudem darauf hin, dass das Schiff genau an dieser Stelle seine Fahrt verlangsamt hatte.

Die deutschen Agenten folgerten daraus, dass ein akutes Risiko bestand, dass das Uran auf dem Weg nach Nordkorea war, zum Nutzen des Atomprogramms, das Deutschland und die restliche Welt verurteilten.

Da war höchste Eile geboten!

Oder auch nicht, wie sich herausstellte.

Die *Ehre und Stärke* hatte vor zwei Stunden nordkoreanische Hoheitsgewässer erreicht und würde noch am selben Tag den Hafen in Nampo anlaufen.

NORDKOREA

Uran oder Plutonium? Plutonium oder Uran? Kim Jong-un wünschte, die Antwort könnte Plutonium lauten, und das wäre auch so gewesen, wenn die Russen ihr Versprechen mit der Zentrifuge gehalten hätten. Beziehungsweise wenn nicht die einzige Person der nördlichen Hemisphäre, die ein noch größerer Pfuscher war als der Chef des Atomenergie-Instituts in Pjöngjang, sein Kollege von der kerntechnischen Anlage Yongbyon gewesen wäre. Was sie unter enormen Kosten für die Volksrepublik zustande gebracht hatten, reichte sicherlich aus, um das Revier so einigermaßen gegen die Amerikaner und ihre Vasallenstaaten hier und dort in der Umgebung abzustecken, doch von einer wahren Machtdemonstration war man weit entfernt.

Deswegen hatte der Oberste Führer zuerst den Plutonium-Chef nördlich der Hauptstadt entlassen, unter Berufung auf seine Inkompetenz, die gleichbedeutend war mit Landesverrat. Das war natürlich eine richtige Entscheidung, wie alle Entscheidungen, die der Oberste Führer traf, aber dann hatte es eben doch nicht mehr Auswirkungen gehabt, als dass der Entlassene durch einen Mann ersetzt wurde, der im Grunde genommen dasselbe Schicksal verdiente. Und der Mann in Pjöngjang drückte sich verschreckt durch die Korridore, aus irgendeinem Grunde zu Tode verängstigt.

Alles musste man selbst machen. Der Oberste Führer gab Anweisung, angereichertes Uran auf dem freien Markt zu kaufen. Nur drei bis vier Kilo für den Anfang. Der Lieferant, den die Russen ihnen genannt hatten, musste sich beweisen, und der Schmuggelweg musste erst erprobt sein, bevor an größere Lieferungen zu denken war. Es hatte ja wenig Sinn, Uran für vielleicht hundert Millionen Dollar zu kaufen, nur um dann zuzuschauen, wie die Ladung vom Bösen selbst beschlagnahmt wurde.

Ein paar Kilo (oder auch eine halbe Tonne) reichte nicht mal ansatzweise, um einen großen Krieg zu gewinnen, aber das war ja auch nie die Absicht gewesen. Kim Jong-un wusste natürlich, dass ein Angriff auf Südkorea oder Japan nur mit einer Vernichtung aller Beteiligten enden konnte. Umso mehr, wenn er seine Waffen bis in die USA oder auch nur nach Guam schießen konnte.

Dennoch waren vier Kilo (im Gegensatz zu einer halben Tonne) zu wenig für den wahren Zweck des Ganzen: nämlich sich zu beweisen und den Hunden in Washington gleich jeden Gedanken auszutreiben, dasselbe zu machen wie schon im Irak, Afghanistan und Libyen. Die Geschichte hatte gezeigt, dass Länder, die nicht wehrhaft genug waren, aufgefressen wurden. Ein angenehmer Nebeneffekt der Aufrüstung war der, dass sie eine immer lautere Rhetorik erlaubte, die wiederum die Kampfmoral in den eigenen Reihen nochmals auf eine höhere Ebene hob. Auf die Art landete der Oberste Führer am Ende noch weiter oben.

Im Grunde glaubte Kim Jong-un an nichts anderes als an sich selbst, seinen Vater und seinen Großvater. Religion im weitesten Sinne war praktisch verboten in Nordkorea. Trotzdem glaubte er beinahe, eine höhere Macht sei daran beteiligt gewesen, dass der Mensch auf der Welt, den er zu dieser Stunde mehr als jeden anderen für seine Zwecke brauchte, vor ein paar Tagen in einem Korb auf hoher See treibend gefunden worden war. Um ausgerechnet von dem Schiff herausgefischt zu werden, das mit der Testlieferung Uran auf dem Heimweg war. Falls dieser Mensch nun wirklich derjenige war, als der er sich ausgab. Dieses Detail war noch abzuklären.

Herausgefischt worden war er jedenfalls schon mal. Von einem

Kapitän, der selbstständig gedacht hatte. Dafür würde der Kapitän einen Orden erhalten. Und der Chef für Innere Sicherheit den Auftrag, den Mann näher unter die Lupe zu nehmen. *Selbstständig denken.* Von dort bis zur Planung eines Staatsstreichs war kein großer Schritt mehr.

Es gab jede Menge Uran dort draußen, wenn man nur die Kontakte hatte. Und die hatte man ja nun schon. Kim Jong-un fand es noch dazu großartig, dass der Hauptlieferant des benötigten Urans der Chef einer Anlage im Kongo war, die die Amerikaner errichtet hatten.

Eine Wasserstoffbombe wäre natürlich der Traum, aber dafür brauchte man erstens eine funktionierende Plutonium-Produktion (die die Pfuscher bis jetzt noch nicht auf die Reihe gekriegt hatten) und danach etwas ganz unfassbar Kompliziertes, wo Deuterium und Tritium zu Heliumatomen verschmolzen wurden, während gleichzeitig… ach, irgendwas halt. Kim Jong-uns Gehirn war zu wertvoll für die Nation, um es mit Dingen zu belasten, die seine Wissenschaftler sowieso an einem Nachmittag gebacken kriegen sollten.

Der Vorteil einer Wasserstoffbombe lag darin, dass sie mit Leichtigkeit nicht nur Japan, sondern auch Südkorea auf einen Schlag ausradieren konnte. Der Nachteil war der, dass die Demokratische Volksrepublik dreißig Sekunden später auch aufhören würde zu existieren. Aber solange bösartige Amerikaner, Japaner und Südkoreaner nicht kapierten, dass sich Kim Jong-un darüber durchaus im Klaren war, würde sie ihre Funktion erfüllen. Wenn man sie eben nur herstellen könnte.

Die Wasserstoffbombe musste noch warten. Die Plutonium-Anlagen konnten weiterhin ihre Produktion unterlassen. Jetzt hatte Kim Jong-un angereichertes Uran – *und* eventuell sogar den Mann, der wusste, wie man es auf die beste Art handhabte.

Das musste er jetzt nur noch die Welt wissen lassen.

NORDKOREA

Da Kim Jong-un niemals Fehler machte, hatte er sich natürlich auch nicht von jugendlichem Eifer hinreißen lassen nach dieser verschlüsselten Mitteilung des Kapitäns der *Ehre und Stärke*, dass die Lösung all seiner Atomwaffenprobleme ein hunderteinjähriger Greis war, der demnächst im Hafen in Nampo eintreffen würde, sechzig Kilometer südlich von Pjöngjang.

Vielmehr dachte er beim abendlichen Tee noch ein wenig darüber nach. Denn was bewies eigentlich, dass der Schweizer Karlsson der und das war, was zu sein er behauptete, außer dass er es selbst behauptet hatte?

Laut dem zweiten, ausführlicheren Bericht des *Ehre und Stärke*-Kapitäns an den Obersten Führer schien Karlsson über verblüffende Kenntnisse der derzeitigen Probleme der Volksrepublik bei der Plutonium-Produktion zu verfügen. Das war natürlich schon mal ein Indiz. Ein anderes war der Umstand, dass er Schweizer war. Der Oberste hatte als Kind ja in der Schweiz gewohnt und gelernt. Über die Schweizer gab es viel zu sagen. Sie waren natürlich widerliche Kapitalisten wie fast alle anderen, und sogar noch ein bisschen mehr als alle anderen. Und dann beteten sie ihren verdammten Schweizer Franken an. Als hätte der irgendwas, was der nordkoreanische Won nicht hatte.

Aber auch, dass sie so pünktlich waren, als hätten sie operativ eingepflanzte Schweizer Uhren im Kopf. Und dass ihnen alles gelang, was sie sich vornahmen. Ein Schweizer Atomwaffenexperte konnte einfach kein Bluff sein. Oder?

Man würde eine doppelte Kontrolle durchführen, bevor man den Schweizer vorließ.

So kam es, dass Kim Jong-un Kontakt mit dem Laborchef in der Nuklearanlage Yongbyon aufnahm, der gerade die Stelle des Chefs eingenommen hatte, der vor einer Weile verschwunden war. Der Neue konnte noch nicht für sämtliche Fehlleistungen der Anlage verantwortlich gemacht werden, aber es war nur eine Frage der Zeit. Jetzt bekam er den Auftrag, sich mit dem Schweizer zusammenzusetzen, sobald dieser nordkoreanischen Boden betrat, und ihn nicht zum Obersten Führer vorzulassen, bevor nicht geklärt war, dass er der und das war, was er sein sollte.

* * * *

Allan und Julius wurden in Nampo an Land gebracht und von einem in Zivil gekleideten Mann mittleren Alters in Begleitung sechs junger, nervöser Soldaten empfangen.

»Die Herren Karlsson und Jonsson, wie ich vermute?«, sagte der Mann auf Englisch.

»Gut vermutet«, sagte Allan. »Karlsson, der bin ich. Und Sie? Wir sollten den Obersten Führer treffen, um ihm unsere Dienste anzubieten. Es kommt mir so vor, als wären Sie nicht er. Und er ist dann wohl auch nicht Sie, denk ich mir.«

Der in Zivil Gekleidete war zu konzentriert auf seine Aufgabe, um sich von Allans Erklärungen ablenken zu lassen.

»Es ist korrekt, dass ich nicht der Oberste Führer bin. Ich bin Laborchef einer der Entwicklungsanlagen der Demokratischen Volksrepublik. Meinen Namen lassen wir mal dahingestellt. Ich habe dafür gesorgt, dass wir uns in einem Zimmer in Ruhe zusammensetzen und ungestört unterhalten können. Wenn das Gespräch zufriedenstellend verläuft, wartet danach der Oberste auf Sie. Unter den Umständen eilt es, wären Sie also so freundlich, mir gleich zu folgen?« Ohne die Antwort abzuwarten, steuerte der Laborchef sofort das Hafenbüro an, während die sechs jungen Soldaten Allan und Julius umringten und dafür sorgten, dass sie ihm folgten.

Kurz darauf hatte das Trio in dem Besprechungsraum Platz genommen, den der Hafen auf einen Vorschlag des Obersten Führers hin freundlicherweise zur Verfügung gestellt hatte. Die sechs jungen Soldaten ließ man vor der Tür.

»Dann fangen wir mal an. Ich wende mich an Sie, Herr Karlsson, weil Sie sich als Atomwaffenexperte ausgeben und erklärt haben, Ihre Dienste der Volksrepublik zur Verfügung stellen zu wollen. Aus diesem Grund habe ich ein paar Fragen zu Ihrem Engagement für unsere Sache, und auch, welchen Beitrag genau Sie Ihrer Meinung nach leisten können. Meine Aufgabe ist kurz gesagt die, herauszufinden, ob Sie ein Scharlatan sind oder nicht.«

Scharlatan?, dachte Allan. Nur weil man gerade mal eben genug erfunden hat, um die eigene Haut zu retten, ist man doch wohl kein Scharlatan?

»Nein, ich bin kein Scharlatan«, log er. »Bloß alt. Und weit rumgekommen. Ein bisschen hungrig und durstig. Julius hier ist außerdem noch Spargelbauer. Mit Spezialisierung auf grünen Spargel.«

Julius hatte bis dahin nichts gesagt. Was konnte er auch sagen? Er nickte vorsichtig, während er sich weit weg wünschte.

»Spargel«, sagte er. »Grüner, wie gesagt.«

Der Laborchef interessierte sich nicht für Julius' Schwerpunkte. Stattdessen beugte er sich über den Schreibtisch vor und schaute Allan in die Augen.

»Freut mich zu hören, dass Sie die Wahrheit sagen. Ich will den Herrn Atomwaffenexperten nur daran erinnern, dass ich selbst Experte bin. Unfug und leere Phrasen von wegen Spargel oder so werden Ihnen hier nicht weiterhelfen. Sind Sie bereit für meine Fragen? Meine erste lautet, aus welchen Gründen Sie der Demokratischen Republik helfen wollen.«

Julius betete zu dem Gott, an den er nicht glaubte (obwohl es im Übrigen ja durchaus passend war, nicht an ihn zu glauben, wenn man sich in diesem Land befand). Möge Allan bloß nicht zu weit gehen.

»Na, so ein Wahnsinnsexperte für Atomwaffen kann der Herr Laborchef ja wohl nicht sein, wenn wir mal ehrlich sein wollen. Dann bräuchtet ihr meine Dienste ja nicht. Mit ›Entwicklungsanlage‹ meinen Sie eine Plutonium-Anlage, nehme ich an? Ist das die nördlich der Hauptstadt, in der Sie tätig sind? Aber ist vielleicht auch gar nicht so wichtig, denn messbare Mengen waffenfähiges Plutonium könnt ihr da ja kaum rausgekriegt haben.«

Der Laborchef verlor nur ein paar Sekunden lang die Kontrolle über das Gespräch.

Und Allan fuhr fort:

»Aber machen Sie sich nicht zu viel draus, das mit dem Plutonium ist schon ganz schön knifflig. Ich finde, ihr solltet lieber auf die Uran-Schiene umstellen. Und ich glaube, das habt ihr selbst auch schon kapiert.«

Scharlatane, die ihren Namen verdient haben, strahlen grundsätzlich ein Selbstbewusstsein aus, dessen man sich schwer erwehren kann. Dem Laborchef war mittlerweile nicht mehr viel von seiner anfänglichen Sicherheit geblieben.

»Wären Sie so freundlich, meine Frage zu beantworten?«, sagte er kurz.

»Das werde ich schrecklich gerne tun«, sagte Allan. »Aber ich bin ja doch schon etwas in die Jahre gekommen und muss gestehen, ich hab vergessen, wie die Frage war.«

Um ein Haar wäre es dem Laborchef genauso gegangen, aber er suchte angestrengt in seinem Gedächtnis und wiederholte sie.

Die Antwort auf die Frage, warum Allan ihnen helfen wollte, war ja erst mal die, dass er das eigentlich überhaupt nicht wollte. Allerdings hatte er nichts dagegen, auch seinen zweiten Besuch in Nordkorea zu überleben. Deswegen war es vielleicht das Beste, wenn er jetzt einen anderen Ton anschlug.

»Da brauchen Sie sich doch bloß umzuschauen, Herr Laborchef«, sagte Allan und zeigte durchs Fenster des Hafenbüros.

Dort erstreckte sich ein heruntergekommenes Industriegelände. Links vom allerrostigsten Lagerhaus stand ein verendender Ahorn, der einzige Vertreter von Vegetation, den dieser Ausblick zu bieten hatte.

»Die Schönheit eurer Demokratischen Republik ist kaum zu übertreffen. Die üppige Natur, das hingebungsvolle Volk dieser Republik. Der Kampf gegen eine immer bösere Welt. Irgendjemand muss es wagen, für Frieden und Liebe Partei zu ergreifen. Euer Land hat mir und meinem Freund Julius vor ein paar Tagen das Leben gerettet. Da ist es doch das Mindeste, wenn wir uns mit dem revanchieren, was wir können. Unsere Dienste stehen Ihnen zur vollen Verfügung. Wenn Sie Rat brauchen, wie Sie Ihren Spargelanbau optimieren können, ist niemand besser geeignet als Julius. Und sollten Sie sich zufällig mehr für die Optimierung von angereichertem Uran interessieren, das Sie vielleicht auf Lager haben, dann bin ich Ihr Mann.«

Die Menschen ticken so, dass sie hören, was sie hören wollen, und glauben, was sie glauben wollen. Der Laborchef nickte zufrieden zur wahrheitsgemäßen Beschreibung seines Landes und erklärte anschließend, dass die Volksrepublik in erster Linie vorhabe, Herrn Karlssons Dienste in Anspruch zu nehmen, nicht Jonssons. Aber konkreter? Die Berichte behaupteten, dass Karlsson Experte für das Heißisostatpressing-Verfahren sei? Sosehr der Laborchef auch gesucht habe, er habe keine Bestätigung für die Existenz dieser Technik gefunden. Und noch weniger irgendwelche Informationen, wie diese funktionieren solle.

Wieder betete Julius zu Gott. Allan antwortete:

»Ich hab das noch aus meiner relativen Jugend in Erinnerung, als ich in Los Alamos in den USA war. Die Amerikaner arbeiteten Tag und Nacht an der Erstellung der Atombombe, und zum Schluss musste ich einschreiten und ihnen erklären, wie sie das anfangen mussten. Darüber stand auch wieder keine Silbe im Internet, oder?«

Nein, das musste der Herr Laborchef zugeben, da habe nichts gestanden. Und ihm war klar, dass das nicht nur daran lag, dass das Internet erst vierzig Jahre später erfunden wurde.

»Das Heißisostatpressing-Verfahren wurde von mir in einem geheimen Labor bei Genf erfunden. Inzwischen ist es natürlich nicht mehr so geheim, nachdem ich jetzt doch davon erzählt habe. Wie der Herr Laborchef weiß, liegt die kritische Masse für angereichertes Uran aktuellen Grades bei fünfundzwanzig Kilo, fünfundzwanzig Komma zwei, um es genau zu nehmen. Mit meiner Pressingtechnik werden die Neutronen sehr viel länger an ihrem Platz gehalten, die Kettenreaktion kommt immer wieder aufs Neue in Schwung, bis Sie zerstört haben, was zerstört werden sollte, und zwar mit einer wesentlich geringeren Menge von Schlüsselisotopen. Besonders geeignet für Leute, die ihre Kernwaffe lieber in einen Marschflugkörper packen wollen, statt eine Bombe von mehreren Tonnen Gewicht herumzuschleppen.«

Allan hatte irgendwas mit fünfundzwanzig Komma zwei gelesen und schaffte es, so überzeugt von sich zu klingen, dass auch der Laborchef überzeugt war.

»Vielleicht noch etwas detaillierter ...?«, versuchte er es noch einmal.

»Etwas detaillierter? Wie viele Wochen haben wir denn? Der Oberste Führer hat also kein Problem damit, noch eine Weile zu warten? Aber ich glaube, ich spreche sowohl für mich selbst als auch für den Spargelbauern an meiner Seite, wenn ich sage, dass wir dann doch mal mit einem Happen Essen und hinterher einem Bett beginnen müssten, beziehungsweise zwei Betten, denn Julius und ich sind zwar gute Freunde, aber schlafen tun wir lieber jeder für sich. Wenn wir satt und ausgeruht sind, bin ich mehr als bereit, dann bin ich geradezu darauf erpicht, dem Herrn Laborchef alles zu erzählen, was er wissen möchte.«

Der Hunderteinjährige konnte gut reden. Der Laborchef wusste, was Allan ahnte, dass nämlich Kim Jong-un definitiv keine ein, zwei

Wochen mehr warten wollte. Oder auch nur mehr als eine Stunde. Die Entscheidungen drängten. Der Chef hatte die Auflage, den beiden Schweizern statt einer Mahlzeit und einem Bett vielmehr jeweils einen Genickschuss zu verpassen, wenn es die Umstände erforderten. Aber auch den Befehl, sie vorzulassen, für den Fall, dass es im Interesse der Nation war.

Was sollte er also tun? Eines stand fest, der Alte redete und redete. Fest stand auch, dass er richtig gelegen hatte, was die kritische Masse des Urans anging, und das bis auf die Stelle hinterm Komma. Und dass er in dieser Situation vollkommen ruhig und sicher gewirkt hatte.

Der Laborchef zückte eine Zigarette und suchte nach seinem Feuerzeug. Julius fischte dasjenige des Hoteldirektors aus der Tasche und gab ihm Feuer. Der Laborchef bedankte sich und nahm einen tiefen Zug.

Nach einem weiteren Zug fasste er seinen eiligen Beschluss. Eilig war genau das richtige Wort. Der Oberste Führer hatte eine UNO-Gesandte eingeladen, und er wollte sie mit den Schweizern zusammenbringen. Die Gesandte konnte jeden Moment eintreffen. Jetzt war nur noch Zeit für eine Entscheidung.

»Wir werden jedes Element Ihres Heißisostatpressing-Verfahrens durchgehen«, sagte er. »Ganz zweifellos. Aber zuerst werde ich darum bitten, dass ich Sie zum Obersten Führer schicken darf.«

Der Laborchef war unzufrieden, weil er sein Feuerzeug verlegt hatte, aber zufrieden damit, dass er seiner Stimme so einen sicheren Klang verliehen hatte. Viel sicherer, als er wirklich war. Und als er sich für den Rest seines Lebens fühlen sollte.

Er gab den sechs nervösen Soldaten ein Signal und befahl ihnen, die Ausländer zu einem wartenden Auto zu eskortieren.

Allans und Julius' Gesundheit war also nach diesem ersten lebensgefährlichen Treffen auf nordkoreanischem Boden unversehrt. Jetzt blieb nur noch der Rest. In diesem Moment saßen sie rechts und links von einem nordkoreanischen Soldaten auf dem Rücksitz eines russischen GAZ-3111, Baujahr 2004, eines der neun Exemplare, das die Russen letztes Jahr gebaut hatten, bevor man die Produktion komplett einstellte, den ganzen Schrott nach Nordkorea schickte und einen Kooperationsvertrag mit Chrysler abschloss.

»Guten Tag, ich heiße Allan«, sagte Allan auf Russisch zu dem Soldaten, blieb aber ohne Antwort.

Er wiederholte denselben Gruß bei den beiden Soldaten auf den Vordersitzen und stieß dort ebenfalls auf Schweigen. Dann schaute er Julius an und meinte, er hoffe, dass der Oberste Führer etwas gesprächiger sei, sonst könne das noch ein langweiliger Nachmittag werden.

Julius antwortete nicht, dachte sich aber, wer in dieser ihrer Situation ein Wort wie »langweilig« in den Mund nahm, dem müsse ein wesentlicher Teil seines gesunden Menschenverstandes fehlen. Zu tun, was Julius da tat, nämlich sein Leben in die Hände eines völlig unbekümmerten Hunderteinjährigen zu legen, war schon nervenaufreibend. Er atmete tief durch die Nase, während er innerlich von neunhundertneunundneunzig rückwärts zählte, denn er hatte gelernt, dass das half.

Allan spürte an den Schwingungen, dass Julius irgendetwas auf der Seele lag, auch wenn er nicht ganz verstand, was. Als sein Freund bei seiner rückwärtszählenden Eigentherapie gerade die Zweihundert passiert hatte, fragte Allan, ob es wohl die Stimmung verbessern würde, wenn er etwas von seinem schwarzen Tablett zum Besten gab.

Hundertsiebenundachtzig, hundertsechsundachtzig ... Nein, diese Frage war einfach zu viel. Julius unterbrach sich selbst und schlug die Augen auf.

»Verdammt noch mal!«, sagte er. »Wenn wir nicht aufpassen, sind wir demnächst selbst in den Nachrichten aus aller Welt. Wie wäre es, wenn du dich auf dein verdammtes Heißisostatpressing konzentrieren würdest? In zehn Minuten musst du dem Mann, der unser Leben in der Hand hat, etwas sagen können, kannst du da nicht einfach mal dieses verdammte Tablett aus der Hand legen und über wirklich wichtige Dinge nachdenken?«

Allan hatte erst Julius angeschaut, aber jetzt richtete er den Blick nach links aus dem Fenster.

»Das mit den zehn Minuten stimmt nicht. Ich glaube, wir sind schon da.«

* * * *

Allan und Julius wurden ins Allerheiligste geführt, das Büro des Obersten Führers, dreihundert Quadratmeter groß und sechzehn Meter hoch. Ein Schreibtisch aus Eiche ganz hinten, eine Aktentasche, ein Haustelefon, eine Gänsefeder und ein paar Dokumente auf dem Tisch, vier Bilder des Ewigen Präsidenten an den Wänden, ansonsten nichts. Der Oberste selbst war nirgendwo zu sehen, die alten Männer waren einen Augenblick allein im Zimmer, nachdem ihre Begleiter davongehuscht waren und die Flügeltüren hinter sich geschlossen hatten.

»Hier drinnen könnte man Drachen steigen lassen, wenn man nur Zugluft durch die Fenster hinbekäme«, meinte Allan. »Heißluftballons auch fast.«

»Denk an das Heißisostatpressing«, sagte Julius. »Hörst du? *Heißisostatpressing.*«

Allan fand es beschwerlich, an etwas zu denken, was es gar nicht gab, aber das war ein Gedanke, mit dem er Julius nicht weiter beunruhigen wollte. Sein Freund schien auch so schon völlig aus dem Gleichgewicht zu sein.

In diesem Augenblick öffnete sich eine kleinere Tür schräg hinter dem Schreibtisch. Ein Soldat mit Pistole im Halfter trat ein und stellte sich in Habachtstellung neben die Tür. Dann folgte der Oberste. Offensichtlich eher klein gewachsen, dachte Allan.

»Bitte setzen Sie sich«, sagte Kim Jong-un und deutete auf zwei

Stühle gegenüber von seinem Schreibtisch, hinter dem er gerade Platz nahm.

»Danke, Oberster Führer«, sagte Julius ebenso nervös wie schmeichlerisch.

»Schließe mich an«, sagte Allan. »Gibt es irgendwas Nettes zu trinken, um das Eis zu brechen? Mit Essen können wir noch etwas länger warten, wenn es zu viele Umstände macht.«

Kim Jong-un hatte nicht das Bedürfnis, irgendwelches Eis zu brechen. Aber er bestellte trotzdem eine Kanne Tee über sein sowjetisches Haustelefon aus den Siebzigerjahren. Es dauerte keine Minute, da kam das Bestellte, serviert von einem nordkoreanischen Soldaten, der mit einer gewissen Mühe versuchte, einen kerzengeraden Rücken mit gerade gehaltenem Tablett zu kombinieren und gleichzeitig eine koreanische Entschuldigung vorzubringen, die wahrscheinlich sein Bedauern über die Verzögerung ausdrücken sollte.

Der Oberste Führer schickte den Soldaten wieder hinaus und prostete seinen Besuchern mit erhobener Tasse zu.

»Auf eine lange und erfolgreiche Zusammenarbeit. Oder auch das Gegenteil.«

Allan tat so, als würde er vom Tee trinken. Julius trank und machte sich sorgenvolle Gedanken über das, was der Oberste Führer da gerade gesagt hatte. Aber nachdem ihm der grässliche Tee in die Seele gesunken war, beschloss er, es Allan zu überlassen, ihnen im Alleingang das Leben zu retten. Der Hunderteinjährige mochte ja so seine Untiefen haben, aber wenn er eines draufhatte, dann wohl Überleben. Dennoch war Vorsorge ja nun besser als Nachsicht. Am besten war es wohl, wenn Julius den Ball aktiv Allan zuspielte, um sich selbst auf die Tribüne zurückziehen zu können.

»Oberster Führer«, sagte er. »Ich heiße Julius Jonsson und bin der Chefassistent des weltweit führenden Atomwaffenexperten, der zugleich mein lieber Freund ist: Allan Karlsson hier neben mir. Ich übergebe jetzt gerne das Wort an ihn.«

»Das werden Sie nicht tun«, sagte Kim Jong-un und lächelte. »Das ist hier meine Besprechung, ich entscheide, wer hier spricht. Sie sagten, Sie sind der Chefassistent? Wo sind dann die anderen Assistenten?«

Julius verlor sofort jeden Mut, noch ein Wort zu sagen, er hatte eben schon seinen ganzen Mut zusammenraffen müssen. Allan merkte es und eilte ihm zu Hilfe.

»Oberster Führer«, sagte er. »Ich suche hiermit um Erlaubnis an, etwas Wichtiges zu sagen, während mein Freund und Chefassistent seine Gedanken sammelt. Es ist sogar sehr wichtig. Je nachdem, wie sehr Ihnen die Zukunft Ihres Landes am Herzen liegt, versteht sich.«

Kim Jong-un lag die Zukunft seines Landes sehr am Herzen. Nicht zuletzt, weil sie unauflöslich mit seiner eigenen verflochten war.

»Bewilligt«, sagte er und entließ den armen Julius aus seinen Klauen.

»Gut«, sagte Allan. »Dann möchte ich damit beginnen, dass ich Sie für Ihren aufrichtigen Kampf gegen all das Böse in Ihrer Umgebung lobe. Sie führen das Erbe Ihres Vaters und Großvaters auf vorbildliche Art und Weise weiter.«

Julius wagte zwar immer noch nicht zu sprechen, schöpfte aber wieder etwas Hoffnung, dass man am Leben bleiben könnte. Allan war also gut aufgelegt und nicht in der Stimmung, irgendwelchen Diktatoren das Fell gegen den Strich zu bürsten.

»Was wissen Sie darüber?«, fragte Kim Jong-un defensiv.

In Wirklichkeit wusste Allan sehr wenig von Kim Jong-uns Schalten und Walten, nicht mehr als das, was er auf seinem schwarzen Tablett gelesen hatte. Und das war nicht einhellig schön gewesen.

»Ich weiß alles darüber«, sagte er. »Aber es würde gar zu viel von Ihrer kostbaren Zeit in Anspruch nehmen, wenn wir hier jetzt all Ihre Taten loben wollten.«

Es stimmte, die Zeit war kostbar. Oder zumindest knapp. Die schwedische Außenministerin und Gesandte der Vereinten Nationen Margot Wallström konnte jeden Moment auf dem Sunan International Airport landen, und zur Stunde segelte der PR-Plan des Obersten Führers hart am Wind.

»Gut«, sagte Kim Jong-un. »Dann sagen Sie mir, was Sie Wichtiges zu sagen haben. Ich gehe davon aus, dass es mit dem Heißisostatpressing-Verfahren zu tun hat?«

»Genauso ist es«, sagte Allan. »Mein bescheidener Vorschlag wäre, dass mein Freund und ich Ihnen alles beibringen, was es über das Heißisostatpressing zu wissen gibt, und dass Sie uns nach Erfüllung dieses Auftrags helfen, nach Europa zurückzureisen. So großartig Ihr Land auch ist … na ja, zu Hause ist es doch am schönsten, wie man so schön sagt.«

Kim Jong-un nickte. Tat so, als würde er zustimmen. Eine derartige Vereinbarung zu unterzeichnen fiel ihm nicht schwer, zumal er ja gar nicht vorhatte, sie einzuhalten. Wenn dieser Mann so kompetent war, wie er alt war, konnte er seine Kenntnisse nicht in Europa oder irgendwo anders verbreiten. Dann gehörte er permanent in die Demokratische Volksrepublik. Schluss, aus, fertig.

»Abgemacht!«, sagte der Oberste Führer.

Und dann erzählte er ganz offen, dass Karlsson samt Assistenten vier Kilo angereichertes Uran zur Verfügung standen, mit dem sie herumspielen konnten, und dass sich weitere fünfhundert Kilo auf dem Weg befanden. Die vier Kilo waren übrigens auf demselben Schiff gekommen wie die beiden Herren.

»Mit Blei ummantelt, wie es sich gehört«, sagte Kim Jong-un und lächelte, während er die Hand auf die braune Aktentasche auf dem Tisch legte.

Ärgerlicherweise war jetzt nicht mehr genug Zeit, um sich noch anzuhören, was das Heißisostatpressing mit dem Inhalt der Aktentasche anstellen konnte. Ein Assistent war in den Raum geschlüpft und flüsterte dem Obersten Führer jetzt etwas ins Ohr.

»Danke«, sagte Kim Jong-un. »Ich hätte zu gern noch mehr von Ihrem Pressing erfahren, aber wir müssen jetzt los. Wir müssen zum

KCNA. Alle drei. Obwohl, nein, für den Herrn Chefassistenten haben wir dort keine Verwendung, den schicken wir direkt ins Hotel.«

Kim Jong-un stand auf und bedeutete den Herren, dass sie ihm folgen sollten.

Julius wusste nicht, was schlimmer war – sich mit Kim Jong-un zu einer geheimnisvollen Buchstabenkombination zu begeben oder nicht mitkommen zu dürfen.

»KCNA?«, flüsterte er Allan nervös zu. »Was ist das denn?«

»Es ist wohl, was es ist«, gab Allan zurück. »Ich hoffe, dass es sich – zum Unterschied von diesem Tee – trinken lässt. Oder zumindest essen.«

NORDKOREA

Korea war eintausendzweihundertvierundsiebzig Jahre lang ein geeintes Reich. Dann ging es rasch bergab. Nach dem Zweiten Weltkrieg konnten sich die Amerikaner und Russen nicht einigen, was den Koreanern eigentlich vorschwebte, und keiner von beiden hielt es für angebracht, einfach mal die Koreaner selbst zu fragen. Die Russen setzten einen regierenden Kommunisten im Norden ein, die Amerikaner einen Antikommunisten im Süden. Der im Norden fand, er hätte ein Anrecht auf ganz Korea. Der im Süden war derselben Meinunge, nur eben umgekehrt.

Das führte zu den gewaltsamen Auseinandersetzungen, die die Geschichtsbücher den Koreakrieg nennen. Es hatte zwar vorher auch schon Kriege auf der Halbinsel gegeben, aber die Menschen vergessen ja so leicht.

Nachdem zwei Millionen Koreaner (sowie der eine oder andere Ausländer) in den Kämpfen ums Leben gekommen waren, musste es mal genug sein. Man deutete auf eine Linie auf dem Boden (dieselbe Linie, die schon vor dem Krieg da gewesen war) und entschied, dass jeder bis auf Weiteres auf seiner Seite bleiben sollte.

Der Kommunist im Norden erfand die »Autarkie« als politische Ideologie, während sein Gegenspieler im Süden so klug war, seiner Diktatur nicht so einen hochtrabenden Namen zu geben.

So gingen die Jahre ins Land. Die Staatschefs auf beiden Seiten kamen und gingen, wie Staatschefs das eben so zu tun pflegen.

Die Diktatur im Süden verlor irgendwann den Faden, während die Autarkie im Norden so weit gedieh, dass das Volk zu verhungern begann.

Es passiert nur zu leicht, dass jemand, der nur auf sich selbst vertraut, anderen gegenüber misstrauisch wird. Als der Süden auf seiner Seite der Grenze amerikanische taktische Kernwaffen aufstellen ließ, kriegte man das im Norden total in den falschen Hals. Zumindest aus der Abrüstungsperspektive.

Volvo in Schweden ließ die Korken knallen, nachdem man tausend blitzeblanke Neuwagen nach Pjöngjang geliefert hatte. Die Feierlaune verging ihnen dann aber. Die Nordkoreaner setzten nämlich neue Prioritäten. Man beschloss, Testanlagen für Atomwaffen zu bauen, statt seine Schulden zu bezahlen. Bis heute hat Volvo keinen einzigen nordkoreanischen Won zu sehen bekommen.

Trotzdem kam es hin und wieder zu Gesprächen über die Grenze hinweg. Es musste doch eine Lösung zu finden sein? Ja, vielleicht. Eine Weile, in den allerersten Kinderschuhen des jetzigen Jahrtausends, sah es richtig vielversprechend aus.

Aber Staatschefs kommen und gehen nun mal. Im Jahre Zweitausendsiebzehn waren die Spannungen zwischen Nordkorea auf der einen und dem Rest der Welt auf der anderen Seite größer denn je. Die Letzten in der Reihe derer, die gekommen, aber noch nicht wieder abgetreten waren, hießen Kim Jong-un und Donald J. Trump. Und dazwischen stand die schwedische Gesandte der Vereinten Nationen, Margot Wallström.

Sie machte sich keine Illusionen, dass ihr Auftrag einfach sein würde.

* * * *

Die Gesandte der UNO und ihr Flugzeug landeten zehn Minuten vor der planmäßigen Ankunft auf dem Sunan International Airport. Der Oberste Führer wurde informiert und brach, ganz nach Plan, sofort von seiner Besprechung mit Karlsson und Jonsson auf, um sie zu empfangen.

Wallström wurde zu einer Limousine geleitet, mit dem Bescheid, dass der Oberste Führer sie bereits erwartete. Ihr Gepäck würde zum gebuchten Hotel transportiert werden beziehungsweise in die Schwedische Botschaft, je nachdem, wo die Gesandte es gerne haben wollte.

Die Fahrt führte nach Süden, ins Zentrum von Pjöngjang. Nach vierzig Minuten passierte die Limousine den Palast des Obersten Führers und fuhr weiter Richtung Zentrum.

»Entschuldigen Sie, wollten wir nicht zum Obersten Führer fahren?«, erkundigte sich Außenministerin Wallström.

»Das ist korrekt«, antwortete ihr Chauffeur ohne weitere Erläuterung.

Zehn Minuten später war die Fahrt vorbei. Die Außenministerin wurde aus dem Wagen eskortiert und in ein achtstöckiges Gebäude geführt.

»Wo sind wir?«, fragte sie ihre lächelnde Begleiterin.

»Das ist die Zentrale der Nachrichtenagentur KCNA. Der Oberste Führer erwartet Sie hier.«

Eine Nachrichtenagentur? Margot Wallström war gar nicht wohl in ihrer Haut. Diese Reise sollte schließlich unter größtmöglicher Diskretion stattfinden, um weitere Polarisierungen zwischen den Beteiligten zu umgehen. Andererseits war dies wohl ein Land, in dem keine Nachrichtenagentur es wagen würde, von ihrer Anwesenheit zu berichten, ohne sich zuvor den Segen des Obersten Führers einzuholen. Vielleicht war ihre Sorge doch unbegründet.

Es ging drei Stockwerke hoch, einen langen Korridor entlang, nach links, nach rechts und wieder nach links.

»Hier«, sagte die Begleiterin. »Bitte, treten Sie ein.«

Wenn Margot Wallström Kristalllüster und Plüschsofas erwartet hatte, wurde sie enttäuscht. Das hier war eher … ja, was eigentlich?

Das Vorzimmer einer Theaterbühne? Ein Fernsehstudio? Kabel an den Wänden, zwei ausgemusterte Scheinwerfer in einer Ecke und …

Dort stand er.

»Willkommen, Frau Außenministerin«, sagte der Oberste Führer freundlich. »Hatten Sie eine angenehme Reise?«

»Ja, danke. Ich freue mich sehr, Sie zu sehen, aber darf ich fragen … wo sind wir hier, und was machen wir hier?«

»Wir wollen doch gemeinsam die Welt retten«, sagte Kim Jong-un. »Aber jetzt müssen Sie sofort den Mann treffen, den ich selbst gerade erst begrüßen konnte.«

Allan Karlsson wurde hinter einer Kulisse hervorgeschubst und ging Frau Außenministerin Wallström entgegen.

»Das ist der vielleicht weltweit führende Experte für Atomwaffen, Herr Karlsson aus der Schweiz. Er ist aus Liebe zu unserer gemeinsamen Sache in die Demokratische Volksrepublik gekommen.«

Außenministerin Margot Wallström befand sich in einer Situation, die sie nicht in der Hand hatte. Aber sie ergriff die Hand des alten Schweizers, wie Kim Jong-un ihr nahegelegt hatte.

»Guten Tag«, sagte die Außenministerin abwartend und auf Englisch.

»Ebenfalls einen guten Tag«, sagte Allan in hundert Prozent authentischem Schwedisch mit leicht sörmländischem Akzent.

Kim Jong-un reagierte nicht, weil er den Gruß des Atomwaffenexperten nicht verstanden hatte, aber Margot Wallström wurde zu ihrem Schrecken klar, dass nicht ein Schweizer, sondern ein *Schwede* offenbar auf bestem Wege war, das nordkoreanische Kernwaffenarsenal aufzumöbeln. Was war denn hier los?

Und Karlsson hieß er? Außenministerin Wallström sah davon ab, Schwedisch mit ihm zu sprechen, er war ihr immerhin als Schweizer vorgestellt worden, und jetzt war wohl erst mal angeraten, die Lage zu sondieren.

Der Oberste Führer klopfte Allan und der UNO-Gesandten leicht auf den Rücken und meinte, er freue sich auf ein gemeinsames

Abendessen im Palast heute Abend. Karlssons Chefassistent Jonsson sei auch eingeladen.

Jonsson? Klang jetzt ja auch nicht übertrieben schweizerisch.

»Aber wir fangen mit der Pressekonferenz an«, sagte Kim Jong-un und gab einem Mann mit Headset ein Zeichen, der wiederum etwas in sein Mikrofon sprach.

Auf einmal ertönte in ihrer unmittelbaren Nähe donnernder Applaus. Sie standen also hinter einer Bühne. Eine *Pressekonferenz*?

»Aber Oberster Führer, wir können doch nicht einerseits mit den Medien sprechen und andererseits unsere Gespräche diskret behandeln. Ich hab das Gefühl, so hatten wir das nicht vereinbart«, meinte Margot Wallström.

Kim Jong-un lachte auf.

»Wir werden natürlich kein Wort über den Inhalt unserer Gespräche verlieren. Wie könnten wir auch? Wir haben uns ja noch gar nicht unterhalten.«

Nein, das geschehe alles im Rahmen der gemeinsamen Bestrebungen der Beteiligten. Als Führer der Demokratischen Volksrepublik habe er, Kim Jong-un, eine Verantwortung gegenüber seinem Volk, auf eine würdevolle Art, die Außenministerin Wallström vielleicht nicht ganz verstand?

»Das nennt sich Offenheit, Frau Wallström.«

»Sonst noch was«, sagte Allan auf Schwedisch.

Wer *war* das? Er war uralt, angeblich Schweizer, aber offenbar Schwede, und treuer Mitarbeiter an der atomaren Zukunft Nordkoreas. Und schien nur sehr mäßigen Respekt für seinen Arbeitgeber zu hegen.

Auf der Bühne hatte jetzt eine Frau angefangen, auf Koreanisch zum Publikum zu sprechen, das irgendwann aufgehört hatte zu klatschen. Nun ging sie ins Englische über.

»Und hiermit heiße ich die Gesandte der UNO willkommen, die Außenministerin des Königreichs Schweden, Frau Wallström, sowie den weltweit führenden Atomwaffenexperten und wahren Freund der Demokratischen Volksrepublik, direkt aus der Schweiz: Herrn Allan Karlsson.«

Kim Jong-un führte Wallström und Karlsson an den Rand der Bühne, wo er stehen blieb, während die Gäste weitergehen durften. Sie hatten keine andere Wahl, als sich ins Licht der Scheinwerfer zu stellen, die aus vier Richtungen die Bühne ausleuchteten. Sie bekamen je einen Stehplatz neben einem Tisch zugewiesen und nahmen den höflichen Beifall des Publikums entgegen. Margot Wallström wollte diese Situation überhaupt nicht gefallen. Allan schaute sich um und entdeckte mindestens drei auf sie gerichtete Fernsehkameras.

»Das ist wirklich das erste Mal, dass ich im Fernsehen bin«, sagte er auf Schwedisch zur Ministerin, bevor die beiden beim Tisch und den Mikrofonen waren.

Die Moderatorin wandte sich als Erstes an die Gesandte der UNO.

»Frau Wallström, Sie sind hier, weil die Vereinten Nationen und die Demokratische Volksrepublik ihre Sorge um die Atomwaffenentwicklung auf der Welt teilen, und wegen der harten Worte, die da so manches Mal von einer Seite zur anderen gehen.«

Ja, so weit konnte Margot Wallström sich schon noch anschließen.

»Oder von der anderen Seite zur einen«, präzisierte sie. »Das Problem beruht auf Gegenseitigkeit.«

»Sagen Sie, Frau Wallström, was halten Sie von unserem Land, nach allem, was Sie bis jetzt so sehen konnten?«

Was Margot Wallström bist jetzt so hatte sehen können, war nicht mehr als der Flughafen und ein paar Szenen nordkoreanischen Landlebens sowie das Stadtbild auf dem Weg ins Zentrum von Pjöngjang. Auf dem Land hatte sie den Eindruck gehabt, dass Armut herrschte, aber nirgendwo war es wirklich verwahrlost. In der Stadt waren die Straßen breit, es fuhren kaum Autos, am Rand standen alle möglichen Denkmäler. Der Personenkult war unübersehbar.

Ganz Diplomatin antwortete sie, sie hoffe, noch Gelegenheit zu bekommen, das Land zu genießen, bevor es Zeit wurde, wieder nach Hause zu fahren. Es war ihr grün und schön vorgekommen. Das Wetter hatte sie ja auch sehr freundlich empfangen.

Mit Letzterem meint ein Schwede im Allgemeinen, dass die Temperaturen über dem Gefrierpunkt liegen, und dem war ja auch so.

Die Moderatorin nickte.

»Ja«, sagte sie. »Unser Wahlspruch lautet ›Starke und blühende Nation‹. Wie ich sehe, hat die Frau Außenministerin verstanden, was damit gemeint ist.«

Ohne eine eventuelle Erwiderung von Frau Wallström abzuwarten, wandte sie sich an Allan.

»Und Herr Allan Karlsson. Der weltweit führende Experte für Heißisostatpressing 1200. Der Kenntnisse besitzt, die er jetzt gerne im Namen des Friedens der Demokratischen Volksrepublik zur Verfügung stellen will. Was sagen *Sie* zu unserem schönen Land?«

»Na ja, es ist ja nicht das erste Mal, dass ich hier bin«, erklärte Allan. »Ich hatte schon mal zu Zeiten des Ewigen Präsidenten hier zu tun. Ich hatte den Eindruck, dass es heute nicht mehr ganz so viele Straßensperren gibt wie damals.«

Kim Jong-un gab ein Zeichen, dass er jetzt selbst auf die Bühne geholt werden wollte.

Die Moderatorin hatte eigentlich noch eine Frage an den Schweizer vorbereitet, aber der Oberste wollte sich nicht darauf verlassen, dass der alte Mann so antwortete, wie er sollte. Straßensperren? Was faselte er denn da?

Der nun folgende Auftritt des Obersten Führers war bombastisch. Was genau er beinhaltete, war nicht zu verstehen, wenn man des Koreanischen nicht mächtig war. Doch jetzt stand das zuvor eher abwartende Publikum auf und applaudierte intensiv.

Kim Jong-un nickte erst der Außenministerin, dann dem Schweizer zu und stellte sich dann zu ihnen an den Tisch.

Das Publikum klatschte weiter. Und immer noch weiter. Es hörte erst auf, als der Oberste mit einer Handbewegung den Befehl erteilte. Jetzt konnte sich die Moderatorin auch wieder bemerkbar machen.

»Oberster Führer«, sagte sie. »Sie sind der größte Pazifist der Welt. Wie schätzen Sie die Möglichkeit ein, dass ebendiese Welt unter Ihrer Führung ein besserer Ort zum Leben wird?«

Kim Jong-un nickte nachdenklich. Eine sehr gute Frage. Hätte fast von ihm sein können. War sie ja auch.

»Frieden zwischen den beteiligten Parteien setzt auch die Mitarbeit aller voraus. Ich kann nicht alleine Frieden schaffen, ich brauche Hilfe. Es wird erst Frieden geben, wenn alle es wollen. Mit großer Sorge stelle ich fest, dass die Vereinigten Staaten von Amerika und ihre Verbündeten vielmehr versuchen, uns alle ins Verderben zu treiben. Aber ich tue, was ich kann, ich tue, was ich kann. Die Hoffnung verlässt die Menschen in der Demokratischen Volksrepublik zuletzt. Und ich freue mich, in unserem Bestreben, die Vereinten Nationen an unserer Seite zu wissen, repräsentiert von Frau Wallström, die überdies Außenministerin im neutralen Schweden ist. Mithilfe der ebenso neutralen Schweiz – repräsentiert von Herrn Karlsson, wie gesagt – kann die größte Atommacht von den Kriegshetzern in Washington, Tokyo und Seoul dauerhaft hierher ins Zentrum der Liebe und des Friedens verlegt werden.«

Außenministerin Wallström stand kurz davor, die Krise zu kriegen. Stellte dieser Lümmel sich allen Ernstes hierhin und behauptete, dass die neutralen Länder Schweden und die Schweiz sich bei der Atomwaffenaufrüstung auf die nordkoreanische Seite schlugen?

»Darf ich etwas sagen?«

»Ja, so war es ja geplant«, sagte Kim Jong-un. »Wir werden unsere harte Arbeit schon heute Abend in Angriff nehmen. Die Demokratische Volksrepublik, die Vereinten Nationen und die Länder Schweden und Schweiz, die sich stolz geweigert haben, sich ins Glied der nordamerikanischen Kriegstreiber einzureihen.«

Die Moderatorin begriff, dass die Vorstellung beendet war. Sie bedankte sich mit einer ehrfürchtigen Verbeugung vor ihrem Obersten

Führer und meinte, dann wolle sie den Obersten Führer und die anderen nicht länger von ihrer wichtigen Arbeit abhalten.

»Gehen Sie, Oberster Führer, im Namen des Friedens. Und fühlen Sie dabei die Liebe Ihres Volkes. Nehmen Sie Ihre Freunde mit, unsere Liebe reicht auch für sie.«

Als sie wieder hinter der Bühne standen, meinte ein sehr zufriedener Kim Jong-un, das sei doch gut gelaufen, und ob Außenministerin Wallström nicht auch dieser Meinung sei?

Nein, dieser Meinung war sie nicht.

»Bei allem Respekt, Oberster Führer. Was wir soeben erlebt haben, hatten wir so nicht vereinbart, und das macht unsere bevorstehenden Gespräche eher schwieriger als leichter.«

Kim Jong-un lächelte.

»Unsere Gespräche, ja. Ich finde, eines dürfte durchaus genügen. Wie gesagt, Sie sind heute Abend herzlich zu einem frühen Abendessen im Palast eingeladen. Jetzt wird man Sie zu Ihrem Hotel eskortieren und dort gegen siebzehn Uhr wieder abholen. Bis dahin genießen Sie den großartigen Service des Ryugyong. Viele halten es ja für das beste Hotel der Welt.«

Die ebenso gereizte wie verwirrte Außenministerin wurde zusammen mit dem Schweizerschweden Karlsson zurück durch die Korridore geführt. Zum Schluss landeten sie zu zweit auf dem Rücksitz von Wallströms Limousine. Der Chauffeur konnte unmöglich hören, was sie sagten, oder was für eine Sprache sie überhaupt sprachen. Als das Auto die ersten paar Hundert Meter zurückgelegt hatte, hielt die Außenministerin den Zeitpunkt für günstig.

»Ich muss zugeben, die eine oder andere Frage drängt sich mir durchaus auf«, sagte sie leise auf Schwedisch zu Allan.

»Kann ich gut verstehen«, erwiderte Allan. »Welche Frage drängt sich Ihnen denn am meisten auf? Dann könnten wir ja damit anfangen und uns langsam nach unten arbeiten. Oder nach oben.«

Margot Wallström hatte eigentlich vorgehabt, in der Botschaft zu logieren, doch sie brauchte mehr Zeit mit diesem seltsamen Mann hier.

»Dann fangen wir doch mal damit an, wie es kommt, dass sich ein Schwede, der sich als Schweizer ausgibt, in Pjöngjang befindet, und zwar mit Zielen, die den von mir vertretenen diametral entgegenstehen?«

»Gute Frage«, sagte Allan. »Und auch gut formuliert. Ich fange jetzt nicht ganz beim Anfang an, denn dann werden wir nie fertig, so alt bin ich nämlich. Lassen Sie mich stattdessen einfach bei meinem hundertersten Geburtstag anfangen, an einem schönen weißen Strand auf Bali in Indonesien.«

Und dann folgte die Geschichte vom Heißluftballon. Der Absturz ins Meer. Die Rettung. Die Notlüge mit dem Heißisostatpressing, um wenigstens kurzfristig zu überleben, und schließlich die Ankunft in Pjöngjang, nur wenige Stunden, bevor Frau Wallström selbst eingetroffen war. Wie er zum Schweizer geworden war, wusste er nicht. Soweit er sich erinnern konnte, war er dort noch nie gewesen.

»Aber es soll ja wirklich sehr hübsch sein dort. Und die Schweizer sollen ja ungeheuer tüchtig sein.«

»Ja«, sagte die Außenministerin. »Fragt sich nur, wie die sich freuen, wenn sie in diesem Moment einen mutmaßlichen Landesverräter am Hals haben.«

»Haben sie denn einen am Hals?«

»*Sie*, Herr Karlsson.«

»Ach, so haben Sie das gemeint.«

* * * *

Das Ryugyong Hotel war ein imposantes Gebilde von dreihundertdreißig Metern Höhe mit hundertfünf Stockwerken. Die Nordkoreaner bauten seit neunzehnhundertsiebenundachtzig an diesem Hotel, ohne jemals fertig zu werden. Da die Staatskasse im Wesentlichen für die Atomwaffenproduktion und Militärparaden draufging, kam man nur sehr langsam voran. Sodass man nach drei Jahrzehnten immer noch nicht mehr fertigbekommen hatte als das Foyer und den ersten Stock. Wenn es in dem Tempo weiterging, würde der Bau noch einmal tausendfünfhundert Jahre bis zu seiner Fertigstellung brauchen.

Die Eingangshalle war jedoch elegant. Sie bestand aus einem goldfarbenen Empfangstresen zur Rechten, an dem zwölf Personen gleichzeitig ein- oder auschecken konnten, sowie einer geschmackvoll eingerichteten Pianobar, in der drei Pianisten angestellt waren, damit fast rund um die Uhr gespielt werden konnte. Das Budget hatte zwar noch nicht für die Anschaffung des Pianos gereicht, aber das stand ganz oben auf der Prioritätenliste.

Julius saß in Zimmer hundertvier auf der Bettkante und wartete darauf, dass Allan von der Buchstabenkombination KCNA zurückkam. Da er sich unmöglich etwas darunter vorstellen konnte, gelang es ihm, die Situation, in der sie beide steckten, vorübergehend zu verdrängen. Stattdessen dachte er über seinen Spargel-Kompagnon auf Bali nach. Das war ja nun auch nicht so lustig. Gustav musste jetzt ganz allein mit der Firma zurechtkommen. Wie sollte das gehen?

Auf dem Nachttischchen stand ein Telefon. Ob das wohl funktionierte, im Gegensatz zu den acht Fahrstühlen des Hotels? Einen Versuch war es wert.

Er rief seinen Geschäftspartner an, den Inder Gustav Svensson. Das Gespräch wurde durchgestellt, aber statt das Freizeichen zu hören und dann Gustavs Stimme, hörte er sofort einen Anrufbeantworter anspringen.

Julius hinterließ ein paar gereizte Sätze. In der Eile vergaß er zu erwähnen, dass er noch am Leben war, aber das würde sein Geschäftspartner sicher ohnehin folgern.

Dann zog er die Schuhe aus und legte sich aufs Bett. Er gähnte, schloss die Augen und versuchte, seine Gedanken auf anderes zu konzentrieren als auf Spargel und Buchstabenkombinationen.

Es klappte nicht.

SÜDKOREA

Wie läuft's mit dem Spargel?

Zwei Lieferungen auch diesen Monat?

Gab es irgendwelche Retouren?

Schaffen wir bis zum Halbjahreswechsel fünfhundert Millionen Umsatz?

Ganz oben in einem vierzehnstöckigen Haus in der Stadt Goyang, nordwestlich der südkoreanischen Hauptstadt, saßen ein Mann und eine Frau mit Kopfhörern vor vierfachen Monitoren und diversen Instrumenten. Beide waren Staatsdiener. Bis hierher nicht weiter bemerkenswert, bis auf die Umgebung, eine recht schlicht geschnittene Dreizimmerwohnung.

Und dass die Beamten nicht der Republik Korea dienten, sondern Deutschland.

Die Frau war eine niederrangige Diplomatin, der Mann auch, aber noch ein bisschen niedriger. Offiziell arbeiteten sie bei verschiedenen deutsch-koreanischen Immobilienprojekten mit, aber da bekam man sie nur selten zu sehen. Vielmehr saßen sie hier im Auftrag des BND. Sie waren entfernte Kollegen eines arroganten Chefs und seiner unterwürfigen Mitarbeiterin in Daressalam.

Der Auftrag der beiden Quasi-Diplomaten in der Wohnung in Goyang bestand in erster Linie darin, die abgehörten Gespräche der

Amerikaner in Nordkorea aufzunehmen. Auf die Art konnte man sich die Arbeit sparen und sich außerdem ein kleines bisschen ins Fäustchen lachen. Den amerikanischen Sicherheitsdienst hinters Licht zu führen gehörte zum Sinn des Lebens.

Eines der einfacheren Ziele war diese ewig unfertige Bauruine, das Ryugyong Hotel in Pjöngjang. Von dort kam selten oder so gut wie nie etwas Interessantes.

Heute war eine Ausnahme.

Aus Zimmer einhundertvier hatte ein dem BND unbekannter Gast eine Mitteilung auf die Mailbox eines ausgeschalteten Handys in Indonesien gesprochen, dessen Besitzer ebenfalls unbekannt war. Die Mitteilung war auf Englisch, codiert, und umfasste vier Fragen:

Wie läuft's mit dem Spargel?

Zwei Lieferungen auch diesen Monat?

Gab es irgendwelche Retouren?

Schaffen wir bis zum Halbjahreswechsel fünfhundert Millionen Umsatz?

Wofür der Spargel stand, konnten die beiden Quasi-Diplomaten nicht sagen. Aber die Summe – fünfhundert Millionen! – deutete auf Rauschgift oder Schlimmeres hin. Die Deutschen wussten, dass eine kleinere Lieferung mit angereichertem Uran gerade in Pjöngjang eingetroffen war. Eine halbe Milliarde konnte wohl kaum der Preis dafür sein. Aber wenn mehrere Lieferungen unterwegs waren? Zum Beispiel drei. Im Monat.

Was hatte Kim Jong-un eigentlich vor? Wollte er mit der ganzen Welt Krieg anfangen? Und woher bekam er das Geld? Fünfhundert Millionen Dollar! Und hundertvier unfertige Stockwerke im einzigen Luxushotel des Landes.

Weitere unbeantwortete Fragen: Retouren? Was sollte dann wohl aus Nordkorea *nach draußen* geschickt werden? Und wie? Und wohin? Indonesien? Nein, also wirklich.

NORDKOREA

Julius saß unfreiwillig in der nordkoreanischen Hauptstadt fest und sehnte sich zurück nach der Ruhe und den Gelegenheitsdiebstählen auf Bali. Das Umsatzziel von fünfhundert Millionen Rupiah – fast vierzigtausend Dollar – war durchaus realistisch gewesen, aber nun vielleicht doch nicht mehr, seit Julius nicht mehr vor Ort war und das Ganze überwachen konnte.

Andererseits waren die Schulden, die sie im Hotel und beim Bootsverleih hatten, viel höher. Von daher war es wirtschaftlich eher vorteilhaft, wenn sie sich fernhielten, obwohl Nordkorea nun wirklich etwas übertrieben war.

Wenn dieses Kuddelmuddel hier überstanden war, konnten sie das Spargelunternehmen vielleicht in Gegenden verlegen, in denen sie niemandem Geld schuldeten.

»Thailand?«, sagte Julius laut zu sich selbst. In diesem Augenblick ging die Zimmertür auf.

Allan hielt sie auf und ließ Außenministerin Margot Wallström den Vortritt.

»Darf ich Ihnen meinen Freund Julius Jonsson vorstellen«, sagte Allan. »Er ist Single, falls die Frau Außenministerin Interesse haben sollte.«

Margot Wallström warf Allan einen verärgerten Blick zu.

»Nein, danke. Ich bin seit über dreißig Jahren glücklich verheiratet.«

Julius begrüßte die Ministerin mit den Worten, dass sie Allan entschuldigen müsse. Das hatte mit seinem Alter zu tun. Manchmal redete er einfach irgendwas daher. Eigentlich sogar ständig.

Ministerin Wallström nickte und meinte, das habe sie auch schon gemerkt.

Sie hatte sich in der Limousine auf dem Rückweg von der fürchterlichen Pressekonferenz ein ungefähres Bild von Karlsson und Jonsson machen können. Der Hunderteinjährige schien tatsächlich Atomwaffenexperte zu sein, zumindest war er es in der Vergangenheit einmal gewesen. Die einzige gute Nachricht des Tages war die, dass er *nicht* vorhatte, Kim Jong-un zu helfen.

Die richtig schlechte Nachricht war die, dass es keinen rechten Plan gab, wie er es vermeiden könnte.

In der UNO herrschte im Allgemeinen die Auffassung, dass Nordkorea zwar Kernwaffen besaß, die man aber bis jetzt nur beschränkt einsetzen konnte, und dass der Oberste Führer möglichst laut auf die Pauke haute, um diese Tatsache zu überspielen. Die Bedrohung war jedoch ernst zu nehmen. Die Atomwaffen an sich waren ja so wirksam, dass schon eine kleinere, halb missglückte Ladung eine ganze Stadt auslöschen könnte. Wie zum Beispiel Seoul. Oder Tokyo. Oder eine ganze Insel. Wie Guam.

Margot Wallström schauderte bei dem Gedanken. Und der Mann, der dem nordkoreanischen Kernwaffenprogramm so richtig auf die Sprünge helfen konnte, befand sich vermutlich mit ihr in diesem Zimmer und wühlte in der leeren Minibar. Außerdem war er auch noch Schwede. Würde *Schweden* den Ausschlag dafür geben, dass sich das weltweite Kräftegleichgewicht verschob?

Nein, das musste sie verhindern, wenn sie konnte. Möglichst ohne selbst dreißig Jahre oder länger im Land eingesperrt zu werden, angeklagt wegen Spionage oder was auch immer der Oberste Führer sich dazu einfallen lassen mochte.

»Glauben Sie, Sie könnten mit mir in meinem Flugzeug mitkommen?«, fragte sie. »Neunundzwanzig von dreißig Plätzen in der Kabine sind frei.«

Julius' Miene hellte sich auf. Allan hörte auf, nach Alkohol zu suchen.

»Genauso leer wie die Minibar in diesem Hotelzimmer«, sagte er. »Im Grunde das ganze Hotel.«

Die Außenministerin fuhr fort: »Ich kann versuchen, Ihnen einen Diplomatenpass zu besorgen. Aber ich fürchte, den Rest müssten Sie dann selbst organisieren.«

»Den Rest?«, fragte Julius.

»Zum Flugzeug kommen, wenn es Zeit zum Abflug wird.«

Allan hatte nur den ersten Teil des Gesagten mitbekommen.

»Einen Diplomatenpass?«, sagte er. »So einen hab ich seit neunzehnhundertachtundvierzig nicht mehr gehabt, als ich mit Churchill aus Teheran nach Hause geflogen bin.«

»Mit Winston Churchill?«, fragte die Außenministerin.

»So heißt er, genau. Oder hieß, vielmehr. Er ist schon lange tot, wie die meisten anderen.«

Der Außenministerin wurde zumute, als befände sie sich in einem Film. Und sie bekam Bauchweh bei dem Gedanken, was sie da gerade tat. Der Vorwurf der Spionage wäre nicht unbedingt so ganz aus der Luft gegriffen. Aber sie machte Porträtfotos von Allan und Julius mit ihrem Telefon und versprach ihnen innerhalb von vierundzwanzig Stunden fertige Pässe.

»Unterschreiben Sie noch schnell auf der Rückseite meiner Visitenkarte, dann haben die zu Hause etwas, woran sie sich orientieren können.«

Eine zielstrebige Frau, dachte Julius. Und auch ganz allgemein bezaubernd. Schade, dass sie schon vergeben ist.

* * * *

Die schwedische Repräsentantin der Vereinten Nationen hatte Zimmer einhundertfünf bekommen, Wand an Wand mit Allan und Julius. Als sie im Zimmer saß, um sich auf das Abendessen vorzubereiten, überlegte sie eher, wie sie die beiden Schweden retten und Kim Jong-un obendrein um Wissen bringen könnte, das er nicht haben sollte. Wie es aussah, wollte der Oberste Führer sie nicht länger als unbedingt nötig dabehalten, aber sie musste Karlsson und Jonsson auch Zeit geben, sich einen Plan zurechtzulegen. Außerdem mussten die Diplomatenpässe her. Und die konnte sie erst in ein paar Stunden in der Botschaft bestellen. Die Zeit schien im Moment ihr größter Feind zu sein. In erbitterter Konkurrenz mit allen anderen Faktoren.

Sie duschte, zog sich um, machte sich hübsch und stand schließlich vor dem Spiegel in ihrem Zimmerflur. Sie schaute sich an und sagte:

»Was mache ich hier?«

Das Spiegelbild schaute zurück und schwieg.

* * * *

Kim Jong-un bat seine Gäste, sich zu Tisch zu setzen, während er am Kopfende hinter seinem Stuhl stehen blieb und die Hände auf die Lehne stützte. Er sah aus, als hätte er etwas zu verkünden.

Zwei Kellner kamen mit Unmengen von Tellern durch die Tür, ein dritter trug zwei Flaschen Wein. Aber alle drei machten auf dem Absatz kehrt, nachdem der Oberste Führer ihnen einen Blick zugeworfen hatte.

Allan sah Essen und Trinken kommen und gleich wieder verschwinden und war enttäuscht.

»Freunde«, begann Kim Jong-un.

»Könnten wir vielleicht beim Essen reden?«, schlug Allan vor.

Der Oberste tat, als hätte er die Bemerkung überhört. Er hob zu einer Rede über Frieden und Freiheit an.

Der Frieden schien darin zu bestehen, dass sein Land über immer mehr todbringende Waffen verfügte. Mit der Freiheit war es schon unklarer. Außer vielleicht, dass jeder einzelne Bürger das Recht hatte, seinen Führer zu lieben, verbunden mit der Pflicht, es schön bleiben zu lassen, ihn nicht zu lieben.

Darauf verlieh der Oberste seiner Zufriedenheit damit Ausdruck, dass die Vorsehung ihm den Herrn Karlsson geschickt hatte, der den ganzen weiten Weg aus der Schweiz angereist war, um seinen Beitrag zum Kampf gegen den amerikanischen Imperialismus zu leisten. Und dass sich die UNO-Gesandte Wallström mit ähnlichen Absichten angeschlossen hatte.

»Nun ja«, sagte Margot Wallström. »Wie Sie wissen, Herr Kim, ist es vielmehr mein Anliegen, den Dialog zwischen verschiedenen Parteien zu öffnen, damit wir miteinander reden, so wie jetzt, statt in alle möglichen Richtungen zu taktieren, wie es zum Beispiel heute Vormittag vor den Fernsehkameras geschehen ist. Meiner Unzufriedenheit damit hatte ich ja bereits Ausdruck verliehen, nicht wahr?«

Sie ist nicht nur bezaubernd, sondern auch noch mutig, dachte Julius. Wenn jetzt bloß Allan die Füße stillhält.

Kim Jong-un schaute die UNO-Gesandte an, ohne zuzuhören, was sie sagte. Und dann fuhr er mit seiner Rede fort.

Er kam zum Thema, wie glücklich alle in der Demokratischen Volksrepublik waren, wie gut die Ernten ausfielen und wie viel schöner das Wetter auf der nördlichen Halbinsel im Vergleich zur südlichen war. Im Grunde war es kein Wunder, dass jährlich Zehntausende von Koreanern vom Süden in den Norden flohen.

Essen und Trinken machte wieder kehrt an der Tür, und da bekam es Allan langsam satt. Schweigen oder Zustimmung konnten hin und wieder eine ganz gute Taktik sein, aber hier galt es, Stellung zu beziehen, bevor sie alle verhungerten.

Julius ahnte, was Allan vorhatte, und versuchte verzweifelt, Blickkontakt herzustellen, um ihm mit Gesicht und Händen zu bedeuten: »Nein, Allan, tu's nicht!«

Aber er tat es.

»Entschuldigen Sie, Herr Oberster Führer. In Ihrer Rede über allerlei ist nach einer gewissen Zeit auch mein Name gefallen. Und hier sitze ich nun. Alt und gebrechlich, aber stets zu Ihren Diensten. Allerdings glaube ich, dass ich Ihnen herzlich wenig nütze, wenn ich tot bin, und ich spüre, dass ich demnächst verhungern werde. Besteht die Möglichkeit, dass Sie das, was Sie zu sagen haben, ein bisschen abrunden und schneller zu Ende bringen, als Sie vorhatten?!«

Kim Jong-uns stolzes Lächeln erlosch.

»Sie können gleich essen, Herr Karlsson. Aber Ihre mutmaßliche Kenntnis der Kerntechnologie gibt Ihnen nicht das Recht, sich im Palast des Volkes auszudrücken, wie es Ihnen beliebt.«

Aha, in so einer Laune war er also.

»Ich habe es durchaus nicht böse gemeint, oh Oberster Führer, vielleicht liegt es daran, dass ich in letzter Zeit auch noch zu wenig Schlaf bekommen habe. Sie müssen verstehen, mein Freund hier gegenüber, der Spargelbauer, tut sich schwer damit, nachts so still zu sein, wie er es vielleicht sein sollte.«

Kim Jong-un verstand nicht ganz.

»Wie meinen Sie das?«

»Gar nichts meint er …«, versuchte sich Julius einzuschalten.

»Damit meine ich, dass er schnarcht«, sagte Allan. »Mann, der schnarcht vielleicht. Wenn der Oberste Führer auch nur den Schimmer einer Ahnung hätte, was dieser Mensch schnarcht. Das Schiff, das uns aufgelesen hat, war so groß wie ein ganzes Kaufhaus, aber letztlich mussten wir uns doch eine Kabine teilen, und, tja, jetzt bin ich nicht so viel zum Schlafen gekommen, wie ich eigentlich müsste. Aber wovon haben wir noch gleich geredet? Ja, genau, vom Essen. Und vielleicht noch was zu trinken dazu. Ist da vielleicht was unterwegs?«

Da war Kim Jong-un ausreichend aus dem Konzept gekommen. Als das Personal es erneut wagte, die Nase aus der Küche zu stecken, gab er ihnen das Zeichen, dass man bereit war.

Es gab Entrecôte mit Pilzsauce. Nicht übermäßig asiatisch, aber den Gästen schmeckte es, und es wurde mit einem australischen Cabernet Sauvignon heruntergespült.

Die Stimmung am Tisch stieg. Allan beschloss, das Palaver des Obersten Führers noch ein wenig auszuhalten. Aber als der Oberste behauptete, er habe im Jahr zuvor eine Wasserstoffbombe gezündet, musste Allan doch Protest einlegen. Er hatte auf seinem Tablett davon gelesen, und es war nun mal eine Tatsache, dass diese angebliche Wasserstoffbombe kaum einen nennenswerten Ausschlag auf den Messinstrumenten dieser Welt erzeugt hatte.

»Die Tatsache, dass Sie vier lumpige Kilo Uran auf einem Schiff transportieren, das dreißigtausend Tonnen von Gottweißwo bis Pjöngjang befördern könnte, genügt mir als Beweis dafür, dass Sie 1. nicht ansatzweise in die Nähe einer Wasserstoffbombe geraten sind, 2. dass Sie Plutonium nicht mal richtig buchstabieren könnten, sowie 3. dass Ihr gesamter Uran-Vorrat in einer Aktentasche Platz hat. Kurz und gut – Sie haben nichts vorzuweisen außer Ihren vier Kilo. Und zu Ihrem großen Glück: mich. Und mein Glas ist leer.«

Kim Jong-un winkte die Kellner heran. Die Frechheit dieses Schweizers war ihm im Grunde zu viel. Tja, es gab zwei Szenarien: Entweder nützte er ihm, und dann gab es keinen Grund, ihn jemals wieder nach Hause nach Europa zu schicken. Oder er nützte ihm nichts, und dann wurde er unweigerlich einzig und allein in die Ewigkeit geschickt. In beiden Fällen würde er seine Respektlosigkeit bereuen.

Der Oberste Führer spürte, dass er zu dem Beschluss kam, weiterhin liebenswürdig und großzügig zu sein.

»Sie nehmen sich weiß Gott Ihre Redefreiheit, Herr Karlsson. Und das können Sie natürlich, das ist ein Recht des Alters. Auch wenn Sie in erster Linie zum Arbeiten hier sind, wäre es mir ein Vergnügen, wenn Sie sich in unserer schönen Hauptstadt umsehen würden. Was halten Sie davon, wenn wir für morgen nach der Arbeit einen Besuch im exklusivsten Einkaufszentrum der Stadt arrangieren? Ich selbst kann leider nicht mitkommen, aber Sie werden sich bestimmt gut zurechtfinden mit dem Reiseführer, den ich Ihnen zur Verfügung stelle.«

Mit »exklusivstem Einkaufszentrum« meinte der Oberste Führer das einzige Einkaufszentrum der Stadt.

Ein Besuch im Kaufhaus? Das war mehr, als Allan brauchte. Aber er konnte ja mitspielen, nur damit Julius nicht immer so gequält dreinschaute.

»Was für eine nette Idee«, sagte er. »Klingt in jeder Hinsicht entspannend nach einem langen Tag im Labor. Sie können uns nicht zufällig mit ein bisschen Kleingeld aushelfen? Außer ein paar Flaschen Champagner hatten wir in der Eile nichts eingepackt, und die sind leider schon alle.«

Kim Jong-un meinte, Karlsson und sein Freund sollten sich keine Gedanken wegen der Bezahlung machen. Wenn sie irgendein Souvenir entdeckten, das sie gerne mit nach Hause nehmen wollten, sollten sie es als Geschenk betrachten.

Was den Friedensauftrag anging, bekam Karlsson sechs Tage im Labor. Zeitliche Begrenzungen machten der Kreativität ja gerne mal Beine. Sollte man ihm Resultate vorlegen können, versprach der Oberste Führer, ihnen beiden eine Tapferkeitsmedaille zu verleihen und ihnen ein Erste-Klasse-Ticket in die Schweiz zu spendieren.

Julius wagte nach seinem missglückten Versuch im Büro des Obersten Führers immer noch nichts zu sagen. Allan hingegen umso mehr.

»In sechs Tagen kriegt man nicht viel zustande. Wenn ich mich nur so lange am Leben halte – ich bin nun doch schon seit einer geraumen Weile gebrechlich. Eigentlich schon seit dreißig, vierzig Jahren. Ich pfeife quasi aus dem letzten Loch, wie man so sagt. Noah wurde zwar neunhundertfünfzig, aber im Gegensatz zu ihm bin ich ja echt.«

»Wer?«, fragte Kim Jong-un.

»Noah. Aus der Bibel. Spannende Lektüre. Oh, hoppla, jetzt hab ich aber einen Fehler gemacht. Ich schätze, die haben Sie nicht gelesen, denn sonst hätten Sie sich ja selbst hinrichten müssen, wenn ich das mit Ihren Gesetzen richtig verstanden habe?«

Brachte dieser verdammte Schweizer jetzt etwa die Bibel – ein verbotenes Buch – beim Abendessen im Palast der Volksrepublik zur Sprache? Nun war die Grenze aber wirklich erreicht.

Doch da kam ihm Margot Wallström zu Hilfe. Sie mischte sich ein und dankte dem Obersten Führer für die baldige Möglichkeit zu einem Gespräch unter vier Augen. Kim Jong-un nickte, obwohl er noch gar nichts in der Richtung versprochen hatte.

»Morgen habe ich Wichtiges vor, aber übermorgen zum Mittagessen ginge es. Danach können Sie abreisen, Frau Wallström. Nach Hause fahren und verkünden, dass der weltweit führende Kernwaffenexperte in meinen Diensten steht. Das dürfte in Amerika für Bescheidenheit sorgen. Falls das eine Eigenschaft ist, die man in diesem Land überhaupt kennt.«

Margot Wallström nahm einen extragroßen Schluck von ihrem nachgeschenkten Wein, um ihre Nerven zu beruhigen, während sie überlegte, was passieren würde, wenn jemand Kim Jong-un und Benjamin Netanjahu in ein und dasselbe Zimmer ließe. Monumentaler Mangel an Humor und Selbstdistanz versus monumentalen Mangel an Humor und Selbstdistanz. Fehlte nur noch Donald Trump als Vermittler.

* * * *

Den ganzen Weg vom Palast bis zum Hotel schimpfte Julius mit Allan. Warum zum Teufel hatte er sich derart mit dem Obersten angelegt?

»Angelegt? Na, an ein bisschen Ehrlichkeit ist doch wohl noch keiner gestorben, oder?«

»Die Menschen sind im Laufe der Jahre wie die Fliegen an ihrer Ehrlichkeit gestorben! Wozu sollte das denn bitte gut sein, wenn wir dasselbe tun?«

Allan musste zugeben, dass das zu gar nichts gut wäre.

»Aber kannst du bitte auch mal aufhören, dir wegen jedem kleinsten bisschen solche Gedanken zu machen? Du wirst schon sehen, das kommt hier noch alles in Ordnung.«

»Und wie hast du dir das vorgestellt, wenn ich fragen darf? Nach heute Abend lässt der uns garantiert überhaupt nie wieder frei!«

»Hätte er sonst doch auch nicht. Ich hab auch nicht vor, dieser Laberbacke mehr als nötig zu helfen. Und wenn ihm das klar wird, ist es das Beste, wenn wir gar nicht mehr im Lande sind. Und diese Aktentasche, auf die er so stolz ist, am besten auch nicht.«

»Und wie hast du dir unser Verschwinden vorgestellt?«

»Mithilfe unserer charmanten schwedischen Außenministerin, versteht sich. Schon vergessen?«

»Vielleicht noch etwas detaillierter, Allan?«

»Ach, Details sind doch total überschätzt.«

* * * *

Margot Wallström begab sich von diesem halb surrealen Abendessen im Palast des Obersten Führers in ihrer eigenen Limousine zur schwedischen Botschaft, um die Passherstellung in Gang zu setzen. Man konnte nicht einfach mal so ein, zwei Pässe in der Botschaft zusammenbasteln. Schweden war Schweden, und Regeln waren Regeln.

Der Chef der schwedischen Passbehörde war nicht erfreut über den Anruf aus Pjöngjang. Er bockte und zeterte und bockte weiter, mit einer ganzen Reihe von bürokratischen Einwänden gegen den Wunsch der Außenministerin, zwei Diplomatenpässe zu bekommen, die eher nicht im Einklang mit der geltenden Gesetzeslage standen. Er sagte, er verstehe nicht, wie die Ministerin ihn in so eine Lage bringen könne.

Margot Wallström konnte ihm ja schlecht erklären, dass sie zwei Schweden aus Nordkorea herausschmuggeln musste, um einen

Dritten Weltkrieg abzuwenden, deswegen entschied sie sich für eine andere Taktik.

Folglich teilte sie dem Chef der Passbehörde mit, dass er nicht zu verstehen brauche, was er hier tat, wichtig sei, dass er jetzt tat, was sie ihm sage. Als der Mann neuerlich Einwände erhob, ob die Frau Außenministerin wirklich ernst meine, dass er mit getürkten Unterschriften Pässe für zwei Menschen ausstellen solle, die niemand in der Passbehörde Stockholm jemals zu Gesicht bekommen hatte, antwortete sie in aller Kürze: »Ja.«

»Wie gesagt – Diplomatenpässe.«

»Diplomatenpässe, mag ja sein, aber ansonsten ...«

»Ansonsten tun Sie jetzt entweder, was ich Ihnen sage, oder Sie tun, was ich Ihnen sage. Wenn nötig, kann ich den Ministerpräsidenten bitten, Sie anzurufen und diesen Wunsch zu wiederholen. Sollte das auch nicht reichen, habe ich auch gute Kontakte bei Hofe. Der König kann auch gerne bei Ihnen durchrufen, wenn Sie möchten. Und der Parlamentspräsident. Mit wem möchten Sie noch gerne telefonieren? Mit Generalsekretär Guterres?«

Der Chef der Passbehörde verstummte. Was hatte der König mit dieser Sache zu tun?

»Herr Passbehördenchef, bitte – es ist eilig. Das Leben schwedischer Mitbürger ist in Gefahr. Und mehr als das.«

Zu guter Letzt ließ er sich auf ihren Wunsch ein, vorausgesetzt, dass er per E-Mail auch schriftlich eingereicht wurde, zusammen mit einer elektronischen Übermittlung der Fotos und Unterschriften.

»Jaja«, sagte Außenministerin Wallström. »Aber die Pässe müssen jetzt sofort angefertigt und binnen einer Stunde per Diplomatenkurier nach Pjöngjang geschafft werden.«

»Binnen einer Stunde? Aber jetzt ist gleich Mittagspause ...«

»Jetzt ist ganz sicher keine Mittagspause.«

USA

»Was zum Teufel...?«, sagte Präsident Trump zu seinem Sicherheitsberater H.R. McMaster, der gerade seinen Sicherheitsberater Michael T. Flynn ersetzt hatte, der sich als Sicherheitsrisiko entpuppt hatte.

Die Sache war die, dass Fox Television einen Ausschnitt von einer sogenannten nordkoreanischen Pressekonferenz gezeigt hatte, woraufhin Breitbart News einen Artikel zum gleichen Thema veröffentlich hatte. Damit wusste der Präsident über alles Bescheid, was es über diese Sache zu wissen gab, abgesehen vom Zusammenhang als solchem.

Diese verdammte Alte aus Schweden, die Wallström, hatte sich ein heimliches Treffen mit Kim Jong-irgendwas erquengelt, in... in... na, in der Hauptstadt von Nordkorea eben. Und dann hatte sie sich im nordkoreanischen Fernsehen neben ihn gestellt! Was meinte die dumme Nuss wohl, wie geheim dieses verdammte Treffen dann noch war? Als hätte das nicht gereicht, hatte sie live einen Schweizer Kommunisten umarmt, der angereist war, um das nordkoreanische Atomwaffenprogramm zu unterstützen.

»Na ja«, meinte der Dreisternegeneral McMaster. »Sie hat den Schweizer Kommunisten nun nicht *umarmt*, da hat Breitbart eventuell ein bisschen zu energisch in die Tasten gegriffen.«

Der Präsident fegte die Einwände seines Sicherheitsberaters mit einer Handbewegung vom Tisch. Dieser Wallström würde er den

Marsch blasen, wenn sie zurück war – aber wer war denn überhaupt dieser Kommunist, den sie da umarmt hatte?

»Nicht umarmt, wie gesagt.«

Präsident Trump fluchte eine Weile über diese selbstgerechten Schweizer, bevor ihm einfiel, dass er sie anrufen sollte. Er nahm den Hörer ab und befahl seiner Sekretärin, ihn sofort mit dem Schweizer Bundespräsidenten zu verbinden.

»Finden Sie auch gleich raus, wie er heißt«, sagte Trump zu seiner Sekretärin. Die erklärte, der Präsident heiße Doris Leuthard und sei nach dem Vornamen zu urteilen wahrscheinlich eine Sie.

»Noch eine Alte? Na, ist auch schon scheißegal. Aber jetzt rufen Sie schon an!«

»In Europa ist es jetzt zwei Uhr morgens, Sir«, sagte die Sekretärin.

»Gut«, sagte Präsident Trump.

SCHWEIZ – USA

Es war ein hektischer Tag für Bundespräsidentin Leuthard gewesen. Der in einen ebenso hektischen Abend samt Nacht überging. Sie zwang sich, kurz nach eins ins Bett zu gehen, um am nächsten Tag ab sechs Uhr halbwegs ausgeruht zu sein.

Als sie genau eine Dreiviertelstunde geschlafen hatte, wurde sie von ihrer Assistentin wieder geweckt. Sie meldete ein Gespräch aus dem Weißen Haus in Washington.

Doris Leuthard stand auf. Ihr war ein bisschen schwindlig, aber sie machte sich bereit. Wenn der Präsident der Vereinigten Staaten anruft, dreht man sich nicht einfach um und schläft weiter.

»Guten Morgen, Mister President«, sagte Doris Leuthard. »Ob Sie mich geweckt haben? Ach was, keine Sorge.«

»Wie gut«, sagte Präsident Trump. »Denn es ist doch schon Nacht in Zürich, oder?«

Ja, das konnte Bundespräsidentin Leuthard bestätigen. Genau wie in Bern, wo sie sich befand. Aber worüber wollte er denn jetzt mit ihr reden?

Doris Leuthard stellte die Frage und ahnte die Antwort bereits. Seit vergangenem Nachmittag war die Republik, die sie repräsentierte, verwundert und aufgeschreckt, weil sich ein unbekannter Mitbürger in Pjöngjang zu befinden schien. Ihr Bundesrat und sie arbeiteten seitdem intensiv mit ihrem Nachrichtendienst und seinem Netzwerk, um Klarheit in die Sache zu bringen.

Wie sich herausstellte, zog es Präsident Trump vor, seine schweizerische Kollegin *anzubrüllen*, statt mit ihr zu reden. Er fragte, was sie da eigentlich trieben und ob ihr klar war, wie sehr sie die USA provozierte, wenn sie in Sachen Atomwaffen mit Nordkorea zusammenarbeitete? Das stünde doch wohl auch im Widerspruch zu den Sanktionen gegen das Land, die die EU ratifiziert hatte.

Als Doris Leuthard vor ihrer Antwort etwas zu lange Luft holte, fuhr Donald Trump fort, er würde dafür sorgen, dass die EU die Schweiz aus der Europäischen Union hinauswarf, wenn sie nicht sofort alle Hilfe für diesen Irren zurückzog.

Da wusste Bundespräsidentin Leuthard gar nicht mehr, wo sie anfangen sollte. Wie viele Fehler konnte ein Präsidentenkollege in so kurzer Zeit eigentlich machen?

»Also, die Schweiz gehört nicht zur EU, deswegen wird es eher schwierig mit einem Rauswurf, Mister President. Im Übrigen bin ich nicht sicher, ob die Macht des amerikanischen Präsidenten so weit reicht, dass sie die Mitgliedsliste der Europäischen Union umstricken kann. Die Sanktionen gegen Nordkorea wurden jedoch von der UNO verhängt, und da sind wir sehr wohl dabei. Wenn Sie das ändern wollen, muss ich Sie bitten, Generalsekretär Guterres aus dem Bett zu klingeln.«

»Sie haben doch nicht geschlafen, haben Sie gesagt«, sagte Präsident Trump.

Doris Leuthard war geistesgegenwärtig genug, sich mit dem Präsidenten der Vereinigten Staaten nicht auf die Diskussion einzulassen, ob sie nachts um zwei geschlafen hatte oder nicht. Stattdessen sagte sie nur, dass sie die Sorge des amerikanischen Präsidenten teile.

»Wir haben keine Ahnung, wer dieser angebliche Schweizer sein soll, aber wir arbeiten intensiv daran, es herauszufinden. Das kann ich Ihnen versichern.«

»Das ist ja wohl das Mindeste«, sagte Präsident Trump. »Und Sie werden noch mehr tun. Sobald Sie etwas herausgefunden haben, rufen Sie mich augenblicklich an! Haben wir uns verstanden?«

Bundespräsidentin Leuthard war vorher schon müde gewesen, aber nach zwei Minuten am Telefon mit dem amerikanischen Präsidenten war sie noch müder.

»Sobald wir Bescheid wissen, werden wir die geeigneten Maßnahmen ergreifen. Welche das sind, wird je nach Sachlage entschieden. Ich kann nicht versprechen, aber auch nicht ausschließen, dass wir auch Sie persönlich informieren, vor allem, nachdem Sie Ihren diesbezüglichen Wunsch geäußert haben. Der Schweizer Bundesstaat behält sich jedoch das Recht vor, in Fragen der nationalen Sicherheit seine eigenen Entscheidungen zu treffen.«

Präsident Trump legte den Hörer auf, ohne sich zu verabschieden. Er murmelte etwas in sich hinein, während er sich auf breitbart.com einloggte, um nachzusehen, ob die Schweizer mehr wussten, als ihre Bundespräsidentin zugeben wollte. Aber nicht mal Breitbart schien nah genug am Puls der Zeit zu sein.

Während Donald Trumps Telefonat mit der grässlichen Frau in der Schweiz ereignete sich einiges vor seiner Tür. Der pensionierte CIA-Agent Ryan Hutton hatte das Weiße Haus angerufen, und es war ihm gelungen, auf Umwegen zum nationalen Sicherheitsberater McMaster durchgestellt zu werden. Agent Hutton war an die achtzig, behauptete aber, noch alle Sinne beisammen zu haben. Wenn es der Lieutenant General wissen wollte, konnte Hutton ihm erzählen, wer der Schweizer Atomwaffenexperte war, den man in Pjöngjang der Öffentlichkeit präsentiert hatte.

»Schrecklich gern«, sagte H. R. McMaster.

Also, zunächst einmal sei der betreffende Schweizer ein Schwede, ohne Zweifel. Er heiße Allan Karlsson, dürfte mittlerweile an die hundert sein, hatte in den Siebzigern und Achtzigern als Agent auf der US-amerikanischen Lohnliste gestanden, in Moskau gearbeitet und war in den Fünfzigern in einem sowjetischen Arbeitslager gewesen, nachdem er sich rühmlicherweise mit Stalin angelegt hatte. Davor hatte er für seinen maßgeblichen Einsatz bei der Entwicklung der ersten Atombombe der Welt die Freiheitsmedaille des amerikanischen Präsidenten bekommen.

»Noch ein Schwede?«, war Präsident Trumps erster Kommentar. »Wie viele sind das eigentlich? Was stimmt nicht mit diesem Land?«

»Aber er hat immerhin die Freiheitsmedaille bekommen, Mister President.«

»Ja, vor sechzig Jahren. Er hatte genug Zeit, um zu vergessen, was Freiheit ist. Was zum Teufel sollte er sonst in Pjoj ... Pjong ... P ...«

»Pjöngjang, Sir. Das wissen wir nicht. Wir wissen nicht mehr und nicht weniger als das, was auf der Pressekonferenz gesagt wurde, und dazu kommen jetzt noch die neuen Puzzlestücke von unserem ehemaligen CIA-Agenten Hutton.«

»Zwei Schweden und ein Nordkoreaner. Das sind drei Kommunisten auf einmal«, befand Präsident Trump. »Holen Sie mir sofort diese verdammte Wallström her, bevor Schweden noch die Weltherrschaft an sich reißen kann. Gibt es sonst noch was? Sonst hätte ich jetzt gerne mal ein bisschen Ruhe.«

Ja, der Sicherheitsberater hatte noch was auf Lager. Es war nämlich so, dass die NSA auch eine Abhöranlage in einem Hotel in Pjöngjang hatte. Da das Hotel fast keine Gäste hatte, gab es da eigentlich nicht viel abzuhören, aber jetzt hatte man doch mal einen Treffer gelandet. Irgendwas mit dem Codenamen »Spargel« schien regelmäßig nach Nordkorea geliefert zu werden. Dabei war die Rede von einer Summe von fünfhundert Millionen. Dollar, durfte man wohl annehmen.

Präsident Trump mochte Spargel, und er befand sich in seliger Unkenntnis der Tatsache, dass die exklusivste Sorte, die in seinen verschiedenen Hotels in den USA serviert wurde, aus Schweden importiert wurde. Von der Marke »Gustav Svensson«.

»Fünfhundert Millionen Dollar für Spargel?«, wiederholte Präsident Trump. »Also, so gut schmeckt der nun auch wieder nicht. Finden Sie raus, wofür dieses Codewort steht.«

NORDKOREA

Allan und Julius trafen Außenministerin Wallström im Frühstückssaal vor dem ersten Arbeitstag der Freunde in der Plutoniumanlage nördlich von Pjöngjang.

Als sich alle drei an den Tisch gesetzt hatten, teilte sie ihnen mit, dass die versprochenen Diplomatenpässe auf dem Weg zu ihnen waren, per Kurier aus Peking. Wenn unterwegs nichts dazwischenkam, konnte sie sie ihnen morgen aushändigen.

»Ich hab viel nachgedacht, aber ich glaube, mehr kann ich nicht für Sie tun.«

»Was Sie getan haben, hat unsere düstere Lage schon deutlich aufgehellt«, sagte Allan.

Julius nickte nur. Die Außenministerin war immer noch bewundernswert, aber nichts und niemand konnte so großartig sein, dass es seine Grübeleien beendet hätte, wie sein Leben bald zu Ende sein könnte und er seinen geliebten Spargel nie wiedersehen würde. Oder das Geld, das der ihm einbrachte.

»Mein Treffen mit Kim findet morgen statt«, fuhr Margot Wallström fort. »Er hat bereits signalisiert, dass er mich danach loswerden will, Abreise also spätestens tags drauf. Haben Sie sich schon überlegt, wie Sie sich hier loseisen können?«

»Haben wir, Allan?«, fragte Julius.

Doch der Hunderteinjährige war anderweitig beschäftigt. Statt zu antworten, erzählte er, dass das schwarze Tablett momentan in

Bestlaune zu sein schien. Erst stellte der polnische EU-Parlamentarier fest, dass Frauen weniger verdienen sollten als Männer, weil sie weniger intelligent seien. Zum Thema männliche Intelligenz: Trump hatte in den USA gerade per Twitter verkündet, dass eine der weltweit beliebtesten und vielfach ausgezeichneten Schauspielerinnen total überschätzt sei. Und dann wurde der brasilianische Präsident Temer wegen Korruption angeklagt, der gerade die korruptionsverdächtige Präsidentin Rousseff abgelöst hatte, die man abgesetzt hatte, nachdem sie das Amt von Lula übernommen hatte, der gerade einer Haftstrafe wegen Korruption entgegensah.

»Hat Strindberg nicht mal behauptet, dass es schade um die Menschen ist?«, fragte Allan und fügte in Sachen Trump noch hinzu, dass er gar nicht recht wusste, was dieses Twitter eigentlich war.

Julius schaute seinen Freund mit leerem Blick an. Die Außenministerin meinte, sie würde Herrn Karlsson das Phänomen Twitter bei Gelegenheit gern erläutern beziehungsweise ihnen gerne gestatten, sich in die schwedische Literaturgeschichte zu vertiefen. Doch im Moment stelle sich weitaus dringlicher die Frage, ob die Herren einen Überlebensplan hätten.

Allan erwiderte, wenn die Frau Ministerin nun unbedingt das Thema wechseln wolle – der Ausdruck *Plan* sei momentan noch etwas hoch gegriffen.

»Wie würden Sie es denn nennen, Herr Karlsson, wenn es kein Plan ist?«

»Eben gar nichts«, sagte Allan. »Nur ein Problem. Und eine gewisse Zuversicht. Ob in erster Linie Problem oder in erster Linie Zuversicht, kommt ganz drauf an, wen von uns beiden Sie jetzt fragen würden.«

Margot Wallström sagte, sie frage sie beide. Nachdem Julius in Hoffnungslosigkeit verfallen war, musste Allan für sie beide sprechen.

Vieles würde sich wohl klären, wenn sie erst mal ihren ersten Arbeitstag in der Plutoniumanlage hinter sich hätten. Manchmal fallen einem die Lösungen ja zu, wenn man am wenigsten damit rechnet.

Wie neulich, als Julius und er in einem Flechtkorb auf offener See hockten und ihnen das Wasser schon bis zum Knie reichte. Es war durchaus warm im Wasser, in der Hinsicht waren sie nicht zu bemitleiden gewesen, aber ansonsten hatten sie nicht viel Grund zur Freude gehabt.

»Und dann kam ein Schiff und hat uns gerettet. Das war aber mal so ein richtiger Glücksfall.«

»Findest du?« Julius war aus seiner Starre erwacht. »Konnte das Scheißschiff denn nicht aus irgendeinem anderen Land sein als ausgerechnet aus diesem hier?«

»Komm, iss dein Frühstück, Julius. Es gibt immer noch schlimmere Länder, in denen wir hätten landen können. Oder vielleicht auch nicht, aber jetzt sind wir nun mal hier. Und das Essen ist zwar seltsam, aber es schmeckt.«

Auf dem Tisch standen Reis, Fisch, eine gelbe Suppe mit unbekannten Ingredienzien und etwas, was sie Kimchi nannten. Das alles wurde in einer unheiligen Allianz mit westlichem Kaffee und französischen Croissants arrangiert.

»Ich weiß noch, wie ich direkt nach dem Krieg in China war und dort Brücken gesprengt habe. Da war an Kaffee gar nicht zu denken. Dafür hatten sie Schnaps aus Reis. Es gibt schlechtere Arten, in den Tag zu starten.«

Die Außenministerin wusste nicht, ob sie von Karlssons Unbekümmertheit beeindruckt sein oder sich Jonssons Besorgnis anschließen sollte. Aber da es für die Herren ja doch nicht relevant war, überging sie die Frage.

»Sobald meine Abreise bevorsteht, teile ich Ihnen die exakte Zeit mit. Wenn Sie dann auftauchen, tauchen Sie eben auf. Wenn nicht, verspreche ich Ihnen, dass ich das größtmögliche diplomatische Spektakel vom Zaun brechen werde, sowie ich wieder im Westen gelandet bin. Hier vor Ort fallen mir keine Fäden ein, die ich noch ziehen könnte. Wenn es unserem Freund im Palast einfallen sollte, dass ich gegen irgendein Gesetz verstoße, kann er mich ohne Weiteres verhaften lassen. Eine Vertreterin des UNO-Sicherheitsrates in Nordkorea inhaftiert! Das würde wiederum eine Krise auslösen, die alles bisher Dagewesene übersteigen würde. Verstehen Sie meine Lage?«

Allan merkte, dass die Außenministerin fertig gefrühstückt hatte und aufstehen wollte.

»Kann ich Ihr Croissant haben? Falls Sie jetzt gehen, meinte ich?«

»Verdammt noch mal, Allan!«, sagte Julius.

Außenministerin Wallström meinte, Allan solle es sich schmecken lassen. Dann entschuldigte sie sich, sie habe noch etwas in der Botschaft zu erledigen, um sich auf das bevorstehende Treffen mit Kim Jong-un vorzubereiten. Wozu das Ganze, könne man sich zwar fragen, aber egal.

Dann ging sie. Während sie im Foyer darauf wartete, dass ihre Limousine vorfuhr, hörte sie, wie Karlsson seinem Freund am Frühstückstisch erzählte, dass der türkische Präsident Erdogan die gesamte niederländische Bevölkerung als Faschisten bezeichnet hatte, die deutsche Bundeskanzlerin Merkel als Nazi und Israel als Terroristenstaat, der sich hauptsächlich dem Töten von Kindern widme.

»Mir doch scheißegal, dieser ... wie auch immer der heißt«, sagte Julius gereizt.

»Mir eigentlich auch«, sagte Allan. »Aber dieser Türke trägt wirklich ganz schön dick auf, oder?«

Man bat Margot Wallström, in die Limousine einzusteigen. Als sie sich zurechtsetzte, überlegte sie, ob die Welt Karlsson verrückt gemacht hatte oder eher umgekehrt.

* * * *

Während sich Allan nur für den Inhalt seines schwarzen Tabletts zu interessieren schien, riss Julius sich zusammen und beschloss, alles zu tun, was in seiner Macht stand, um die Wahrscheinlichkeit ihres

Überlebens zu erhöhen. *Erkundung* war in diesem Zusammenhang nicht der schlechteste Ausgangspunkt. Zu Studienzwecken ging er sich kurz die Beine vertreten.

Das Ryugyong hatte vier bekannte Ausgänge. An jedem standen zwei Wachen, obwohl sie natürlich Fremdenführer genannt wurden, allzeit bereit, den Schweizer und seinen Assistenten wieder aufs Zimmer zu führen, wenn sie versuchten, sich eigenmächtig zu entfernen. Dieses Hotel zu verlassen würde nicht so leicht werden wie beim letzten, mit oder ohne Ballon. Was hatten sie sich übrigens vorgestellt, wie es danach weitergehen sollte? Wollten sie einfach durch ganz Pjöngjang zum Flughafen *spazieren*? Sich ein Taxi rufen? Unter welcher Nummer denn überhaupt? In welcher Sprache sollten sie dieses Auto bestellen? Womit bezahlen? Und wie kamen sie überhaupt auf den Gedanken, dass ihr Versuch keinen Alarm auslösen würde?

Und der Privatfahrer? Der sie in den nächsten sechs Tagen jeden Tag zur Plutoniumanlage hin- und zurückfahren sollte? Vielleicht war er ja so freundlich, einen Abstecher zum Flughafen zu machen? Wenn Allan ihn nun mit seinem Charme einwickelte, wie es nur Allan verstand …

Julius ging zurück zum Hunderteinjährigen im Frühstückssaal. Es war fast neun. Allan hatte sein Kimchi und sämtliche Croissants aufgegessen, die er finden konnte, nur das letzte hatte er in die Jackentasche gesteckt, für künftigen Bedarf. Er begrüßte Julius, als der an den Tisch zurückkam, und meinte, er habe neue Sachen auf seinem Tablett entdeckt. Bevor Julius ihn aufhalten konnte, erzählte er ihm, dass die Mauer zwischen Mexiko und den USA wohl viermal mehr kosten würde als die Lösung des Hungerproblems in ganz Ostafrika.

»Das Hungerproblem in Ostafrika?«

Julius hasste Allans schwarzes Tablett. Er sehnte sich zurück zu dem alten Mann, der er gewesen war, bevor ihn das Elend der ganzen Welt heimsuchte.

»Und hier, hör dir das mal an«, sagte Allan.

Das neue Krankenhaus für den Großraum Stockholm hatte gerade hundertfünfundsechzig Badezimmer mit Konstruktionsfehler bekommen. Das Wasser lief in die falsche Richtung. Deswegen musste das alles nochmals umgebaut werden, was wohl so viel kosten würde wie die Lösung für die Hälfte des afrikanischen Hungerproblems.

Julius explodierte.

»Jetzt ist es aber mal genug. Ich habe ja volles Mitleid mit den verhungernden Kindern und den Badezimmern mit Konstruktionsfehlern, aber geht dir nicht in den Kopf, dass wir Gefahr laufen, in ein paar Tagen erschossen zu werden? Verdammt, wie wär's denn mal damit, wenn wir jetzt alles der Reihe nach erledigen würden?«

Allan spielte den Gekränkten.

»Hast du dir denn selbst was ausgedacht in der Zwischenzeit, während ich mich auf den neuesten Stand gebracht habe? Oder hast du dich die ganze Zeit nur selbst bemitleidet?«

Julius erzählte von den Wachen an den Ausgängen und erinnerte Allan an die Regeln, an die sie sich halten mussten. Dazu gehörte auch, dass sie in unter einer Minute in einem Auto vorm Hotel sitzen sollten. Dieses Auto konnte die Lösung für ihr Transportproblem darstellen. Das und der Mann, der am Lenkrad saß.

»Dann gehen wir wohl mal und begrüßen ihn. Neue Begegnungen sind immer was Spannendes. Komm, mein Freund, Kopf hoch!«

Der Chauffeur begrüßte die ausländischen Gäste, indem er salutierte. Dann bat er die Herren, auf dem Rücksitz Platz zu nehmen, möglichst ohne Dreck aus den Pfützen mit reinzubringen.

»Ich sitze lieber vorn, dann können wir uns unterhalten«, sagte Allan. »Sie sprechen ja toll Englisch!«

Julius stieg hinten ein, und der Chauffeur konnte Allan nicht auf den Rücksitz lotsen, denn der setzte sich bereits vorne zurecht.

»Nicht so ganz passend«, bemerkte er, als er sich ans Steuer setzte.

»Ich heiße Allan«, sagte Allan. »Wie Sie wohl heißen? Kim soll ja ganz häufig sein, hab ich gehört.«

Der Fahrer meinte, sein Name sei genauso unwichtig wie er selbst. Er nahm seinen Auftrag jedoch ernst. Die Herren sollten jeden Morgen um neun Uhr bereit sein, um sich zum Labor fahren zu lassen, um sechzehn Uhr sei Rückfahrt. Der Namenlose beabsichtigte, vor dem Labor zu warten, falls es zu unerwarteten Vorkommnissen kommen sollte.

»Der Flughafen soll ja schön sein«, sagte Allan. »Vielleicht könnten wir uns den morgen oder so auch mal anschauen? Würde Ihnen das passen, Herr Namenlos?«

Das würde es nicht. Die einzige Abweichung von der Fahrt zwischen Hotel und Labor sollte heute Nachmittag stattfinden, wenn der Chauffeur Order hatte, die Herren ins größte Einkaufszentrum von Pjöngjang zu fahren.

»Aber so ein kleiner Umweg kann doch nicht …«

»Doch«, sagte der Fahrer.

Er war nicht charmant. Allan holte sein aufgespartes Croissant aus der Jackentasche. Der Fahrer reagierte mit Schrecken. Er bremste und erklärte, Verzehr von Lebensmitteln jeder Art sei in seinem Auto streng verboten.

»Werfen Sie das Essen sofort in den Straßengraben!«

Essen wegwerfen? War das wirklich schlau? Wenn Allan recht informiert war, war Essen in diesem Land seltener als Militärparaden.

»Im Land des Ewigen Präsidenten gibt es niemand, der Hunger leidet«, sagte der Chauffeur. »Werfen Sie das sofort weg jetzt!«

Allan tat, was man ihm gesagt hatte.

»Aber Hunger kann man ja wohl trotzdem mal haben«, sagte er.

Danach wurde im Auto kein Wort mehr gesprochen, bis der Chauffeur den Mund wieder aufmachte.

»Wir sind da.«

»Danke für die nette Fahrt«, sagte Allan.

* * * *

In der Plutoniumanlage konnte man genauso wenig selbstständig kommen und gehen wie im Hotel. Aber die Sicherheitsmaßnahmen beschränkten sich auf einen strengen Türsteher, der alles und jeden kontrollierte, der an ihm vorbeikam, in beiden Richtungen.

»Guten Tag«, sagte Allan. »Ich heiße Allan Karlsson und wollte fragen, ob Sie – im Gegensatz zu unserem Chauffeur – auch einen Namen haben?«

Der Wachmann versicherte, den habe er. Aber jetzt wolle er in erster Linie Karlssons Taschen durchsuchen. In die Anlage durfte nämlich nichts Ungehöriges mitgenommen werden. Und hinaus ebenso wenig.

Allan meinte, er hoffe, dass sein Freund Julius und er nicht in die Kategorie ungehörig fielen, denn dann hätten sie alle ein Problem. Aber den Namen des Wachmanns habe er jetzt nicht ganz verstanden …?

»Gut«, sagte der Wachmann und ließ die vermeintlichen Schweizer passieren.

Allan hatte vor, den Großteil des Tages Unfug zu reden vor dem Laborchef, der vor einer Weile den ausgefallenen Kollegen ersetzt hatte. Es war derselbe Mann, den Allan und Julius tags zuvor im Hafen von Nampo kennengelernt hatten.

Der Hunderteinjährige hatte sich nun mal in den Kopf gesetzt, die Leute nach ihren Namen zu fragen, aber die Nordkoreaner ließen sich ungern auf seine Flirtversuche ein.

»Sie können mich einfach mit ›Herr Ingenieur‹ anreden«, sagte der Laborchef.

»Aha«, sagte Allan. »Wenn das so ist, dann möchte ich gern der Herr Karlsson sein.«

»Das sind Sie doch schon«, meinte der Ingenieur.

Nachdem die Frage der Anrede geklärt war, verwendete Allan einen beträchtlichen Teil des Tages darauf, nichts zu tun. Er hielt einen Vortrag über die Wichtigkeit von Sauberkeit im Labor, einen weiteren darüber, dass Atomwaffen kein Spaß waren, und einen dritten darüber, dass man sich auf den nahenden Frühling freuen durfte.

Der Ingenieur wurde ungeduldig.

»Wird es nicht bald mal Zeit, dass wir uns an die Arbeit machen?«

»An die Arbeit?«, sagte Allan. »Ja, genau das hab ich mir auch gedacht. Ich dachte mir, jetzt wird es doch bald mal Zeit, dass wir uns an die Arbeit machen.«

Allans herzlich unvollständiger Plan bestand ja darin, dass Julius und er das Land mit den vier Kilo angereichertem Uran verließen, mit dem sie gekommen waren. In dem Zusammenhang war es ganz günstig, dass sie nicht mehr nach der Aktentasche suchen mussten, denn die stand nicht mehr auf dem Schreibtisch des Obersten Führers im Palast. Vielmehr stand sie unübersehbar an der Laborwand und wartete auf ihren Einsatz.

»Erst möchte ich darum bitten, dass ich das Uran in Augenschein nehmen darf, das ich hier veredeln soll«, sagte Allan.

»Warum das denn?«, fragte der Ingenieur.

Allan wusste nicht genau, warum, aber es war sicher nicht verkehrt, wenn man wusste, wie das aussah, was man später stehlen sollte.

»Um mich zu vergewissern, dass Sie nicht übers Ohr gehauen worden sind«, sagte er. »Wenn der Herr Ingenieur wüsste, wie viel gefälschtes Uran auf dem Markt ist, würde ihm ganz blümerant werden. Aber das ist Ihnen vielleicht ohnehin schon?«

»Was?«

»Blümerant? Ist Ihnen blümerant?«

Der Ingenieur schüttelte den Kopf über den eventuell altersdementen Experten und ging die Aktentasche holen. Er stellte sie auf den Labortisch und machte sie auf.

Angereichertes Uran hat eine hohe Dichte und ist in Sachen Strahlung nicht sonderlich gefährlich. Was Allan sehen konnte, war ein ziegelsteingroßes Paket, umhüllt von einer dünnen Bleischicht. Er maß es der Länge und der Breite nach.

»Achtundzwanzig mal zwölf Zentimeter. Das müssten dann also gut siebenundzwanzig mal elf Zentimeter Innenmaß sein. Absolut korrekt! Gratuliere, Herr Ingenieur!«

Der Ingenieur wunderte sich. Weniger über das Ergebnis als darüber, wie schnell es dazu gekommen war.

»Und das war die ganze Kontrolle? Müssen Sie das Paket denn nicht aufmachen?«

»Nein, warum denn? Die Maße stimmen. Wir wollen es sicherheitshalber noch kurz wiegen.«

Allan brachte es zur Laborwaage, die nur wenige Meter entfernt war.

»Wie viel muss es denn wiegen, damit es stimmt?«, erkundigte sich der Ingenieur.

Allan antwortete erst, als er sah, was auf der Anzeige stand.

»Fünf Komma zweiundzwanzig Kilo, was völlig korrekt ist, wenn wir die acht Millimeter dicke Bleischicht rundherum abrechnen. Doppelter Glückwunsch, Herr Ingenieur. Sie scheinen ja doch ein Mann zu sein, der weiß, was er tut.«

Der Ingenieur konnte ihm nicht ganz folgen.

»Ich scheine *doch* zu wissen, was ich tue?«

»Na, nun wollen wir mal nicht jedes Wort auf die Goldwaage legen. Stellen Sie die Aktentasche lieber wieder an ihren Platz zurück, dann können wir vielleicht endlich weitermachen? Wir haben noch viel zu tun und im Grunde viel zu wenig Zeit.«

Der Ingenieur wunderte sich insgeheim, wie es jetzt plötzlich an ihm liegen sollte, dass hier nichts voranging.

»So, wo waren wir noch mal stehen geblieben?«, fragte Allan. »Haben wir schon darüber gesprochen, wie wichtig die Sauberkeit im Labor ist?«

»Ja«, sagte der Ingenieur. »Zwei Mal.«

»Und die Wichtigkeit des richtigen Gewichts des Urans?«

»Das haben Sie doch eben gerade festgestellt, oder?«

Julius schaute schweigend zu. Ein größeres Naturtalent als Allan ließ sich so leicht nicht finden.

Der neu eingesetzte Chefingenieur hatte es nicht leicht. Seine Zukunft hing völlig vom Resultat von Karlssons Arbeit ab. Umso mehr, seitdem er selbst beim ersten Treffen im Hafen Karlsson gegenüber dem Obersten Führer abgenickt hatte.

Die Plutoniumanlage hatte bis jetzt noch nicht eingelöst, was man von ihr erwartete, und die Russen eierten rum mit ihrer zugesicherten Zentrifugenlieferung. In Ermangelung anderer Optionen hatte der Ingenieur angereichertes Uran angefordert, um einen neuen Kurs einschlagen und die Erwartungen des Obersten Führers erfüllen zu können.

Zum Schrecken des Ingenieurs vermittelten diese Russen immerhin einen Kontakt in Afrika, und jetzt hatte er eine Testlieferung bekommen, mit der er sich beweisen musste. Und obendrein noch einen greisen Experten, der angeblich wusste, wie man das Resultat mit derselben Rohstoffmenge verfünf- oder verzehnfachen konnte. *Heißisostatpressing 1200?* Der Chefingenieur war nicht auf den Kopf gefallen, aber sosehr er sich bemühte, er konnte aus dieser Bezeichnung nichts Sinnvolles ableiten. Nun ja, er hatte ja noch gut fünf Tage Zeit. Am nächsten Tag wollte er im Gespräch richtig Druck machen.

****

Während Julius auf der Fahrt zum Einkaufszentrum auf dem Rücksitz schlummerte, saß Allan vorne und überlegte. Er hatte ja leider keinen, mit dem er plaudern konnte. Und dann überlegte er noch mehr. Und nach einer Weile sagte er zu Julius auf dem Rücksitz:

»Weißt du, was ich habe?«

Julius machte die Augen halb auf.

»Nein, weiß ich nicht. Was hast du denn?«

»Einen Plan.«

Julius war schlagartig hellwach.

»Wie wir aus diesem Land rauskommen?«

»Ja. Das wolltest du doch. Oder hast du es dir wieder anders überlegt?«

Sein Freund auf dem Rücksitz versicherte ihm, dass er es sich nicht anders überlegt hatte. Er wollte sofort mehr erfahren.

Allans Idee bestand darin, den Ingenieur fortzulocken, damit sie sich davonstehlen, die Aktentasche mit dem Uran durch die Sicherheitskontrolle bringen und den wartenden Fahrer davon überzeugen konnten, ihnen das Auto zu überlassen, nachdem er sich ja doch nie und nimmer bereit erklären würde, sie zum Flughafen zu fahren.

Julius überdachte, was Allan da gerade gesagt hatte.

»Und das ist dein Plan?«, fragte er.

»In groben Zügen – ja.«

»Abgesehen von allem anderen – was meinst du, wie wir das Uran am Wachmann am Eingang vorbeischmuggeln sollen? Was sollte den Chauffeur dazu bewegen, das Auto herzugeben? Und wie kommen wir ins Flugzeug der Außenministerin, ohne vom Flughafenpersonal verhaftet zu werden?«

Allan meinte, das seien viel zu viele Fragen auf einmal für ein altes Hirn.

Pjöngjangs größtes und einziges Kaufhaus, das diesen Namen verdiente, hatte vier Stockwerke voller Waren, und nirgendwo war ein Kunde in Sicht, der sie hätte kaufen können. Der namenlose Chauffeur lotste Allan und Julius von Stockwerk zu Stockwerk.

Im ersten Stock gab es Herren- und Damenbekleidung. Erstere hatten sie schon, Letztere brauchten sie nicht.

Im zweiten Stock wurden Schuhe, Mäntel, Handschuhe und

Taschen verkauft. Wenn der Oberste nun schon die Rechnung für sie beglich, dann würden sie sich hier jeder einen Mantel kaufen. Es war ja doch ein wenig kühl.

Auf einem Regal neben den Mänteln standen um die vierzig Aktentaschen aufgereiht, die alle identisch waren – und auch identisch mit der Uran-Aktentasche im Labor. Es sah aus, als würde Nordkorea nur ein einziges Aktentaschenmodell produzieren.

»Der Kommunismus hat seine Vorteile«, sagte Allan.

Er nahm ein Exemplar mit. Julius begriff, dass der Hunderteinjährige gerade beschlossen hatte, die beiden Aktentaschen gegeneinander auszutauschen.

Im dritten Stock gab es nichts Interessantes. Dort verkaufte man Spielsachen und Schreibwaren verschiedenster Art. Allan ging voran, Julius folgte mit ein paar Schritt Abstand, und der offenbar erschöpfte Chauffeur ging noch einmal ein paar Schritte hinter ihnen.

Im vierten Stock schnappte sich Julius eine Rolle Aluklebeband.

»Was meinst du hierzu, Allan?«

»Gut gemacht. Ich glaube, jetzt haben wir alles.«

An der Kasse im ersten Stock stand eine junge Frau und wartete auf Kunden. Als Allan und Julius Mäntel, Aktentasche und die Rolle Klebeband auf den Tresen legten, sagte der Chauffeur, dass sie die Rechnung an den Obersten Führer schicken solle, woraufhin sie in Ohnmacht fiel. Der Chauffeur hob sie vom Boden auf, entschuldigte sich bei den Schweizern und meinte, er hätte es besser wissen müssen.

Auf der kurzen Strecke bis ins Hotel konnte der Chauffeur Julius auf dem Rücksitz und Allan, der sich nicht davon abhalten ließ, vorne zu sitzen, noch einmal einschärfen, dass es morgen streng verboten war, irgendwas Essbares vom Frühstückstisch ins Auto mitzunehmen.

»Nicht mal Kimchi?«, fragte Allan.

»Insbesondere kein Kimchi.«

»Wir werden uns Ihre Worte zu Herzen nehmen, Herr Namenlos. Wir stehen extra früh auf, damit wir schön satt sind, wenn wir uns das nächste Mal sehen.«

Den Rest des Abends verbrachte er mit seinem schwarzen Tablett am Schreibtisch in ihrem Hotelzimmer. Diesmal hatte er auch Zettel und Stift daneben liegen. Er schien chemische Formeln abzuschreiben. Und ab und zu summte er zufrieden vor sich hin. Unterdessen durchsuchte Julius das Zimmer nach Gegenständen, die sich gut in Aluklebeband wickeln ließen. Schließlich entschied er sich für den schwarzen Karton mit Kosmetikartikeln, der neben dem Waschbecken stand.

»Gute Wahl«, lobte Allan. »Hat die richtige Größe und passt auch sonst perfekt.«

In Form und Aussehen war das Paket dem angereicherten Uran des Ingenieurs zum Verwechseln ähnlich. Es wog natürlich wesentlich weniger, aber das konnte der Wachmann am Eingang ja sowieso nicht wissen.

Kurz vor Mitternacht hatte Allan fertig gesurft und fertig geschrieben.

»So. Jetzt haben der Herr Ingenieur und ich ein bisschen was, worüber wir uns morgen nicht unterhalten können.«

NORDKOREA

Es war offensichtlich, dass Allan doch irgendeinen Plan hatte, der der Rede wert war. Julius hatte außerdem zum Teil verstanden, worauf er hinauslaufen sollte. Aber nur zum Teil.

Am nächsten Morgen im Frühstückssaal fand Allan unter einem der Tische eine verschließbare Plastikkiste mit Teelöffeln. Er leerte den Inhalt auf dem Tisch aus, in der Absicht, den Behälter zu behalten, woraufhin eine Kellnerin, die das Klirren gehört hatte, herbeigeeilt kam und sich erkundigte, was er da tue.

Allan instruierte Julius, die Kellnerin mit dem goldenen Feuerzeug zum Schweigen zu bringen, das er dem indonesischen Hoteldirektor gestohlen hatte.

»Ich hab es nicht *gestohlen*«, protestierte Julius, während er die Frau im Handumdrehen auf seine Seite brachte: Das Feuerzeug landete einfach in ihrer Tasche.

Allan verkniff sich eine Diskussion über die Definition von Kleptomanie. Vielmehr wies er die überglückliche Kellnerin an:

»Füllen Sie mir den Behälter doch bitte mit Müsli und Milch. Und dann machen Sie den Deckel schön fest drauf und geben alles diesem Herrn hier, dessen Feuerzeug Sie gerade geerbt haben.«

Die junge Frau riss den Blick von ihrem Spiegelbild auf dem neuen Besitz los und schoss davon.

»Müsli und Milch sind doch wohl das Letzte, was unser Chauffeur in seinem Auto haben will, oder?«, sagte Julius.

»Du denkst wie ich«, meinte Allan.

Die Mischung wurde benötigt, um den Chauffeur aus seinem Auto zu locken. Weder Julius noch er waren muskulös genug, um ihn herauszu*heben*, und zweierlei war gewiss: Erstens, dass der Fahrer sein Auto nicht freiwillig hergeben würde, zweitens, dass er nicht vorhatte, sie zum Flughafen zu fahren, und wenn sie ihn noch so sehr baten.

Außenministerin Wallström kam dazu. Sie holte sich eine Tasse Kaffee und ein franko-koreanisches Croissant und verzehrte beides im Stehen neben ihrem Tisch, weil sie schon auf dem Sprung war, wie sie sagte. Die Diplomatenpässe waren gekommen, wie geplant. Jetzt überreichte die Außenministerin sie ihnen, eingeschlagen in eine große Serviette.

»Sehr liebenswürdig von Ihnen, Frau Außenministerin«, sagte Allan. »Was meinen Sie denn, wann Abflug ist? Wir haben heute tagsüber nämlich ganz schön zu tun, da wäre es nicht ungeschickt, wenn wir Bescheid wüssten.«

Außenministerin Wallström wollte gerade zu diesem Punkt kommen. Kim Jong-un hatte ihr ausrichten lassen, dass ihr nächstes Treffen nicht nur das letzte sein würde, sondern sie außerdem das Land noch am selben Nachmittag verlassen würde.

»Kurz und gut – er will nichts von mir wissen. Im Gegensatz zu Präsident Trump, dessen Stab mir befohlen hat, zu ihnen zu kommen und ihnen einiges zu erklären. Der Flughafen hat mir fünfzehn Uhr dreißig als Abflugzeit bestätigt.«

»Heute?«, vergewisserte sich Julius nervös.

»Was meint der amerikanische Präsident denn, was Sie ihm erklären sollten?«, fragte Allan.

»Ich kann nicht ausschließen, dass auch von Ihnen die Rede sein wird, Herr Karlsson.«

Die Außenministerin sah bekümmert aus. Sie tat Julius leid. Aber in erster Linie tat er sich selbst leid.

»Fünfzehn Uhr dreißig, wie gesagt«, wiederholte die Außenministerin. »Ich hoffe, Sie werden auch zur Stelle sein.«

Sie war nicht sicher, ob sie die Herren Jonsson und Karlsson jemals wiedersehen würde. Jonsson auch nicht.

»Heute?«, fragte er noch einmal. »Wie sollen wir das denn um Himmels willen …«

»Fang jetzt nicht damit an, Julle«, sagte Allan. »Entweder löst es sich von selbst oder eben nicht. Etwas anderes kann ich mir im Moment nicht vorstellen. Jetzt komm, es ist schon neun, wir haben unsere Arbeit nicht zu erledigen. Und nimm das Müsli mit.«

»Ich heiß nicht Julle«, sagte Julius.

* * * *

Der Wachmann an der Pforte zur Plutoniumanlage hatte seine strengen und detaillierten Anweisungen. Alle, die kamen und gingen, wurden gleich behandelt.

Am zweiten Tag kamen die Herren Karlsson und Jonsson jeder in seinem neuen Mantel. Der Wachmann durchsuchte sämtliche Taschen und Schlupfwinkel, fand aber nichts zu beanstanden.

Außerdem trug Karlsson nur eine Aktentasche, die irgendein silbernes Paket enthielt und ein paar handbeschriebene Seiten mit Formeln.

»Was ist das hier?«, erkundigte sich der Wachmann, als er die Formeln sah.

»Das ist die nukleare Zukunft der stolzen Demokratischen Republik«, sagte Allan.

Erschrocken legte der Wachmann den Zettel wieder weg.

»Und das hier?«

Er hielt das Paket in die Höhe.

»Das sind Kosmetikartikel«, sagte Allan wahrheitsgemäß. »Verpackt als Geschenk für den Herrn Ingenieur. Aber sagen Sie ihm bitte nichts, es soll eine Überraschung werden.«

Hohes und Niedriges auf einmal. Das eine die Zukunft der Nation, das andere … was?

Die Wache gestattete sich gesundes Misstrauen. Er zog das Klebeband vorsichtig ab, bis er sehen konnte, dass der seltsame Alte die Wahrheit gesagt hatte. In einem schwarzen Karton fand er Rasierer, Rasierschaum, Seife, Shampoo, Spülung, Kamm, Zahnbürste und Zahnpasta. Er öffnete ein paar Schraubdeckel und schnüffelte am Inhalt.

»Meinen Sie, das wird ihm gefallen?«, fragte Allan.

Die Zahnpasta roch nach Zahnpasta, das Shampoo roch nach Shampoo. Und der Rasierer war offensichtlich auch nur ein Rasierer.

»Ich weiß nicht …«, sagte der Wachmann.

War das wirklich erlaubt, unbekannte Flüssigkeiten einfach so in die Anlage zu bringen?

»Aber jetzt muss ich Sie bitten, das Ganze wieder zuzukleben«, sagte Allan. »Der Herr Ingenieur kann jeden Augenblick kommen, und es wäre doch ärgerlich, wenn …«

Da kam er. Stinkwütend.

»Was ist denn hier los? Wir hätten schon vor zehn Minuten anfangen sollen.«

Während der Wachmann hastig das Geschenk wieder zuklebte, bremste Allan den Ingenieur mit der Antwort, der Wachmann tue nur seine Arbeit, und zwar absolut vorbildlich. Der Herr Ingenieur sollte mal ernsthaft darüber nachdenken, ob hier nicht eine Beförderung angemessen sei. Soweit Allan das beurteilen konnte, war dieser Wachmann reif für größere Aufgaben. Chefwächter, das wäre das Mindeste. Obwohl das natürlich voraussetzte, dass die Mannschaft um mindestens eine Person verstärkt wurde, sonst hatte er ja niemand, für den er den Chef machen konnte.

Hatte dieser Karlsson vor, auch heute stundenlang über absolut gar nichts zu labern? Das durfte nicht passieren.

»Kommen Sie jetzt!«

Während Allan dahinplauderte, gelang es dem Wachmann, das Geschenk des Ingenieurs in seinen ursprünglichen Zustand zurückzuversetzen, woraufhin er dem Schweizer Atomwaffenexperten die geschlossene Aktentasche überreichte. Etwas anderes Beachtenswertes hatte er nicht finden können (Julius hatte die Müslimischung vorausschauenderweise auf dem Boden im Fond des Autos deponiert).

Die Wache blickte Allan, Julius und dem Ingenieur lange nach, als sie davongingen.

Chefwächter, dachte er. Das wär schon was.

* * * *

Der Ingenieur führte Karlsson und Jonsson ins Labor. Nach dem ersten Tag hatte er dem Obersten Führer berichtet, dass sich die Aufgabe, dem alten Schweizer seine Kenntnisse abzuluchsen, zwar zäh anließ, aber es ginge in die richtige Richtung. Der Alte sei ja über hundert Jahre alt, da sei es vielleicht das Beste fürs Endergebnis, wenn er die Dinge in seinem eigenen Tempo anging? Der Oberste Führer stimmte zu. Der Ingenieur hatte noch fünf Tage, um alles aus Allan herauszuholen, was er wusste. Das schien immer noch genügend Zeit zu sein.

»Dann wollen wir mal sehen«, sagte Allan und legte seine ganzen Zettel mit den frisch geschriebenen Formeln auf den Tisch des Ingenieurs. »Zu meiner Zeit war die Spaltung ja die Lösung für alles. Mittlerweile gehen Spaltung und Fusion Hand in Hand, aber das wissen Sie wohl, oder, Herr Ingenieur?«

Der Ingenieur wand sich. Das mit der Fusion gehörte zu den absoluten Grundkenntnissen. Na, nun hatte der Alte immerhin schon mal Notizen vorgelegt, die vielleicht einen näheren Blick wert waren.

»Nicht spicken, Herr Ingenieur. Wenn wir zu schnell machen, machen wir Fehler.«

Der Ingenieur sah zwar kein Risiko darin, schnell zu machen, aber er beschloss, sich noch eine Weile zu gedulden.

Allan fuhr fort: »Wir beschäftigen uns hier also mit der Frage, wie stark wir das Uran komprimieren können, das Sie glücklicherweise zusammentragen konnten.«

»Ich weiß, mit welcher Frage wir uns beschäftigen«, sagte der Ingenieur. »Ich weiß auch, dass man Ihnen die Antwort darauf zutraut. Steht sie in diesen Unterlagen?«

Allan schaute den Ingenieur gekränkt an. Natürlich hatte er die Antwort. Aber mit den Unterlagen wollten sie jetzt ja noch ein bisschen warten, hatte der Herr Ingenieur das schon wieder vergessen? Allan wiederholte, seine größte Sorge sei, dass sein Eleve ihrem Gespräch nicht folgen könne. Und dann brachten sie der Sache ja gar nichts.

Der Ingenieur meinte, darum solle sich der Herr Karlsson keine Sorgen machen. Bei Karlssons Tempo würde auch ein Kind mitkommen. Und der Ingenieur beschäftigte sich auch schon seit knapp einem Jahrzehnt mit diesen Fragen.

»Mit mäßigem Erfolg«, bemerkte Allan. Dann entschuldigte er sich, er habe noch etwas mit ihrem Privatchauffeur zu besprechen, der vor der Tür wartete.

»Ich bin gleich wieder da«, sagte er und ging.

Julius kapierte, dass gerade die Operation »Verwirrung stiften« begonnen hatte. Er zuckte entwaffnend mit den Schultern, als er dem Blick des Ingenieurs begegnete.

»Er hat eben so seine eigene Art«, sagte Julius. »Aber am Ende geht immer alles gut.«

Hoffen wir's, fügte er in Gedanken hinzu.

Der Hunderteinjährige ging mit Mantel und Aktentasche, in voller Montur, an dem Wachmann vorbei, der von seinem Stuhl aufsprang und »Halt!« rief.

»Wo wollen Sie hin, Herr Karlsson?«

»Zu meinem Fahrer«, sagte Allan. »Ich hab was Wichtiges mit ihm zu klären.«

Sosehr der Wachmann auch Karlssons vorherigen Vorschlag

einer Beförderung zu schätzen wusste, änderte das nichts daran, dass er weiterhin seinen Job machen wollte. Daher musste Allan sich damit abfinden, dass Mantel und Aktentasche erneut durchsucht wurden. Der Inhalt der Tasche war derselbe wie wenige Minuten zuvor, abzüglich der Unterlagen mit den Formeln. Das war okay, Formeln durften eingeführt werden, aber nicht ausgeführt.

Der Chauffeur putzte gerade das Armaturenbrett des Autos mit einem weißen Tuch, als Allan ans Fenster klopfte, um seine Aufmerksamkeit auf sich zu lenken.

»Geht es zurück ins Hotel, mein Herr? Jetzt schon?«, fragte der Chauffeur.

»Nein, ich wollte nur hören, wie es Ihnen geht. Es ist doch nicht zu warm oder so? Wenn ja, machen Sie doch die Fenster auf, dann zieht die Luft besser durch.«

Der Chauffeur schaute den alten Mann an.

»Es hat drei Grad«, sagte er.

»Also nicht zu warm?«

»Nein«, sagte der Chauffeur.

Allans schwarzes Tablett lag auf dem Vordersitz und wartete auf sein Herrchen.

»Wenn Sie möchten, können Sie sich das gerne ausborgen, während Sie auf uns warten. Sind auch ziemlich viele Nackte drin, wie ich feststellen konnte.«

Der Chauffeur erwiderte erschrocken, er hege keinerlei Absichten in dieser Richtung.

»Gut, dann weiß ich Bescheid«, meinte Allan, drehte sich um und betrat wieder die Anlage. Um ein Haar wäre er am Wachmann vorbeigekommen. Aber auch nur um ein Haar.

»Geben Sie mir bitte den Mantel. Und die Aktentasche.«

Allan sagte, er habe nichts aus dem Auto mitgenommen, wenn er sich recht erinnere, fügte aber hinzu, dass der Herr Wachmann ihn nicht beim Wort nehmen solle.

»Ich habe gemerkt, dass ich in meinem Alter öfter was falsch mache, wenn ich es richtig machen will, und nicht unbedingt richtig, nur weil ich falsch gedacht habe. Kontrollieren Sie ruhig, was Sie kontrollieren müssen, Gründlichkeit ist eine Tugend. Ich weiß, dass der Oberste Führer diese Ansicht teilt.«

Jedes Mal, wenn der Oberste Führer zur Sprache kam, wurde der Wachmann nervös.

Als er wieder im Labor war, sagte Allan:

»Also, ich hab da über was nachgedacht.«

»Was denn?«, fragte der Chefingenieur.

Allan sah so aus, als würde er Anlauf nehmen, bevor er schnell herunterrasselte:

»$MgSO_4 \cdot 7H_2O$ $CaCO_3$ $Na_2B_4O_7 \cdot 10H_2O$.«

Der Ingenieur war nicht ganz mitgekommen.

»Könnten Sie das bitte noch mal wiederholen?«, bat er.

»Wenn wir uns damit begnügen, die Sprengkraft zu verdoppeln. Mir schwebt da eher eine Verzehnfachung vor.«

»Könnten Sie das bitte noch mal wiederholen?«, wiederholte der Ingenieur.

»Natürlich«, sagte Allan. »Aber immer schön der Reihe nach, hab ich das nicht schon gesagt? Ich hab die Erfahrung gemacht, dass einem sonst Fehler unterlaufen. Und Fehler sind der verkehrte Weg, sind wir uns da nicht einig?«

Der Ingenieur murmelte, er sei auch der Meinung, dass Fehler der verkehrte Weg seien, während Julius stumm danebenstand. Woher hatte Allan das alles bloß?

Natürlich hatte er es von dem schwarzen Tablett. Für ein laienhaftes Ohr (Julius) oder ein überrumpeltes (Ingenieur) konnte es sich so anhören, als wäre es die Lösung für alle atomaren Probleme der stolzen Nation.

Aber das war es nicht. Es war eine Formel, die – richtig angewendet – nacheinander Badesalz, Zahnpasta und Bleichmittel beschrieb. Allan hatte etwas Nukleares gesucht, war stattdessen aber auf der Seite eines kanadischen Hobbychemikers gelandet. Der Chemiker wollte der Welt erzählen, was er so in seinem Badezimmer beziehungsweise seiner Besenkammer hatte. Im Gegensatz zu dem, was Allan überall vorgab, war mit seinem Gedächtnis alles in bester Ordnung. Abgesehen von der bereits genannten Formel hatte er noch die Formeln für Kopfschmerztabletten und Backpulver im Kopf, für Ofenreiniger und noch etwas. Alles dank einem jungen Mann in Mississauga am Ufer des Ontario Lake.

»Können wir nicht endlich einen Schritt weiter vorankommen?«

»Aber natürlich«, sagte Allan. »Ich muss nur schnell …«

Und dann ging er auf die Toilette, wo er eine Viertelstunde blieb.

Bevor es Zeit für den großen Ausbruch war, hatte Allan noch einmal beim Namenlosen vorbeigeschaut (um zu fragen, ob der Chauffeur nicht fror, wo es doch nur drei Grad hatte) und das Gespräch mit dem Ingenieur ein paar Schritte vorangebracht, oder zumindest ein Stück zur Seite. Unterdessen gab Julius sich alle Mühe, den Ingenieur und sich selbst bei Laune zu halten.

In der Eile hatte Allan ganz vergessen, Julius auf ihren wichtigsten Einsatz an diesem Tag vorzubereiten, bei dem der Ingenieur in einem bestimmten Augenblick abgelenkt werden sollte, damit Allan die eine Aktentasche gegen die andere austauschen konnte. Der Hunderteinjährige ließ sich einen Grund einfallen, warum der Ingenieur nach nebenan in den Kühlraum gehen sollte, und nutzte den Augenblick, um seinem Kameraden eine kurze Anweisung zu geben.

»Lenk ihn ab, wenn er zurückkommt.«

»Ablenken?«, sagte Julius. »Wie denn?«

»Einfach ablenken eben. Dann tausche ich in der Zwischenzeit die Aktentaschen aus.«

»Warum tauschst du sie nicht einfach jetzt schnell aus, während er nicht hier ist?«

Allan schaute seinen Freund an.

»Weil ich nicht daran gedacht habe«, sagte er. »Ich denke eben nicht immer so weit voraus, wie meine Mitmenschen von mir erwarten. Im Grunde passt mir das ganz gut, aber bei manchen Gelegenheiten …«

Weiter kamen die beiden alten Männer nicht, da war der Ingenieur auch schon zurück.

»Wir haben achthundert Gramm Gallium auf Lager«, sagte er. »Na ja, aber inwiefern ist das für die Komprimierung des Urans relevant? Bitte erklären Sie es mir so, als ob ich ein ebenbürtiger Chemiker wäre und kein Idiot.«

»Nur achthundert Gramm«, sagte Allan und zog eine bekümmerte Miene.

Da fiel Julius der Länge nach zu Boden.

»Hilfe, ich sterbe!«

Der Ingenieur bekam einen furchtbaren Schreck. Sogar Allan zuckte zusammen, obwohl er die Aktion ja bestellt hatte.

»Au!«, schrie Julius auf dem Boden. »Au!«

Allan blieb wie festgenagelt stehen, während der Ingenieur Julius zu Hilfe eilte.

»Was ist mit Ihnen, Herr Jonsson?« Er kniete sich neben den vielleicht sterbenden Assistenten. »Geht es Ihnen nicht gut?«

Julius war klar, dass Allan die Taschen jetzt bereits gegeneinander ausgetauscht hatte.

»Ach, danke«, sagte er. »Es geht mir gut. Ich hab bloß auf einmal ein bisschen Heimweh gekriegt.«

»Heimweh?«, wiederholte der Ingenieur. »Sie sind doch eben zusammengebrochen.«

»Schweres Heimweh. Aber ist schon wieder vorbei.«

Der Ingenieur, der Julius bis jetzt für den Vernünftigeren der beiden Ausländer gehalten hatte, ahnte, dass es mit diesem hier ähnlich schlimm bestellt war wie mit dem Alten.

»Soll ich Ihnen aufhelfen, Herr Jonsson?«

»Ja, gerne, Herr Ingenieur«, sagte Julius und streckte die Hand aus.

* * * *

Der Ingenieur war in eine verzweifelte Situation geraten. Zuerst als er nach wenigen Minuten im Hafen von Nampo entscheiden sollte, ob Karlsson ein Scharlatan war oder nicht, wobei ihm bewusst war, dass er im Falle einer Bejahung dieser Frage eventuell schneller selbst eine Lösung des Problems vorlegen musste, als ihm möglich war. Seine Entscheidung, dass Karlsson echt war, fällte der Ingenieur vor allem deswegen, weil er es aus reinem Überlebensdrang so wollte. Und jetzt kam ihm die quälende Einsicht, dass der Mann wohl entweder Scharlatan war oder nicht ganz im Vollbesitz seiner geistigen Kräfte. Und dass es sich mit seinem Assistenten eventuell ebenso verhielt.

Der Ingenieur spielte kurz mit dem Gedanken, dem Obersten Führer zu erklären, dass seine Frage ja nur auf die Scharlatanerie abgehoben hatte und von dem eventuellen Grad der senilen Demenz nicht die Rede gewesen war. Aber ihm war klar, dass das nicht funktionieren würde. Blieb nur noch die Alternative, den Obersten Führer anzulügen (ein schwindelerregender Gedanke) und zu behaupten, dass man die Herren nicht mehr brauchte, denn jetzt habe der Ingenieur die Mechanismen des Heißisostatpressing verstanden und könne sie innerhalb weniger Wochen in praktische Resultate umsetzen. In dem Fall hätte er dann eben diese Zahl von Wochen entweder noch zu leben oder Zeit, um tatsächlich Ergebnisse vorzulegen.

Karlsson hatte nachweislich chemische Formeln in seinem alten Kopf, und ein paar von ihnen hatte er ausgedruckt bekommen. Die würde sich der Ingenieur mal näher anschauen, sobald die Schweizer nach Hause gegangen waren.

Während der Mittagspause hatte er einen Wutanfall gekriegt, als Karlsson aus dem Gedächtnis von seinem schwarzen Tablett zitierte, von einem amerikanischen Fernsehmoderator, der sich erst einer Reihe von sexuellen Belästigungen schuldig gemacht hatte und dann meinte, er sei wütend auf Gott, der ihm nicht zu Hilfe gekommen war. Der Ingenieur brüllte, er scheiße auf Gott und sämtliche Amerikaner der Welt mitsamt Heißisostatpressing und seiner Wirkung, denn demnächst würde er fünfhundert Kilo angereichertes Uran bekommen. Wenn diese Lieferung eintraf, würde man Karlsson nicht mehr brauchen. Der Ingenieur versprach, Allan höchstpersönlich aus dem Labor *hinauszuschleifen*, wenn er sich jetzt nicht zusammenriss.

Fünfhundert Kilo? Das war schon das zweite Mal, dass Allan das zu Ohren kam. Dabei waren vier schon schlimm genug.

»Na, na, Herr Ingenieur«, sagte er. »Nun wollen wir doch nicht einen solchen Ton anschlagen, hm? Genosse Stalin in Moskau war auch einmal so böse auf mich und hat mich bloß deswegen bis nach Sibirien geschickt. Aber er hat am Ende einen Schlaganfall bekommen. Schlechte Laune schadet der Gesundheit, sag ich immer.«

Dem Ingenieur ging es gar nicht gut. Aber er kämpfte weiter gegen den Wirrkopf Karlsson. Einmal schaute sich der Hunderteinjährige ein Foto an der Wand näher an, auf dem der Oberste Führer lächelnd neben einer Mittelstreckenrakete stand. Der Schweizer schien sich auf die Spitze der Rakete zu konzentrieren und murmelte nachdenklich noch eine Formel. Richtig gedeutet war es eine Kombination aus Vitamin C und Riechsalz, aber der überraschte Ingenieur dachte sich, dass es vielleicht doch noch Hoffnung gab.

* * * *

Um eine Minute vor zwei war es so weit. Allan hatte den Ingenieur so weichgekocht, dass er nicht mehr protestierte, als der angebliche Experte ihn um einen weiteren sinnlosen Gang in den Kühlraum bat. Irgendwas mit dem Mindesthaltbarkeitsdatum des destillierten Wassers. Flasche für Flasche.

Als der Ingenieur außer Sichtweite war, sagte Allan:

»Ich glaube, jetzt hauen wir ab. Der kommt erst in ein paar Minuten wieder.«

»Falsches Shampoo«, sagte Allan, legte die Aktentasche auf den Tisch des Wachmanns und öffnete die Verschlusskappe. »Es roch ihm nicht genug nach Lavendel. Oder was auch immer. Der Herr Ingenieur ist ein qualitätsbewusster Mann. Machen Sie sich morgen auf ein neues Paket gefasst.«

Bevor der Wachmann das Paket näher anschauen konnte, das er kannte, hatte Allan sich aus seinem Mantel geschält.

»Aber den hier kontrollieren Sie lieber gründlich, es ist mir nämlich schon mehr als einmal passiert, dass ich Sachen eingesteckt habe und mich dann nicht mehr erinnern konnte, was oder warum. Einmal war ich Einkaufen und fand hinterher ein Vorhängeschloss in der Tasche. Weiß ich bis heute nicht, wo ich das hinhängen wollte.«

Der Wachmann durchwühlte Karlssons Taschen und bekam gleich noch Jonssons Mantel dazu.

»Ich bin genauso«, erklärte Julius. »Obwohl ich mehr zu Feuerzeugen tendiere.«

Die Augen des Wachmanns zuckten von Mantel zu Mantel, während Allan in aller Seelenruhe die Aktentasche zumachte.

»So nett es auch ist – wir können nicht den ganzen Tag rumstehen und plaudern. Der Oberste Führer wartet. Sind Sie dann fertig mit den Mänteln? Sehr gut. Komm, Julius.«

Die alten Männer gingen zum wartenden Chauffeur, Julius besonders eifrig, Allan in seinem üblichen Tempo. Sie setzten sich ins Auto, das davonrollte, während der Wachmann stehen blieb und über Hängeschlösser nachdachte, über Feuerzeuge, den Obersten Führer und alles, was gerade geschehen war.

Eine halbe Minute später kam der Ingenieur zum Eingang. Wütender denn je.

»Wohin sind die verdammten Trottel gegangen?«
»Die sind weggegangen, Herr Ingenieur.«
»Na toll. Morgen erwürg ich diesen Karlsson.«

* * * *

Der Namenlose staunte, als die beiden ausländischen Gäste schon um zwei Uhr zurück ins Hotel wollten.

»Nicht ins Hotel, mein lieber Wie-auch-immer-Sie-heißen-mögen. Erst fahren wir zum Palast, um den Obersten Führer abzuholen. Wichtiges Treffen. Spannend, oder?«

Der Chauffeur wurde ganz blass. Den Obersten Führer in seinem Auto zu haben war für einen nordkoreanischen Staatsbediensteten so, wie es für einen schwedischen Pfarrer wäre, mit Jesus Christus höchstpersönlich herumzufahren. Eigentlich hatte er Befehl, die Gäste zum Hotel zu fahren und sonst nirgendwohin, aber der Palast lag ja auf dem Weg.

»Ich kann verstehen, dass Sie jetzt nervös werden«, sagte Allan. »Aber ich kenne den Obersten Führer gut, er ist sehr liebenswürdig. Eigentlich gibt es nur eines, was ihn reizen kann. Oder zweierlei, wenn man die USA mit einrechnet.«

Der Namenlose fragte beunruhigt, was das denn sei.

»Dreck«, sagte Allan. »Dreck, Staub, Abfall und Schmierereien. Ich weiß noch, wie ein armer Assistent einmal versehentlich ein Glas Saft über … na ja, reden wir nicht weiter davon. Friede seiner Asche. Aber jetzt fahren Sie bitte etwas schneller, wir wollen den Obersten doch nicht warten lassen.«

Und sie fuhren immer schneller. Allan bat Julius auf Schwedisch, aktiv zu werden.

»Fahren Sie nicht so schnell«, sagte Julius. »Ich werde reisekrank.«

»Hab ich schon gesagt, dass wir es eilig haben?«, sagte Allan.

Man konnte ja schlecht gleichzeitig Gas geben und bremsen, und der Chauffeur kam zu dem Schluss, dass der Oberste Führer wichtiger war als der Halbgreis da hinten. Um ein Vielfaches wichtiger.

Als sie auf der leeren Autobahn dahinfuhren, klagte Julius noch einmal über die hohe Geschwindigkeit. Der Namenlose ignorierte ihn weiterhin, angestachelt von Allan, der ununterbrochen von all den guten Eigenschaften des Obersten Führers redete und auch noch einmal unterstrich, wie übel ihm Dreck und Schmutz aufstießen.

»Ich muss ja sagen, Ihr Auto ist in hervorragendem Zustand«, sagte er. »Der Oberste wird sehr zufrieden mit Ihnen sein. Mir gefällt der Gedanke, dass er Sie vielleicht bitten wird, sich namentlich vorzustellen, dann erfahren wir endlich auch mal, wie Sie heißen.«

Der Namenlose steuerte das Auto jetzt mit einer Hand und polierte das bereits saubere Armaturenbrett mit der anderen Hand noch sauberer.

»Mir wird schlecht«, verkündete Julius und hob vorsichtig den Behälter mit der Müsli-Milch-Mischung vom Boden hoch. Das Ganze war im Laufe des Tages zu einem schönen Schlonz zusammengeschmolzen.

Dann kam das absolut schrecklichste Geräusch, das der Namenlose in den zweiundfünfzig Jahren seines Lebens jemals vernommen hatte. Julius täuschte ein lautes Würgen auf dem Rücksitz vor und ließ die Müslimischung über die Rückenlehne spritzen, zwischen die Vordersitze und dem Chauffeur in den Nacken. Der Namenlose geriet völlig in Panik, ganz nach Plan. Er beschrieb eine Hundertachtzig-Grad-Wendung auf die Gegenfahrbahn, vollführte eine Vollbremsung und fuhr in eine Parklücke auf der anderen Straßenseite. Er sprang aus dem Auto. Wie groß konnte die Katastrophe sein?

Wenn man erst mal hunderteins ist, ist man nicht mehr allzu geschmeidig, wenn man es denn überhaupt jemals gewesen ist. Trotzdem gelang es Allan, sich seitlich über den Fahrersitz zu lehnen und die Fahrertür zuzuziehen und abzuschließen. Gleichzeitig verriegelte Julius die hinteren Türen und krabbelte dann nach vorn. Das lief auch etwas holperig ab, er ging ja nun schon auf die siebzig zu. Doch ein paar Sekunden später saß er auf dem Fahrersitz. Und der verblüffteste Chauffeur der koreanischen Halbinsel stand draußen.

»Dann wollen wir mal schauen, wie das Ding hier funktioniert«, sagte er, legte den Gang ein und rollte los.

»Wir müssen in die andere Richtung«, erinnerte ihn Allan.

So kam es, dass die Freunde ein Stück weiter auf der verlassenen Straße den Wagen wendeten und erneut an dem namenlosen Chauffeur vorbeifuhren, der dort am Straßenrand stand und immer noch nicht kapierte, was hier eigentlich los war. Allan ließ sein Fenster herunter und verabschiedete sich.

»Leben Sie wohl, mein Lieber. Morgen früh brauchen Sie uns nicht abzuholen. Obwohl – Sie haben ja sowieso nichts mehr, womit Sie uns holen könnten, fällt mir da gerade ein.«

* * * *

Sie fuhren weiter in südlicher Richtung, zum Flughafen Sunan International. Allan meinte, dass sie gut in der Zeit lägen und dass Julius nicht zu fahren brauchte wie der Autodieb, der er einmal gewesen war. Das Risiko von Staus im Feierabendverkehr sei ja auch nicht allzu groß. Überhaupt von Verkehr.

Julius nickte und fragte sich im Stillen, ob Allan sich überlegt hatte, wie sie vorgehen sollten, wenn sie am Flughafen ankamen. Das war ja eine Sache, die sie beide verdrängt hatten, weil zuvor noch so viele andere Hindernisse zu überwinden gewesen waren.

Doch Allan hatte wieder sein schwarzes Tablett in der Hand.

»Aha. Wo wir gerade mit dem Auto herumfahren: Die Frauen in Saudi-Arabien sollen bald dasselbe Recht bekommen. Prinz Abdulaziz scheint ja pragmatisch veranlagt zu sein. Kein Wunder, dass die Saudis in der Frauen-Kommission der UNO sind.«

»Kannst du mal diese verfluchte Nachrichtenmaschine beiseitelegen und dich für eine Sekunde der Frage unseres Überlebens widmen?«, sagte Julius und verspürte denselben Frust wie früher.

»Andererseits ist ja alles relativ«, fuhr Allan fort. »Der Prinz ist Wahhabit, und die Wahhabiten sind gegen fast alles, wenn ich mich nicht täusche. Also gegen Schiiten, Juden, Christen, Musik und Schnaps. Hast du schon mal so was Entsetzliches gehört? Gegen Schnaps sein!«

Julius fluchte, als Allans Ausführungen nicht enden wollten.

»Erzähl mir lieber, was wir jetzt tun sollen! Etwa auf direktem Weg durch den Zaun brechen und genau bis vors Flugzeug der Ministerin fahren? Wenn wir da stecken bleiben, ist der Film gelaufen! Oder sollen wir über die richtige Straße reinfahren? Und wenn ja, was sagen wir dann den Wachen am Schlagbaum? Sollen wir sie erschießen? Aber womit? Verdammt noch mal, Allan!«

Der Hunderteinjährige machte sein schwarzes Tablett aus und überlegte kurz.

»Wäre es nicht das Klügste, wenn wir das Auto in die Kurzzeitparkzone stellen, unsere Aktentasche und unsere Diplomatenpässe nehmen und einchecken?«

* * * *

Einer der Check-in-Schalter unterschied sich von den anderen. Über dem Tresen hing ein Schild in Goldrahmen mit koreanischem Text und einer englischen Erklärung darunter: Premium Check-in.

Allan grüßte, stellte sich vor als Sondergesandter und Diplomat Karlsson aus dem Königreich Schweden und fragte, ob das Flugzeug von Außenministerin Wallström schon zum Abflug bereitstand.

Der Mann hinter dem Tresen nahm Allans und Julius' Pässe entgegen und schaute sie an.

»Aha«, sagte er. »Mir liegen aber keinerlei Informationen vor, dass Sie …«

»Informationen liegen nicht in der unmittelbaren Natur der verschwiegenen Diplomatie«, sagte Allan. »Menschen wie wir halten sich eher hinter den Kulissen auf. Wenn Sie jetzt so freundlich wären, uns zum Flugzeug zu bringen?«

Nein, so freundlich war der Mann nicht.

»Einen Augenblick«, sagte er und ging seinen Chef holen.

Julius fand, dass Allan sich wacker schlug auf dem Flughafen, aber noch war nichts erreicht. Nach ein paar Minuten kam ein Mann in Uniform und erkundigte sich, wie er ihnen helfen könne.

»Guten Tag, Herr Oberst«, sagte Allan zu dem Mann, der mitnichten Oberst war, aber doch der Chef der Flughafen-Security.

»Worum geht es?«, wollte der Security-Chef wissen.

»Sind Sie derjenige, der uns zum Flugzeug von Außenministerin Wallström bringt? Wunderbar! Wären Sie dann wohl so nett, mir die Aktentasche zu tragen? Wir reisen zwar mit leichtem Gepäck, aber ich bin alt und schwach«, sagte Allan und stellte die Aktentasche mit dem Uran auf den Schalter.

»Ich werde Sie gar nirgendwo hinbringen, bevor wir nicht überprüft haben, wer Sie sind«, sagte der Security-Chef defensiv.

In diesem Augenblick geschah ein Wunder.

»Die Attachés Karlsson und Jonsson! Sind Sie schon hier? Das ist ja wunderbar!«, sagte Margot Wallström, die mit großen Schritten vom Haupteingang herüberkam. »Ich komme direkt vom Mittagessen mit dem Obersten Führer, wir haben fast nur von Ihnen gesprochen, Herr Karlsson. Er lässt Ihnen beiden noch einmal seine allerbesten Grüße übermitteln und würde Sie gern so bald wie möglich wieder hier willkommen heißen.«

Der Security-Chef erbleichte. Er wusste, wer Frau Wallström war, er hatte nämlich vor zwei Tagen Befehl gehabt, sie zu empfangen und willkommen zu heißen.

»Na, wie ist es nun?«, fragte Allan. »Helfen Sie mir jetzt mit meiner Aktentasche?«

Zwei Sekunden Bedenkzeit. Fünf. Zehn. Dann sagte der Security-Chef: »Selbstverständlich, mein Herr.«

Woraufhin er die Ministerin und UNO-Gesandte, ihre beiden Attachés, den Koffer der Gesandten und die Aktentasche des einen Attachés an sämtlichen Kontrollen vorbei und bis zum vollgetankt wartenden Flugzeug geleitete.

Achtzehn Minuten später, sechsunddreißig Minuten vor der festgesetzten Zeit, verließ das Flugzeug der schwedischen Außenministerin den nordkoreanischen Luftraum, mit zwei Passagieren mehr als bei ihrer Landung zwei Tage zuvor.

Weitere drei Stunden später bekam der nordkoreanische Führer Kim Jong-un einen Wutausbruch selten dagewesenen Ausmaßes. Und da war er noch nicht mal vom Ingenieur der Plutoniumanlage darüber informiert worden, dass die Aktentasche mit dem angereicherten Uran jetzt mehrere (durchaus wohlriechende) Kosmetikartikel enthielt. Was daran lag, dass der Ingenieur sich gerade in seinem Kühlraum erhängt hatte (kurz nachdem er festgestellt hatte, dass Karlssons erste Formel die Grundlage für die Herstellung von Nylonstrümpfen darstellte). Der namen- und limousinenlose Chauffeur wiederum musste fünfundzwanzig Minuten am Rand der Autobahn stehen und warten, bis zu guter Letzt doch mal ein Lkw kam; da konnte er endlich auf die Fahrbahn treten und sich überrollen lassen. Der Security-Chef des Flughafens hatte keinen solchen Todeswunsch. Trotzdem blieb er nur noch zwei Tage am Leben, bis er vor Gericht gestellt, im Eilverfahren verurteilt und hingerichtet wurde, wie es sich gehörte.

USA

Der Service an Bord war ausgezeichnet. Allan bekam einen Wodka Cola, Julius einen Gin Tonic und Außenministerin Wallström ein Glas Weißwein.

»Hübsches Flugzeug haben Sie da«, bemerkte Julius. »Das schwedische Regierungsflugzeug, nehme ich an? Ich freu mich schon, wieder nach Hause zu kommen.«

Die Außenministerin nippte an ihrem Weißwein und antwortete, dass das Flugzeug nicht der schwedischen Regierung gehörte, sondern der UNO.

»Und nach Schweden werden Sie sich noch eine Weile sehnen müssen. Wir sind nämlich auf dem Weg nach New York. Dort erwartet uns Präsident Trump im UNO-Wolkenkratzer. Ich hab gerade erfahren, dass er Sie ebenfalls kennenlernen will, Karlsson. Die Kollegen im Sicherheitsrat haben angedeutet, dass er nicht unbedingt in Bestlaune ist. Es sei denn, dass rasende Wut seine beste Laune ist.«

»Sieh mal einer an«, sagte Allan. »Lerne ich also glatt *noch* einen amerikanischen Präsidenten kennen, bevor ich ins Gras beiße.«

»Haben Sie denn schon mal einen kennengelernt, Herr Karlsson?«, staunte Außenministerin Wallström.

»Nein. Zwei.«

* * * *

Das UNO-Flugzeug landete auf dem JFK-Flughafen und wurde mit dem Respekt behandelt, wie er jedem Flugzeug der Vereinten Nationen gebührte. Margot Wallström, Allan und Julius wurden die paar Schritte bis zu einem schwarzen Lincoln geführt, der sie zum VIP-Bereich für Einreisende in die Vereinigten Staaten fuhr. Dort stand der Chefstratege des Präsidenten, Steve Bannon, und trat nervös von einem Fuß auf den anderen. Er war aus diversen Gründen gereizter Stimmung. Zum einen, weil er hier irgendwie den Laufburschen spielen musste, aber hauptsächlich, weil Donald Trump ihn heute heruntergeputzt hatte, weil er dessen Schwiegersohn vor Wut in den Hintern getreten hatte, bei einem Gespräch über die angemessene Nahostpolitik. Da er schlecht zurückmeckern konnte, ohne entlassen zu werden, musste er jemand anders anmeckern. Der Frust musste schließlich irgendwo sein Ventil finden.

»Machen Sie jetzt kein Theater«, sagte Steve Bannon zur Passbeamtin. »Der Präsident wartet.«

Die Frau in der Passkontrolle wurde nervös, als ihr bewusst wurde, dass sie den Präsidenten aufhielt, aber sie erfüllte trotzdem ihre Pflicht. Zwei von den drei Diplomaten waren nicht durch die ESTA-Kontrolle gegangen.

»Verdammt, das sind doch Diplomaten«, sagte Steve Bannon.

»Kann schon sein«, sagte die Passbeamtin, »aber ich muss hier trotzdem meinen Job machen.«

»Dann machen Sie ihn«, blaffte Bannon.

Dazu war eine Runde Recherche im Einwanderungscomputer vonnöten und ein Telefonat, bevor die Passbeamtin die Diplomaten Jonsson und Karlsson einstempeln konnte. Es lag keine Historie vor, die darauf hindeutete, dass sie Staatsfeinde sein könnten. Sie waren ja nicht mal in Teheran geboren.

»Willkommen«, sagte sie zu guter Letzt.

»Danke«, sagte Allan.

»Danke«, sagte Julius.

»Kommen Sie jetzt!«, sagte Steve Bannon.

»Hoffentlich ist der Präsident nicht genauso übellaunig«, murmelte Außenministerin Wallström.

War er aber.

* * * *

Das mitgeführte Handgepäck hätte vielleicht zusammen mit Allan und Julius kontrolliert werden müssen, aber Handgepäck wird ja in erster Linie vom Startflughafen überprüft. Und die Reise war in einem Flugzeug der UNO unternommen worden. Und dann waren sie auch noch alle drei Diplomaten. Und obendrein war da noch der brüllende Steve Bannon.

Die Gründe waren nicht wirklich ausreichend, aber die Umstände sorgten letztlich doch dafür, dass sich die Vereinigten Staaten von Amerika gerade vier Kilo Uran aufgehalst hatten, säuberlich verpackt in einer nordkoreanischen Aktentasche. Und keiner ahnte etwas.

Das wurde Julius in der Limousine auf dem Weg zum UNO-Gebäude klar. Ihm fiel ein, dass Allan der Außenministerin nie erzählt hatte, was er da mit sich herumschleppte.

»Was hast du denn vor mit dem Zeug?«, flüsterte er, als Margot Wallström gerade in irgendein Telefongespräch vertieft war.

»Das könnte doch ein nettes Geschenk für den Präsidenten abgeben«, meinte Allan, »wenn der mich jetzt prompt auch noch kennenlernen will. Aber behalt du es so lange, es kommt mir nicht ganz richtig vor, mit einer Tasche voll angereichertem Uran ins UNO-Gebäude zu marschieren, ohne das vorher anzumelden.«

Julius wand sich.

»Mach dir keinen Kopf«, sagte Allan. »Ich hab mir das alles gut überlegt.«

Die Außenministerin beendete ihr Telefonat, und die Limousine war am Ziel. Julius wurde auf einer Parkbank in der Nähe abgesetzt, und Allan versprach ihm, bald wiederzukommen.

Als Karlsson und Wallström sich der Sicherheitskontrolle am Haupteingang näherten, gab Letztere dem Hunderteinjährigen einen Rat. Beziehungsweise eher eine flehentliche Bitte. In Anbetracht dessen, was sie beim Abendessen mit Kim Jong-un beobachtet hatte, schlug sie ihm vor, sich diesmal ein klein wenig geschmeidiger zu verhalten.

Es war nicht zu übersehen, dass sie ziemlich nervös war vor diesem Treffen.

»Geschmeidig«, sagte Allan. »Aber absolut. Das ist doch das Mindeste, was ich für die Frau Ministerin tun kann, nachdem sie uns das Leben gerettet hat und alles.«

USA

Donald John Trump wurde am 14. Juni 1946 in New York geboren, auf den Tag ein Jahr nachdem der schwedische Staatsbürger Allan Emmanuel Karlsson die letzten Probleme der USA in ihren Bemühungen um den Bau einer Atombombe gelöst hatte.

Allan und Donald hatten mehr gemeinsam, als man aufs Erste gedacht hätte. Zum Beispiel beerbten sie beide ihre Eltern. Allan bekam eine Hütte ohne Wärmedämmung oder fließend Wasser irgendwo in den Wäldern in der Nähe von Malmköping in Sörmland, während der Vater des jungen Donald ihm siebenundzwanzigtausend Wohnungen im Zentrum von New York hinterließ.

Daraufhin erging es den Söhnen eine Weile gleich schlecht. Allan sprengte aus Versehen seine Hütte in die Luft und wurde damit obdachlos. Donald machte ungefähr dasselbe mit dem Imperium seines Vaters und rettete sich nur mithilfe einiger wohlwollender Banken vor dem Konkurs.

Ein anderer gemeinsamer Nenner war der, dass Donald und Allan ungefähr zur gleichen Zeit bekümmert über ihr Leben geseufzt hatten, nur auf entgegengesetzten Seiten des Erdballs. Allan auf Bali, bevor er von einem schwarzen Tablett verhext wurde und sich von einem Heißluftballon entführen ließ. Donald in einem großen weißen Haus in Washington, umgeben von Idioten und böswilligen Elementen.

Es war nicht so schön, Präsident der USA zu sein, wie Donald Trump geglaubt hatte. Das Schönste war ja doch immer, Leute zu feuern. Wenn er das in der Wirtschaft und im Fernsehen machte, erntete er Angst und Respekt. Aber sowie er ein, zwei Köpfe im Weißen Haus rollen ließ (oder auch dreizehn, kam drauf an, wie man zählte), unterstellten ihm die korrupten Medien, er sei labil.

Eine andere scheußliche Erfahrung war die, dass die Republikaner – seine Republikaner – nicht taten, was er sagte. Und dass die Gesetze offensichtlich so bestellt waren, dass er sie nicht auch noch feuern konnte.

Und dann dieses verdammte Rassismusgeseiere. Zum Beispiel, dass sein Vater Fred angeblich irgendwann zu Urzeiten in Queens bei einer Ku-Klux-Klan-Prozession festgenommen worden war. Erstens war das gar nicht passiert. Und zweitens wurde er ja sofort wieder freigelassen, also was sollte die ganze Aufregung überhaupt?

Am schlimmsten war ja, dass man in diesem Lande nicht mehr die Wahrheit sagen durfte. Jedenfalls nicht, wenn man Präsident war. Zum Beispiel, dass die Mexikaner Vergewaltiger waren. Und die Muslime alle miteinander noch was viel Schlimmeres.

Natürlich gab es auch Lichtblicke. Der Präsident hatte ja doch noch ein bisschen was zu sagen. Er konnte einen Krieg anfangen, wenn es die Situation erforderte. Echte und verbale Kriege. Der Krieg gegen die Fake News war sowieso schon in vollem Gange. Donald Trump rühmte sich, das Wort »fake« selbst erfunden zu haben. Und wer neue Wörter erfindet, kann sie ja nach Belieben mit Bedeutungen füllen. Das bedeutete, dass Fake News all das waren, was Trump nicht so gerne las, anhörte oder sah.

Mit den echten Kriegen war es schon kitzliger. Wie sich herausstellte, waren die Staatschefs anderer Länder genauso schwer abzusetzen wie Kongressmitglieder oder Senatoren. Da blieb einem erst mal nur die Drohung, ihnen mit Bomben einzuheizen. Diese Taktik funktionierte in der Wirtschaft, wenn man das Wort Bombe durch

Prozess ersetzte. Aber wenn der Gegenspieler ein narzisstischer Irrer war, eine Handbreit groß, und überdies über Atomwaffen verfügte – da galt es doch noch einmal nachzudenken. Und ebendas war nicht Donald Trumps starke Seite, das gab er selbst zu. Dafür war seine Zeit viel zu kostbar. Im Übrigen erinnerte ihn der nordkoreanische Narziss an irgendwen, er kam bloß nicht drauf, an wen.

Nun, Trump wusste ja, dass das halbe Land hinter ihm stand, solange er sein Blatt richtig spielte. Da die andere Hälfte sowieso hoffnungslos verloren war, galt es nun also, die eigene zu mobilisieren. Von neuen Waffengesetzen zu sprechen, wäre zum Beispiel strategisch ungeschickt. Donald Trump hatte immer große Stücke auf seine Freunde gehalten, vor allem auf die, die man nicht feuern konnte. Zum Beispiel die Waffenlobby. Nur zu dumm, dass ein Psychopath in Vegas gerade mit dreiundzwanzig verschiedenen Waffen um die sechzig Menschen getötet hatte. Und da der Wurm ja immer gleich so richtig drin ist, wenn er erst mal drin ist, bekam er kurz darauf auch noch einen Amoklauf an einer Schule an die Backe.

Der Präsident musste aber weiterhin laut und deutlich auf alle Bedrohungen von außen verweisen (abgesehen von den Massenschießereien eben). Sicherheitshalber fügte er selbst noch ein paar hinzu. In seinem engsten Umkreis stimmten natürlich alle zu, dass man eine Mauer an der Grenze zu dem Land bauen musste, in dem ausschließlich Vergewaltiger wohnten.

Krieg war ebenfalls ein guter Mobilisierungsfaktor. Den Twitter-Krieg gewann er fast jeden Tag. Blieb nur noch der andere, der gegen den kleinen Raketenmann. Den Narzissten.

An wen *erinnerte* er ihn bloß?

* * * *

Der Stabschef des Weißen Hauses, Reince Priebus, hatte seinen Grund, den Präsidenten auf seiner Reise nach New York zu begleiten, wo er unter anderem die UNO-Botschafterin Nikki Haley treffen sollte. Die Entwicklungen in Nordkorea waren ja in jeder Hinsicht beunruhigend, und dazu kam, dass Priebus ab jetzt buchstäblich alles richtig machen musste, wenn er seinen Job behalten wollte. Er hatte gerade den Fehler gemacht, die Aussage seines Chefs zu kritisieren, dass eine Armada von amerikanischen Schiffen auf Nordkorea zusteuerte: Erstens war es gar keine richtige Armada, und außerdem war sie auf dem Weg in die andere Richtung, nach Australien. Da war sein Chef ausgerastet und hatte Priebus angekreidet, dass die verlogene *New York Times* die Wahrheit veröffentlicht hatte.

Abgesehen davon, dass der Präsident in seinen Aussagen nicht immer so exakt war, wie es sich die Welt gewünscht hätte, war da noch die Tatsache, dass er die Dinge immer noch schlimmer machte, jedes Mal, wenn er Kim Jong-un beleidigte. Am schlimmsten wäre es jedoch gewesen, wenn man ihn darauf hingewiesen hätte.

Jetzt teilte Priebus seinem Präsidenten jedenfalls mit, dass die Vertreterin des Sicherheitsrates, Außenministerin Wallström, im UNO-Gebäude angekommen und bereit für das Treffen war. Und dass sie – wie vom Präsidenten gewünscht – in Begleitung des Schweizer Atomwaffenexperten war, dem Schweden Allan Karlsson.

»Soll ich sie bitten …«

»Holen Sie sie her«, sagte Präsident Trump.

* * * *

»Guten Tag, Mister President«, sagte Margot Wallström.

»Ebenso«, sagte Allan.

»Setzen Sie sich«, sagte der Präsident. »Wir fangen mit Ihnen an, Frau Wallström. Mit welchem Körperteil haben Sie eigentlich gedacht, als Sie Ihren Besuch in Pong … Pijong … in Nordkorea mit einer *Pressekonferenz* begonnen haben? Pressekonferenzen sind die

Pest, und das gilt doppelt und dreifach für nordkoreanische Pressekonferenzen.«

Margot Wallström erklärte, es habe keinerlei Gelegenheit gegeben, mit irgendeinem Körperteil zu denken. Sie war direkt vom Flughafen zu dem im Fernsehen übertragenen Spektakel gebracht worden, das der Präsident und der Rest der Welt zu sehen bekommen hatten.

»Wir alle sind von Kim Jong-un reingelegt worden, so einfach ist das«, sagte Außenministerin Wallström. »Als Vertreterin der UNO vor Ort bin ich die Erste, die diesen Umstand beklagt.«

»*Sie* wurden alle angeschmiert«, widersprach der Präsident. »*Mich* schmiert der nicht an, dieser kleine Raketenmann.«

Die Außenministerin bat um Entschuldigung, es sei nicht ihre Absicht gewesen, den Präsidenten zu beleidigen. Nichtsdestoweniger sei sie nicht sicher, ob ein Titel wie »der kleine Raketenmann« dem Gesprächsklima zwischen Nordkorea und der Welt zugutekomme. In ihrem Bericht an den Generalsekretär habe sie ein ganzes Kapitel dem richtigen Sprachgebrauch gewidmet.

»Wenn Sie auch eine Kopie haben möchten, werde ich sofort …«

»Ein Kapitel? Wer kann denn so was lesen? Wer kann denn so was lesen? Beantworten Sie lieber meine Fragen.«

Die Außenministerin Wallström konnte sich nicht erinnern, dass der Präsident eine andere Frage gestellt hatte als die, mit welchem Körperteil sie gedacht habe. Aber das ließ sich ja nicht feststellen.

»Ich werde mein Bestes tun, Mister President. Darf ich Ihnen bei dieser Gelegenheit Herrn Allan Karlsson vorstellen? Er ist kein Schweizer, wie behauptet wurde, sondern Schwede. Und er hat Nordkorea *nicht* geholfen bei seinen Bemühungen um eine …«

»Wer sind Sie?«, schnitt ihr der Präsident das Wort ab und wandte sich direkt an Allan.

Allan dachte gerade dasselbe über den Mann, der ihm da gegenübersaß. War er Präsident oder einfach nur seltsam? Na, die Geschichte hatte ja schon gezeigt, dass beides auch gleichzeitig möglich war.

»Wer ich bin? Ich bin Allan Karlsson, wie die Außenministerin erwähnt hat. Und ich bin Schwede, das hat sie, glaub ich, auch erwähnt. Und wie gesagt, ich habe Nordkorea nicht geholfen. Vielleicht hab ich sie eher ein wenig durcheinandergebracht. Damit wäre kurz zusammengefasst, wer ich bin. Ich kann natürlich auch noch mehr erzählen.«

»Es heißt, Sie haben die Freiheitsmedaille des Präsidenten bekommen«, sagte Donald Trump. »Aber dieser Präsident ist längst Geschichte. Der jetzige wird sie Ihnen wieder abnehmen, wenn Sie meine Fragen nicht wahrheitsgemäß beantworten. Abnehmen werde ich sie Ihnen.«

»Wenn Sie nur mal anfangen zu fragen, dann verspreche ich, mein Bestes zu tun«, sagte Allan. »Aber die Medaille zurückzugeben wird eher schwierig. Die ist mir neunzehnhundertachtundvierzig irgendwie in einem U-Boot auf dem Weg nach Leningrad abhandengekommen. Es wäre denkbar, dass die Russen sie seitdem haben, aber Sie können ja jederzeit diesen Herrn in Moskau fragen, diesen Putin. Ich habe gehört, dass Sie ein ganz freundschaftliches Verhältnis mit dem pflegen.«

Präsident Trump kam aus dem Konzept. Ein U-Boot? Neunzehnhundertachtundvierzig?

Das gab Allan wiederum Gelegenheit fortzufahren.

»Aber ich werde Ihnen nach Verstandeskräften antworten. Wie es meine Gewohnheit ist, wenn ich das so sagen darf. Truman wollte alles über die Atombombe wissen. Kurz danach war es Nixon, aber der war eher neugierig, wie die praktische Politik in Indonesien aussah, mit Lauschangriffen und so. Ich habe alles erzählt, was ich wusste, und Nixon war schwer beeindruckt. Was immer Sie als jetziger Präsident wissen mögen – ich stehe Ihnen in allen Belangen gern zu Diensten. Ich vermute, die Kunst, aus Ziegenmilch Schnaps zu brennen, steht nicht im Brennpunkt Ihres Interesses, stimmt's? Dann interessieren Sie sich vielleicht mehr für Ziegenmilch?«

Allan hatte auf dem schwarzen Tablett gelesen, dass der arme amerikanische Oberbefehlshaber seit Jahr und Tag Abstinenzler war.

Trump schwieg einen Augenblick.

»Sie reden zu viel«, sagte er. »Erzählen Sie mir lieber, was Sie in Nordkorea gemacht haben und warum Sie diesem Idioten mit seinen Atomwaffen geholfen haben.«

»Ich habe überhaupt keinem Idioten geholfen«, sagte Allan. »Denn Nixon wollen wir doch wohl nicht dazurechnen, oder? Ich bin aus purem Zufall in Korea gelandet, zusammen mit meinem Freund Julius. Wir wurden von einem Schiff aus Seenot gerettet. Dummerweise war es auf dem Weg zu seinem Heimathafen bei Pjöngjang. Und als hätte das nicht gereicht, herrschte auf diesem Kahn genauso striktes Alkoholverbot wie offensichtlich hier. Der Kapitän hieß im Übrigen Pak. Kennen sich die Herren eventuell?«

Präsident Trump versuchte, irgendetwas Substanzielles aus der Rede des Alten herauszufiltern, was ihm aber nicht gelang.

»Kommen Sie doch endlich zur Sache! Was wissen die Koreaner, was sie nicht schon wussten, bevor Sie es ihnen erzählt haben?«

Langsam wurde Allan dieser wütende Mann unsympathisch. Was war denn bloß mit ihm los? Er wollte sich gerade danach erkundigen, als ihm wieder einfiel, was er der bezaubernden Frau Wallström versprochen hatte. Er sollte geschmeidig sein. Wie machte man das?

»Was ich den Koreanern eventuell erzählt habe, hatte eher zur Folge, dass sie ein bisschen weniger wissen als vorher. Ich hab ihnen ein paar Formeln gegeben, das stimmt schon. Unter anderem eine, die verrät, wie man Abwasser am besten klärt, wenn ich mich recht erinnere. Also nicht so unbedingt das Wissen, mit dem man Kriege anfangen kann.«

»Abwasser klären?«, fragte der Präsident.

»Man kann auch Kleidung damit bleichen. Wie auch immer, es ist uns dann mit der vorbildlichen Hilfe von Außenministerin Wallström gelungen zu fliehen, bevor sie entdecken konnten, dass die Formeln, die ich da zusammengebastelt habe, nichts zur Entwicklung ihrer Kernwaffen beitragen können. So wie ich das sehe, besteht mein einziges Verbrechen darin, dass ich vor der indonesischen Küste in Seenot geraten bin. Wenn der Herr Präsident der Meinung ist, dass das Grund genug ist, mir meine Medaille wieder abzunehmen, muss sie bloß noch gefunden werden.«

Allan fand selbst, dass seine letzten Worte nicht besonders geschmeidig geklungen hatten.

»Das ist jetzt zwar ein ganz anderes Thema, aber würden Sie mir eine persönliche Feststellung gestatten, Herr Präsident?«, fragte er, während der Präsident immer noch über seinen nächsten Schritt nachdachte.

»Was?«

Versuchen konnte man es ja mal.

»Sie haben eine umwerfend schicke Frisur.«

»Eine umwerfend schicke Frisur?«, wiederholte der Präsident.

»Ja, im Grunde sind Sie überhaupt ganz schick. Aber die Frisur ist schon was ganz Besonderes.«

Präsident Trump rückte seinen rotblonden Schopf zurecht. Sein Zorn verrauchte etwas.

»Da sind Sie nicht der Erste, der das findet. Nicht der Erste.«

Sichtlich zufrieden. Schon lustig, wie einfach die Dinge manchmal waren. Allan nahm sich fest vor, sich bei seiner nächsten Begegnung mit einem amerikanischen Präsidenten wieder betont geschmeidig zu geben.

Der Schweizerschwede war eigentlich ganz sympathisch, wenn Donald Trump so nachdachte. Und auch ein bisschen spannend. Und er hatte ein klares Urteilsvermögen, hatte er so den Eindruck.

Er schaute auf die Uhr.

»Ich muss zu einem wichtigen Termin, ich habe jetzt keine Zeit mehr für Sie.«

Margot Wallström stand auf, um sich von dem Treffen zu entfernen, auf das sie gerne verzichtet hätte. Allan war aufgrund seines Alters natürlich langsamer.

»Moment noch«, sagte Donald Trump.

Er hatte eine Idee, und vom Gedanken zur Tat war es bei ihm nie besonders weit.

Der Alte war umständlich und seltsam, aber er hatte definitiv Geschmack. Seine Bemerkung zur Frisur war ja vollauf zutreffend gewesen.

»Spielen Sie Golf, Herr Karlsson?«, fragte er.

»Nein«, sagte Allan. »Ich hatte mal einen spanischen Freund, der spielte Maultrommel. Aber natürlich nur, bis er starb, danach spielte er nichts mehr. Dem haben sie den Kopf weggeschossen im Bürgerkrieg. Sehr traurig. Ist jetzt schon eine ganze Weile her.«

Donald Trump überlegte, welchen Bürgerkrieg Karlsson meinen konnte. Für den amerikanischen war er doch wohl nicht alt genug, oder? Na, war ja auch egal, welcher Krieg. Wäre auf jeden Fall interessant, noch eine Weile seine Gesellschaft zu haben.

Es war nämlich so, dass der Präsident eine Golfpartie bei New York spielen musste, auf eine Einladung eines seiner besseren Freunde, einem Immobilienmagnaten, der siebenhunderttausend Dollar in Trumps Wahlkampf investiert hatte und jetzt im Gegenzug wohl sechs Komma zwei Millionen geschenkt bekommen würde, in Form von gesenkter Immobiliensteuer. Das ließ sich am besten bei achtzehn Löchern feiern, doch jetzt hatte ein Virus den Magnaten blöderweise mit hohem Fieber ins Bett gestreckt. Trump wollte deswegen ungern das Spiel abblasen. Golf war nun mal Golf, und die Alternative – an seinem geliehenen Schreibtisch im UNO-Gebäude zu hocken – gefiel ihm nicht sonderlich. Denn jedes Mal, wenn er erreichbar war, schien die ganze Welt ein Stückchen von ihm zu wollen.

Aber Golf spielen wollte er jetzt, und Trump verkündete, Karlsson sei ihm willkommen, dann konnten sie sich beim Golfen weiter unterhalten. Wenn er sich dabei noch ein bisschen nützlich machen wollte, könne er den puertoricanischen Caddie im Auge behalten. Der Puertoricaner war zwar generell nicht diebischer als die anderen, neigte aber etwas zu Trägheit.

»Ich weiß nicht, wie viel Talent ich zum Puertoricanerkontrollieren habe«, sagte Allan. »Aber das lässt sich ja herausfinden. Wenn der Herr Präsident meine anspruchslose Gesellschaft wünscht, werde ich mich nicht querstellen. Ich muss zugeben, dass ich eben das mehrfach gemacht habe, wenn ich mit diversen Staatsoberhäuptern in verschiedenen Weltengegenden zu tun hatte. Das ist dann aber selten gut ausgegangen.«

Jetzt war der Alte schon wieder so schwierig. Aber er hatte immer noch einen gewissen Charme. Einen gewissen Charme.

»Abgemacht«, sagte der Präsident. »Schön!«

Er bat Außenministerin Wallström zu gehen, mit der Bemerkung, dass sie sich in Zukunft vorsehen solle.

»Danke, dass Sie gekommen sind. Und jetzt gehen Sie.«

»Ich habe zu danken«, sagte Margot Wallström.

Diplomatin durch und durch.

* * * *

Der Präsident der Vereinigten Staaten fährt nicht mit dem Taxi von Manhattan zum nahe gelegenen Golfplatz. Er nimmt den Hubschrauber. Der wartete auf dem Dach des UNO-Gebäudes. Trump und Allan wurden von fünf Agenten des Secret Service eskortiert, von denen drei mit an Bord kamen. Weitere fünf waren schon längst auf dem Golfplatz, um die Umgebung zu sichern, zusammen mit einem größeren Trupp Polizisten aus der Gegend.

Allan dachte kurz an seinen Freund Julius, während er in den Helikopter stieg. Das Wetter war angenehm für die Jahreszeit, es würde ihm nicht schaden, noch eine Weile länger auf einer Parkbank in der Sonne zu sitzen. Wie lang konnte so eine Golfpartie schon dauern? Eine Stunde?

Während des Flugs über Manhattan und Queens deutete der Präsident auf die ganzen Wohnungen, die er im Laufe der Jahre geerbt, gekauft oder verkauft hatte. Und auf ein paar, die er weder geerbt, gekauft noch verkauft hatte, aber die trotzdem mit durchrutschten. Dann erzählte er von seinen Plänen mit der Immobiliensteuer, der verhassten Gesundheitsreform, diversen Freihandelsabkommen und der allgemeinen Dekadenz. Wo er schon mal in Schwung war, machte er die Arbeitslosenzahl doppelt so hoch, wie sie wirklich war, und versprach Allan, dass er sie halbieren würde, damit sie auf dem Niveau landete, auf dem sie derzeit tatsächlich war.

Allan lauschte. Er kannte bereits genug vom Inhalt des schwarzen Tabletts, um feststellen zu können, dass der Präsident übertrieb oder genauso oft danebenlag, wie er richtig lag.

Der Hubschrauber landete, der Präsident und die schweizerisch-schwedische, hunderteinjährige Gesellschafterin stiegen wenige Meter vom ersten Tee aus. Für den Präsidenten gab es keine Wartezeit. Loch eins war ein dreihundertzehn Meter langes Par 4. Es zog sich leicht nach links, mit breitem Fairway und einem tiefen Bunker auf der rechten Seite.

»Na?«, war Trumps erstes und einziges Wort an den Puertoricaner, der wiederum verkündete, dass der Präsident am besten mitten auf dem Fairway anfangen sollte, um die optimale Ausgangslage für seinen Schlag zu haben.

Nun war es um die Geschicklichkeit des Präsidenten beim Golf so bestellt, dass der Ball nicht immer dort landete, wo er sollte. Wie auch dieses Mal. Ein besserer Treffer als beabsichtigt, obendrein Seitenwind.

»Scheißversager«, sagte Präsident Trump zu dem unglücklichen Caddie. »Scheißversager.«

Es war die Schuld des Caddies, dass der Wind den Ball genommen und in den Bunker befördert hatte.

Allan verstand gleich überhaupt nichts von Golf, fand aber, dass derjenige, der den Schläger führte, wohl doch in gewisser Weise für seinen Schlag verantwortlich war, oder nicht? Außerdem ging es ihm auf die Nerven, dass der Präsident seine Worte ständig wiederholte, wie eine gesprungene Schallplatte. Es wäre wohl nicht so geschmeidig, wenn er das monierte, aber Frau Wallström war ja nicht mehr hier, wie sah es also jetzt aus?

Da es so war, wie es war, musste es wohl so passieren, wie es passierte.

»Warum sagen Sie eigentlich immer alles zweimal?«, fragte Allan den Mann, der seinen Ball gerade in den Bunker geschossen hatte.

»Was?«, fragte der Präsident.

Da geriet der Hunderteinjährige in ein Dilemma.

»Auf die Gefahr hin, dass ich mich damit derselben Sache schuldig mache, frage ich nochmals, warum Sie immer alles zweimal sagen? Meistens etwas, was obendrein schon beim ersten Mal nicht gestimmt hat.«

»Nicht gestimmt hat? *Nicht gestimmt hat?*« Binnen einer Sekunde war der Präsident wieder in der gleichen Stimmung wie bei ihrer ersten Begegnung. »Aha, Sie tanzen also auch nach der Pfeife der *New York Times.* Ratte!«

Manche Golfer sind eben empfindlicher als andere kurz nach einem Schlag in den Bunker.

»Nein, ich tanze nach der Pfeife von überhaupt niemand«, sagte Allan. »In meinem Alter tanzt man überhaupt nicht mehr. Ich frage mich nur, warum Sie erstens solche Probleme mit der Wahrheit haben, Herr Präsident, und zweitens, wie es die Schuld Ihres eventuell faulen Puertoricaners sein kann, dass derjenige, der den Schläger in der Hand hatte, seinen Ball in der Grube versenkt hat, und drittens, warum Sie Ihre Dummheiten immer noch ein zweites Mal sagen müssen?«

Manche Golfspieler sind noch empfindlicher als die, die sowieso schon besonders empfindlich sind nach einem Schlag in den Bunker. Vielleicht gehörte Präsident Trump zu dieser Kategorie.

»Sie verdammter Scheißer«, sagte er. »Da lädt man Sie ein zu …«

(Er wollte schon sagen »zu einer Partie Golf«, aber Allan war ja nur als Puertoricanerkontrolleur mitgekommen.)

»Zu was, Herr Präsident? Zu was denn?«

Allans Wiederholung verschlechterte die Laune des Präsidenten nochmals. Er hob sein Fünfereisen, schüttelte es drohend vor dem Alten und rang vergeblich nach Worten.

»Ich habe das Gefühl, der Herr Präsident sollte seine Impulse mal ein bisschen besser in den Griff kriegen«, meinte Allan, woraufhin dem Präsidenten ebendies misslang.

»Meine Impulse? Niemand hat eine bessere Impulskontrolle als ich. Niemand!«

Sprach der Präsident und warf das Fünfereisen über den Kopf des Puertoricaners, der vielleicht wirklich so faul war, wie der Präsident angedeutet hatte, denn er hatte sich glücklicherweise gerade hingesetzt.

»Ich bin stabiler als jeder andere!«

»Tja, während unserem kurzen Flug habe ich sieben Dummheiten gezählt. Acht, wenn wir den Schlag in die Grube gleich nach der Landung mitzählen. Wenn Sie nur aufhören würden, immer alles zweimal zu sagen, würden Sie sofort nur noch halb so viel lügen.«

Donald Trump wollte seinen Ohren nicht trauen. Der verdammte Alte war also wirklich Kommunist. Mit so jemand konnte der Präsident der Vereinigten Staaten nicht fraternisieren.

»Verschwinden Sie!«, sagte er.

»Gerne doch, Herr Präsident. Aber ich möchte noch einen abschließenden Gedanken äußern. Ich kenn mich nicht aus mit Therapien oder anderem modernem Kram, aber wenn ich Sie wäre, würde ich's mal mit einem Drink probieren. Sie sind doch mittlerweile über siebzig, oder? Siebzig Jahre ohne Schnaps können wirklich jeden Menschen verrückt machen.«

Damit war die Begegnung unter Männern beendet. Ein Mitarbeiter des Secret Service stellte sich zwischen den Präsidenten und seinen Gast, ein anderer zog Allan am Arm und erklärte, er würde sofort zum UNO-Gebäude zurückgeflogen werden.

»Ich helfe Ihnen an Bord. Kommen Sie!«

»Können wir nicht noch ein paar Minuten warten?«, bat Allan. »Es wäre doch schön mit anzuschauen, wie der da drüben wieder aus dieser Grube rauskommen will.«

USA

Allan fand seinen Freund auf der Parkbank vor dem Hauptsitz der Vereinten Nationen, wo er ihn eine gute Stunde zuvor abgesetzt hatte. Julius saß, wo er saß, die nordkoreanische Aktentasche auf dem Schoß. Der Wechsel von Nordkorea zu Nordamerika war ein Schritt in die richtige Richtung gewesen, aber die Erkenntnis, dass er jetzt in einem Land war, in dem ihm der Besitz von angereichertem Uran mehrere Jahre Gefängnis eintragen konnte, hatte ihm erneute Besorgnis bereitet.

»Wie war das Treffen?«, begrüßte er Allan.

»Geschmeidig.«

»Gut. Hast du dann jetzt geregelt, dass wir das Zeug hier endlich loswerden?«

Er hob die Aktentasche in die Höhe, als hätte Allan nicht schon verstanden.

»Nein, ganz so geschmeidig ist es dann doch nicht gelaufen. Dieser Trump kriegt unsere Aktentasche nicht, der scheint nämlich schon von allein jeden Moment zu explodieren.«

»Was? Aber was fangen wir denn jetzt an mit dem Ding? Und mit uns? Du hast gesagt, du hast dir alles zurechtgelegt. Was genau hattest du dir denn zurechtgelegt?«

»Hab ich das gesagt? Na ja, man sagt viel, wenn man so alt ist wie ich. Ich weiß nicht, lieber Julius, aber das findet sich schon. Darf ich mich zu dir setzen?«

Allan wartete die Antwort nicht ab, weil er dachte, dass sie sowieso nicht kommen würde. Er setzte sich und meinte, es sei schön, die Beine etwas ausruhen zu dürfen, denn das UNO-Gebäude habe ganz schön viele und lange Korridore gehabt. Und dann noch die Zeitverschiebung und allerlei andere Seltsamkeiten.

Doch Julius ließ sich nicht beschwatzen. Begriff Allan denn nicht, dass sie hier mit vier Kilo angereichertem Uran in den USA saßen und das Land unmöglich verlassen konnten mit dieser Aktentasche in der Hand? Auf dem Flughafen würde doch sofort der Alarm losgehen, ganz egal, wie sie da mit ihren Diplomatenpässen herumwedelten.

Allan meinte, jetzt, wo Julius ihn daran erinnere, begreife er es. Julius fuhr fort:

»Wenn der Präsident heute schon wütend war, was meinst du, wie er sich erst aufführt, wenn er erfährt, was wir hier in seinem Land herumtragen?«

»Dann müssen wir eben versuchen, das geheim zu halten«, sagte Allan.

Er spürte einen Moment in sich hinein, bat Julius um die Aktentasche, legte sie auf das eine Ende der Bank und darauf den nordkoreanischen Mantel. Auf diese Art hatte er ein provisorisches Bett mit vier Kilo angereichertem Uran und einem Mantel als Kopfkissen. Er legte sich hin und schloss die Augen in der frischen Luft.

»Aha, jetzt willst du dich also auch noch hier zum Sterben hinlegen, hm?«, schmollte Julius und rutschte ein Stück in die andere Richtung, damit Allan ihm die Hose nicht mit seinen Schuhsohlen schmutzig machte.

Nein, das hatte Allan nicht vor. Er wollte sich nur ein wenig erholen, es war ja doch ein langer Tag gewesen. Es war ja nicht viel später, als es vor zwölf Stunden schon gewesen war, so war der Erdball nun mal gebaut.

Der Hunderteinjährige sah ganz müde und elend aus, zusätzlich zu dem Aussehen, das uralte Männer ja von Natur aus schon haben.

Nach kaum einer Minute fragte eine Passantin, was los sei und ob sie ihnen irgendwie helfen könne. Sie war wohl Südamerikanerin. Die Umgebung im UNO-Viertel war sehr international. Allan lehnte das Hilfsangebot dankend ab, erwiderte, es gehe ihm gut und er sei gleich wieder auf den Beinen.

Julius setzte seine besorgte Suada über ihre Aktentasche und ihre Zukunftsaussichten fort, doch Allan hörte gar nicht mehr hin. Von Julius kam selten Neues, wenn er sich Sorgen machte, und von seinen alten Gedanken wurde wirklich niemand froh.

Nach ein paar weiteren Minuten blieb ein Mann stehen, ein ungefähr sechzigjähriger Herr mit Hut. Wie zuvor die Frau erkundigte er sich, ob alles in Ordnung sei und ob er ihnen helfen könne.

Julius schwieg bockig, aber Allan fiel plötzlich ein, was ihm fehlte. Er blickte auf und fragte den Herrn, ob er wohl einen Schluck zu trinken hätte. Die Sache sei die, dass er gerade ein Treffen mit dem amerikanischen Präsidenten durchlitten habe, und über den könnte man wahrlich das ein oder andere sagen. Ein richtiger Griesgram. Dessen Stimmungskurve so holprig war wie eine nordkoreanische Landstraße. Der obendrein sein Lebtag garantiert nicht einen einzigen Schnaps getrunken hatte.

»Mit dem Präsidenten?«, wiederholte der Mann mit Hut. »Dem amerikanischen? Trump? Das ist ja schrecklich. Ich werde gleich mal schauen, ob ich was zum Trost für Sie habe.«

Er wühlte in seiner Schultertasche und zog zwei kleine, in braunes Papier gewickelte Fläschchen heraus.

»Es ist nicht viel, aber immerhin. Underberg. Ist gut für den Magen.«

»Mit Allans Magen ist alles in Ordnung«, sagte Julius. »Hätten Sie nicht was für seinen Kopf?«

»Mein Magen ist überhaupt nicht in Ordnung«, sagte Allan. »Nämlich was den Alkoholgehalt angeht.«

Der Mann mit Hut meinte, das dürften hier vierzig Prozent oder mehr sein, er habe nicht nachgeschaut. Wie auch immer, er reise niemals ins Ausland ohne ein paar von den braunen Fläschchen im Gepäck. Die seien gut für den Magen, habe er das schon erwähnt?

Allan setzte sich mühsam auf, nahm die angebotene Flasche, schraubte sie auf und trank sie auf einen Zug aus.

»Brrr!«, sagte er mit glänzenden Augen. »Da kann ich schon verstehen, dass Sie Ihren Hut festhalten müssen, wenn Sie den trinken.«

Der Hutmann lächelte. Julius sah, wie gut Allan die kleine Flasche zu tun schien, und streckte rasch die Hand nach der anderen aus. Im Handumdrehen war Gleichstand hergestellt, und die beiden musterten zufrieden ihre neue Bekanntschaft.

»Ich bin Botschafter Breitner«, sagte der Mann. »Ich vertrete hier in der UNO die Bundesrepublik Deutschland. Ich habe noch eine Flasche im Koffer, halte es aber für besser, die zu behalten, denn es sieht so aus, als wären die Herren bereit, sich darum zu schlagen.«

»Schlagen vielleicht nicht«, meinte Allan, »gewalttätig sind wir nämlich nicht, so was bringt einen ja selten weiter. Julius hier neben mir sieht zwar gerne schwarz, aber dabei bleibt es dann auch.«

Julius war drauf und dran, Allans Worte schwarz zu sehen, aber dann beschloss er, gemeinsam mit seinem Freund und dem Mann mit Hut zu lächeln.

»Aha, Sie arbeiten also für die UNO. Dann sind wir ja Kollegen«, sagte Allan. »Er hier, der jetzt nicht mehr ganz so verbiestert dreinschaut, und ich, wir sind Diplomaten und Assistenten der UNO-Gesandten Wallström aus Schweden. Ich heiße Allan, und das hier ist Julius. In seinem tiefsten Inneren ist er ein guter Mann.«

Botschafter Breitner gab Allan und Julius die Hand.

»Haben Sie vielleicht Hunger, Herr Breitner?«, fragte Allan. »Diese Wundermedizin, die Sie uns gerade kredenzt haben, hat meinen Appetit angeregt. Sie können Julius und mir gerne Gesellschaft im Restaurant leisten. Vor allem, wenn Sie so großzügig sein könnten, das Ganze zu zahlen, denn gerade ist mir eingefallen, dass wir ja gar kein Geld haben. Wir hatten mal ein goldenes Feuerzeug, aber das haben wir in Pjöngjang gegen Müsli mit Milch eingetauscht.«

UNO-Botschafter Breitner hatte schon begonnen, sich in der neuen Gesellschaft wohlzufühlen. Außerdem war er neugierig auf diesen gebrechlichen Alten, der offenbar gerade eine misslungene Besprechung mit Trump hinter sich hatte. Und es konnte ja sein, dass der andere auch noch etwas zu erzählen hatte. Aber vor allem war er ein erfahrener Diplomat und als solcher immer im Dienst. Pjöngjang? Diese beiden Gentlemen könnten vielleicht eine Informationsquelle sein.

»Aber ja, natürlich habe ich eine Stunde – oder auch mehr – für die Herren Diplomaten. Und für die Rechnung wird die Bundesrepublik aufkommen, das können wir uns schon leisten.«

Der Deutsche kannte ein nettes Lokal in der Second Street, das war ein kurzer Fußweg, selbst für Allan. Dort gab es Schnitzel, deutsches Bier und Obstler, und die Stimmung war so gut, dass Botschafter Breitner über der zweiten Runde vorschlug, für Allan und Julius ab jetzt der Konrad zu sein.

»Aber sicher doch, Konrad«, sagte Allan.

»Ausnahmsweise stimme ich Allan zu, Konrad«, sagte Julius.

Während sie aßen, erfuhr der Botschafter alles über die Funktionsweise eines iPad (er sah davon ab, zu erwähnen, dass er bereits zwei besaß) sowie über die beste Art, Spargel anzubauen. Nach der zweiten Runde kam das Gespräch auf das Thema, wie Allan und Julius in Nordkorea gelandet waren und sich mithilfe von Frau Wallström und den Diplomatenpässen, die sie aus dem Nichts gezaubert hatte, aus dem Land hatten stehlen können.

Konrad Breitner brachte Allans und Julius' Erzählung mit dem in Verbindung, was er in den letzten Tagen so in den Nachrichten verfolgt hatte. Der Schweizer Atomwaffenexperte war also ein Schwede! Ein nennenswerter Landesverräter schien er nicht zu sein, vielmehr ein beträchtlicher Vernichter von Obstler. Er war bereits beim dritten, obwohl er permanent monierte, dass ihm nicht in den Kopf wolle, was das Obst denn bitte im Schnaps zu suchen hätte.

Julius hatte nicht im Entferntesten Allans Talent, den Tag und den frühen Abend zu nehmen, wie er eben kam. Es setzte ihm zu, dass eine angereicherte Uran-Aktentasche zu seinen Füßen stand, und je mehr Schnäpse gekippt wurden, desto deutlicher bildete er sich ein, dass Botschafter Konrad wiederholt auf die Tasche linste. Einbildung oder nicht – Julius ergriff die Initiative:

»Wir freuen uns natürlich sehr, dass wir Allans technische Konstruktionsbeschreibungen komplett in dieser Aktentasche hier mit hinausschmuggeln konnten. Es wäre ja schrecklich gewesen, wenn die dem Obersten Führer in die Hände gefallen wären.«

Allan dachte einen Moment, dass sein Freund drauf und dran war, eine unbekümmerte Kneipenrunde zu verderben, aber dann ahnte er, was Julius vorhatte. Der Spargelbauer wollte das Uran ja unbedingt loswerden, und man konnte es nun mal schlecht irgendwo zwischen der 5th und 7th Avenue abstellen. Konrad konnte die Lösung sein!

»Gut, dass du verraten hast, was in dieser Aktentasche ist, Julius. Wir wollten das alles ja Präsident Trump übergeben, aber … tja, wie gesagt, der war auch so schon kurz davor, in die Luft zu fliegen, ohne dass ihm unsere Zeichnungen verraten, wie er das am besten anstellt. Wir finden, dass die Dokumentation vielleicht in sichereren Händen verwahrt werde sollte.«

»Haben Sie mit Außenministerin Wallström darüber gesprochen?«, fragte Konrad und wurde schlagartig nüchtern.

Allan meinte, Frau Wallström sei in jeder Hinsicht außergewöhnlich, aber sie sei eben doch eine waschechte Schwedin und habe – wie alle Schweden ab neunzehnhundertsechsundsechzig – pathologische Berührungsängste, was alles Nukleare anging.

Julius begriff, dass Allan begriffen hatte, und eilte ihm zu Hilfe.

»Am sichersten wäre es natürlich, wenn diese Kenntnisse in den Händen der EU wären, meinst du nicht auch, Allan?«

»Jetzt bist du schon wieder so klug, Julius, so klug kannst auch nur du sein. Wenn du diese Seite rausholst. Kannst du von mir aus gerne öfters machen. Aber eine starke Führungspersönlichkeit in der EU zu finden, die bereit ist, die Verantwortung für den Weltfrieden zu übernehmen, ist auch nicht das Leichteste. Vielleicht ja dieser Neue in Frankreich, dieser Macron?«

»Macron?«, fragte Julius aufrichtig, obwohl er immer noch mitspielte.

»Ja, der hat gute Chancen, die Präsidentschaftswahlen zu gewinnen, hab ich das nicht erzählt? Nein, bestimmt nicht, du wirst ja immer mürrischer, wenn man versucht, dir irgendwas zu erklären. Das Besondere an Macron ist ja, dass er weder rechts noch links ist. Oder beides. Ich weiß auch nicht so richtig, wie das geht, aber es klingt sehr ausgewogen und gut.«

UNO-Botschafter Breitner war kein Dummkopf. Außerdem war er schon seit ein paar Minuten auf der Hut. Trotzdem schnappte die Falle zu.

»Tja, wie es der Zufall will, kommt unsere Bundeskanzlerin Angela Merkel übermorgen nach Washington. Meinen Sie, die könnte Ihnen als Garant dienen? Für den Weltfrieden, meine ich?«

Julius ließ Allan den letzten Stoß tun.

»Nein, Konrad, also wirklich – du bist ja ein Genie! Meinst du, du könntest unsere atomwaffenverseuchte Aktentasche an Angela Merkel weitergeben? Also, dass wir an die gar nicht gedacht haben!«

Botschafter Breitner lächelte bescheiden.

»Was tut man nicht alles für seine Freunde. Prost, Jungs.«

Der Botschafter war zwar der Einzige, der noch was im Glas hatte, aber es ging trotzdem gut.

Der Inhalt der Aktentasche war zwar mit Blei ummantelt, aber wer konnte schon wissen, über was für Instrumente die Sicherheitskontrollen in den USA verfügten? Es hätte niemand wundern dürfen, wenn plötzlich alle möglichen Radioaktivitätswarnungen losblinkten.

Womöglich lebenslänglich in Guantánamo war nichts, was Allan oder Julius ihrem neu gewonnenen Freund Konrad gewünscht hätten. Nicht zuletzt, weil er heute Abend ja auch die Rechnung beglich.

»Wir haben allerdings ein Problem«, sagte Allan.

Und er erklärte, dass die atomwaffenbezogenen Dokumente in einem bleiummantelten Paket steckten und dass der Botschafter damit Probleme bei der Sicherheitskontrolle am Flughafen kriegen könnte. Ganz zu schweigen davon, was passieren würde, wenn es der Security am JFK einfiel, sich das betreffende Paket mal genauer anzuschauen.

»Ach so?« Botschafter Breitner klang verunsichert.

»Dürften wir in Anbetracht dessen, was ich dir gerade erzählt habe, vorschlagen, dass du mit dem Taxi nach Washington fährst? Julius und ich können für die Kosten aufkommen, aber dafür müssten wir dann einen Ratenzahlungsplan aufstellen, denn im Moment sind wir eher knapp bei Kasse.«

»Extrem knapp«, ergänzte Julius.

Wenn der Botschafter auf dem Landweg zur deutschen Botschaft fuhr, würde Allans und Julius' Notlüge nicht auffliegen, bis er dort war. Wenn er die Aktentasche dann erst mal auf dem Botschaftsgelände hatte, war es zu spät. Der weltweite Skandal wäre vermieden (weil niemand glauben könnte, dass die Deutschen eine Pressekonferenz zu dem Thema einberiefen), und Botschafter Breitner würde mit einem internen Verweis davonkommen. Und vielleicht der Kündigung. Aber eben *nicht* Guantánamo.

»Mit dem Taxi?«, fragte Botschafter Breitner. »Tja, warum nicht? Selbstverständlich, wenn ich so darüber nachdenke. Und wegen der Taxikosten macht euch mal keine Sorgen, ich spare dann ja die Kosten für den Flug.«

»Prima«, sagte Allan. »Ich glaube, dann hätten wir die Welt für heute fertiggerettet. Zeit für die nächste Runde, ehe wir einrosten.«

Insgesamt wurden zu Bier und Schnitzel sechs Obstler konsumiert. Als Botschafter Breitner sich entschuldigte, um zur Toilette zu gehen, hatten Allan und Julius Gelegenheit, ein paar Worte zu wechseln.

»Wer hätte gedacht, dass du auf so eine Idee kommen würdest«, sagte Allan aufmunternd.

»Nur dass Konrad so ein netter Mann ist, schade, dass wir ihm Schwierigkeiten einbrocken«, meinte Julius.

Allan überlegte.

»Das lässt sich ja vermeiden«, meinte er.

Dann schnappte er sich eine Papierserviette und bat die Kellnerin um einen Stift. Julius wollte wissen, was Allan sich jetzt wieder ausgedacht hatte, und bekam zur Antwort, dass es ihrem neu gewonnenen Freund Konrad helfen könne, wenn die Aktentasche nicht nur angereichertes Uran enthielt, sondern auch einen Gruß an die Regierungschefin.

»Merkel?«

»Genauso heißt sie.«

Allan schrieb auf die Serviette:

Liebe Bundeskanzlerin Merkel!
Meinem schwarzen Tablett konnte ich entnehmen, dass Sie eine Dame mit Macht und Einfluss sind. Mein Freund Julius, Spargelbauer von Beruf, und ich haben vier Kilo angereichertes Uran aus Nordkorea mitgenommen, als wir dort zufällig zu Besuch waren. Mit etwas Glück und Geschick haben wir es mitsamt dem Uran in die USA geschafft, und eigentlich hatten wir vorgehabt, es Präsident Trump zu übergeben. Ich hatte das zweifelhafte Vergnügen, ihn zu treffen. Er schrie und brüllte herum und hat mich vom Wesen her tatsächlich ein wenig an Kim Jong-un erinnert. Also

haben der Spargelbauer und ich es uns anders überlegt. Trump hat wahrscheinlich angereichertes Uran bis zum Abwinken. Was er mit weiteren vier Kilo anfangen sollte, weiß er bestimmt nicht mal selber.

Wie's der Teufel will, haben wir vor dem UNO-Gebäude Ihren großartigen UNO-Botschafter Konrad kennengelernt, und bei einem sehr netten Abendessen haben wir einen gemeinsamen Plan gefasst. Konrad ist gerade auf der Toilette, und ich schreibe dies hier in aller Eile, hinter seinem Rücken quasi. Entschuldigen Sie meine Handschrift (Fortsetzung auf der nächsten Serviette).

Ja, also, nach einem Schnitzel, ein paar Bieren und Schnäpsen, die unbedingt nach Äpfeln schmecken mussten, haben Julius und ich mit Konrad vielleicht vertraulicher gesprochen, als wir sollten. Nach einer Verkettung von Missverständnissen hat Konrad den Eindruck gewonnen, dass die Aktentasche, die Sie jetzt von uns erben, auch mehrere Instruktionen für den Atomwaffenbau enthält. In dem Paket, das Sie gerade geschenkt bekommen haben, befinden sich jedoch die vier Kilo Uran, die ich auf der vorigen Serviette erwähnt habe. Julius und mir verschafft es ein Gefühl von Sicherheit, dass sich diese jetzt in der Obhut der Bundesrepublik Deutschland befinden. Für Sie ist es vielleicht nicht so lustig, aber das Leben ist ja immer wieder voller Widrigkeiten. Wir verlassen uns jetzt einfach mal darauf, dass Sie das Uran bestmöglich verwalten (Fortsetzung auf der nächsten Serviette).

Mein Freund Julius meint übrigens, dass Sie in Deutschland auch guten Spargel anbauen, das heißt, wenn der deutsche Spargel wirklich in Deutschland angebaut wird, im Gegensatz zum …

In diesem Augenblick riss Julius Allan den Stift aus der Hand und bat ihn, sich zusammenzureißen.

»Verdammt noch mal, Konrad kann jeden Augenblick zurück sein, komm endlich zur Sache!«

Allan bekam den Stift zurück und fing eine neue Zeile an.

Um es kurz zu machen: Wir bitten Sie, nicht allzu böse auf Botschafter Konrad zu sein, wir haben durchaus den Eindruck, dass er Ihr Land gut vertritt. Wenn Sie auf jemand böse sein müssen, dann ist Donald Trump die bessere Alternative. Oder vielleicht Kim Jong-un in Korea. Übrigens hat man uns dort erzählt, dass sie mehr als hundert Mal so viel Uran in Aussicht haben als das, das wir ihnen gemopst haben. Mit fünfhundert Kilo könnten sie es sich leisten, so oft danebenzuhauen, bis sie irgendwann doch mal einen Treffer landen. Jetzt kommt Konrad gleich zurück, ich höre lieber auf. Mit freundlichen Grüßen, Allan Karlsson und Julius Jonsson

Allan legte die drei Servietten in der richtigen Reihenfolge aufeinander und bat Julius, sie ins Seitenfach der Aktentasche zu stecken.

Julius tat, worum man ihn gebeten hatte, und dachte, dass nun keine Zeit mehr war, die Dummheiten über seine Beziehung zum deutschen Spargel herauszukorrigieren. Im Rahmen seiner Möglichkeiten hatte Allan das mit den Servietten schon ganz gut hingekriegt.

Konrad brauchte jedoch noch ein Weilchen auf der Toilette. Derartige Geschäfte können ja unterschiedlicher Natur sein, und hier ging es offenbar um die längere Variante. Da hatte Julius eine Eingebung. Er zog einen Zettel aus der Innentasche seiner abgetragenen Sommerjacke, auf dem die Nummer von Gustav Svensson stand. Auf dem Tisch lag Konrads Telefon.

»Meinst du …?«, begann Julius.

»Aber absolut«, sagte Allan.

Julius rief ihn an. Und landete auf derselben Mailbox wie beim letzten Versuch. Zutiefst, ja, abgrundtief ärgerlich.

»Gustav, verdammt noch mal, wozu hast du eigentlich ein Telefon, wenn du es nie anhast? Allan und ich sind gerade aus Pjöngjang nach New York gekommen und wollen weiter nach …«

»Da kommt er«, sagte Allan.

Blitzschnell lag das Telefon wieder an seinem Platz auf dem Tisch.

»So, Freunde, dann wollen wir den Abend jetzt mal abschließen«, sagte Konrad und zückte seine Brieftasche.

Die Rechnung lag schon neben dem Telefon auf dem Tisch. Deutschland würde gleich sechshundertzwanzig Dollar ärmer sein, zuzüglich hundertzwanzig Dollar Trinkgeld (und Telefonkosten für fünfzehn Sekunden nach Indonesien). Konrad legte sieben Hundert-Dollar-Scheine und zwei Zwanziger auf den Tisch, stand auf und meinte, jetzt müssten sie leider auseinandergehen.

»Und ich nehm dann wohl einfach diese spannende Aktentasche und halte auf der Straße ein Taxi an«, meinte er.

»Ja genau, so ist das«, sagte Allan und stellte sich so hin, dass Konrad nicht sehen konnte, wie Julius das Trinkgeld konfiszierte.

USA – SCHWEDEN

Während Allan und Julius sich von einem Teil des Trinkgelds neu einkleideten und dann fast den gesamten Rest für den Bus nach Newark zum Flughafen hinblätterten, saß Präsident Trump im Clubhaus am Golfplatz und verspürte einen Frust, den er schier nicht in Worte fassen konnte.

Was für ein Treffen war ihm da denn zugemutet worden? Hatte Außenministerin Wallström ihn frech angegrinst, während dieser Greis Karlsson im UNO-Gebäude seinen Unfug brabbelte? Im Ernst? Ja doch, ganz bestimmt. Genauso war es gewesen.

Und dann dieser Karlsson! Was war das eigentlich für einer? Hatte er mit dem Präsidenten der Vereinigten Staaten tatsächlich über Ziegenmilch gesprochen? Vor einer hysterisch grinsenden, fast schon hohnlachenden Außenministerin Wallström?

Ganz zu schweigen von dem, was dann kam.

Der Präsident kochte innerlich. Er hätte diesem Kommunisten, der seine Impulskontrolle anzweifelte, natürlich gleich den Golfschläger über die Rübe ziehen sollen. Selbstkritisch dachte Trump, dass er gelegentlich doch zu weit ging mit seinen Bemühungen, für alles immer Kompromisslösungen zu finden.

Was sollte er jetzt tun? Er kochte immer noch. Der Präsident klappte seinen Laptop auf und loggte sich auf Twitter ein.

Drei Minuten später hatte er einen Fernsehmoderator verhöhnt, ein Staatsoberhaupt beleidigt, einem Minister aus seinem eigenen

Kabinett mit dem Rauswurf gedroht und verkündet, dass seine sinkenden Beliebtheitswerte in den Umfragen die Erfindung irgendeiner x-beliebigen Zeitung waren.

Danach ging es ihm wieder besser.

* * * *

Außenministerin Wallström hielt ihr Versprechen: Für die Herren Karlsson und Jonsson waren für denselben Abend ordentliche Business-Class-Tickets im Flieger nach Stockholm gebucht.

»Haben Sie Gepäck?«, fragte die Dame am Check-in-Schalter.

»Nein«, sagte Allan.

»Nur Handgepäck?«

»Das haben wir gerade verschenkt.«

Die Reise in die Heimat war ein angenehmes Erlebnis. Es begann schon, bevor das Flugzeug abhob: Man bot Allan und Julius etwas zu trinken an.

»Champagner? Saft?«, fragte die Stewardess.

»Ja, bitte«, sagte Allan. »Und nein, danke.«

»Für mich dasselbe bitte«, sagte Julius.

Darauf folgte ein dreigängiges Abendessen (nicht, dass die alten Herren Hunger gehabt hätten, aber kostenlos ist nun mal kostenlos), und wenn man nach dem Nachtisch auf den richtigen Knopf drückte, konnte man sich schlafen legen, ohne sich vorher schlafen legen zu müssen.

»Was die sich so alles ausdenken«, sagte Allan.

»Mm«, machte Julius, der sich schon zugedeckt hatte.

»Soll ich dir noch was von meinem Tablett vorlesen?«

»Wenn du nicht willst, dass ich dir das Ding wegnehme und aus dem Fenster werfe, dann nicht.«

SCHWEDEN

Allan und Julius standen in der Ankunftshalle von Terminal 5 in Arlanda und schauten sich um. Julius fasste die Situation mit den Worten zusammen, dass sie neu eingekleidet waren, ausgeruht, satt – und ein Vermögen von zwanzig Dollar besaßen.

»Zwanzig Dollar?«, sagte Allan. »Das müsste reichen, dass wir jeder ein Bier trinken können.«

Zwei kleine Bier bekamen sie. Dann war das Geld alle.

»Jetzt sind wir neu eingekleidet, ausgeruht, satt und nicht ganz so durstig wie vorhin«, meinte Allan. »Hast du eine Idee, was wir als Nächstes tun könnten?«

Nein, das habe Julius nicht. Vielleicht hätten sie noch mal kurz nachdenken sollen, bevor sie ihr letztes Geld vertranken. Die Finanzfrage stünde jetzt wohl ganz oben auf ihrer Liste.

Der Hunderteinjährige nickte. Geld machte das Leben in vielfacher Hinsicht leichter. Wie sah es denn mit den Einnahmen vom Spargel aus? Hatte Julius hier denn nicht einen ganzen Haufen Spargelkontakte? Allan war zwar nicht mit den Details vertraut, wie der indonesisch-schwedische Spargel kreuz und quer durch die Welt geschickt wurde, vermutete aber, dass er immerhin eine Zwischenlandung hier einlege. Alles andere wäre ja wohl geradezu unmoralisch, oder?

Großartig! Einen Haufen Kontakte hatte er nicht, aber er hatte Gunnar Gräslund.

»Wer das wohl sein mag?«, fragte Allan.

Gunnar Gräslund war ein Bekannter von früher. Er war allgemein unter dem Namen Gunnar Grässlig bekannt, das passte nämlich besser zu ihm. Er duschte nie, rasierte sich einmal pro Woche, schnupfte Schnupftabak und fluchte. Und er hatte sein Leben damit verbracht, Leute aufs Kreuz zu legen (wobei ihm Julius Letzteres gar nicht mal zur Last legen wollte). Er hatte den Auftrag, Gustav Svenssons regional angebauten Spargel in Schweden weiterzuverkaufen, und so grässlich er ansonsten auch sein mochte, seine Verpflichtungen erfüllte er gewissenhaft.

»Wir müssen bloß zu Gunnar fahren und ihm unsere Lage auseinandersetzen, dann zückt er gleich die Brieftasche.«

»Wie – fahren?«, sagte Allan.

»Gehen«, sagte Julius.

* * * *

Schweden ist eintausendsechshundert Kilometer lang, in der Breite sind es nicht ganz so viele. Eine ganz schön große Fläche, auf der sich die lumpigen zehn Millionen Einwohner da verteilen.

In größeren Landesteilen kann man stundenlang wandern, ohne einem Menschen oder auch nur einem Elch zu begegnen. Man kann sich ein ganzes langes Tal inklusive eigenem See für eine Summe kaufen, die in Paris mit Müh und Not für eine heruntergekommene Einzimmerwohnung am Stadtrand reichen würde. Der Nachteil an der Sache ist nur – anschließend stellt man fest, dass das nächste Geschäft hundertzwanzig Kilometer weit weg ist, die nächste Apotheke hundertsechzig, und noch weiter muss man humpeln, wenn man sich einen Nagel eingetreten hat und ein Krankenhaus braucht. Wenn man sich vom nächsten Nachbarn Kaffeesahne borgen möchte, kann es gut sein, dass man dafür einen dreistündigen Spaziergang in Kauf nehmen muss. Und drei Stunden zurück natürlich. Bis man da zu Hause ist, ist der Kaffee längst kalt.

Nicht alle sind scharf auf so was. Die, die am wenigsten scharf drauf sind, haben sich stillschweigend geeinigt, dass sie sich in Stockholm und Umgebung sammeln. Nach denen richtet sich dann auch die Nahrungskette. H&M, Ericsson und IKEA ziehen Gegenden vor, in denen eine halbe Million potenzieller Kunden wohnen, nicht die siebenundsiebzig, die zum Beispiel noch nie aus ihrem Heimatort Nattavaara By nördlich des Polarkreises herausgekommen sind.

Kein Wunder also, dass das Zentrallager von Julius Jonssons und Gustav Svenssons Spargelbusiness in unmittelbarer Nähe von Stockholm lag und nirgendwo anders. Für jeden, der keinen dringenden Bedarf an direktem Kundenkontakt hat, aber auf dem Luftweg importiert und exportiert, ist das Gebiet rund um den Flughafen Arlanda sehr vorteilhaft. Genauer gesagt, Märsta. Noch genauer gesagt, zwei Stunden Fußweg vom Flughafen. Zweieinhalb, wenn man alt ist.

Alternativ eine Viertelstunde mit dem Taxi, aber diese Möglichkeit war zum Frühstück vertrunken worden.

INDONESIEN

Gustav Svensson hatte schon viel zu lange ohne seinen Geschäftspartner klarkommen müssen. Erst verschwand Julius, auch noch an Allans Geburtstag. Gustav hatte noch Rechnungen mit dem Hotel offen und konnte deswegen nicht persönlich hinfahren und ihn suchen, aber als er sich umhörte, erfuhr er, dass Julius und Allan mit einem Heißluftballon aufs Meer hinausgeflogen waren.

Nach ein paar Tagen ging Gustav davon aus, dass Julius tot war, aber eine knappe Woche später fand er eine Nachricht auf seiner Mailbox. Er lebte! Und stellte jede Menge Fragen zum Geschäft, allerdings ohne eine Telefonnummer für einen Rückruf anzugeben.

Dann blieb es ein paar Tage still bis zum nächsten Lebenszeichen. Wieder eine Nachricht auf der Mailbox. Gustav nahm sich fest vor, es mit dem Aufladen des Handys ab jetzt genauer zu nehmen. Diesmal erzählte sein Freund, dass er von Pjöngjang nach New York gereist sei! Er war nach Amerika gereist? In einem Heißluftballon? Via Nordkorea?

Die Frage, wo Julius sich herumtrieb und wann er heimzukehren gedachte, war allerdings nicht so brennend wie die Notwendigkeit, dass jemand wichtige Entscheidungen im Tagesgeschäft traf. Gustav fiel nichts Besseres ein, als sich an den Schreibtisch seines Kompagnons zu setzen und in dessen Sinne zu entscheiden. Da Julius nicht da war, hörte er auf den schwedischen Importeur/Exporteur, der ihm vorschlug, den so schwedisch klingenden Spargel auch in

Schweden als schwedischen Spargel zu deklarieren. Das würde noch mehr Geld bringen.

Gustav erinnerte sich vage aus seinen Gesprächen mit Julius, dass dies etwas sei, was er auf gar keinen Fall tun solle. Aber das war nur eine vage Erinnerung. Der Vorteil am Arak war der, dass er die Gedanken befreite. Der Nachteil, dass sie nicht nur befreit wurden, sondern auch bis zum nächsten Morgen verschwunden blieben.

Wenn Julius gekonnt hätte, dann hätte er verhindert, dass Gustav Svenssons Spargel noch weiter schwedisiert wurde. Denn beim letzten Mal hatte ein bekloppter Unterhändler ja auf diese Art das ganze Unternehmen kaputtgemacht.

SCHWEDEN

So kam es, dass Allan und Julius nach einem zweieinhalbstündigen langsamen Spaziergang endlich am Lager des schwedischen Geschäftspartners waren, einen Tag nachdem die Polizei zugeschlagen und ebendiesen Geschäftspartner verhaftet hatte. An der Tür der Lagerhalle hing ein gelbes Schild mit rotem Rand und schwarzem Text:

»Gesperrt gemäß § 27, Absatz 15. Zuwiderhandlungen werden strafrechtlich verfolgt.« Gezeichnet: »Die Polizei.«

»Was ist denn hier passiert?«, fragte Allan eine Dame, die mit ihrem Hund vorbeikam.

»Da gab es eine Razzia bei einem illegalen Gemüseimporteur«, sagte die Dame.

»Dieser verdammte Gunnar Grässlig«, sagte Julius.

»So ein schöner Hund. Wie heißt er denn?«, fragte Allan.

Jetzt waren die Freunde wieder ratlos. Und genauso abgebrannt wie vorher. Außerdem hatte sich Julius Blasen gelaufen. Er humpelte neben Allan zu den zentraleren Teilen von Märsta und hatte Probleme, mit dem Hunderteinjährigen mitzuhalten. Am Ende ging es einfach nicht mehr.

»Ich mach jetzt keinen Schritt mehr«, verkündete er. »Ich sterb jetzt nämlich gleich an meinen Blasen.«

»So leicht stirbt man nicht«, sagte Allan. »Das weiß ich aus eigener Erfahrung. Und ein paar Schritte musst du schon noch machen.«

Er zeigte auf einen Nachbarschaftsladen auf der anderen Seite, Wand an Wand mit einem Bestattungsinstitut, wie es aussah.

»Das geht schon noch, oder? Wenn du links reingehst, kannst du Pflaster kaufen, und wenn die nichts haben, kannst du ja nach rechts gehen und sterben.«

Allan betrat den Laden, gefolgt von seinem Freund, der zwei Meter hinter ihm herhinkte. Am Tresen stand eine Frau gesetzten Alters, die drei verschiedene Amulette um den Hals trug. Sie blickte erstaunt auf, denn mit Kundschaft war sie nicht gerade verwöhnt.

»Guten Morgen«, sagte Allan. »Verkaufen Sie zufällig Pflaster? Mein Freund Julius hat seine Blasen nämlich herzlich satt.«

Ja, die Dame führte Pflaster. Sie zeigte auf ein Regal mit Hygieneartikeln. Julius stolperte dorthin, fand, was er suchte, und ging zur Amulettdame, die die Ware scannte und den Preis nannte.

»Macht dann bitte sechsunddreißig Kronen.«

»Tja, also, genau das ist das Problem«, sagte Julius. »Ich hab heute mein Portemonnaie nicht eingesteckt, kann ich vielleicht einfach morgen vorbeikommen und bezahlen?«

»Das geht schon in Ordnung. Ich lege Ihnen die Pflaster so lange zurück«, sagte die Dame und schnappte sich die Packung so schnell, dass die Amulette nur so klirrten.

»Nein, also, die Blasen hab ich ja jetzt, das Geld aber erst später. Ich möchte die Pflaster jetzt mitnehmen und morgen zum Bezahlen zurückkommen.«

Die Dame war nicht nur Kassiererin. Sondern gleichzeitig auch noch die Besitzerin. Jetzt schaute sie einen ihrer ersten Kunden des Tages ernst an.

»Ich bin eine strebsame Unternehmerin und stehe seit heute Morgen um acht mehr oder weniger umsonst hier. Meinen Sie, dass ich meine Waren gratis rausgeben soll, wenn endlich jemand kommt, der etwas braucht?«

Julius seufzte, er war nicht sicher, ob er den Dialog ertragen konnte, den er jetzt kommen sah. Jedenfalls erwiderte er, dass er ihre Sichtweise verstehen könne, sich aber auch wünsche, dass sie seine verstehe. Die Situation war nämlich eine ziemlich besondere. Er war ein ehrenwerter Mensch, ein Diplomat sogar, der gerade in einer wichtigen Angelegenheit aus Amerika gekommen war. Sein Portemonnaie hatte er eben in der Botschaft vergessen.

»Und wenn Sie es da holen würden?«

»In den USA.«

Die Amulettdame schaute erst Julius noch einmal an, dann Allan und dann wieder Julius. Der eine war älter als sie, der andere sah älter aus, als überhaupt möglich war. Keiner von beiden wirkte wie ein Diplomat, wie auch immer so jemand aussehen mochte.

»Dann müssen Sie eben einen Freund anrufen.«

Julius' linke Ferse blutete. Die rechte hatte sich ebenfalls gemeldet. Und es war schon ein paar Stunden her, seit er zuletzt etwas zu essen bekommen hatte.

»Ich hab keine Freunde«, sagte er.

»Oh doch«, sagte Allan. »Du hast mich, Julius.«

»Und, wie viel Geld hast du?

»Keins, aber trotzdem.«

Die Dame mit den Amuletten verfolgte den Dialog der beiden Herren.

»Bedaure – kein Geld, kein Pflaster. So lautet nun mal der Grundsatz dieses armseligen Ladens. Formuliert von mir, der Ladeninhaberin Sabine Jonsson.«

»Da haben Sie ja denselben Nachnamen wie mein Freund Julius«, sagte Allan. »Wollen Sie das nicht zum Anlass nehmen, eine Ausnahme zu machen?«

Die Amulettdame schüttelte den Kopf. Die Amulette folgten der Bewegung.

»Es gibt wahrscheinlich an die hunderttausend Jonssons in diesem Land. Was meinen Sie, wie es um meine Finanzen bestellt wäre, wenn ich denen allen kostenlos Pflaster geben würde?«

Allan meinte, dann würden die Finanzen der Dame bestimmt völlig in die Binsen gehen, aber jetzt sei ja doch nur die Rede von diesem einen, nicht allen hunderttausend. Sie könne ja sicherheitshalber später ein Schild an die Tür hängen, auf dem sie ganz klipp und klar verkündete, dass die Jonssons des Landes sich gar nicht erst die Mühe zu machen brauchten.

Die Amulettdame wollte schon antworten, aber Julius war völlig verzweifelt. Er konnte nicht mehr. Er konnte sich einfach nicht vorstellen, dass er ohne ein Pflaster von hier weghumpeln sollte.

»Jetzt sofort her mit dem Pflaster!«, sagte er. »Dies ist ein Überfall!«

Die Amulettdame wirkte eher verblüfft als verängstigt.

»Wie – ein Überfall?«, sagte sie. »Sie haben doch gar nichts, womit Sie mich überfallen könnten. Nicht mal eine Wasserpistole. Wenn Sie schon jemand überfallen wollen, dann doch bitte richtig.«

Julius hatte noch nie jemand überfallen, aber er fühlte sich stellvertretend für alle anderen Räuber gekränkt. Wie respektlos durfte das Opfer eines Raubüberfalls eigentlich sein?

Allan erkundigte sich, ob die Dame denn Wasserpistolen führte, das könnte diese festgefahrene Situation lösen, in der sie gerade steckten.

Führte sie aber nicht. Und überhaupt: Wie hätte er denn die Pistole bezahlen wollen? Wenn er Geld hatte, würde er es doch wohl besser dafür verwenden, die Pflaster seines Freundes auszulösen, oder?

Allan musste einsehen, dass sie recht hatte. Aber er spürte auch einen Hauch von Versöhnlichkeit in der Luft. Vielleicht wollte die Dame mit den Amuletten ja gar kein Theater mehr machen? Er überlegte rasch, wie man mit ihr Frieden schließen könnte.

»Ich sehe, dass Sie dahinten einen kleinen Kaffeeausschank haben. Wenn mein Freund und ich uns mit den Pflastern dort hinsetzen, könnten Sie uns dann wohl bei einer Tasse Kaffee Gesellschaft leisten? Wäre das nicht eine ziemlich unerwartete Wendung der Sache?«

Die Amulettdame musste zum ersten Mal lächeln. Sie reichte Julius das Päckchen mit den Pflastern und bemerkte, dass sein Freund und er ihr jetzt nicht mehr nur sechsunddreißig Kronen schuldig waren, sondern noch zwanzig drauf, denn der Kaffee kostete zehn Kronen pro Tasse.

Julius nickte dankbar und humpelte zum nächsten freien Stuhl. Allan überlegte, ob man wohl auch noch extra für ein Stück Würfelzucker zahlen musste.

»Zucker und Milch sind inklusive. Setzen Sie sich, ich komme gleich.«

Sabine Jonsson brachte drei Tassen Kaffee, eine Schale Würfelzucker, Milch aus dem Kühlschrank und drei Zimtschnecken, die sie eben rasch in der Mikrowelle aufgewärmt hatte. Julius hatte sich gerade fertig verpflastert und beschlossen, noch eine Weile die Schuhe auszulassen.

»Nur, damit wir mit unseren Rechnungen nicht durcheinanderkommen«, sagte Allan. »Wie viel kosten die Zimtschnecken?«

»Ach«, sagte Sabine Jonsson. »Von mir aus können Sie die genauso umsonst haben wie das ganze andere Zeug, meine Finanzen sind ja sowieso schon halb den Bach runter. Wie Sie merken, bin ich alles andere als geschäftstüchtig.«

Vor allem merkte Allan, dass Sabine reden wollte. Vielleicht war das auch nicht so lustig, den ganzen Tag allein hinter einem Tresen zu stehen. Und von Kunden, die nicht bezahlen konnten, wurde einem wohl auch nicht eben lustiger zumute.

»Sie scheinen mir ja ein großzügiger Mensch zu sein, Fräulein Sabine«, stellte Allan fest. »Erzählen Sie doch ein bisschen von sich, dann esse ich in der Zwischenzeit meine Schnecke.«

Allans Analyse der Situation stellte sich als korrekt heraus. Es war, als hätte man auf einen Knopf gedrückt.

Was wolle er denn wissen? Sie war neunundfünfzig, unverheiratet und hatte weder Freunde noch Verwandte. Auf jeden Fall nicht auf dieser Seite des Daseins.

»Auf welcher Seite, sagten Sie?«, hakte Julius nach.

»Auf dieser. Es gibt auch noch eine andere Seite, wenn Sie meine Mutter fragen.«

Allan meinte, er würde gerne mehr von der anderen Seite wissen und ihre Mutter befragen. Wo sie sich denn bitte aufhalte?

»Auf der anderen Seite.«

»Ist sie tot?«

»Ja.«

Allan kaute seinen letzten Bissen Zimtschnecke und schluckte sie herunter.

»Könnten Sie dann wohl versuchen zusammenzufassen, was Ihre Mutter darüber gesagt hätte, wenn sie sich woanders befinden würde als ebendort?«

Aber natürlich. Die Geistseite war den meisten unbekannt. Aber Sabine hatte als Kind von ihrer Mutter erfahren, dass sie – genauso wie ihre Mutter – Gaben hatte, die andere nicht besaßen. Mutter Gertrud lebte nicht mehr, aber bis zu ihrem Tod hatte sie jahrelang die »Andere Seite AG« geführt, unterstützt von ihrer Tochter, die nie sagte, dass sie nicht sah, was ihre Mutter zu sehen schien. Ihre Spezialität waren hellseherische Sprechstunden. Das bedeutete, dass Mutter und Tochter auf Kundenwunsch Séancen hielten, Kurse darüber anboten, wie man Geister aufspürt, wie man mit bösartigen Gespenstern umgeht und wie man freundlich gesinnte Wächter alter Häuser am besten belohnt. Bei der Kommunikation arbeiteten sie mit Pendeln, Kristallen, Wünschelruten, Geräuschen und Gerüchen – alles in der Absicht, eine Brücke zwischen der Welt, wie wir sie kennen, und dem Unbekannten auf der anderen Seite zu schlagen. Daher auch der Name des Unternehmens.

»Und die Amulette, die Sie da um den Hals tragen?«, erkundigte sich Allan.

»Von Mama geerbt. Das ist so ziemlich alles, was sie mir hinterlassen hat. Es sind Symbole für Erde, Fruchtbarkeit und Die Gabe. Oder Quatsch, Quatsch und Quatsch, wenn Sie so wollen.«

»Sie selbst glauben also nicht an die andere Seite?«, fragte Julius.

»Ich glaub ja kaum an diese hier. Mein Leben ist nämlich ziemlich mies.«

Sabine hatte noch mehr auf dem Herzen. Vieles, was rauswollte. Aber sie fand, dass sie jetzt auch mal einen Bissen zu essen brauchte. Also waren die Herren mit Erzählen dran. Was waren sie denn noch, außer Räubern? Diplomaten? Sosehr Sabine eine gute Geschichte zu schätzen wusste, in diesem Fall zog sie die Wahrheit vor.

Julius nickte beschämt. Und entschuldigte sich für den versuchten Raubüberfall. Aber ihm hatte der Fuß genauso wehgetan wie die Seele. Es zwackte übrigens immer noch.

»In einem Regal neben der Kasse stehen Schmerztabletten«, sagte Sabine. »Das Geld, das Sie nicht haben, können Sie mir ja auf den Tresen legen.«

Julius bedankte sich und humpelte davon. In der Zwischenzeit begann Allan zu erzählen. In gewisser Weise waren sie tatsächlich Diplomaten, sie besaßen jedenfalls Diplomatenpässe. Das mit dem Portemonnaie war hingegen nicht wahr. Der Zufall hatte sie auf eine unfreiwillige Reise geschickt, aus Indonesien, wo sie als Gemüsehändler gearbeitet hatten. Unterwegs trafen sie auf die schwedische Außenministerin, die ihnen half und sie zu Diplomaten beförderte. Vorrangig zwar aus praktischen Gründen, aber trotzdem. In den USA hatten Allan und die Außenministerin ein Treffen mit Präsident Trump auf dessen Wunsch gehabt. Danach hatten sie das Gefühl gehabt, dass es besser war, nach Schweden zurückzukehren. Heute Vormittag hatten sie mit nur zwanzig Dollar in der Tasche in Arlanda gestanden. Aufgrund unglücklicher Umstände war dieses Geld nun ebenfalls futsch. Ohne eine Öre in der Tasche blieb ihnen nur noch eines: immer weitergehen, bis es nicht mehr weiterging.

Gemüsehändler, die nach ihrem Treffen mit dem amerikanischen Präsidenten mit Diplomatenpässen nach Schweden gekommen waren, allerdings ohne Portemonnaie. Sabine ahnte, dass hinter dieser Geschichte noch mehr steckte, und Allan gab zu, dass dem so war.

»Aber vielleicht müssen wir das nicht unbedingt alles auf einmal erzählen?«

Nein, natürlich nicht. Sabine war froh, dass sie Allan und Julius nicht mit dem Kehrbesen davongejagt hatte, eine Alternative, die sie eine Weile in Erwägung gezogen hatte.

»Jetzt könnten Sie doch gut weitererzählen«, schlug Julius vor.

Er war fast schon genauso hingerissen von dieser Frau wie von Außenministerin Wallström.

»Was ist denn aus der Andere Seite AG geworden? Ich vermute, das Unternehmen floriert nicht unbedingt, nachdem Sie hier am Tresen stehen und einen Laden führen?«

Sabines Mutter war im Sommer letzten Jahres gestorben, im Alter von achtzig Jahren und ein paar Tagen. Sie war all die Jahre die treibende Kraft des Unternehmens gewesen. Und hatte ununterbrochen mit Geistwesen kommuniziert, wenn sie auf LSD war.

»War sie das denn oft?«, fragte Julius.

»Ununterbrochen, wie gesagt. Aber dann ist letzten Sommer ein Trip besonders schiefgegangen, und sie hat sich dabei selbst umgebracht. Oder vielleicht auch bloß die Seiten gewechselt.«

»Oje. Und, wie sah ihr Wechsel aus?«

»Sie wollte zu einer Séance in Södertälje. Ich hielt es für besser, sie zu begleiten, denn meine Mutter hatte ordentlich was eingeworfen und hätte ohne mich nicht hingefunden und zurück auch nicht. Auf dem Bahnsteig entdeckte sie ein Gespenst, das außer ihr niemand sah. Sie meinte, es sei feindselig, und jagte es aufs Gleis, bevor ich alle beide zurückhalten konnte. Und da wurde sie dann vom Elf-Uhr-fünfundzwanzig-Zug aus Norrköping überfahren.«

»Oje«, sagte Julius noch einmal.

»Und was ist dem Gespenst passiert?«, wollte Allan wissen.

So was kann einem Menschen schon mal rausrutschen, der sein

Leben lang den Mund aufgemacht hat, ohne vorher nachzudenken.

Sabine bedachte Allan mit einem matten Blick.

»Gespenster sind schwer totzukriegen.«

Dann erzählte sie leise, wie die Einnahmen von der Andere Seite AG damals für kleine, süße LSD-Tabletten draufgegangen waren oder für die etwas größeren, aber nicht weniger süßen LSD-Briefmarken mit den lustigen Figuren drauf. Mutter und Tochter kamen trotzdem zurecht, weil sie in der Hütte auf dem Grundstück von Sabines Großmutter umsonst wohnten. Ihre Großmutter war ebenfalls im letzten Sommer von ihnen gegangen, im Alter von neunundneunzig Jahren, und bevor ihre Mutter begreifen konnte, dass sie jetzt ein ganzes Haus geerbt hatte, das sie zu Drogen machen konnte, passierte es eben, dass sie sich mit ihrer Gespensterjagd selbst auf die andere Seite beförderte, oder wo auch immer sie jetzt sein mochte.

»Neunundneunzig«, sagte Allan. »Ist ja eigentlich kein Alter. Aber sagen Sie, wie halten *Sie* es denn mit den Drogen?«

»Oh Gott, nein«, sagte Sabine. »Deswegen war ich wohl so eine schlechte Schülerin. Mama hat immer gesagt, dass man sich *befreien* muss. Ich denke vielleicht einfach zu viel.«

Allan machte ein nachdenkliches Geräusch.

»Julius denkt meistens auch pausenlos, aber ich hätte noch nicht erlebt, dass ihm das mal geholfen hätte.«

Der angeprangerte Denker ignorierte Allans Kommentar.

»Sie haben also ein ganzes Haus von Ihrer Großmutter geerbt?«, fragte er.

Sabine nickte.

»Nachdem ich es verkauft hatte und die Beerdigung und alles bezahlt war, hatte ich noch zwei Millionen übrig. Ich hab überlegt, was ich mit meinem Leben anfangen möchte, und kam zu dem Ergebnis, dass *Unternehmerin* was für mich wäre. Ich kann schrecklich gut mit Zahlen. Wenn Sie mich fragen, ist das das schönste Wort der Welt: *Unternehmerin!*«

Julius pflichtete ihr bei. Es gab Wörter und Ausdrücke, die sich von anderen abhoben. *Unternehmer* war so eines. *Ohne Rechnung* ein anderes.

Aber dann ging alles schief. Zunächst reichte das Geld natürlich nicht für einen Laden im Zentrum von Stockholm, wo ihre Kunden wohnten. Weswegen sie jetzt war, wo sie war: vierzig Kilometer nördlich vom Zentrum des Geschehens. Zweitens hatte sie fatalerweise getan, wovor Allan gewarnt hatte: Sie hatte zu viel *nachgedacht.*

»Darf man fragen, welche Gedanken zu einem Laden in Märsta geführt haben?«, fragte Allan.

»Ich glaube, es war das, was Sie gerade gemacht haben«, sagte Sabine. »Ich habe mich mit Zettel und Stift an Großmutters Küchentisch gesetzt. Ich dachte mir, je breiter die potenzielle Zielgruppe, umso größer meine Erfolgschancen. Das führte mich zu zwei universalen Wahrheiten. Zum einen die Tatsache, dass alle Menschen Lebensmittel essen, solange sie leben. Zweitens, dass sie früher oder später aber doch sterben. Allesamt, ohne Ausnahme.«

»Außer Allan vielleicht«, meinte Julius. »Der ist vor nicht allzu langer Zeit nämlich hunderteins geworden.«

»Puh«, sagte Sabine. »Das nenn ich mal mit einem Bein im Grab stehen. Schade, dass Sie kein Geld haben, sonst hätte ich Ihnen einen Sarg verkauft.«

Allan schaute sich um. Keine Sargabteilung zu sehen.

»Moment«, sagte er. »Betreiben Sie etwa auch das Bestattungsinstitut nebenan?«

Sabine lächelte über Allans scharfsinnige Schlussfolgerungen.

»Sehr gut!«, sagte sie. »Zum Leben braucht man Lebensmittel, daher mein Laden. Und wenn man stirbt, wird man beerdigt. Daher die Särge. So einfach ist das. Sargverkauf.«

Allan stimmte Sabines Erzählung ganz philosophisch.

»Leben und Tod«, sagte er. »Und dazwischen die Gespenster.«

»Mit den Gespenstern konnte man jedenfalls gut Geld verdienen, zumindest wenn man bereit war, sich im Zuge der Tätigkeit vollzudröhnen. Die *Leben*smittel als Geschäftsidee haben bei mir schon nicht funktioniert, bevor Sie hier reinkamen und den Laden leergeräumt haben, ohne zu bezahlen. Und mit dem Tod lief es noch schlechter.«

Julius hatte Mitleid mit ihrer neuen Bekanntschaft. Und schämte sich ein bisschen für seinen missglückten versuchten Raubüberfall.

»Aber Sie sagten doch, Sie können schrecklich gut mit Zahlen?«

»Kann ich ja auch! Wenn Sie wollen, kann ich Ihnen ganz genau sagen, wie hoch meine Verluste im nächsten Quartal sein werden. Und wie viel Prozent höher sie im darauffolgenden Quartal liegen werden.«

»So ist das also.«

Sabine fuhr fort: »Wie sich herausstellte, wollen die Lebenden nicht glauben, dass dieser Zustand ein vorübergehender ist. Die Leute rechnen nicht damit, dass sie sterben, und dann kümmern sie sich eben nicht um ihren Sarg, bis es auf einmal so weit ist. Und wenn sie dann zu ihrer eigenen Verwunderung gestorben sind, kann man es sich abschminken, mit denen noch vernünftige Geschäfte zu machen.«

»Aber Lebensmittel haben sie doch wohl gekauft, bevor sie gestorben sind?«, fragte Julius. »Um nicht zu sterben, meine ich.«

»Ja, könnte man meinen. Aber bei mir eher selten.«

Ihre erste, letzte und einzige Werbekampagne (»Lebensmittel und Särge zum Knüllerpreis«) im lokalen Anzeigenblatt war der Startschuss für Gerüchte, die bis zum Inspektor des Umwelt- und Gesundheitsamts vordrangen, der zu einem unangekündigten Besuch vorbeikam, um sicherzustellen, dass in der Kühlung für die Milchprodukte keine Leichen lagerten.

»Diese Kampagne war bis dato meine schlechteste in einer Reihe von schlechten Ideen.«

Julius erkundigte sich, was sie jetzt vorhabe, wenn die Geschäfte zu beiden Seiten der Wand so schlecht gingen. Das wusste Sabine auch nicht. Sie wusste nur, dass sie das alles bis obenhin satthatte.

Wenn ihre Mutter ihr nur nicht das mit den übernatürlichen Kräften eingeredet hätte. Was sie eigentlich hatte – abgesehen von ihrer Zahlenbegabung – war eine *künstlerische* Ader.

»Eine künstlerische Ader?«, fragte Allan.

»Ja. Ich kann ein Porträt von Ihnen malen, wenn Sie wollen. Sagen wir viertausend? Ach so, nein, natürlich nicht.«

Allan bedauerte, dass er kein Geld hatte.

»Aber wo wir gerade davon reden: Ich fühle mich verantwortlich für meinen kleinen Julius und sein Wohlergehen. Diese Blasen, über die er pausenlos gejammert hat, seit kurz bevor sie entstanden sind, waren wirklich kein schöner Anblick. Gibt es irgendetwas, womit wir Ihnen helfen können, Fräulein Sabine, dafür, dass Sie uns ein, zwei Nächte hier schlafen lassen? Wir können auf dem Boden da drüben beim Joghurt schlafen, wenn nötig. Ich verspreche Ihnen auch, nicht im Schlaf zu sterben, damit Sie nicht wieder Ärger mit der Lebensmittelbehörde bekommen.«

Julius schloss sich ihm an.

»Und ich kann prima schreinern. Vielleicht brauchen Sie ja noch mehr Särge für Ihre Kollektion?«

Sie bei sich übernachten lassen? Das ging ihr nun doch ein bisschen zu hopplahopp – eben noch zahlungsunfähige Kunden und nach einer knappen halben Stunde schon Übernachtungsgäste. Doch Sabine merkte, was sie schon früh geahnt hatte: dass sie sich in der Gesellschaft dieser alten Männer wohlfühlte. Also … warum eigentlich nicht? Sie wandte sich an Julius.

»Kleiner Julius«, sagte sie. »Wohin hätten Sie denn auch gehen wollen mit diesen Blasen an den Fersen? Wenn ich das richtig verstanden habe, während Sie versucht haben, mich zu überfallen, haben Sie keinen Ort, wo Sie hingehen könnten, selbst wenn Sie gehen könnten, stimmt's?«

In Wirklichkeit wollte sie Allan und Julius mitnichten loswerden.

»Ich hab im Obergeschoss eine Zweizimmerwohnung. Einer von Ihnen kann im Gästebett im Flur schlafen, der andere auf dem Sofa im Sarggeschäft. Oder in einem von den Särgen, wenn er sich darin wohler fühlt. Zahnbürste und Zahnpasta finden Sie neben den Pflastern, und wo die stehen, wissen Sie ja schon.«

»Vielleicht auch einen Rasierer?«, bat Allan. »Der dürfte beim bevorstehenden Konkurs nicht mehr sonderlich ins Gewicht fallen, oder?«

»Von mir aus auch zwei. Ich werd's in meine Bilanz mit reinschreiben.«

SCHWEDEN

Als Sabine am nächsten Morgen aus der Wohnung herunterkam, war Julius schon mitten im Sargtischlern. Allan lag noch auf seinem Sofa und sah ihm dabei zu.

»Was macht er denn da?«, fragte sie verwundert.

»Weiß nicht«, sagte Allan. »Vielleicht sein Hinscheiden vorbereiten?«

»Guten Morgen«, sagte Julius. »Ich möchte mich für Kost und Logis revanchieren. Ich konnte schon immer gut tischlern, hab ich das schon erwähnt? Wollen wir die Särge nicht auch lackieren? Das könnte doch den Absatz steigern.«

»Von nichts auf fast nichts?«, meinte Sabine. »Haben Sie sich schon ein Frühstück aus dem Laden geholt?«

Nein, das hatten sie sich nicht getraut. Doch Julius dachte, wenn sie nun noch ein paar Tage im Gästezimmer und der Schreinerwerkstatt bleiben dürften, dann könnte er gerne morgens auch den Laden aufsperren. Dann konnte Sabine ausschlafen, das war vielleicht noch nicht so oft möglich gewesen?

Sie antwortete, dass das ein beachtenswertes Angebot sei, man eine solche Entscheidung aber nicht auf nüchternen Magen treffen sollte.

»Kommen Sie, wir essen was.«

Das Frühstück bestand aus Käsebrötchen, etwas Saft und Kaffee aus der Maschine. Unterdessen kamen ganze vier morgendliche

Kunden in den Laden, die alle eine Kleinigkeit kauften. Julius brachte wohl Glück. Und er zeigte, dass er mit der Kasse umgehen konnte.

»Achtundfünfzig Kronen macht das bitte. Danke schön. Hier sind Ihre zwei Kronen Wechselgeld. Einen schönen Tag wünsche ich noch.«

Sabine fand, dass dieser angebliche Diplomat anstelliger war, als sich auf den ersten Blick vermuten ließ. Bislang war er ja auch nicht allzu teuer im Unterhalt. Die Gesamtkosten beliefen sich auf ein Päckchen Pflaster, ein paar Tassen Kaffee, ein Gebäckstück, ein Brötchen, ein Glas Saft und ein oder vielleicht zwei Schmerztabletten. Der Mann, der Allan hieß, war nicht so nützlich, aber auf der anderen Seite kam der ja noch billiger.

Es gab also sachliche Gründe dafür, die beiden alten Männer weiter zu beherbergen. Abgesehen davon, dass sie ihre Gesellschaft genoss.

»Ja, natürlich können Sie noch eine Weile bei mir wohnen«, sagte sie. »Aber zimmern Sie nicht zu viele Särge zusammen, das treibt mir nur die Lagerkosten in die Höhe.«

USA

Bundeskanzlerin Merkel hatte gerade ihr erstes Treffen mit Präsident Trump in Washington hinter sich. Dort hatte sie erfahren, dass die NATO keinen Pfifferling wert war. Und dass die NATO ganz fantastisch war. Dass Trump Deutschland liebte. Und dass Deutschland sich bei einer Reihe von Sachen mal zusammenreißen musste. Dass das Band zwischen den beiden Ländern ein enges war. Und dass ihre einzige Gemeinsamkeit darin bestand, dass sie beide von Obama abgehört worden waren.

Jetzt war sie zurück in der deutschen Botschaft, wo sie sofort in den Situation Room gebracht wurde, in dem sie sicher vor Abhöranlagen war.

Dort erwarteten sie der deutsche Botschafter, der deutsche UNO-Botschafter und der Chef des deutschen Nachrichtendienstes in den USA.

Der Bundeskanzlerin, die gedacht hatte, ihr Tag könnte schon gar nicht mehr schlimmer werden, ging auf, dass es noch Luft nach unten gab. Der Nachrichtendienstchef leitete die Besprechung.

Die Sache war die, wie die Bundeskanzlerin bereits informiert worden war, dass es Nordkorea gelungen war, vier Kilo angereichertes Uran mit einem Schiff namens *Ehre und Stärke* nach Pjöngjang zu schmuggeln. Der Schweizer Atomwaffenexperte, den Kim Jong-un bei einer Pressekonferenz vorgestellt hatte, hatte sich als Schwede entpuppt. Er hieß Allan Karlsson, und er war nicht auf

Kim Jong-uns Seite, wie man zuvor befürchtet hatte. Vielmehr war es ihm gelungen, Pjöngjang zu verlassen und nach New York zu kommen. Und zwar mit dem angereicherten Uran.

»Nach Amerika? Ist das Uran hier?«, fragte die Bundeskanzlerin.

»Ja«, bestätigte der Chef des Nachrichtendienstes. »Und wie.«

Allan Karlsson hatte ein paar Tage zuvor Präsident Trump zusammen mit der schwedischen Außenministerin Wallström getroffen, die Schweden zudem im Sicherheitsrat repräsentierte.

»Ja, ich weiß schon, wer das ist«, sagte Angela Merkel. »Eine tüchtige Frau. Wissen wir, was auf dem Treffen gesprochen wurde?«

»Nicht direkt. Präsident Trump hatte wohl festgestellt, dass die Außenministerin und Karlsson nichts Schlimmes gemacht hatten, und hat sie gewarnt, so etwas nicht noch einmal zu machen.«

»Klingt ganz nach Präsident Trump«, meinte Angela Merkel.

Die Bundeskanzlerin war nicht blöd. Sie witterte, dass es da noch mehr zu erzählen gab.

»Und weiter?«, bohrte sie.

»Na ja, nach dieser Begegnung traf Botschafter Breitner vor dem UNO-Hauptgebäude auf Allan Karlsson. Er hat sofort die Chance erkannt, hier nachrichtendienstliche Erkenntnisse zu gewinnen, und lud Karlsson und seinen Freund Jonsson zum Abendessen ein.«

Der Chef des Nachrichtendienstes sah unglücklich aus. Aber nicht so unglücklich wie der UNO-Botschafter neben ihm.

»Und weiter?«, bohrte Angela Merkel weiter.

»Es kam dann eben so, dass der Botschafter Karlsson und seinem Freund versprochen hat, ihnen zu helfen. Mit einer Aktentasche, die auf ihren Wunsch die Bundesrepublik bekommen sollte. Angeblich enthält sie wichtige atomwaffenrelevante Informationen, die Karlsson erst Präsident Trump überreichen wollte. Nach ihrem persönlichen Treffen hat er es sich aber anders überlegt.«

Die Bundeskanzlerin spürte ein gewisses Zusammengehörigkeitsgefühl mit diesem Karlsson. Sie schienen ja die gleichen Erfahrungen mit dem amerikanischen Präsidenten gemacht zu haben.

»Und jetzt möchten Sie mir die Information übergeben, damit ich sie an unsere Analytiker in Berlin weiterleite?«

»Na ja«, sagte der Chef des Nachrichtendienstes. »Wie sich herausgestellt hat, enthält die Aktentasche … die vier Kilo angereichertes Uran. Und einen Brief an Sie, Frau Bundeskanzlerin. Geschrieben auf drei Servietten.«

»Auf drei Servietten?«, wiederholte die Bundeskanzlerin.

Aber in Wirklichkeit dachte sie: »Vier Kilo angereichertes Uran? Hier? In der deutschen Botschaft in Washington?«

Als die nachrichtendienstliche Besprechung vorüber war, hatte die Bundeskanzlerin auch erfahren, dass das vorher schon aufgeschnappte Codewort »Spargel« einfach nur Spargel bedeutete und nichts anderes. Und dass Karlsson nach eigenen Angaben erfahren hatte, dass man in Pjöngjang eine größere Uran-Lieferung erwartete, nämlich fünfhundert Kilo. Der Chef des Nachrichtendienstes in Daressalam war bereits ordnungsgemäß entsprechend informiert. Nachdem die Probesendung bereits die Route von Afrika nach Pjöngjang zurückgelegt hatte, durfte man davon ausgehen, dass die Nordkoreaner es wieder auf diesem Weg versuchen würden.

Bundeskanzlerin Merkel wusste fast alles, aber sie wusste nicht, ob man den UNO-Botschafter Breitner als Helden betrachten sollte oder als einen der größten Trottel, den die Bundesrepublik aufzubieten hatte. Sie beschloss, ihn vorläufig irgendwo in der Mitte anzusiedeln.

SCHWEDEN

Die Tage kamen und gingen. Julius schloss morgens den Laden auf, und Sabine machte eine Stunde später das Frühstück für sich und die Herren. Danach seufzten Julius und Sabine eine Weile um die Wette, wenn Allan sein schwarzes Tablett hervorholte, um laut daraus vorzulesen. Nach dem Essen saß Sabine an der Kasse, Julius ging an seine Arbeit als Sarghersteller, und Allan machte es sich auf dem Sofa bequem.

Da die Diplomaten sich ja nun doch so langsam einwohnten, führte Sabine gewisse Regeln ein. Vor allem in Sachen Hygiene. Sie legte jedem vier Garnituren Kleidung hin, die ihr Großvater hinterlassen hatte, und verlangte, dass sich die beiden jeden Tag duschen und danach frische Sachen anziehen sollten.

Strenge Regeln, fanden Allan und Julius. Aber sie hielten sich daran.

Dass Julius Glück gebracht hatte, in Form von sage und schreibe vier Kunden während ein und desselben Frühstücks, stellte sich als Zufall heraus. Der Zustrom von Leuten, die Bedarf an Lebensmitteln hatten, war begrenzt. Und es tauchte auch nicht ein einziger Kunde auf, der sich stattdessen auf den Tod vorbereiten wollte.

Julius spazierte ohne Schuhe herum, bis seine Fersen verheilt waren. Mit Sabines Erlaubnis entwickelte er die Särge weiter, indem er sie in verschiedenen Farben bemalte, denn irgendwo hatte er so was schon mal gesehen. Er dachte sich, dass sie nicht viel mehr verlieren konnten als die Kosten für die Farbe. Sabine korrigierte ihre Zahlen nach, damit sie im Budget immer noch die richtige Rotschattierung fürs nächste Quartal hatten.

Im Schaufenster standen nun fünf Särge aus massiver Kiefer in Weiß, Taubenblau, Rosa, Olivgrün und Grau. In der Schreinerwerkstatt standen noch ein paar fertige, aber noch unbehandelte Särge, und weitere zwei befanden sich in Produktion.

Der Markt für Särge nördlich von Stockholms nördlichen Vororten schien allerdings tot zu sein. Als Julius Sabine fragte, wie sie bei der Festsetzung der Preise und der Positionierung ihrer Ware vorging, bekam er nur vage Antworten. Und als er sich erkundigte, wie die Konkurrenz im näheren Umkreis aussah, meinte Sabine nur, das würde sie auch gern mal wissen.

Nach zwei Wochen waren Julius' Blasen geheilt, während der Sarggesamtverkauf immer noch bei null lag. Im Internet identifizierte er Berglunds Bestattungsinstitut als nächsten Konkurrenten. Sabine versprach, sich um alle Kunden, die ja doch nicht auftauchten, zu kümmern, wenn Julius loszog, um die Lage auszukundschaften.

Zu Berglund war es ein gemütlicher Spaziergang von zwanzig Minuten. Julius trat ein und wurde von einer Frau mit schwarzem Blazer und kariertem Rock empfangen. Sie begrüßte den Kunden, stellte sich als Therese Berglund vor, Leiterin des Büros, zusammen mit ihrem Mann Ove, der leider gerade unabkömmlich war. Julius gab ihr die Hand, sah allerdings keine unmittelbare Veranlassung, seinen eigenen Namen zu nennen.

»Womit kann ich Ihnen dienen?«, fragte Therese Berglund.

»Ich wäre mal neugierig auf Ihre Särge«, sagte Julius.

Therese Berglund war es nicht gewöhnt, dass der erste Kundenkontakt so lief. Normalerweise begann es damit, dass sie erfuhr, wer verstorben war, worauf sie mit dem angemessenen Aufwand an Beileidsbekundungen konterte.

»Aha«, sagte sie leicht verunsichert.

»Wie ich sehe, bieten Sie die in verschiedenen Farben an – darf ich fragen, was für Materialien Sie verwenden?«

Therese Berglund erklärte, dass die Särge, auf die der Herr da zeigte, aus Masonit seien und deswegen sehr preiswert. Man habe jedoch keine Mühen gescheut, die Oberfläche zu behandeln, sodass man bei Berglund Särge anbieten könne, die größtmögliche Würde ausstrahlten, dabei aber nicht so viel kosteten, wie man hätte meinen können.

»Und wie viel würden die da denn kosten? Der rosane und der blaue?«

»Jeweils sechstausendvierhundert Kronen.«

»Verdammich aber auch«, entfuhr es Julius spontan.

Sabines und seine Särge aus massiver Kiefer mussten irgendwo bei fünfzehntausend liegen, um sich zu rechnen. Die Särge aus Holzimitat sahen genauso gut aus.

Therese Berglund zog die Brauen hoch, als der Kunde so unpassend losfluchte.

»Wir bieten aber auch gerne Komplettlösungen an, verschiedene Bestattungspakete. Da ist der Sarg inklusive, versteht sich, aber auch solche Sachen wie Einladungen, Programmhefte, Sargschmuck und Dankeskarten. Es gibt ja immer viel zu bedenken, wenn ein geliebter Mensch verstirbt und einen die Trauer niederdrückt. Das Maß unserer Beteiligung und damit auch die Kosten stimmen wir gemeinsam mit dem Trauernden ab.«

»Sieh mal an«, sagte Julius. »Nur gibt es in diesem Fall gar keinen geliebten Verstorbenen.«

Bestattungsunternehmerin Therese Berglund musterte ihren Kunden, der offenbar doch kein Kunde war.

»Warum sind Sie dann …«, begann sie.

»Na ja, der Tod lauert ja immer an der nächsten Ecke, da ist es gut, wenn man vorbereitet ist. Stellen Sie die Särge eigentlich selbst her?«

»Nein, die werden in unserem Auftrag in Estland hergestellt. Bei

Spezialbestellungen haben wir eine zweiwöchige Lieferzeit, aber das meiste haben wir auf Lager. Ich verstehe nur nicht so recht Ihr Interesse für unsere Särge, wenn niemand …«

»Aber jetzt will ich Sie nicht länger aufhalten«, sagte Julius. »Danke, dass ich mich mal umschauen durfte. Sehr schöne Särge, wirklich. Nett anzusehen. Und gute Preise! Wir sehen uns dann, wenn ich ins Gras beiße. Beziehungsweise dann ja nicht direkt, aber Sie wissen schon, was ich meine.«

* * * *

Die schlechte Nachricht war die, dass man bei Berglunds Bestattungsinstitut Särge verkaufte, die den ihren gleichwertig waren, aber nur die Hälfte kosteten. Die noch schlechtere Nachricht war, dass Berglund Paketlösungen anbot, die es noch unattraktiver machten, sich an Julius, Sabine und den mit dem schwarzen Tablett zu wenden. Sabine meinte, das könnte ihnen alles egal sein, wenn sie nur die Verkäufe in Gang kriegen würden. Die beiden Teilnehmer der Krisensitzung einigten sich darauf, dass es nur zwei zukunftsträchtige Wege nach vorn gab: Die ganze Sargidee begraben. Oder sie weiterentwickeln.

»Lass mich mal überlegen«, sagte Julius.

»Oje«, sagte Allan von seinem Sofa.

* * * *

Julius dachte nach.

Er dachte, dass jemand, der zum Beispiel einen rosa Sarg bestellte, seine Gründe dafür hatte. Die Bestattungsunternehmen bezeichneten diesen Farbton gern als Puderrosa.

Ein Sarg, mit dem man sich identifizieren konnte … Julius überlegte weiter. Unterschiedliche Themensärge – könnte das vielleicht die Lösung sein?

Ein Regenbogensarg für Leute, die bis in den Tod ihr Recht verteidigten, lieber jemand vom gleichen Geschlecht zu umarmen?

Ein Harley-Davidson-Sarg für Leute mit dieser Neigung?

Oder vielleicht sogar ein Jesus-Sarg?

Ein Umweltschützersarg?

Ein Sarg mit dem Fußballverein meines Herzens? Für viele bedeutete Fußball ja Sieg oder Tod. Und wenn man starb, wollte man vielleicht, dass es eher nach einem Sieg aussah?

Ein Elvis-Presley-Sarg? In seiner Jugend hatte Julius einen Elvis-Imitator gekannt, der einzigartig schlecht sang und außerdem eher aussah wie Gustav V., nicht wie The King. Angeblich hatte man ihn deswegen vor vielen Jahren in einer Karaokebar erschlagen. Aber falls er immer noch lebte und sich langsam Gedanken über sein Lebensende machte, war er ganz eindeutig ein Beispiel für einen potenziellen Kunden.

»Jetzt wird ja langsam ein Schuh draus«, meinte Sabine, als Julius ihr seine Gedankengänge darlegte. »Was du da aufzählst, könnte ich alles malen. Das und vieles andere. Einen Harley-Davidson-inspirierten Sarg bekomme ich in zwei, drei Tagen hin. Elvis könnte eine Woche dauern. Wobei der junge Elvis wohl vorzuziehen wäre, da war er ja noch nicht so dick, dann geht da nicht so viel Farbe drauf.«

Julius freute sich über das indirekte Lob, das er von Sabine bekommen hatte. Der nächste Schritt bestand nun darin, dass sie einen Weg finden mussten, diese Kunde in die Welt zu tragen. Noch mal ein Inserat in der Lokalzeitung von Märsta aufzugeben, war wohl eher nicht so erfolgversprechend, oder?

»Nein«, sagte Sabine. »Ich glaube, unser Konzept ist eher international. Glaubst du, dass es eine Messe für so was gibt? Eine Sarg-Messe?«

Julius hatte noch nie von Sarg-Messen gehört, aber die Welt war schließlich verrückt, warum sollte es so was also nicht geben?

»Lass mich mal ein bisschen rumschauen«, sagte er und bat Allan, ihm sein schwarzes Tablett zu leihen.

»Wie?«, sagte Allan von seinem Sofa. »Wer soll euch denn dann erzählen, was in der Welt so läuft und was nicht?!«

»Wie wär's mit niemand?«, gab Julius zurück.

Sabine schritt ein, bevor die beiden Alten sich in die Haare kriegen konnten.

»Ich geh mal eben meinen Laptop holen. Bin gleich wieder da.«

* * * *

Eine internationale Messe sollte es werden. Nur so als Beispiel.

Julius fand, was er suchte. In Stuttgart. Dort sollte demnächst die größte Reisemesse der Welt stattfinden. Das passte ja perfekt. Zweitausend Aussteller aus neunundneunzig Ländern. Reiseveranstalter, Hotelketten, Touristenorganisationen, Wohnmobile, Wohnwagen, Campingplätze, Zelte, Rucksäcke und noch vieles, vieles mehr.

»Särge?«, sagte der deutsche Messeveranstalter, als Julius anrief, um einen Stand zu buchen. »Wir mischen uns ja normalerweise nicht in das, was die Aussteller kommunizieren wollen, aber es sollte doch eine gewisse Relevanz für das übergeordnete Thema der Messe haben.«

»Na, aber das hat es doch«, sagte Julius. »*Die letzte Reise* ist doch wohl auch eine Reise, vielleicht sogar die wichtigste von allen. Oder etwa nicht?«

Der Messeveranstalter, der am gleichen Tag schon eine Anmeldung von einer slowenischen Firma angenommen hatte, die Schuhlöffel produzierte, merkte, dass ihn im Grunde gar nichts mehr überraschte.

»Selbstverständlich, mein Herr. Ich schicke Ihnen die Unterlagen zu. Sie und Ihre … Särge sind uns herzlich willkommen.«

Jetzt galt es, Prioritäten zu setzen. Sie mussten ja eine gewisse Menge von Warenproben mitnehmen. Welche Themen passten denn am besten, aus der internationalen Perspektive betrachtet?

Sabine überlegte, was die Deutschen möglicherweise am meisten ansprechen würde. Konnte ein »Atomkraft, nein danke«-Sarg wohl etwas für sie sein?

Allan lag auf dem Sofa und hörte mit einem Ohr zu. Jetzt mischte er sich ein und meinte, das würde nicht funktionieren. Nicht in Deutschland und auch nirgendwo anders. Die Deutschen hatten bereits beschlossen, ihre Atomkraftwerke abzuschalten, was hätte es da für einen Sinn, noch gegen Kernkraft zu protestieren? Und für alle anderen war der Atomunfall in Fukushima schon wieder Geschichte. Die Leute zogen es vor, sich den Kopf über das zu zerbrechen, was alles noch passieren könnte, statt über das, was passiert und – wie in diesem Fall – immer noch höchst aktuell war.

In der Zwischenzeit könnten sie ja vielleicht einen oder zwei Atomkraftgegner-Särge in Japan an den Mann bringen. Die Radioaktivität in den Fischen im Meer vor Fukushima lag immer noch um das Zweitausendfache über dem Grenzwert. Und erst kürzlich hatte man beim havarierten Reaktor Werte von über fünfhundert Sievert pro Stunde gemessen.

»Und was bedeutet das?«, fragte Julius, der das eigentlich gar nicht wissen wollte, denn er hatte die Idee mit dem Atomkraftgegner-Sarg schon wieder abgehakt.

»Hätten die Werte bei drei gelegen, hätte man dort überleben können«, erklärte Allan.

»Dreihundert?«

»Nein. Drei.«

Das klinge ja erfreulich, murmelte Sabine. Ob wohl auch irgendwas in Allans schwarzem Tablett stand, was den Geschäften zugutekommen könnte?

»Vielleicht«, sagte Allan.

Was das Tablett lieferte, waren in erster Linie Neuigkeiten aus allen Winkeln der Erde, ein bisschen Musik und ein paar nackte Weiber. Er konzentrierte sich auf Ersteres.

»Der herrschende Grundton ist im Moment der, dass wir, denen es gut geht, nichts mehr mit denen zu tun haben wollen, denen es schlecht geht.«

»Und was hat unser Geschäftsmodell damit zu tun?«

Allan war sich nicht sicher, aber auf jeden Fall ertranken jeden Tag ganz schön viele Menschen im Mittelmeer, und wenn sie vereinzelt an Land gespült wurden, brauchten sie natürlich einen Sarg.

Sabine sagte, dass schon ein lebender Flüchtling wohl eher nicht zu ihrer primären Zielgruppe gehörte. Und ein ertrunkener gleich noch viel weniger.

Allan musste ihr recht geben. Julius war ganz beeindruckt, mit was für Worten Sabine da um sich warf. »Geschäftsmodell« und »primäre Zielgruppe« innerhalb weniger Sätze.

»Ich glaube, du hast ein Näschen für Geschäfte«, sagte er.

»Ein Näschen für schlechte Geschäfte«, korrigierte Sabine.

»Hast du Erfahrung mit Messen?«, erkundigte sich Julius.

»Ja, hab ich sogar.«

Vor zwanzig Jahren hatte ihre Mutter sie einmal auf eine Reise nach Las Vegas, Nevada, mitgenommen. Dort wurde eine Messe zu »spiritueller Erkenntnis« abgehalten, was frei übersetzt nichts anderes bedeutete als eine Großversammlung ihrer Mutter mit fünfundzwanzigtausend Gleichgesinnten aus aller Welt.

Ihre Mutter hatte sich vor allem für den Programmpunkt »Healing mit spiritueller Energie« interessiert, aber dann brachte sie es fertig, ihn zu verpassen, und die meisten anderen Sachen auch, weil sie nämlich sofort entdeckt hatte, dass fast überall auf dem Messegelände LSD in allen denkbaren Formen verkauft wurde. Die Amerikaner nannten es *acid*, und Sabines Mutter verkündete ihrer Tochter, nun habe sie wohl keine andere Wahl, als sämtliche amerikanischen Varianten durchzuprobieren, um herauszufinden, was für neue Bewusstseinserweiterungen sich ihr auftun konnten.

Und dann war es so gelaufen, dass ihre Mutter drei von den vier Messetagen im Hotelzimmer blieb und unablässig versuchte, sich und Sabine nach Schweden zu teleportieren. Es gelang ihr jedes Mal, behauptete ihre Mutter, aber ihre geistig viel zu unbewegliche Tochter blieb immerzu in Vegas hängen.

Julius dachte sich, dass er drauf und dran war, sich in diese Frau zu verlieben.

»Du Arme, Liebe«, sagte er. »Was du alles durchmachen musstest!«

»Ach was«, sagte Sabine und wurde rot.

Das mit den LSD-Trips war ja nicht so viel anders, wenn sie zu Hause waren. Während ihre Mutter – oder zumindest ihr Geist – fleißig über den Atlantik hin- und herflitzte, schlenderte ihre Tochter über die Messe und erlernte die Grundlagen, wie man mit seinem Schutzengel kommunizieren konnte. Für zweitausendachthundert amerikanische Dollar bot man ihr das komplette Starterpaket an, inklusive DVD, Handbuch und einer CD, auf der neunzig Minuten Stille zu hören waren.

»Sprechende Engel, so haben sie die CD genannt. Und die Stille damit erklärt, dass Engel ja im Allgemeinen nicht sprechen.«

Das erinnerte den unfreiwillig in den Ruhestand geschickten Spargelbauern daran, dass die Geschäftsmöglichkeiten da draußen in der Welt schier unerschöpflich waren.

»Wenn uns das Sarg-Projekt in die Binsen geht, könnten wir doch vielleicht das Unternehmen deiner Mutter wiederbeleben, was meinst du?«, schlug er vor.

»Vielleicht«, sagte Sabine.

RUSSLAND

Gennadij Aksakow war in den Fünfzigerjahren in Leningrad aufgewachsen. Sein Vater war Philosophielehrer, seine Mutter arbeitete bei der Bank. Die Eltern waren liebevoll um ihr einziges Kind bemüht. Zu seinem zehnten Geburtstag bekam Gena einen Hockeyschläger und ein paar neue Schlittschuhe, aber Eishockey war nichts für ihn. Das fühlte sich zu kollektiv an. Ebenso Fußball.

Stattdessen landete er beim Kampfsport Sambo – Selbstverteidigung ohne Waffen. Dort traf Mann auf Mann, und man konnte sich nur auf sich selbst verlassen. Das passte besser zu Genas Charakter. Im Training lernte er außerdem Wolodja kennen. Sie waren gleichaltrig und einander auf der Matte ebenbürtig, sie lachten über dieselben Dinge, hatten die gleiche Sicht auf das Leben. Kurz und gut, sie wurden die besten Freunde, und das waren sie jetzt, fünfundfünfzig Jahre später, immer noch.

Gena kam und ging an Wolodjas Arbeitsplatz, wie es ihm passte. Er war der Einzige, dem man das umfassende Security-Ritual beim Eintritt erließ. In der Tat klopfte er nicht mal an, bevor er das private Büro seines Freundes betrat. So auch heute.

»Hallo, Wolodja«, sagte er. »Ich hab gerade mit unserem Freund aus Chabarowsk gesprochen. Ehrgeiziger junger Mann, ich muss schon sagen. Leider hört er sich mittlerweile fast schon so an wie der kleine Große in Pjöngjang.«

»Inwiefern?«, fragte Präsident Putin.

»Er will diese Zentrifuge haben. Er behauptet, er braucht die, wenn die Amerikaner und die Chinesen jetzt mal um die Wette japsen sollen.«

Putin lächelte über das Bild, das sein Freund da gezeichnet hatte. Ein japsender Chinese und ein ebenso japsender Amerikaner nebeneinander. Hübsch.

Der »Freund aus Chabarowsk« war der neue Chef der Plutoniumanlage nördlich der nordkoreanischen Hauptstadt. Der erste Verantwortliche für die Anlage wurde hingerichtet, nachdem er seinen Auftrag nicht erfüllen konnte, und von dem Mann ersetzt, der von seiner Umgebung nie anders genannt wurde als »Herr Ingenieur«. Nachdem sich besagter Ingenieur an einem Verlängerungskabel im Kühlraum des Labors erhängt hatte, war die Stelle ein paar Wochen vakant, bis es Kim Jong-un gelang, Putin in Moskau so weit zu bringen, dass er sich der nordkoreanischen Situation erbarmte. Jedenfalls wollte es der Oberste Führer so sehen, dass das Herz der russischen Abweichler von der rechten Lehre doch noch ein bisschen kommunistisch schlug.

In Wirklichkeit verfolgten Putin und seine geheime rechte Hand Gennadij Aksakow nur den einen Plan, ausgesuchte Weltengegenden zu destabilisieren, um so indirekt Russland zu stärken. Wolodja und Gena waren bis jetzt nicht bereit gewesen und hatten es auch fürderhin nicht vor, dem Wahnsinnigen in Pjöngjang irgendwelche Plutonium-Zentrifugen zu schicken. Stattdessen boten sie ihm einen hochqualifizierten sibirischen Ingenieur an. Aus Chabarowsk, nicht allzu weit von der nordkoreanisch-russischen Grenze.

Der Mann aus Chabarowsk hatte einen anstrengenden Start, aber schon bald stellte er sich als der Gewinn heraus, als den ihn der russische Präsident kannte. Schon wenige Wochen nach seinem Einstieg war ihm sein erster unterirdischer Atomtest gelungen. Das gab natürlich ein Riesenbohei unter der scheinheiligen Umwelt, ganz nach Plan. Zur Absprache Putins mit dem Obersten gehörte auch, dass er, Putin, und Russland sich genauso empören würden wie die ganzen anderen Staaten.

Die Loyalitäten des Neuen lagen natürlich in erster Linie bei Moskau, und man benutzte russisches Uran. Der Mann aus Chabarowsk berichtete regelmäßig an Gennadij Aksakow. Deswegen wussten Wolodja und Gena alles, was es über diesen hunderteinjährigen Schweden zu wissen gab, der im Labor sein Gastspiel gegeben und Unruhe gestiftet hatte. Kim Jong-un hatte Präsident Putin geradezu ein Ohr abgekaut und gejammert, dass die Russen mit ihrem globalen Netz von Agenten Karlsson suchen und ihm die Kehle durchschneiden sollten, doch Putin war insgeheim völlig hingerissen von diesem alten Mann. Da ist einer über hundert, kommt nach Pjöngjang und bringt den kleinen Großen völlig auf hundertachtzig. Ganz abgesehen davon, dass er sowieso verschwunden war – der Präsident wollte ihn in Ruhe lassen. Das Problem dürfte sich in nicht allzu ferner Zukunft ja wohl von selbst lösen.

Neuigkeit des Tages war also, dass sich der Mann aus Chabarowsk Kim Jong-uns drängenden Bitten um eine Plutoniumzentrifuge angeschlossen hatte. Wolodja sah Gena an, was er dachte.

»Hm«, sagte der Präsident. »Dann schick ihnen den Scheiß doch rüber. Aber wir gehen jetzt nicht zu weit, oder, Gena?«

SCHWEDEN – DEUTSCHLAND

Der Regenbogensarg musste mit. Zusammen mit einem Harley-Davidson-Sarg, einem Ferrari-Sarg, einem Golf-ist-das-Beste-überhaupt-Sarg, einem John-Lennon-*Imagine*-Sarg, einem Weiße-Tauben-vor-hellblauem-Hintergrund-Sarg, einem Tanzende-Elfen-auf-einer-Wiese-Sarg und einem Sonnenuntergang-am-Meer-Sarg.

Sabine war auf Zack und tat schnell einen gebrauchten Leichenwagen auf. Sehr schnell. Als das Geschäft abgeschlossen war, wurde ihr klar, dass die acht Särge, die nach Stuttgart sollten, da kaum reinpassen würden. Höchstens zwei, im Grunde nur einer. Julius tröstete sie und meinte, dass man den Leichenwagen ja in Zukunft auch noch brauchen würde, wenn man die Bestellungen ausliefern musste. Dann schickte er sie los, damit sie bei der nächsten Tankstelle einen kleinen Lastwagen mietete. Bevor es Zeit für die Abreise war, konnte sie auf Julius' Anraten noch einen VfB-Stuttgart-Sarg in Rot-Weiß mit ein bisschen Gelb bemalen, mit dem Text »Liebe seit 1893« (den Text hatte sie so von Google Translate).

»VfB Stuttgart – was ist das denn?«, erkundigte sich Allan.

»Der örtliche Fußballverein«, sagte Julius. »Könnte funktionieren.«

Sabine schloss ihren Laden ab und hängte ein Schild an die Tür: »Geschlossen, weil Sie ja doch woanders einkaufen«. Dann machten sie sich auf den Weg nach Süden, mit neun Särgen im Gepäck.

* * * *

Die Reise dauerte zwei Tage, mit einer Übernachtung in Kopenhagen und einer in Hannover. In beiden Städten gingen sie abends schön gemütlich zu dritt essen. Das heißt, so gemütlich, wie es eben werden konnte, solange Allan ihnen immer hartnäckig die neuesten Nachrichten vorlesen musste, als wüssten Sabine und Julius nicht auch so schon, wie es um die Welt bestellt war. Allans letzte herzerwärmende Geschichte drehte sich um einen ehemaligen Träger des Friedensnobelpreises, der sich mittlerweile eventuell dem Völkermord statt dem Frieden verschrieben hatte.

Nach dem Abendessen in Hannover ging Allan schlafen. Julius versprach, auch gleich nachzukommen, aber das war ein Versprechen, das er nicht halten sollte. Stattdessen übernachtete er in Sabines Zimmer, denn wie sich herausstellte, hatten sie beide schon seit einer Weile darüber nachgedacht.

»Aha«, sagte Allan, als sich das Trio am nächsten Tag zum Frühstück wieder zusammenfand. »Die Außenministerin ist ihm also nicht mehr gut genug.«

»Blödmann«, sagte Julius.

Sabine und Julius waren schließlich jeden Tag und jeden Abend zusammen gewesen, seit sie sich vor ein paar Monaten zum ersten Mal begegnet waren. Allan war zwar am Rande auch dabei, aber er verließ eben nur ganz selten das Sofa und war aus diversen Gründen keine Bedrohung für die Liebe zwischen dem wesentlich jüngeren Julius und der noch etwas jüngeren Sabine.

Es wäre Übertreibung zu behaupten, dass es sofort klick gemacht hätte. Die Liebesgeschichte hatte ja damit begonnen, dass Julius einen Raubüberfall auf seine Zukünftige versuchte, um an seine Pflaster zu kommen. Doch ab diesem Moment gewann die Beziehung stetig. Und der Abend in Hannover ging in eine Nacht über, die keiner von beiden am nächsten Morgen bereute.

Julius spürte, dass Sabine ihn zu einem besseren Menschen gemacht hatte. Sie nahm nicht nur, sie gab auch. Er war … stolz auf sie.

»Besser spät als nie«, bemerkte Sabine, als die Rede darauf kam, dass sie sich jetzt kurz vor ihrem sechzigsten Geburtstag einfach so verknallt hatte.

»Viel besser spät als nie«, sagte Julius und hob sein Glas Milch, um ihr zuzuprosten.

»Jaja«, brummte Allan. »Wisst ihr schon, was Trump heute Nacht gemacht hat?«

DEUTSCHLAND

Die Messe wurde ein voller Erfolg. Nur wenige von den zweitausend Ausstellern erregten größeres Interesse als Stand D128 mit den neun Särgen und Transparenten, auf denen *»Heaven can't wait«*, *»Ticket to Paradise«* und *»The Last Journey«* stand. Was sie mit den Transparenten eigentlich sagen wollte, wusste Sabine auch nicht, aber sie war fürs Design ihres Messestandes verantwortlich und wollte so viel Leben wie möglich schaffen, wenn sie schon so viel Tod verkauften.

Der erste, den sie verkauften, war der VfB-Stuttgart-Sarg. Ein wahrer Fan aus Karlsruhe bot ihnen dreitausend Euro, um Stuttgart bei der nächsten sich bietenden Gelegenheit mit diesem Sarg zu verunglimpfen. Sollte es innerhalb einer angemessenen Frist nicht dazu kommen, wollte er zehn Euro von jedem Karlsruhe-Fan verlangen, der an einem öffentlichen Ort seine Notdurft in diesen Sarg verrichtete. Danach konnte er ihn abfackeln und den Film online stellen, als potenziellen YouTube-Hit.

»Brennt Sie-wissen-schon-was eigentlich?«, fragte Sabine den Kunden, der mehr von seinen Absichten erzählt hatte, als die Verkäufer eigentlich wissen mussten.

Julius mischte sich ein und erklärte, Sinn und Zweck des Sarges sei es eigentlich gewesen, den VfB Stuttgart zu ehren, nicht ihn zu verhöhnen. Außerdem, meinte Julius, kapiere er langsam, warum die Vorstellung so absurd war, es könnte jemals Frieden auf Erden herrschen. Und last but not least bedauerte er zutiefst, dass der Käufer des Sarges den Hass über die Liebe stellte.

»In Anbetracht all dessen – mit dreitausend Euro sind Sie dabei.«

Der zweite Sarg, den sie verkauften, war eine Vorbestellung für einen KSC-Sarg. Wie's der Teufel wollte, hatte ein VfB-Fan in der Menge nämlich das Gespräch belauscht und nicht lange gefackelt.

»Wer zuletzt pisst, pisst am besten«, sagte er zum Karlsruhe-Fan, nachdem er den Sarg bestellt und den Vertrag unterzeichnet hatte.

Woraufhin die beiden Fans sich erst gegenseitig anmachten und anschließend prügelten, bis das Security-Personal sie wegschleppte und rauswarf.

Bevor die Messetage vorbei waren, hatten sie Verträge für weitere zwölf Särge in der Tasche. Der einzige der mitgebrachten Särge, der nicht wegging, war »Sonnenuntergang am Meer«. Sabine glaubte, das läge daran, dass Stuttgart sechshundert Kilometer vom nächsten Sonnenuntergang am Meer entfernt lag, während Julius die Ursache darin vermutete, dass der Sonnenuntergang einem Sonnenaufgang gar zu ähnlich geraten war.

Vierzehn Särge zu je dreitausend Euro, das machte zweiundvierzigtausend. Die Firma Stirb mit Stolz war noch nicht mal offiziell gegründet, aber sie schien einer blühenden Zukunft entgegenzugehen.

Wäre da bloß nicht dieses verfluchte Pech gewesen.

DÄNEMARK – SCHWEDEN

Povl Riis-Knudsen war Parteivorsitzender von Dänemarks Nationalsozialistischer Bewegung, bis er sich in eine Araberin verliebte und die Partei verlassen musste. Als man ihn auf frischer Tat ertappte, versuchte er damit zu argumentieren, dass die Araberin eine sehr hellhäutige christliche Palästinenserin sei. Das ließ man natürlich nicht gelten. Araberin war Araberin.

Als Anführer der Bewegung gelang es ihm dennoch, seine Spuren zu hinterlassen. Er sprach sich im dänischen Fernsehen dafür aus, dass man sämtliche Ausländer des Landes verweisen sollte, verlangte die Todesstrafe für jeden, der andere mit Aids ansteckte, wollte politische Gegner ins Arbeitslager schicken und sämtliche Menschen mit der falschen Hautfarbe sterilisieren lassen. Einer besonders komplizierten Logik folgend schwärmte er auch für den islamischen Fundamentalismus, hätte aber Muslime nicht mit der Zange anfassen wollen (im Gegensatz zu christlichen Palästinenserinnen). Später veröffentlichte er Bücher, in denen er zu beweisen versuchte, dass die Vernichtungslager des Zweiten Weltkriegs nie existiert hatten.

Dieser Däne war eine wichtige Inspirationsquelle für die schwedischen Neonazis in der Nordischen Widerstandsbewegung. Nicht Dänemark oder Schweden waren bedroht, sondern die arische Rasse, und weitergedacht eben die ganze Menschheit. Es ging also eher um Biologie und Ökologie als um Geografie.

Innerhalb der Bewegung gab es sowohl nach außen angepasste

Rechte als auch solche, die hart und schnell durchgreifen wollten. Kenneth Engvall gehörte zur letzteren Kategorie, so sehr, dass er eines Tages zusammen mit seinem Bruder den Arischen Verbund gründete. Der Tropfen, der das Fass für Kenneth zum Überlaufen brachte, war der Moment, als die Widerstandsbewegung eine Demonstrationsgenehmigung beantragte. Was sollte das denn bitte für ein Widerstand sein? Und bei wem wollte sie ihre Genehmigung einholen? Bei genau derselben korrupten jüdischen Machtelite, die sie doch angeblich bekämpften!

Für Kenneth war es einfach. Ernst gemeinte Demokratie bedeutete unter anderem das Recht, jeden zu verjagen, der nicht nach Skandinavien gehörte. Und wenn sie nicht freiwillig gingen, hatte man Alternativen. Volksherrschaft in ihrer buchstäblichen Bedeutung bestand eben darin, dass die Leute, die von den Nationalsozialisten zum Herrschen eingesetzt worden waren, auch tatsächlich herrschten. Das wahre Volk.

Kenneths mangelnder Respekt vor der Nordischen Widerstandsbewegung gab ihm jedoch keinen unmittelbaren Anlass zu einem Zweifrontenkrieg. Die Bewegung durfte schon bleiben, so ganz verkehrt waren sie ja nun auch nicht. Bei der letzten Demo in Göteborg hatten mehrere von ihnen dem Publikum den rechten Arm mit ausgestreckter Hand entgegengereckt. So sollte das sein! Nur ärgerlich, dass sie das hinterher als einen »freundschaftlichen Gruß unter Gesinnungsgenossen« bezeichneten, in den nur die Machtelite etwas anderes hineininterpretieren konnte.

Viele erkannten den Humor, der darin lag, etwas so Offensichtliches zu leugnen. Kenneth sah darin einfach nur Feigheit. Das war der Untergang, wenn man das einzig Bedeutungsvolle leugnete. Denn davon nährte sich ja diese ganze Judenmafia. Zu erklären, wohin die sechs Millionen Juden damals verschwunden waren, war nicht Sache des Neonazismus. Warum sollten sie auch? Die Leute durften mit ihrem Leben doch wohl anfangen, was sie wollten?

Wer mit den Mächtigen argumentierte, erkannte ihre Macht an.

Und da verweigerte sich Kenneth. Die Volksgerichte, die bald die pseudojuristische Machtelite ersetzen würden, hatten keine wichtigere Aufgabe als die Reinigung des Nordens von diesen ganzen Rasseverrätern. Und den Arabern, Juden und Zigeunern natürlich. Und dazu musste man stehen! Dann konnte endlich nur das Weiße und Reine übrig bleiben, an dessen Ausrottung die derzeitige Elite unablässig arbeitete. Das war Völkermord. Das durfte nicht geschehen. Und dennoch geschah es.

Und was machte die Nordische Widerstandsbewegung? Sie demonstrierte! Und verleugnete sich selbst.

* * * *

Jeder objektive Beobachter hätte Kenneth Engvall ganz oben auf die Liste der gefährlichsten Menschen in Schweden gesetzt. Er hatte bei der Aryan Brotherhood in Los Angeles angefangen, wo er eine nazistische und faschistische Karriere machte, ohne damals so richtig zu wissen, worin der Unterschied lag. Rasch kletterte er die Hierarchie empor, indem er einen Mann mit falscher Einstellung und falscher Rasse mit der Motorsäge halbierte. Dafür wurde er vier Jahre ins Gefängnis gesteckt, mehr nicht, denn dem außergewöhnlichen Anwalt der Gruppe war es gelungen, den brutalen Mord als einen schweren Fall von fahrlässiger Tötung hinzustellen.

Im Gefängnis hatte Kenneth schon nach ungefähr einer Woche einen mexikanischen Mithäftling getötet, der an seinem wunderbar tätowierten Rücken das eine oder andere auszusetzen hatte. Ganz oben stand »Im Gedanken an Adolf Hitler«, mit einem Hakenkreuz darunter. Gefolgt von einem Ku-Klux-Klan-Kreuz mit der Aufschrift »White Supremacy«.

Der Mexikaner fand, man müsse schon *hirntot* sein, um sich mit Hitler und dem KKK zu identifizieren. Dafür bekam er eine Kugelschreibermine durchs Auge in den Schädel gedrückt, woraufhin er sich zur Gruppe der Hirntoten gesellte.

Alle sieben Personen, die sich bei diesem Vorfall außer dem Täter und dem Opfer im Raum befanden, hatten zufällig in die andere Richtung geschaut, als sich das Ganze ereignete. Keine Zeugen, keiner zu bestrafen. Aber in den drei Jahren und einundfünfzig Wochen, die von Kenneth Engvalls Strafe noch übrig waren, meckerte keiner mehr an seinen Tattoos oder irgendetwas anderem, was er machte, herum.

Kenneth war mittlerweile längst wieder auf freiem Fuß und zurück im Land seiner Geburt. Zusammen mit seinem kleinen Bruder Johnny hatte er sich der Nordischen Widerstandsbewegung angeschlossen und dort auch eine gewisse Karriere gemacht. Doch war ihm nie gelungen, sich an die oberste Spitze zu setzen, wo er hingehörte. Man fand ihn zu *freimütig*. Was war das denn für ein Scheißwort? Wenn es eines gab, was diese Nation brauchte, dann doch wohl Freimütigkeit!

So war der Arische Verbund entstanden, als Gemeinschaftsprojekt mit der Aryan Brotherhood in Los Angeles. Man hatte die Tätigkeit gerade erst aufgenommen, es gab noch keine nennenswerten Strukturen. Kenneth und sein kleiner Bruder arbeiteten an einem Plan, wie sie die Macht an sich reißen würden, und widmeten sich in ihrer Freizeit dem Mord und der schweren Körperverletzung an ausländischen Subjekten. Meistens Körperverletzung. Mit einer Mordserie hätte man in dieser Phase riskiert, dass die derzeitigen Machthaber und ihre Marionetten in der Polizei aufwachten. Zwanzig oder dreißig Jahre hinter Gittern zu sitzen war dann ja doch nicht der schnellste Weg zur neuen Gesellschaftsordnung.

Geld war ebenfalls ein Problem. Die Amerikaner steuerten jeden Monat eine Summe bei, hatten ihnen aber bereits mitgeteilt, dass der Geldstrom über kurz oder lang in die andere Richtung fließen musste. Man empfahl Kenneth, das Stockholmer Kokaingeschäft von der türkisch-italienischen Allianz zu übernehmen, die derzeit den Markt kontrollierte. Das war ein guter Plan, andererseits brauchten zwei Personen, die mindestens acht gut bewachte Objekte hochgehen lassen wollten, einen gewissen Planungsvorlauf. »*Take your time*«, war die Antwort der Amerikaner. Sie hatten Vertrauen in Kenneth.

RUSSLAND

Es war fast so, als würde Gennadij Aksakow gar nicht existieren. Er hatte keinen Titel, keinen Arbeitgeber, keinen offiziellen Auftrag. Dafür hatte er die doppelte Staatsbürgerschaft, besaß einen russischen und einen finnischen Pass. Letzteren seit neunzehnhundertachtundneunzig, etwas umständlich bekommen, aber mit Unterstützung des damaligen Chefs des Sicherheitsdienstes der Russischen Föderation, eines gewissen Wladimir Wladimirowitsch Putin.

Da er Finne war, wenn er Lust dazu hatte, konnte Gennadij Aksakow in Skandinavien herumreisen, wie es ihm beliebte. Eventuell war er der Beste auf der ganzen Welt in dem, was er tat. Natürlich hatte er Wichtigeres zu tun, als Skandinavien zu destabilisieren, aber hier bot sich ein Markt in genau der richtigen Größe, um neue Ideen zu testen.

Mittlerweile gab es etablierte nationalistische Parteien in allen vier skandinavischen Ländern. Alle vier arbeiteten gegen die EU. Auf die Art arbeiteten sie Gennadij zu, ohne es zu wissen. Außerdem war nicht zu übersehen, dass ihre politischen Erfolge stagnierten. Beispielsweise die schwedischen Populisten: Die überzeichneten existierende Probleme oder erfanden Probleme, die es gar nicht gab, polarisierten und jagten den Menschen Angst voreinander ein. Danach verwiesen sie auf das, was sie angerichtet hatten, und behaupteten, niemand außer ihnen habe die Lösung.

Die Vorgehensweise war nicht neu. Schon Hitler, Göring und

Goebbels war es neunzehnhundertdreiunddreißig gelungen, einen einfachen Fall von Brandstiftung zu einer internationalen kommunistischen Verschwörung aufzubauschen. Erst scheuchten sie die Leute auf, dann präsentierten sie die Lösung. Wer Angst hat, braucht ja jemand, der ihn rettet. Stattdessen dauerte es nicht lange, bis viertausend Menschen ohne Prozess im Gefängnis landeten, Notstandsgesetze eingeführt und konkurrierende politische Parteien ebenso verboten wurden wie ausgewählte Presseorgane.

Und das war erst der Anfang. Aber vor allem war das *damals*. Ein neues Jahrhundert verlangte neue Lösungen. Was neunzehnhundertdreiunddreißig funktioniert hatte, konnten die rechten Parteien wie die Schwedendemokraten, die Wahren Finnen, die Nationale Front, die Goldene Dämmerung, PVV, BNP, AfD, FPÖ und andere Buchstabenkombinationen ja gerne wieder versuchen, wenn sie wollten. Bis zum Letzten durchziehen konnten sie es ja sowieso nicht.

Schließlich konnte sich nur jeder fünfte Schwede vorstellen, für einen Parteiführer zu stimmen, der deutlich ausgesprochen hatte, dass man nicht gleich Schwede war, nur wenn man in Schweden geboren und aufgewachsen war und außerdem Fußball spielen konnte. Im wiedergeborenen Norden gab es keinen Namen, der mit Z anfing. Der derzeitige Vorsitzende der Schwedendemokraten war einmal von einer Frau zur Partei gelockt worden, die ihm erst ihre politische Vision erklärt hatte und dann auf eine Nazi-Demonstration ging, in Uniform mit blitzeblanken Stiefeln, Lederhose, Hemd und Halstuch. Der zukünftige Parteiführer trat der Bewegung bei, machte Karriere, schliff die politischen Argumente fast bis zur Unkenntlichkeit, ließ sich die Zähne richten und erntete nun die Früchte langjähriger harter Arbeit. Er hatte alles richtig gemacht. Und doch wandten sich vier von fünf Schweden gegen ihn. Für Gennadij Aksakow war das der letzte Beweis dafür, dass es den etablierten Rechtspopulisten niemals gelingen würde, die EU einmal komplett zu spalten.

Nicht ohne Hilfe.

Geld war nicht das Problem. Gennadij und sein Freund hatten Milliarden, jedenfalls in Kronen. Mehrere hundert Millionen in Euro oder Dollar. Wie viel das in Rubeln war, war weniger wichtig. Aber die Schwedendemokraten, die Wahren Finnen und andere finanziell aufzupumpen war sowohl riskant als auch – vor allen Dingen – kein erfolgversprechender Weg. Die menschliche Logik funktionierte so, dass nur wenige Menschen sich selbst als extrem betrachteten. Solange die Schwedendemokraten das Extremste waren, was Schweden zu bieten hatte, würde es immer genug Leute geben, die sich davon abhalten ließen, ihnen ihre Stimme zu geben, sosehr sie auch finden mochten, dass diese Partei recht hatte. Daran würde sich auch nichts ändern, nur weil Gennadij die Parteikasse aufstocken konnte, damit sie dieselben Wahrheiten noch öfter und noch lauter verkünden konnten.

Wenn er hingegen eine alternative Stimme unterstützte, rechts von denen, die jetzt am weitesten rechts standen, würde zweierlei geschehen: Erstens würden die Schwedendemokraten mit dem Finger auf die Neonazis zeigen und sagen: »Schaut bloß, wie furchtbar die sind, so schlimm sind wir nun wirklich nicht!« Und zweitens würden die Leute ihnen beipflichten. Dann wäre es auf einmal schon viel akzeptabler, für die Schwedendemokraten zu stimmen. Fünfzehn Prozent der Wählerschaft konnten dreißig werden, die drittgrößte Partei könnte die zweitgrößte oder sogar die größte werden. Ein Ministerpräsident der Schwedendemokraten bedeutete nicht notwendigerweise, dass Schweden die EU verlassen würde, denn dafür brauchte man ja eine Mehrheit im Reichstag. Aber die politische Karte würde neu entworfen werden. Die Konservativen, die Liberalen und die Sozialdemokraten hätten alle einen Grund, ihre Außenpolitik zu überdenken. Sterben wollten ja doch die wenigsten. Das galt für Menschen ebenso wie für politische Parteien.

Und vor allem: Wenn das Experiment im kleinen Schweden gelang, musste man in Zukunft einfach nur dasselbe in einem wirklich wichtigen Land wiederholen.

Zum Beispiel in Deutschland.

Gennadij Aksakow entschied sich zwischen der etablierten Nordischen Widerstandsbewegung und dem neu gegründeten Arischen Verbund. Das Problem bei Ersteren bestand darin: In Gennadijs Kreisen war allgemein bekannt, dass die schwedische Sicherheitspolizei die Organisation derart infiltriert hatte, dass man längst überhaupt nicht mehr unterscheiden konnte, wer was war. Das Problem mit dem Arischen Verbund jedoch war, dass sie bis jetzt überhaupt noch nichts waren.

Doch Gennadij hatte es nicht allzu eilig. Gut Ding will Weile haben.

Er traf Kenneth Engvall und seinen Bruder an einem Montag. Unter falschem Namen, versteht sich. Schon am Dienstag hatte er vier Millionen Euro beschafft, die dem Arischen Verbund für seine hehren Anliegen zur Verfügung standen. Was Gennadijs Herkunft und Liebe zur guten Sache anging, glaubten die Brüder Engvall das, was sie glauben wollten. Alles wäre also wunderbar gewesen, wenn diese zwei Scheißidioten es nur zustande gebracht hätten, am Leben zu bleiben.

SCHWEDEN

Das Investitionsprojekt Kenneth Engvall kam ganz plötzlich bei einer spontanen politischen Kundgebung ums Leben.

Der Grund war, dass die Brüder auf einen Großmarkt in Bromma gingen, nicht weit von Stockholms Inland-Flughafen. Der kleine Bruder saß am Steuer und suchte einen Parkplatz. Sein großer Bruder neben ihm entdeckte einen Bettler neben einem der Eingänge zum Großmarkt. Was er da sah, stieß ihm über die Maßen auf, und er traf eine schnelle Entscheidung.

»Warte hier, kannst den Motor anlassen, wir kaufen irgendwo anders ein, ich muss nur mal eben ... *ein Zeichen setzen*«, sagte er.

Johnny ahnte in groben Zügen, was Kenneth vorhatte, und schloss sich daher seiner Analyse an, dass sie danach am besten das Einkaufszentrum wechselten.

Der große Bruder stieg aus und näherte sich dem Rumänen, der am Eingang saß, in der Hoffnung, dass die Passanten ihm ein oder zwei Kronen schenkten, weil das Dasein der Roma-Minderheit in Rumänien vollkommen jenseits von Gut und Böse war (während man in Schweden eher darüber diskutierte, ob Betteln illegal sei, als darüber, dass das EU-Land Rumänien mal zurechtgewiesen werden sollte).

»Hallo«, sagte der Rumäne, als er Kenneth Engvall sah.

»Selber hallo, du Scheißzigeuner!«, sagte Kenneth, zog sich das Käppi in die Stirn und beschleunigte seine Schritte, in der Absicht, dem Bedürftigen mal kräftig mit dem Stiefel auf die Kehle zu treten, als wäre es *das*, wessen der Bedürftige in erster Linie bedurfte.

Allerdings hatte jemand einen Werbeflyer für ein Sonderangebot Hackfleisch auf den Boden fallen lassen, wo er in einer Pfütze gelandet war. Kenneth trat genau aufs Hackfleisch (Bio, Ursprungsland Schweden, hundertneun Kronen das Kilo), rutschte aus, verlor völlig den Halt auf seinem Standbein, drehte sich um neunzig Grad, verfehlte den Bettler und knallte stattdessen rücklings auf den Betonsockel unter dem Abfalleimer, hinter dem der Bettler Schutz vor dem Wind gesucht hatte. Kenneth Engvall zertrümmerte sich die Schläfe, erlitt eine massive Hirnblutung und war tot, bevor der Notarztwagen das Krankenhaus erreichte.

* * * *

Der vielleicht gefährlichste Mensch Schwedens lebte nicht mehr. Auf einen Schlag hatte der Arische Verbund die Hälfte seiner Mitglieder verloren. Nun musste sich die verbliebene Hälfte ums Begräbnis kümmern.

Johnny war gerade von einem solchen heimgekommen. Der Beerdigte war ein Bekannter gewesen, der auch als Kurier mit harten Drogen unterwegs gewesen war. Ein Handlanger eines der acht Männer im Kokainkartell, die auf Kenneths und Johnnys geheimer Todesliste gestanden hatten. Die erste Phase der Machtübernahme hatte laut Kenneth darin bestanden, sich einzuschleichen. Er war nicht mehr dazu gekommen zu erzählen, worin die zweite bestand.

Nun brauchte der Handlanger jedenfalls keine Angst mehr zu haben draufzugehen, wenn der Tag gekommen war, denn er war ja schon draufgegangen. Es war passiert, als er einer bedürftigen Drogensüchtigen den Rücken gekehrt hatte, einer zierlichen Frau, leicht wie eine Feder, unfähig, einer Fliege etwas zuleide zu tun.

Oder auch nicht.

Der Kurier hatte ihr gerade eröffnet, dass es keinen Nachschub mehr geben würde, wenn die Frau jetzt nicht Geld ausspuckte. Da er sicher war, dass sie kein Geld, sondern höchstens noch Blut spucken konnte, ging er davon. Und war völlig überrascht, als er einen Stich im Rücken spürte. Die Federleichte hatte die Frechheit besessen, ihm ein Messer in den Rücken zu rammen. Na, die sollte aber mal …

Weiter kam er nicht. Kann man klassischerweise auch nicht, wenn einem gerade die Schlüsselbeinarterie durchtrennt worden ist. Da wird man nach fünf Sekunden bewusstlos, und wenig später bleibt das Herz stehen.

Johnnys Bekannter wurde zwei Wochen später begraben und zu den ewigen Akten gelegt. Bemerkenswert an der Beerdigung war nicht, dass der Kurier von einer Drogensüchtigen getötet worden war, so etwas kam sonst schon auch mal vor. Bemerkenswert war vielmehr der *Sarg*. Es war ein glänzender, schwarz lackierter Harley-Davidson-Sarg mit der Aufschrift *»Highway to Hell«* auf beiden Seiten. Johnny hatte noch nie etwas so Geschmackvolles und Würdevolles in einer Kirche gesehen.

* * * *

Johnny Engvall dachte nicht ganz so strategisch, hatte aber einen fast genauso imposanten Ruf wie sein großer Bruder Kenneth. Im Laufe der Jahre hatte er es auf mindestens drei Morde gebracht. Ein Schwuler, ein Kanake und ein Polizist, der obendrein auch noch Kanake war. Letzteres geschah nach einer Nazi-Demo im Zentrum von Stockholm. Einer von den Uniformierten kam etwas zu nah, riss Johnny am Arm und wollte etwas sagen.

»Fass mich nicht an, du Bullenschwein!«, sagte Johnny.

»Mann, jetzt mach dich mal locker«, sagte der Polizist. »Ich will doch nur …«

Doch Johnny hatte bereits seinen Colt Trooper von neunzehnhundertvierundachtzig aus der Jackeninnentasche gezogen. Damit schoss er den Polizisten aus nächster Nähe in den Hals.

Es war voreilig gewesen, das musste Johnny sich hinterher selbst eingestehen, aber niemand ist ohne Fehler. Gab natürlich einen Riesenaufstand. Dabei hatte der Bulle weder eine Alte noch Kinder zu Hause, die sich in den Zeitungen hätten ausheulen können. Wahrscheinlich auch noch schwul, der Bulle.

Der Vorteil an diesem Vorfall war der, dass Johnny seitdem großen Respekt in den richtigen Kreisen genoss, nicht mehr nur dafür, dass er der Bruder seines Bruders war. Der Nachteil war, dass er nun niemals erfahren würde, was der schwule Kanake eigentlich von ihm gewollt hatte.

Der Polizistenmord wurde nie aufgeklärt. Niemand von den umstehenden Zeugen wollte das Risiko eingehen, am Ende dasselbe Schicksal zu erleiden. Die Ermittler der Polizei bekamen nicht mal einen inoffiziellen Tipp von einem ihrer Informanten.

In der Öffentlichkeit einem Polizisten in den Hals zu schießen und damit davonzukommen, war natürlich was ganz was Besonderes. Aber der kleine Bruder blieb eben doch der kleine Bruder, denn nichts konnte die minimale Haftstrafe toppen, die Kenneth dafür bekommen hatte, dass er einen Mann mit der Motorsäge halbiert hatte. Außerdem war Johnny nie so viel in den USA gewesen wie Kenneth damals. Die USA waren einfach unglaublich gut fürs Image.

SCHWEDEN

Das Lebensmittelgeschäft war seit ihrer Rückkehr von der Touristikmesse in Deutschland geschlossen geblieben. Altes raus, Neues rein, und weg mit der Trennwand. Das Sarggeschäft war auf einen Schlag doppelt so groß geworden. Sabine hängte ein neues Schild an die Tür des ehemaligen Lebensmittelgeschäfts. »Geschlossen für immer, Essen müsst ihr jetzt woanders kaufen. PS: Gedenke, dass du sterblich bist. Jetzt 10 Prozent Rabatt auf Särge, eine Tür weiter.«

Spontane Laufkundschaft kam nie herein, aber die Liste mit den Bestellungen aus Schweden und Europa war inzwischen lang. Julius bekam von Sabine Lob für sein Organisationstalent und seine Flinkheit. Er erwiderte es mit liebevollen Worten zu ihrer künstlerischen Ader und den schönen Augen.

»Jaja«, sagte Allan.

Sabine war für die Auslieferung zuständig. Entweder fuhr sie die Särge selbst mit dem Leichenwagen aus, oder sie schickte sie per DHL in die etwas entlegeneren Winkel der Welt. Wenn sie auf Reisen war, übernahm Julius auch den Telefondienst.

»Stirb mit Stolz AG, was können wir für Sie tun?«

»Tja, müssen wir mal gucken. Ich heiße Johnny. Fertigen Sie Särge auf Bestellung an?«

»Ja. Wir geben ihnen gern einen persönlichen Touch, das ist unsere Spezialität.«

»Dann brauche ich Ihre Hilfe.«

»Im Moment haben wir ziemlich viel zu tun ...«

»Ich gebe Ihnen fünf Tage.«

»Wie gesagt, sehr viel zu tun. Ich glaube nicht ...«

»Wie viel soll ich Ihnen zahlen?«

Julius witterte sofort Geld. Die Kunst beherrschte er seit mindestens sechzig Jahren. Hier hatte er mal einen Kunden in der Leitung, der nicht am Preis herummäkelte.

»Tja, es wäre wohl nicht ganz unmöglich ... wir kalkulieren unsere Preise in Euro, weil wir quasi auf der internationalen Bühne agieren. Viertausend Eu...«

»Sie kriegen fünf, wenn Sie den Sarg so machen, wie ich ihn haben will, ohne Rumgeeiere.«

»Selbstverständlich«, sagte Julius und dachte sich, dass er den Kunden vielleicht sogar noch ein bisschen mehr melken könnte. »Also fünftausend zuzüglich Mehrwertsteuer.«

»Nein, fünf ohne Mehrwertsteuer oder Quittung. Und ohne Rumgeeiere. In bar.«

Der Spargelbauer ahnte schon in diesem Moment, dass das Motiv kein allzu zuckersüßes sein würde. Aber in den nächsten Minuten schnappte er trotzdem nach Luft. Der Kunde Johnny hatte nur eine ungefähre Vorstellung von dem, was er alles auf diesem Sarg haben wollte, weshalb er sich nach den künstlerischen Ratschlägen des Lieferanten richtete. Nach einer knappen Viertelstunde konnte Julius zusammenfassen, worauf sie sich geeinigt hatten. Damit keine Missverständnisse aufkamen.

»Alsooo ... Der Sarg an sich soll also schwarz sein. Auf den Deckel malen wir ein rotes Hakenkreuz. Da waren Sie sich ganz sicher, oder? Gut. Weiter: Auf beiden Längsseiten soll ›Unser Blut ist unsere Ehre‹ in Rot auf weißem Grund stehen, gefolgt von einem keltischen Kreuz. Und auf den beiden Schmalseiten ›White Power‹ in Weiß, gefolgt vom SS-Symbol – das gefiel Ihnen so, oder? Gut. Und auf die freien Flächen sollen wir Flammen malen. Hab ich das Ganze richtig erfasst?«

»Ja«, sagte Johnny Engvall. »Absolut richtig, würde ich meinen.«

»Und diese Sprüche, dass Bullen und Rasseverräter sterben sollen, und die diversen Aussagen über Homosexuelle und Juden – die streichen wir dann also, ja?«

»Ja, Sie meinten doch, das wird alles ein bisschen viel, oder nicht?«

Julius rang nach Worten. Das war alles schon längst nicht mehr *ein bisschen* zu viel, es war einfach viel zu viel. Aber dieser Johnny hatte irgendetwas an sich, dem man sich schlecht entziehen konnte. Und dabei dachte Julius gar nicht mal in erster Linie ans Geld.

»Ja, schon, ich finde es wichtig, dass so ein Sarg einen gewissen Grad an Würde behält. Ich würde zum Beispiel doch zögern, ob ich irgendwelche Botschaften senden möchte, wer alles sterben soll, wenn schon ein Toter in diesem Sarg liegt.«

»Also, dann ist das jetzt so gebongt«, sagte Johnny Engvall. »Lieferung in die Leichenhalle, die ich Ihnen genannt habe, rechtzeitig zur Beerdigung am Samstag, okay? Das Geld schicke ich Ihnen jetzt sofort in einer Tüte mit dem Taxi.«

Mit dem Taxi?, dachte Julius. Aber er sagte etwas Handfesteres.

»Am Samstag? Das ist ja mal ein ungewöhnlicher Beerdigungstermin, den Sie da ausgewählt haben. Normalerweise …«

»Normalerweise hören die Leute auf mich und auf das, was ich sage«, fiel ihm Johnny Engvall ins Wort.

Er hatte es satt, dass er ständig von allen Seiten infrage gestellt wurde. Die Beerdigungsgäste traten die ganze lange Reise aus Amerika an und hatten keine Zeit, irgendwelche schwedischen Beerdigungstraditionen abzuwarten.

»Okay, ich hab schon verstanden«, sagte Julius. »Alles kein Problem.«

Letzteres stimmte nicht. Es gab sehr wohl ein Problem. Offensichtlich hatten sie hier einen Nazi als Kunden. Bei diesem Sarg durfte in der Produktion ganz bestimmt nicht geschludert werden.

Und Sabine schluderte auch nicht.

Und trotzdem kam es dann, wie es kam.

SCHWEDEN

»Du hast wirklich eine abwechslungsreiche Arbeit«, stellte Julius fest, als er die drei letzten Särge musterte, die zur Auslieferung bereitstanden.

Der ganz linke war schwarz mit Hakenkreuz und White-Power-Symbol. Der in der Mitte gelb, rot und blau – eine Hommage an den Club Djurgården Hockey. Und der ganz rechts hellblau mit weißen Kaninchen auf grüner Wiese, die feierlich über die Längsseiten hoppelten, während den Sargdeckel weiße Wölkchen zierten, und dazu der Text: »Müde bin ich, geh zur Ruh, schließe beide Äuglein zu.«

»So«, sagte Sabine, während sie sich die Hände wusch. »Heute waren es Hakenkreuz, Fußball und Kaninchen. Morgen wartet Lenin. Der letzte Kommunist ist offenbar noch nicht tot. Es sei denn, es ist der, den sie da reinlegen. Wollen wir heute Abend nicht essen gehen und feiern?«

»Gerne! Aber was denn feiern?«

»Egal. Such dir was aus. Dass wir uns gefunden haben? Dass es uns finanziell langsam besser geht? Dass du seit ein paar Monaten keine Blasen mehr gehabt hast …«

Dass sie einander gefunden hatten, hielt Julius für den besten Grund.

»Nehmen wir den Leichenwagen oder ein Taxi?«, fragte er.

* * * *

Um einen Lenin-Sarg herzustellen, musste Sabine damit anfangen, den ganzen Sarg im richtigen Rotton zu lackieren. Während die Farbe trocknete, setzte sie sich hin und übte ihren Lenin. Er gelang ihr jedes Mal. Er war ja auch leicht zu malen mit seinem ziemlich kantigen Gesicht.

»Bin natürlich kein Picasso, aber fast«, sagte sie zufrieden zu sich selbst.

Dann nahm sie ihre Malerschürze ab und machte sich hübsch, um die Auslieferung der Woche vorzunehmen. Zwei Särge mussten zum selben Leichenhaus südlich der Hauptstadt, ein dritter zu einem anderen, das nur noch dreißig Kilometer weiter entfernt lag. Da das Geld gleichmäßig hereinströmte, übertrug sie immer mehr Lieferungen an DHL. Zu Anfang war sie einmal bis nach Sundsvall und zurück gefahren, aber mittlerweile lieferte sie nur noch innerhalb von Mälardalen und in ihrer allernächsten Umgebung, der Rest wurde ausgelagert. Es war Freitag und nur noch ein Tag bis zur Katastrophe.

SCHWEDEN

Johnny Engvall trug ein weißes Hemd, seine schönste schwarze Lederjacke, eine schwarze Lederhose und schwarze Handschuhe, als er vor der Kirche stand und die Trauergäste empfing. Er hatte eine kleine, feierliche Veranstaltung geplant. Die vier Anführer der Aryan Brotherhood in Los Angeles waren Ehrengäste. Tatsächlich waren sie sogar die einzigen Gäste. Vier böse, gefährliche Männer. Plus Johnny, ebenfalls böse und gefährlich bis zum Anschlag.

Johnny war klar, dass er nach der Beerdigung lästige Fragen zum Thema beantworten musste, wie das einzige Mitglied des Arischen Verbundes nun das Stockholmer Kokainkartell zerschlagen und anschließend die Regierung stürzen wolle. Doch die Amerikaner hatten ja schon einmal *»take your time«* gesagt. Wenn Johnny seine Karten richtig ausspielte, würden sie es vielleicht wieder sagen. Von den vier Millionen Euro, die er von dem geheimen finnischen Förderer bekommen hatte, wussten sie noch nichts. Kenneth hatte das Thema vor sich hergeschoben, er wollte den richtigen Zeitpunkt für die richtigen Worte abwarten. Jetzt war er nicht mehr am Leben, und Johnny zerbrach sich verzweifelt den Kopf, wie Kenneths richtige Worte gelautet hätten.

Im Grunde brauchte man die Amerikaner ja gar nicht mehr, seitdem sich der Finne der gerechten Sache angeschlossen hatte, aber sie waren schon ein fester Rückhalt. Johnny spürte, dass er durch sie ein Teil eines größeren Zusammenhangs wurde. Wenn sie diesen alternativen Förderer krummnahmen, konnte alles Mögliche passieren, auch dass Johnny selbst um die Ecke gebracht wurde.

Aber alles zu seiner Zeit. Jetzt war erst mal Beerdigung.

Der kleine Bruder wollte Kenneth auf jede nur erdenkliche Art Ehre erweisen. Deswegen arrangierte er, dass die Gäste vor der Kirchentreppe zu essen und zu trinken bekamen. Kenneth hatte eine ganz besondere Schwäche für irischen Whiskey gehabt. Doppelt musste der sein, mit vier Tropfen Wasser drin. Aus den Jahren in Kalifornien erzählte man sich die Geschichte, dass ein Barkeeper in Malibu ein Messer in die Hand gerammt bekommen hatte, als er Johnnys großem Bruder einen Jim Beam Kentucky Straight Bourbon hingestellt hatte. Und dann auch noch ohne Wassertropfen.

Als er wieder in Schweden war, hatte Kenneth seine Präferenzen etwas erweitert. Wenn es kalt genug war, konnte der Whiskey auch mit Kaffee, braunem Zucker und Sahne gemixt werden. Das war warm, lecker und anregend. Solange die Grundzutaten aus Irland und von nirgendwo anders herkamen.

Sein Bruder entschied sich also für Irish Coffee, das kam ihm feierlicher vor. Als die vier Männer abgezählt und aufgewärmt waren, hielt Johnny eine eher kurze Willkommensrede. Erst erklärte er, warum sie sich ausgerechnet an einer Kirche versammelt hatten. Hier sollte Kenneth beerdigt werden, im Familiengrab, so hätte er es gewollt. Dazu gehörte zwar, dass ein *Pfarrer* die Veranstaltung abhielt, aber Johnny hatte ihn vorher beiseitegenommen und instruiert, er sollte Gott und Jesus ja rauslassen, sonst würde er die beiden schneller treffen, als er ahnte.

»Ihr wisst alle, wie sehr ich meinen Bruder geliebt habe. Kommt rein und setzt euch. Und stellt euch vor, wie stolz Kenneth auf den Sarg wäre, den ich ausgesucht habe.«

Unter den Männern erhob sich neugieriges Gemurmel. Ein paar nickten erwartungsvoll. Engvalls kleiner Bruder wusste offenbar, was er tat.

Johnny stellte sich strategisch geschickt auf die Kirchentreppe, um jedem von ihnen die Hand zu geben, während sie eintraten. Was er tat, tat er aus echtem Respekt für seinen Bruder, aber daneben spielte noch ein anderer Aspekt eine Rolle. Etwas, was Johnny sich kaum selbst hatte eingestehen wollen.

Die Amerikaner hatten Kenneths Nachfolger noch nicht offiziell ernannt. Außer Johnny stand zwar niemand zur Auswahl, aber die Verkündigung an sich stand noch aus. Alternativ hätten sie ihre schwedische Niederlassung auch schließen können, nachdem der Gründer nun nicht mehr unter ihnen weilte. Aber dass die amerikanischen Anführer die Reise über den Atlantik auf sich genommen hatten, um ihm das mitzuteilen, war wenig wahrscheinlich. Vielleicht würde Johnny schon am selben Abend befördert werden.

Der zukünftige schwedische Boss war so mit seinen eigenen Gedanken beschäftigt, dass er das Stimmengewirr von drinnen überhörte. Als er als Letzter eintrat, bot sich ihm ein grauenvoller Anblick.

Die vier Gäste hatten sich nicht auf die Bänke gesetzt. Sondern standen in einer Reihe vorne beim Pfarrer und dem Sarg. Zwei rechts, zwei links davon. Zwischen den beiden Zweiergrüppchen hatte Johnny freie Sicht auf das Unfassbare.

Der Pfarrer lächelte Johnny und die Trauergesellschaft an. Mit einem Nicken deutete er auf den Sarg und stimmte zu, der sei wirklich schön. Wenn die Herren jetzt ihre Plätze einnehmen wollten, dann könne er mit der Zeremonie beginnen.

Niemand hörte auf ihn. Alle warteten auf Johnny, der sich jetzt langsam an den Männern vorbeischob und bis an den Sarg vortrat. Vorsichtig berührte er ihn, wie zur Bestätigung, dass es wahr war.

Und das war es.

Was Johnny hier als Ehren- und Respektsbezeigung für seinen Bruder besorgt hatte, war ein hellblauer Sarg, kein schwarzer. Statt Hakenkreuz und Flammen sah man auf den Längsseiten weiße Kaninchen über eine grüne Wiese hoppeln. Der Deckel wurde von bauschigen weißen Wolken geziert, und darüber stand in Goldbuchstaben: »Müde bin ich, geh zur Ruh, schließe beide Äuglein zu.«

»Ich kann verstehen, dass Sie ergriffen sind«, fuhr der Pfarrer verunsichert fort. »Bitte nehmen Sie Platz.«

Der Anführer der Aryan Brotherhood brach schließlich das Schweigen. Er hatte sich sein Hakenkreuz gleich auf die Stirn tätowieren lassen statt auf die Brust, wie die anderen.

»Nicht, dass das noch wichtig wäre, Johnny, aber was steht da auf dem Deckel?«

»Da steht ...«, sagte Johnny, aber er brach ab. »Das willst du gar nicht wissen, was da steht.«

Doch, aus reiner Neugier wollte er das. Aber im Grunde war es unnötig. Die Kaninchen reichten schon. Und die bauschigen Wolken auf hellblauem Grund.

»Ich gehe jetzt«, sagte er.

Und ging. Amerikaner Nummer zwei, drei und vier folgten ihm.

Der Pfarrer verstand gar nichts. Der Bruder des Toten hatte ihm zehntausend Kronen gegeben, damit er weder die Gestaltung des Sarges monierte noch von Gott sprach. An diesem Sarg war doch wohl nichts auszusetzen? Stilvoller ging es ja kaum.

Erst jetzt wachte Johnny aus seiner gedanklichen Lähmung auf. Wollten die Amerikaner etwa *ihm* die Schuld daran geben?

»Moment, Jungs. Ihr glaubt doch wohl nicht, dass ich ...«

In dem Moment beging der Pfarrer den bis dahin größten Fehler seiner Laufbahn. Er spürte, dass der kleine Bruder des Toten Trost brauchte, und machte ein paar Schritte auf ihn zu, um ihn lange und herzenswarm zu umarmen.

Eine Minute später war er so gründlich zusammengeschlagen, dass ihn nicht mal die eigene Mutter wiedererkannt hätte. Johnny schlug immer wieder zu, damit sich dieser Sarg und die ganze Situation in Luft auflösten. Aber es geschah nicht mehr, als dass die vier Amerikaner gingen, bevor Johnny ihnen die ganze Sache erklären konnte. Der Sarg stand, wo er stand. Der Pfarrer lag, wo er lag.

Der kleine Bruder kehrte in die Wirklichkeit zurück. Er wischte sich die blutigen Hände an der Hose ab, während er einen weiteren gequälten Blick auf diese Missgeburt von einem Sarg warf.

Wenn Kenneth darin lag, war das eine Katastrophe. Und wenn er nicht darin lag... wo zum Teufel lag er dann?

Johnnys Leben als schwedischer Anführer war zu Ende, bevor es hatte anfangen können. Daran war nichts mehr zu ändern. Jetzt ging es um etwas Größeres. Dass jemand dafür sterben musste, was seinem toten Bruder angetan worden war. Und um die Frage, wo Kenneth überhaupt war.

Der Pfarrer bewegte sich leicht. Johnny beugte sich zu ihm herab und flüsterte ihm etwas ins Ohr. Der Blutige nickte bestätigend. Johnny und er waren sich einig, dass der Herr Pfarrer ausgerutscht und die Treppe hinuntergefallen war.

Johnny ließ ihn liegen, wo er lag, setzte sich ins Auto und holte sein Handy hervor. Suchte die Nummer des Leichenhauses heraus und rief sie an.

Eine Beatrice Bergh meldete sich. Johnny nannte seinen Namen und erklärte, er wolle wissen, wo Frau Bergh sich aufhielt, denn er habe vor, genau dort hinzukommen und sie zu erschlagen.

Beatrice Bergh bekam schreckliche Angst, und das mit Fug und Recht.

SCHWEDEN

Das Unternehmen florierte. Das Bestelltelefon klingelte sogar am Wochenende. Wie auch jetzt, an diesem Samstagnachmittag.

»Stirb mit Stolz, aber nicht unbedingt sofort«, meldete sich Allan, der das Firmentelefon auf einem Beistelltischchen neben dem Sofa stehen hatte, das er nur ganz selten verließ.

Beatrice Bergh im Leichenhaus des Nachbarorts stellte sich keuchend vor. Sie kannten sich nicht, aber Allan wusste, dass Sabine schon ein paar Mal Särge dort hingeliefert hatte, zuletzt am Vortag.

»Na so was, Frau Leichenhaus-Leiterin, guten Tag auch«, sagte er. »Dass Sie an einem Samstag anrufen? Hat es da etwa jemand ganz besonders eilig damit, unter die Erde zu kommen?«

Beatrice Bergh antwortete nicht. Sie sagte zwar etwas, aber was, konnte man nicht so richtig verstehen. Die Frau schien völlig aus dem Gleichgewicht. Die Worte überschlugen sich nur so. Am Ende gab sie auf und brach in Tränen aus.

»Verzeihen Sie mir bitte«, schluchzte sie. »Entschuldigung!«

Allan hatte sich auf dem Sofa aufgesetzt, das schien hier ja kein alltäglicher Anruf zu sein.

»Ich könnte Ihnen bestimmt verzeihen, Frau Bergh«, sagte er. »Aber leichter wäre es schon, wenn Sie mir zuerst erzählen, was ich überhaupt verzeihen soll. Meinen Sie, weil Sie an einem Samstag anrufen? Wenn ja, dann müssen wir einfach nur auflegen, und schon können wir die Sache vergessen.«

Er ließ sie noch ein Weilchen weinen, denn er dachte sich, dass sie das vielleicht brauchte. Aber irgendwann wurde es ihm zu bunt.

»Jetzt möchte ich aber wirklich, dass Sie sich mal zusammennehmen, Frau Bergh. Sonst könnte ich mir überlegen, Ihnen vielleicht doch nicht zu verzeihen. Sagen Sie mir, was los ist.«

»Danke, oh Gott, ja … bitte …«, sagte Beatrice Bergh.

Und dann gelang es ihr tatsächlich, die Geschichte zu erzählen.

Die Samstagsschicht im Leichenhaus war gern mal etwas einsam. Heute gab es aber gleich zwei Verstorbene zur Bestattung freizugeben, zwei mehr als sonst. Einmal ein junges Mädchen, bei dem die Familie den Samstag für die Beerdigung gewählt hatte, damit ihre Klassenkameraden kommen konnten. Der andere … etwas ganz Grässliches.

»Ja, Sie wissen sicher, von welchen Särgen ich spreche, denn Ihre Mitarbeiterin Sabine Jonsson hat sie beide bemalt.«

Allan war nicht so genau über Julius' und Sabines Tätigkeit im Bilde, aber er konnte sich an den Sarg des zwölfjährigen Mädchens erinnern, der war schön. Als Allan ihn sah, dachte er sich, dass er der Zwölfjährigen gerne ein paar von seinen hundertein Jahren geschenkt hätte, wenn das gegangen wäre, aber es ging eben nicht. Von dem *grässlichen* Sarg, auf den die Leichenhausleiterin Bezug nahm, wusste er nichts.

»Sprechen Sie von dem Elvis?«, erkundigte er sich.

»Nein!«, sagte Beatrice Bergh. »Einer mit Hakenkreuz und White Power und weiß Gott was drauf. Ich arbeite hier jetzt seit achtzehn Jahren. *Achtzehn!* Ich hab noch nie einen Fehler gemacht!«

»Bis heute?«, riet Allan.

»Bis heute.«

Beatrice Bergh war schon wieder den Tränen nahe. Aber sie brachte auf jeden Fall noch hervor, dass Transport Nummer eins den Sarg von Nummer zwei bekommen hatte, und Transport Nummer zwei den von Nummer eins.

»Und das war alles?«, fragte Allan. »Und die können Sie jetzt nicht einfach umleiten?«

Nein. Das war jetzt geschehen, und es ließ sich nicht mehr rückgängig machen.

Sie hatte innerhalb weniger Minuten zwei Anrufe bekommen. Erst von einem entsetzten Pastor, der die Beerdigungsfeierlichkeiten des zwölfjährigen Mädchens gestoppt hatte, bevor ihre Familie den denkbar widerlichsten Sarg überhaupt zu Gesicht bekommen konnte. Und eine Minute später von …

Beatrice Bergh stockte mitten im Satz.

»Von?«, fragte Allan.

»Von einem Mann, der gesagt hat, dass er sich auf den Weg macht, um mich umzubringen! Er hat mich angerufen, um mich zu fragen, wo ich mich aufhalte.«

Dann brach sie wieder in Tränen aus.

Allan hatte jedoch nicht vor, sich noch eine Runde davon anzutun.

»Schauen Sie, Frau Bergh, wenn wirklich jemand losgezogen ist, um Sie umzubringen – wäre es da nicht klüger, Sie würden abhauen, statt mich anzurufen und dann auch noch nie zum Thema zu kommen?«

»Nicht ich muss fliehen«, weinte Frau Bergh. »Sondern Sie!«

****

Allan rief seine Turteltäubchen Jonsson und Jonsson aus dem ersten Stock herunter. Da er aufrecht stand, statt auf dem Sofa zu liegen, ahnten sie schon, dass es etwas Wichtiges sein musste.

»Wir haben offenbar einen Sarg mit Hakenkreuz und Hitler und all so was produziert?«, begann er.

Sabine und Julius nickten.

»Hitler nicht direkt, aber in dem Geiste«, sagte Sabine.

»Ich hab gerade mit dem Leichenhaus telefoniert. Der Hakenkreuzsarg ist auf Abwege geraten, stattdessen haben die Kunden diesen hübschen Sarg mit Wolken und Kaninchen bekommen. Und der Besteller von dem Hakenkreuz ist jetzt auf hundertachtzig, hab ich rausgehört. Er hat das Leichenhaus vor einer Weile angerufen und wollte die Frau erschlagen, die das verschuldet hat.«

»Und?«, fragte Julius nervös.

»Und … na ja, sie hat den Kopf aus der Schlinge gezogen, indem sie uns die Schuld in die Schuhe geschoben hat. Mit Adresse und allem Drum und Dran. Wie es aussieht, wird uns demnächst ein erboster Nazi ins Haus schneien. Wenn ich das aus der Geschichte richtig in Erinnerung habe, muss man sich vor erbosten Nazis in Acht nehmen. Eigentlich vor Nazis im Allgemeinen.«

»Verdammt!«, rief Julius. »Hättest du das nicht gleich sagen können? Wir müssen hier weg! Sofort!«

»Die Analyse klingt korrekt«, meinte Allan. »Wir packen wohl bloß schnell …«

Er wollte sagen »das Wichtigste ein«, womit er das schwarze Tablett meinte, das er in der Hand hatte. Aber er hatte den Satz noch nicht beendet, da brach die Hölle los. Alle drei Schaufenster des Sarggeschäfts wurden eingeschlagen, eins nach dem anderen. Lautes Rattern verkündete, dass draußen auf der Straße jemand stand und mit einem Schnellfeuergewehr direkt ins Geschäft ballerte. Allan, Julius und Sabine überlebten die erste Salve und konnten einer nach dem anderen durch die Tür zum Garten hinausrobben. Nach einer kurzen Pause ging das Geballer auf der anderen Seite des Hauses von vorne los.

Julius half Allan hinten in den Leichenwagen, während Sabine am Steuer Platz nahm. Sekunden später setzte sich Julius auf den Beifahrersitz.

»Los!«, sagte er, eine Sekunde, nachdem Sabine losgefahren war.

»Ganz schön eng hier hinten«, sagte Allan. »Liegt in dem Sarg hier einer, oder kann ich mich da reinlegen?«

* * * *

Zügig entfernten sie sich mit dem Leichenwagen von Märsta und fuhren in südlicher Richtung über die E4. Allan legte sich in den weißen Sarg mit den aufgemalten roten Rosen, der nun nicht am Montag ausgeliefert werden würde. Mit ein paar kleinen Änderungen hätte es richtig bequem sein können. Wenn man da noch eine vernünftige Sauerstoffzufuhr eingerichtet hätte, hätte er sogar den Deckel zumachen können. Und hätte ihn auch jedes Mal zumachen können, wenn die frisch Verliebten ins Schmusen kamen. Aber es war sicher besser, wenn er sich mit Vorschlägen in dieser Richtung noch etwas zurückhielt. Sein Freund da vorn schien völlig durch den Wind nach diesem Kugelhagel. Für den armen Julius war es wahrscheinlich das erste Mal gewesen. Allan hingegen konnte sich an Guadalajara neunzehnhundertsiebenunddreißig erinnern, als wäre es gestern gewesen. Da galt es, den Kopf unten zu halten, wenn man ihn behalten wollte. Das waren noch Zeiten. Franco hatte ordentlich Dresche bezogen. Und dann ging es am Ende eben doch so, wie es eben ging. So war das Leben.

Während Allan seine Gedanken achtzig Jahre in die Vergangenheit schweifen ließ, saß Julius schweigend und mit klopfendem Herzen neben Sabine. Und dachte überhaupt nichts.

Sabine gab noch ein bisschen mehr Gas. Allan schälte sich aus seiner Jacke und legte sie sich unter den Kopf. Dann zog er sein schwarzes Tablett heraus. Ein Glück, dass das Ding nicht einen Kratzer abbekommen hatte.

»Schießerei in Märsta!«, vermeldete er nach einer Weile.

»Ach wirklich?«, sagte Sabine.

Allan hatte sein Tablett, Sabine ihr Lenkrad. Julius hatte nichts außer einem Gehirn, das sich erst langsam erholte. Zur Eigentherapie verordnete er sich selbst, die Lage des Trios zusammenzufassen.

»Folgendermaßen sieht es aus:«, sagte er zu den beiden anderen und holte tief Luft.

Die Stirb mit Stolz AG war jetzt eine Firma, die keine Aufträge mehr ausführte und auch keine weiteren Einnahmen zu erwarten hatte. Die Firma hatte ungefähr hunderttausend noch unversteuerte Kronen auf der Bank, und das konnte auch gern so bleiben. Also – dass sie unversteuert blieben. Des Weiteren waren die drei Mitglieder des Unternehmens auf der Flucht vor einem Nazi, der offenbar nichts anderes im Sinn hatte, als sie zu töten. Die Flucht erfolgte in einem Auto, das man aus mehreren Hundert Metern Entfernung identifizieren konnte. Es war nur naheliegend, dass der Nazi auf derselben Straße hinter ihnen her war.

»Wir wechseln doch jetzt nicht etwa das Auto, oder?«, sagte Allan beunruhigt. »Ich lieg hier grad so gut.«

»Wir können ja mal damit anfangen, dass wir die Straße wechseln«, sagte Sabine und bog bei Upplands Väsby von der E4 ab, ohne sich vorher die Genehmigung der anderen einzuholen.

SCHWEDEN

Er hatte sich einfach zu sehr von seinen Gefühlen hinreißen lassen. Johnny stand auf dem Gehweg und schoss aus der Hüfte, statt seelenruhig hineinzuspazieren zu den ganzen Särgen und aus allen, die seinen Weg kreuzten, Beerdigungsobjekte zu machen.

Das Einzige, was er erledigte, war ein Laptop, den sie auf einem Tisch neben den Särgen stehen gelassen hatten. Ansonsten befand sich in den Geschäftsräumen nichts von Wert. Und vor allem keine Personen.

Johnny sah allerdings noch einen schwarzen Leichenwagen vom Innenhof verschwinden, mit einer Alten hinterm Steuer und einem alten Mann neben ihr.

Es waren fünf Minuten vergangen, seit sie weggefahren waren. Man wusste nicht, wohin sie gefahren waren, aber die E4 in südlicher Richtung war bestimmt nicht verkehrt. Und so ein Fünf-Minuten-Vorsprung eines Leichenwagens sollte leicht einzuholen sein.

Er setzte sich in seinen BMW und fuhr mit hundertfünfundsiebzig Sachen Richtung Stockholm. Starrte nach vorn in der Erwartung, gleich das Heck des schwarzen Leichenwagens zu entdecken.

Als er etwas südlich von Upplands Väsby war, konnte er seine Situation schon etwas nüchterner betrachten. Wenn sie sich wirklich Stockholm als Versteck ausgesucht hätten, dann hätte er sie schon längst eingeholt haben müssen. Hatte er aber nicht.

Irgendwo zwischen Sollentuna und Kista gab er auf und verlangsamte. Ihm wurde klar, dass er schon an einem Dutzend Ausfahrten in alle möglichen Richtungen vorbeigebrettert war. Es war völlig sinnlos, noch weiterzufahren. Besser, er fuhr jetzt erst mal nach Hause und überlegte sich, wie er weiter vorgehen wollte.

* * * *

Die Fahrt ging über den Mälarvägen und die 267 auf die E18 Richtung Oslo.

»Da bin ich noch nie gewesen«, sagte Allan.

»Dabei wird es wohl auch bleiben«, meinte Sabine. »Was sollten wir denn in Oslo anfangen?«

Fragte sich, wo sie stattdessen hinfahren sollten. Und was sie mit ihrem Leben anfangen sollten?

Nachdem sie eine ganze Weile Kurs auf die norwegische Hauptstadt genommen hatte, bog Sabine wieder planlos in südlicher Richtung ab. Zwanzig Minuten später fand Allan eine ernst zu nehmende Nachricht auf seinem Tablett. Im Zentrum von Stockholm hatte es eventuell einen Terroranschlag gegeben. Ein Lastwagen war mit Vollgas durch die Straßen gebrettert und hatte Passanten niedergemäht, vereinzelt wurde auch von Schüssen berichtet.

Ausnahmsweise wollten Julius und Sabine, dass Allan mehr erzählte.

Tja, das war vor ein paar Stunden passiert. Der Fahrer des Lkws hatte fliehen können. Auch sonst hatte es offenbar keine Festnahme gegeben. Überall Straßensperren, die Polizei evakuierte die Innenstadt. Mehrere Tote, glaubte man. Recht viel mehr wusste das Tablett auch nicht zu sagen.

Das klang ja schrecklich. Julius schämte sich, weil es ihn nicht bloß schauderte, sondern er sich auch des Gedankens nicht erwehren konnte, dass sich die Tragödie zu einem passenden Zeitpunkt ereignet hatte, wenn sie sich denn schon ereignen musste. Wenn überall Polizei und Straßensperren waren, dürfte der Nazi sich wohl erst mal zurückhalten, während sie sich immer weiter von der belagerten Hauptstadt entfernten.

Er hatte diesen Gedanken gerade zu Ende gedacht – wenn auch nicht weiter –, da fuhr Sabine direkt in eine Polizeikontrolle.

»Ich mach mal den Deckel zu«, sagte Allan.

Der eine der zwei Polizisten grüßte und erklärte, aufgrund eines dramatischen Vorfalls in Stockholm werde eine Fahrzeug- und Personenkontrolle durchgeführt.

»Wir haben eben gerade davon gehört«, sagte Sabine. »Wirklich schrecklich.«

Der Polizist schaute Julius und sie an. Dann ließ er den Blick nach hinten schweifen, auf den Sarg, und meinte, sie seien also dienstlich unterwegs?

»Ja«, sagte Sabine.

»Rein dienstlich«, bekräftigte Julius.

Nur waren die Fahrerin und der Mann neben ihr überhaupt nicht für einen Auftrag dieser Art gekleidet. Er trug ein buntes Sakko, ein zerknittertes Hemd und eine abgewetzte Gabardinehose. Und sie sah mit ihren ganzen Medaillons um den Hals eher aus wie ein pensionierter Hippie.

Gründlichkeit war nicht nur eine Tugend, sondern auch polizeiliche Pflicht.

»Darf ich bitte Ihre Ausweise sehen?«

»Selbstverständlich«, sagte Sabine. »Obwohl – gar nicht so selbstverständlich, wenn ich so darüber nachdenke. Meine Brieftasche hab ich wohl im Bestattungsinstitut liegen lassen. Manchmal ist es selbst in unserer Branche mal eiliger als üblich.«

Doch Julius hatte Sabines Handtasche auf dem Boden zu seinen Füßen entdeckt. Ein bisschen Glück im Unglück. Er fischte ihren Führerschein heraus und reichte ihn dem Polizisten zusammen mit seinem Pass.

»Sie sind Diplomat?«, fragte der Polizist, dem seine Überraschung deutlich anzuhören war.

»Gerade von der Botschaft in New York zurückgekommen«, sagte Julius.

»Ist die Botschaft denn nicht in Washington?«

»Jetzt gerade bin ich zurückgekommen vom UNO-Hauptquartier in New York, davor war ich in der Botschaft in Washington.«

Der Polizist bedachte ihn mit einem langen Blick.

»Augenblick bitte«, sagte er und schlenderte zu seinem Kollegen hinüber. Beide wechselten ein paar Sätze, bevor sie zum Leichenwagen zurückkamen.

»Guten Tag«, sagte sein Kollege. »Guten Tag«, sagte Sabine. »Wir haben hier sozusagen einen Eiltransport – gibt es irgendein Problem, Herr Wachtmeister?«

»Inspektor«, sagte der Kollege. »Es gibt kein Problem, absolut nicht, aber wir haben unsere Anweisungen. Wären Sie bitte so freundlich, da hinten aufzumachen?«

Das war ungefähr das Letzte, was Sabine wollte.

»Aber bitte, Herr Inspektor«, sagte sie. »Denken Sie doch an die Totenruhe!«

Der Inspektor erwiderte, er habe in erster Linie an die nationale Sicherheit zu denken. Öffnete die Heckklappe, musterte den weißen Sarg und die Schienen, auf denen er ruhte. Er zog den Sarg hervor, entschuldigte sich für das, was er jetzt tun würde – und machte den Deckel auf.

»Friede sei mit Ihnen, Herr Wachtmeister«, sagte Allan. »Inspektor, meinte ich. Sehen Sie es mir bitte nach, wenn ich nicht aufstehe, um Sie zu begrüßen.«

Der Polizeiinspektor stolperte rückwärts und landete auf dem Hintern. Sein Kollege fluchte erschrocken. Nachdem sich die erste Aufregung gelegt hatte, waren die beiden mutmaßlichen Bestattungsunternehmer und ihre allzu lebendige Leiche zum Verhör aufs Polizeirevier in Eskilstuna eskortiert worden.

Nach einem etwas holprigen Start wurde der Ton deutlich milder. Was daran lag, dass der Vernehmungsleiter Holmlund begriff, dass das alles zwar über die Maßen befremdlich war, aber höchstwahrscheinlich nichts mit dem Terroranschlag in Stockholm zu tun hatte.

Sabine erklärte, die Mitglieder ihrer Gruppe seien Sargproduzenten, man habe dienstlich nach Süden fahren müssen, und das Auto mit den zwei Sitzen habe eben eine ... etwas andere Lösung für die drei Passagiere erforderlich gemacht.

»Nicht nur etwas anders«, sagte Holmlund. »Gesetzeswidrig. Im Auto müssen sämtliche Fahrgäste angeschnallt sein. Auf dem Vordersitz seit neunzehnhundertfünfundsiebzig, auf dem Rücksitz seit neunzehnhundertsechsundachtzig.«

»Aber ich saß doch gar nicht«, gab Allan zu bedenken. »Ich lag. Und wie ist überhaupt die Definition von Rücksitz? Ich würde eher sagen, dass ich im Gepäckraum war.«

Doch Holmlund hatte im Dienst schon alles gesehen.

»Herr Karlsson heißen Sie, oder? Gut. Ich wollte eigentlich ein Auge zudrücken, aber wenn Sie meinen, Sie müssen sich hier mit uns anlegen, dann sollte ich vielleicht doch noch einmal drüber nachdenken?«

»Nein, nein«, sagte Julius. »Unser Karlsson ist hundertundein Jahr alt, aber wirr im Kopf ist er wie ein Hundertelfjähriger. Kümmern Sie sich einfach nicht weiter um ihn. Wir werden den alten Burschen in Zukunft garantiert anschnallen, versprochen. Tatsächlich hatten wir auch schon an eine Zwangsjacke gedacht.«

»Na, na, na«, sagte Allan. »Herr Vernehmungsleiter, ich höre durchaus, was Sie sagen, auch wenn ich schon ziemlich schwerhörig bin. Daher bitte ich um Entschuldigung für mich und die jungen Jonssons.«

Vernehmungsleiter Holmlund nickte. An einem Tag wie diesem hatte er keine Zeit für solche Spinner. Weitere Ermittlungen waren auch nicht nötig. Die Frau besaß nachweislich ein Unternehmen in der Sargbranche.

»Fahren Sie jetzt weiter«, sagte er. »Und wenn Karlsson in den Sarg krabbeln muss, muss er trotzdem angeschnallt sein. Solange er lebt. Danach soll es mir egal sein.«

Als sie wieder am Auto waren, meinte Julius, jetzt müssten sie wohl irgendwie einen Sicherheitsgurt für Allan besorgen.

»Ach was«, sagte Allan. »Pfeif drauf. Bei der nächsten Kontrolle stell ich mich einfach tot.«

SCHWEDEN

Für einen Tag reichte es jetzt wirklich. Östlich von Eskilstuna fand Sabine eine Pension, in der sie vielleicht einchecken konnten, um durchzuschnaufen und sich neu zu orientieren.

Dummerweise hatten sie ja gerade Wohnung, Ladengeschäft, Beruf und Zukunft verloren. Das Einzige, was ihnen geblieben war, war … ein Leichenwagen.

Die Pensionswirtin, Frau Lundblad, war eine mollige Dame Mitte siebzig. Sie freute sich über die unangekündigten Gäste.

»Ja, ich habe Zimmer für die Herren und die Frau Bestattungsunternehmerin. Fünf hab ich insgesamt, alle fünf sind frei, Sie können sich Ihre Zimmer also aussuchen. Möchten Sie noch etwas zu Abend essen? Ich kann Erbsensuppe mit Speck anbieten, oder … ja, Erbsensuppe mit Speck.«

Allan fand ja, dass Erbsensuppe – mit oder ohne Speck – noch keinen Menschen froh gemacht hatte. Aber vielleicht hatte sie ja etwas zum Runterspülen?

»Klingt lecker«, sagte er. »Was gibt es denn zu trinken dazu? Vielleicht ein Bier?«

»Milch natürlich«, sagte Frau Lundblad.

»Natürlich«, sagte Allan.

Nach der Suppe berief Sabine eine Versammlung in ihrem und Julius' Zimmer ein. Sie begann mit dem, was bereits Julius festgestellt hatte: dass nämlich ihre Sargfirma genauso tot war, wie irgendjemand dort draußen die drei Bestattungsunternehmer haben wollte. Man durfte davon ausgehen, dass der Nazi mindestens Sabines Namen kannte, sie war ja die Inhaberin der Firma. Wenn er sich nicht ganz dumm anstellte, hatte er übers Firmenregister auch Allan gefunden. Aber Julius wohl kaum.

»Wir brauchen eine neue Einkommensquelle«, sagte Sabine. »Im Grunde genommen brauchen wir neue Leben. Am besten bevor unser Geld zu Ende geht. Irgendwelche Ideen?«

Julius hatte zwar schon mal mit dem Gedanken gespielt, es aber nie besonders ernst damit gemeint. Damals. Aber jetzt vielleicht doch?

»Was würdest du dazu sagen, wenn wir das Gedenken deiner Mutter ehren und die Hellseherei neu beleben?«

Allan war fast schon aufgedreht. Er fand, es klang spannend, mit den Toten zu sprechen, denn aus den Lebenden kriegte man ja nur selten was Interessantes raus. Mit Ausnahmen natürlich. Im Altenheim in Malmköping wohnte ein alter Mann im Nebenzimmer, der im Finnischen Winterkrieg Schützengräben ausgehoben hatte. Eine abwechslungsreiche Tätigkeit. Oder eigentlich gar nicht so, aber der Kerl erzählte einfach toll. Jede Stunde hatten sie zehn Minuten Pause machen dürfen, die sie damit verbrachten, trotzdem weiterzugraben, damit sie nicht erfroren.

Sabine hörte Allan einfach nicht mehr zu, während sie überlegte.

»Wäre das eine denkbare Lösung?«, fragte Julius.

»Was – Schützengräben?«, fragte Allan.

Sabine funkelte den Hunderteinjährigen wütend an und antwortete Julius.

»Nein«, sagte sie. »Oder vielleicht doch. Kommt drauf an.«

Wenn man davon ausging, dass Sabines Mutter tatsächlich hellseherische Fähigkeiten gehabt hatte, hatten sie nichts, womit sie arbeiten konnten, denn ihre Tochter hatte kein Jota vom Talent ihrer Mutter geerbt.

Wenn sie jedoch nur geblufft hatte, beziehungsweise nur mit Unterstützung regelmäßiger Einnahme von Glückspillen ihre eigenen Fantasien geglaubt hatte – dann sah die Sache schon ganz anders aus.

Julius gehörte zu der kleinen Gruppe von Menschen, die auf Trickbetrug stehen. Deswegen sagte er zu Sabine, sie solle sich keine Sorgen machen, denn ihre Mutter habe bestimmt nur geblufft.

Sabine dankte Julius für seine freundlichen Worte, aber ihrer Meinung nach sei das mit den Fantasien die plausibelste Variante.

»Und so was kann man ja kopieren. Oder sogar weiterentwickeln.«

Ihre Mutter hatte jahrelang davon geredet, dass sie die Firma und sich selbst zu ungeahnten Höhen führen wolle. Sabine konnte ihre Geschichten auswendig. Dass sich in der Hinsicht allerdings nie etwas tat, war nachvollziehbar. Am Ende schaffte sie es ja kaum noch, aus ihrem Bett aufzustehen.

Ihre Lieblingsgeschichte war die von Olekorinko.

Wenn der nun immer noch am Leben war? Wenn sie ihn und seine Firma im Netz suchen würde?

»Du fasst mir mein Tablett nicht an«, sagte Allan.

»Und ob.«

SCHWEDEN

Die Amerikaner kamen nach Los Angeles zurück, ohne sich noch einmal bei Johnny zu melden und ohne ihm zu erlauben, sich noch einmal bei ihnen zu melden. Einem Mann, der einen Bruder der Aryan Brotherhood in einem hellblauen Sarg mit Kaninchen begrub, hatte man nichts mehr zu sagen. Eventuell konnte man den Wichser noch plattmachen, aber mehr auch nicht. Kenneths kleiner Bruder kam gerade noch mal davon, weil er Kenneths kleiner Bruder war. Aber damit war die Stockholmer Filiale der Aryan Brotherhood geschlossen, sie starb mit ihrem Gründer. Alle geplanten zukünftigen Zahlungen an den Arischen Verbund wurden damit sofort eingestellt.

Johnny wollte dennoch hoffnungsvoll in die Zukunft blicken. Wenn er die Schuldigen der Sargverwechslung hingerichtet hatte, wie es sich gehörte, würde er erneut den Kontakt mit Los Angeles suchen.

Aus der völlig verstörten Frau im Leichenhaus bekam er heraus, dass Kenneth auf jeden Fall in den richtigen Sarg gelegt worden, dieser dann aber falsch versandt worden war. Nachdem er ihn jetzt zurückbekommen hatte, stand eine neue Beerdigung an. Leider war der verantwortliche Pfarrer nicht verfügbar, weil er ausgerutscht und ganz schwer gestürzt war. Johnny nahm Abstand von der Idee, noch einen Pfarrer aufzuscheuchen. Dazu fehlte die Zeit. Er kaufte einen Tulpenstrauß im nächsten Laden und stattete dem zusammengeschlagenen Mann einen abendlichen Besuch im Krankenhaus ab. Der Pfarrer bedankte sich für die Fürsorglichkeit, erzählte, dass sein Nasenbein gebrochen und das Jochbein unter dem rechten Auge angeknackst war, und meinte, in sechs bis acht Wochen könne er seinen Dienst wieder aufnehmen.

»Sie haben zweieinhalb«, erklärte Johnny.

Kenneth musste so lange im Leichenhaus bleiben. Dort war es sicher auch nicht kälter als unter der Erde, dachte Johnny zum Trost.

Seine Prioritäten waren klar. Zuallererst sollten jetzt mal diese Sargmarodeure in ihren eigenen Eingeweiden schwimmen. Dank der Homepage des Sargladens wusste er, dass er eine gewisse Sabine Jonsson suchte. Aber als er den Sarg bestellt hatte, hatte er mit einem Mann geredet, wahrscheinlich dem, der bei der Flucht neben ihr im Auto gesessen hatte. Wenn Johnny nur Sabine und den Leichenwagen fand, würde er den Unbekannten garantiert auch in die Finger kriegen.

Er brauchte nicht lang, bis er im Netz mehr über die Frau herausgefunden hatte.

Sie war Geschäftsführerin und das einzige ordentliche Vorstandsmitglied der Stirb mit Stolz AG. Stellvertretender Geschäftsführer war ein gewisser Allan Emmanuel Karlsson, garantiert der alte Mann neben ihr im Auto. Der war ja nicht lange unbekannt geblieben. Sabine war auch Vorstandsmitglied der Andere Seite AG gewesen, einer Firma, die Konkurs gegangen und abgewickelt worden war. Andere Seite AG? Was zum Teufel war das denn?

Aber wozu gab's das Internet. Die Andere Seite AG war auf Hellseherei und mediale Dienste spezialisiert gewesen! Die redeten mit Leuten, die ihr irdisches Leben hinter sich gelassen hatten. Johnny schob den flüchtigen Gedanken beiseite, noch einen Augenblick mit Kenneth erleben zu dürfen. Ein letztes Gespräch … Ach, Unfug! So was gab es doch gar nicht!

Sabine Rebecka Jonsson und Allan Emmanuel Karlsson. In einem schwarzen Leichenwagen, der auf ihre Firma zugelassen war. Mit einem Wohnsitz, zu dem sie wohl nicht allzu schnell zurückkehren würden. Er würde sie finden, das wusste er. Er wusste nur noch nicht, wie.

RUSSLAND

»Guten Morgen, Wolodja. Wie geht's? Du siehst aus, als hättest du Sorgen.«

Ja, das stimmte. Präsident Putin zerbrach sich über so einiges den Kopf. Wie es aussah, kannte Kollege Trump mittlerweile gar kein Halten mehr.

»Jetzt hat dieser Trottel in Washington den Idioten in Pjöngjang so richtig auf Zinne gebracht«, sagte er. »Was sollen wir tun, Gena?«

Gennadij Aksakow setzte sich an den Schreibtisch seines Freundes. Sie waren ein unschlagbares Paar. Nicht einfach nur gut, sie waren die besten. Genau wie damals auf der Sambo- und Judo-Matte.

Aber manchmal sagt man ja, dass man sich auch kaputtsiegen kann. Gedanken in dieser Richtung hatte der russische Präsident gerade.

Russland hatte unter Genas diskreter Leitung einen Krieg gegen die USA angefangen, ohne jemand davon zu erzählen. Eine ganze Armee aus jungen Männern und Frauen marschierte ins Netz, setzte sich bildlich gesprochen amerikanische Baseballkäppis auf, machte sich eine Dose Dr. Pepper auf – und ging zum Angriff über.

Von innen.

Die Schlachten fanden auf Facebook, Instagram und Twitter, auf Blogs und Homepages statt. Von dort schossen die vorgeblich amerikanischen Netzsoldaten in alle Richtungen: Sie unterstützten den einen Tag linke Bewegungen, am nächsten die rechten, sprachen sich auf Facebook für das Recht amerikanischer NFL-Spieler aus, das Knie vor der amerikanischen Flagge zu beugen, und bezeichneten auf Twitter dieselben Spieler als unpatriotisch. Man brachte seine Unterstützung für strengere Waffengesetze zum Ausdruck und protestierte dann gegen ebendiese. Forderte sowohl eine Mauer an der mexikanischen Grenze als auch das Gegenteil. Lobte und verriss alle neuen Anläufe zu einer Krankenversicherungsreform, die diesen Namen verdiente. Dachte alles, was man über Homo-, Bi- und Transsexuelle so denken konnte. Man hetzte die Massen auf, ohne Rücksicht darauf, wer diese Massen waren und wofür sie standen.

Der Sinn der Sache bestand darin, Amerikaner gegen Amerikaner zu hetzen. Denn ein zersplittertes Land war ein geschwächtes Land.

Als sich der Rauch aus den Geschützen legte, konnten der Präsident und sein Freund feststellen, dass ihre Truppen jede Einzelschlacht gewonnen hatten. Aber wie sah es mit dem gesamten Krieg aus?

Putin überlegte, ob es am Ende nicht *zu* gut gelaufen war. Gena war ja sogar das Unmögliche gelungen, den ausgeprägten Spaltpilz Trump ins Weiße Haus zu hieven. Ein Pyrrhussieg? Hatten sie damit ein Monster geschaffen, das sie jetzt nicht mehr beherrschen konnten?

Die USA zerfielen in ihre Einzelteile, das war gut. Aber mit Nationen ist es wie mit dem sibirischen Tiger: Ein verletzter Tiger kann lebensgefährlich sein. Die USA waren immer noch die stärkste Militärmacht der Welt. Der Mann, der mit russischer Hilfe jetzt sein eigenes Land ins Verderben führte, konnte in seiner monumentalen Nichteignung für seinen Job direkt auf einen Atomkrieg mit Nordkorea zusteuern, in direkter Nachbarschaft zu Ostrussland.

Das hatten sie so nicht auf der Rechnung gehabt. Und wohin das führen könnte, war unmöglich vorherzusehen. Mit diesem Fazit hätten sie diese blöde Plutoniumzentrifuge niemals dort rüberschicken dürfen.

»Vielleicht nicht«, räumte sein Freund ein. »Aber was passiert ist, ist passiert.«

Die Idee, die sie damals gut gefunden hatten, drohte ihnen jetzt auf die Füße zu fallen. Ein oder zwei ordentliche Atomtests in Nordkorea, während die USA und China über ihre Handelsverträge redeten, würden sicher für Aufregung sorgen. Es lag definitiv nicht in russischem Interesse, dass Amerikaner und Chinesen gut miteinander auskamen.

Nun bestand die Gefahr, dass sie feststellten, dass sie einen gemeinsamen Feind an der Backe hatten. Xi Jinping hatte außerdem eine Sprache gefunden, die Trump verstand. Und sei es nur, dass er auf dem Golfplatz mit der richtigen Differenz verlor. Was es auch war – es schien zu funktionieren.

»Passiert ist passiert«, wiederholte Gennadij Aksakow. »Lass es einfach los, Wolodja. Konzentrieren wir uns auf Europa.«

Putin nickte.

»Du hast einen Ausflug nach Schweden gemacht, oder? Wie lief es da?«

Gena verzog das Gesicht.

»Das willst du gar nicht wissen. Reden wir lieber über Spanien und Deutschland. Ich hab ein paar gute deutsche Neuigkeiten für dich.«

Putin lächelte.

»Ja, wirklich? Heißt das, dass Angela Merkel gar nicht so sicher auf ihrem breiten Hintern sitzt, wie sie meint?«

SCHWEDEN

Die Journalistin Bella Hansson vom *Eskilstuna-Kuriren* wollte, dass man sie las. Das war ja schließlich der Witz an ihrem Job. Um das zu erreichen, musste man an einem Tag wie diesem etwas bringen, was mit Terroristen zu tun hatte. Etwas anderes wollten die Leute ja doch nicht lesen.

Sie blätterte in den Polizeiberichten. Eine Kneipenschlägerei vom Vortag? Nein. Verdacht auf Tierquälerei auf einem Bauernhof? Das war fast jeden Tag im Jahr für einen Aufreger gut, aber nicht jetzt.

Dass auf dem Kundenparkplatz eines Kaufhauses zwei Autos kollidiert waren, ließ sich auch nicht unbedingt terroristisch umdeuten, nicht mal, wenn einer der Autofahrer Muslim war.

Aber das hier könnte doch vielleicht was sein?

Ein Leichenwagen war nur wenige Stunden nach dem Attentat in Stockholm durchsucht worden. Keine weiteren Maßnahmen, Angelegenheit abgeschlossen.

Nichtsdestoweniger waren die Insassen verhört worden.

Warum denn das?

In Schweden gibt es etwas, das nennt sich Öffentlichkeitsprinzip. Das bedeutet, dass alles, was eine Amtsperson macht, schreibt, sagt und fast auch noch alles, was sie denkt, unmittelbar jedem Bürger offengelegt wird, der danach verlangt. Der Bürger im Allgemeinen bereitet dabei meistens keine Unannehmlichkeiten. Mit den Journalisten sieht es da schon anders aus.

Der erfahrene Vernehmungsleiter, Inspektor Holmlund, war nach einem langen Tag – einem Samstag obendrein – auf dem Heimweg, als er das Pech hatte, an der Tür in die junge Reporterin Bella Hansson zu rennen. Mit einem unhörbaren Seufzer bat er sie in sein Büro.

Er war viel zu routiniert, um der Reporterin ins Gesicht zu lügen, beschloss jedoch, Teile der Wahrheit wegzulassen. Er dachte, dass sie auf die Art das Interesse an der Geschichte verlieren und er sich Extra-Arbeit mit lästigen Folgefragen sparen würde.

Die Wahrheit sah also so aus, dass ein Transporter mit einem Sarg bei einer Routinekontrolle angehalten wurde. Die Insassen wurden verhört. Nein, im Sarg lag kein Toter, davon hatte sich der Inspektor vor Ort überzeugt. Allerdings war mindestens eine der Personen nicht angeschnallt gewesen.

»Sie haben einen Bestattungsunternehmer mit auf die Wache genommen und verhört, weil er oder sie nicht angeschnallt war?«, fragte Bella Hansson.

Es waren zwar keine Bestattungsunternehmer, sondern Sargproduzenten, doch Holmlund verzichtete darauf, die Reporterin zu korrigieren.

»Es war ein sehr spezieller Tag, wie Sie wissen.«

Bella Hansson schaute Inspektor Holmlund absolut ungläubig an.

»Was kam bei dem Verhör heraus? Haben Sie es selbst durchgeführt?«

Diese Geschichte ließ sich natürlich auch nicht mit Terroristen in Verbindung bringen, aber nachdem Bella noch ein paar Fragen gestellt und ein paar Antworten bekommen hatte, eröffnete sich ihr eine ganz neue Perspektive auf die Sache. Ihr kam eine Idee, die ihr noch besser gefiel. Der Artikel, den sie im Kopf schon fast fertiggeschrieben hatte, war eigentlich viel zu gut, um online gestellt zu werden. Das Problem war nur, dass am Sonntag keine gedruckten Zeitungen herauskamen.

Also musste ihr Artikel doch im Netz erscheinen. Aber Bella hielt die Meldung bewusst bis zum nächsten Morgen zurück, damit sie so lange wie möglich ganz oben auf dem Nachrichtenstrom schwamm. In der neuen Welt galt es, Klicks zu generieren.

SCHWEDEN

Oh ja, Olekorinko war aktiver denn je. Hexenmeister seines Schlags zu sein war zudem lukrativ. Aber um seine Ideen zu kopieren, musste Sabine sie vor Ort studieren. Und da Afrika nicht nebenan lag, musste sie sich bis auf Weiteres an das halten, was sie schon beherrschte.

Zunächst galt es herauszufinden, wie die Konkurrenz auf dem hellseherischen Markt aussah. Sabine verbrachte den Abend und die halbe Nacht in der Pension mit einer Marktanalyse. Eine deprimierende Aufgabe. Nicht nur, weil Allan nicht mit Quengeln aufhörte, dass sie ihm sein Spielzeug geklaut hatte, sondern auch, weil sie es jetzt Schwarz auf Weiß hatte, dass der Markt für diverse hellseherische Aktivitäten im letzten Jahr quasi explodiert war. Das Angebot war überwältigend. Es wäre leicht, wieder in die Branche einzusteigen, aber es würde schwer werden, sich geschäftlich eine Führungsposition zu erarbeiten. Ganz abgesehen davon, dass Sabine kein Talent hatte, geschäftliche Führungspositionen einzunehmen.

Julius ließ sie in Frieden, teils weil er glaubte, dass sie es brauchte, teils weil er selbst über den verdammten Spargel nachgrübelte. Die Dame in der Pension hatte ein altes Telefon auf dem Flurtischchen stehen. Man hätte sich das ja schon mal für ein Ferngespräch ausborgen können, wenn sie beim Einkaufen war, wäre da nicht das dumme Problem gewesen, dass der Zettel mit Gustav Svenssons Nummer verschwunden war. Der war wohl auf dem Restauranttisch in New York liegen geblieben.

Ohne Gustavs Nummer und ohne dass Gustav irgendeine Nummer von Julius hatte (der ja nicht mal ein Telefon besaß), war die Gefahr groß, dass die Freunde und Kompagnons sich nie wieder sehen würden. Nach weiterem Nachdenken kam Julius zu der Erkenntnis, dass es im Grunde sogar ziemlich sicher war. Das war in mehrfacher Hinsicht traurig. Er mochte diesen schwedischen Inder schließlich. Und außerdem verspürte er den Drang, ihm mit was Hartem auf den Kopf zu hauen.

Während Sabine und Julius mit ihren eigenen Angelegenheiten beschäftigt waren, hatte Allan ein Sofa im Fernsehraum der Pension gefunden, auf dem er es sich bequem machen konnte. Da lag er und wartete auf Sabines kurze Pausen vom Tablett, damit er selbst wieder ein bisschen surfen und sich auf den neuesten Stand bringen konnte. Unter anderem über die Wut der Schweden darüber, dass die Post nicht mehr so funktionierte, wie sie sollte. Viel zu viele Briefe brauchten zwei Tage statt des versprochenen einen. Die Post löste das Ganze, indem sie die Regeln änderte statt der Arbeitsweise. Ab jetzt würden alle Briefe zwei Tage brauchen, wie es die neue Postverordnung festsetzte. Prompt lag die Zustellungsgarantie wieder bei fast hundert Prozent. Allan ging davon aus, dass der Vorstandsvorsitzende der Post mit einem satten Bonus rechnen durfte.

Des Weiteren hatte sich ein führender Politiker des Front National in Frankreich in ein nordafrikanisches Restaurant gesetzt und Couscous gegessen. Und dann hatte es ihm auch noch geschmeckt! Man fand das grenzenlos unpatriotisch. Wenig später war er von der Partei gefeuert worden oder vielleicht auch freiwillig abgetreten. Allan war nicht sicher, was Couscous war – vielleicht die arabische Entsprechung zu Erbsensuppe mit Speck? Wenn er von dem

Zeug zu viel kriegte, hätte er sich auch überlegen können abzutreten. Allerdings wäre in seinem Fall nicht ganz so klar, wovon eigentlich.

Bevor Sabine das Tablett zurückverlangte, gelang es Allan noch zu lesen, dass die schwedische Verteidigung in eine Hubschrauberflotte investiert hatte, die so teuer war, dass jetzt kein Geld mehr übrig war, um sie einzusetzen. Aber die Hubschrauber sahen schon toll aus, wie sie da so standen.

Nach einer Nachtschicht hatte Sabine neunundvierzig Frauen und einen Mann ausfindig gemacht, die allesamt Dienste im selben Betätigungsfeld anboten wie ihre Mutter.

»Und, wie läuft's?«, erkundigte sich Julius beim gemeinsamen Frühstück.

Er merkte, wie verbissen Sabine war.

»Geht so.«

Sie erklärte ihm die Sachlage. Da draußen wimmelte es nur so von Engelkarten, Tarotkarten und Pendeln. Frauen, die sich mit Fernheilung befassten. Blockaden in der Seele lösten. Sich blind mit den universellen Energiegesetzen auskannten. Die Vergangenheit, Gegenwart und Zukunft aus glühender Asche, Kaffeesatz oder einer Glaskugel lasen.

»Die Vergangenheit kann ja wohl nicht so schwer zu sehen sein«, meinte Allan. »Das konnte ich ja selbst, bis mein Gedächtnis zu schlecht wurde. Und jetzt ist doch jetzt, oder?«

Ganz so einfach war es dann auch wieder nicht. Die Vergangenheit bestand aus parallelen Ereignissen, die zusammengenommen die Gegenwart des Einzelnen bildeten und dasselbe mit dessen Zukunft wiederholten.

»Ohne das richtige Wissen über die Schutzengel um dich herum bist du seelisch verloren. Und mit den falschen Energien im Zimmer wird es noch schlimmer.«

Julius hatte schon längst begriffen, dass Sabine seelisch genauso verloren war wie er. Von Allan ganz zu schweigen. Aber Geschäft war Geschäft. Welchen Schwerpunkt gedachte Sabine in der Hellseherbranche zu wählen?

Tja, das war eben die Frage. Die irgendwie ganz gute Neuigkeit war ja, dass es ziemlich wenige Medien gab, die sich auf Gespenster, Geisteraustreibung und Gespräche mit der anderen Seite spezialisiert hatten. Sabine sah durchaus die Möglichkeit eines Geschäftserfolgs auf dem Spezialgebiet ihrer Mutter.

Allan brachte die gute Nachricht, dass es auf der anderen Seite jetzt wieder einen mehr gab, mit dem man reden konnte. Er las von seinem Tablett vor, dass eine hundertsiebzehnjährige usbekische Bäuerin das Zeitliche gesegnet hatte, weil ihre einzige Kuh sich dummerweise auf sie gesetzt hatte.

Sabine merkte, dass ihr der alte Mann jeden Tag mehr auf den Nerv ging. Vielleicht sollten sie ihm zu seinem hundertzweiten Geburtstag eine Kuh kaufen und das Beste hoffen?

SCHWEDEN

Am Tag nach dem Terroranschlag in Stockholm konnte der *Eskilstuna-Kuriren* eine verblüffende Inkompetenz einer örtlichen Polizeidienststelle enthüllen, hundert Kilometer entfernt von der Hauptstadt. Man war in seiner hysterischen Terroristenjagd nicht davor zurückgeschreckt, die unschuldigsten Bürger zu terrorisieren. Nicht mal die Toten wurden verschont (dass im Sarg gar kein Toter gelegen hatte, war ein Detail, das Bella Hansson unerwähnt ließ, und dass stattdessen eine lebende Leiche darin gelegen hatte, war wiederum mehr, als sie wusste).

Die einzelnen Inspektoren und die Polizeiführung wurden im Text wie ein Kollektiv aus Trotteln hingestellt, die keine Ahnung hatten, wie man Prioritäten setzt. Zugriff auf einen unschuldigen Leichenwagen! Was würde denen denn bitte als Nächstes einfallen?

Der Artikel war scharf im Ton, obschon er gegen Ende etwas nachließ. Er war aber auch ganz schön lang. Deswegen strich Bella in letzter Sekunde noch die Passage, in der die Polizei versicherte, dass man diese Kontrolle – die ja im Übrigen gar keine richtige Kontrolle war – nur aufgrund gewisser Verdachtsmomente durchgeführt hatte, dass sehr wohl eine Verbindung zum fraglichen Terroranschlag bestand.

Von unterbelichteten Polizisten liest man gerne in der Lokalzeitung.

Von unterbelichteten Polizisten liest man auch gerne in einer landesweit erscheinenden Zeitung.

Die Online-Ausgaben der Stockholmer Zeitungen brachten sofort eine Neuauflage des Artikels mit dem Leichenwagen.

Daraufhin geschah zweierlei:

Erstens erkannte ein keineswegs unterbelichteter Polizist in Märsta einen möglichen Zusammenhang. Er untersuchte nämlich eine wüste Schießerei auf ein Sarggeschäft, die sich am Vortag zugetragen hatte, und dieser neue Anhaltspunkt konnte die Ermittlungen eventuell weiterbringen. Er musste nur noch ein, zwei Telefonate führen.

Zweitens wusste nun der gesamte Arische Verbund – nämlich Johnny Engvall – mit Sicherheit, dass die Personen, die um jeden Preis sterben mussten, quer durch Schweden reisten.

»Fahrt ihr also Richtung Süden, ihr Schweine«, sagte er zu sich selbst. »Über die Landstraßen, hm?«

Erst lächelte er, weil er sich so intelligent vorkam. Dann wurde ihm klar, dass in Südschweden eine Menge Landstraßen zur Auswahl standen. Und die Spur wurde ja schon wieder kalt.

Johnny musste mehr wissen als das, was die Reporterin in ihrem Artikel gebracht hatte.

SCHWEDEN

Der Aufbau des Geschäfts ging voran. Während Allan, hunderteins, Julius, sechsundsechzig, zeigte, wie man den Kundenquerschnitt in der richtigen Zielgruppe durch entsprechende Anzeigen bei Facebook maximieren kann, fuhr Sabine in ihrem Leichenwagen herum, um Pendel, Kristalle, Wünschelruten und übel riechende Myrrhe zu besorgen. Sie beachtete das schmale Budget der Gruppe. Als Pendel benutzte sie ein Lot, das sie im Sonderangebot im Baumarkt gefunden hatte. Die Wünschelrute schnitzte sie sich selbst zurecht, aus einem Zweig, den sie im Garten ihrer Pensionswirtin abgeschnitten hatte. Und für Kristalle musste ganz normales Flockensalz herhalten. Die Myrrhe stellte sie mithilfe einer Öllampe her, in die sie einen Teil Krabbensuppe und neun Teile Öl füllte. Das Geheimnis bestand darin, zwei Dochte zu verwenden: einen, der brannte, und einen, der nur glühte und Rauch und Geruch verbreitete.

Die Pensionswirtin beäugte neugierig Sabines diverse Arbeitsgeräte und fragte vorsichtig, was die Frau Bestattungsunternehmerin denn mit alldem vorhabe. Sabine sagte beinahe die Wahrheit: dass sie nicht nur Bestattungsunternehmer waren, sondern auch darauf spezialisiert, Kontakt zu den Personen herzustellen, die sie gerade unter die Erde gebracht hatten. Woraufhin Frau Lundblad Feuer und Flamme war. Ob die Frau Unternehmerin etwa glaubte, Kontakt zu Börje herstellen zu können?

Die alte Dame war in der kurzen Zeit, die sie in ihrer Nähe verbracht hatten, immer wieder auf ihren verstorbenen Mann zu sprechen gekommen. Es waren noch keine vierundzwanzig Stunden vergangen, da wusste Sabine alles Wissenswerte über das frühere Tun und Lassen des Gatten, zum Beispiel, dass er seit fünfzehn Jahren tot war. Beim Hellsehen waren Hintergrundinformationen alles.

Warum nicht? Eine Generalprobe konnte nur nützlich sei, bevor die Firma so richtig loslegte.

Die Vorstellung, die dann folgte, imponierte sowohl Allan als auch Julius. Wenn sie es nicht besser gewusst hätten, hätten sie geglaubt, dass der tote Mann wirklich von der anderen Seite zu seiner Witwe sprach. Der Mann versicherte die Witwe seiner ewigen Liebe und klang ganz traurig, als er erfuhr, dass die Katze vor acht Jahren gestorben war, im Alter von sechzehn Jahren. Auf direktes Nachfragen beteuerte er, dass er mit dem Rauchen aufgehört habe.

Es wäre ein Erfolg auf der ganzen Linie gewesen, wenn die Pensionswirtin nicht einen Herzschlag erlitten hätte, als ihr verstorbener Mann sagte, er sehne sich so sehr nach ihr, dass er sich jeden Abend in den Schlaf weine.

»Ach du liebes bisschen!«, sagte Julius, als die Dame mit der Nase auf den Tisch knallte.

Sabine sprang erschrocken von ihrem Séance-Stuhl auf und schaltete das große Licht ein, während Julius die Dame näher untersuchte.

»Ist sie tot?«, fragte Sabine.

»Ich glaube schon«, sagte Julius.

Der Einzige, der in der Situation die Ruhe behielt, war Allan.

»Dann sind sie ja bald wieder vereint«, sagte er. »Falls der alte Junge gelogen haben sollte mit dem Rauchen, dann muss er jetzt natürlich zusehen, dass er schleunigst seine Kippe ausdrückt.«

Sabine fauchte Allan wegen seiner Respektlosigkeit an und sagte, sie sei jetzt endgültig sicher, dass er nicht ganz richtig im Kopf war.

Dann sammelte sie ihre Sachen zusammen und berief sofort eine Krisensitzung in der Küche ein. Die alte Dame ließen sie vorerst liegen, wo sie war.

Sabine hatte die Stirn gerunzelt, Julius einen Stift und Zettel in der Hand und Allan Redeverbot. So saßen sie am Küchentisch.

»Hier können wir nicht bleiben«, verkündete Sabine. »Aber wohin wollen wir fahren und warum?«

Julius lobte sie erst mal für die großartige Vorstellung, die sie gerade geliefert hatte, er glaubte, dass sie damit gehörig Geld verdienen würden. Irgendwo, wo man mit einem ausreichend großen Kundenkreis rechnen konnte. Jetzt galt es, rasch zu entscheiden. Er schrieb *Stockholm* auf seinen Zettel. Darunter: *Göteborg*. Darunter: *Malmö*.

Stockholm fiel sofort raus, da gab es viel zu viele Nazis. Julius schrieb »Nein« dahinter.

Göteborg? Die zweitgrößte Stadt in Schweden. »Jein.«

Oder Malmö? In der Nähe von Kopenhagen. An den beiden Enden der Öresund-Brücke wohnten insgesamt an die vier Millionen Menschen.

Julius schrieb »Ja« dahinter. Das Reiseziel wurde in einer Abstimmung mit zwei zu null Stimmen angenommen, eine Stimme wurde für ungültig erklärt. Blieb nur noch die Frage, was sie mit der toten alten Dame anfangen sollten.

»Nicht die Polizei anrufen«, meinte Julius.

Nein, der Polizei eine tote Greisin zu präsentieren, einen Tag nachdem die einen lebenden Greis in ihrem Sarg entdeckt hatten, klang ganz so, als würde man sich die Probleme selbst ins Haus holen.

Julius warf einen Blick ins Reservierungsbuch der alten Dame. In zwei Tagen sollten zwei Gäste aus Griechenland eintreffen. Länger würde die alte Dame hier also nicht herumliegen müssen.

»Wenn man tot ist, dann ist man sowieso schon tot«, sagte Julius. »Sie hat ja weiter nicht darunter zu leiden.«

Es war also beschlossene Sache: Frau Lundblad blieb, wo sie war.

»Gute Entscheidung«, sagte Allan.

»Solltest du nicht den Mund halten?«, erwiderte Sabine.

* * * *

Inspektor Holmlunds Wochenende war gründlichst im Eimer. Er bereute es fast schon, die drei Sargmarodeure nicht eingesperrt zu haben. Sie hatten ihn schon vor seiner Kaffeepause am Sonntagnachmittag Zeit und Nerven gekostet, in Form von zwei Telefongesprächen, eins seltsamer als das andere.

Erst war es eine alte Dame von einer Pension am Stadtrand. Sie war ganz aufgeregt und wollte wissen, ob man drei Personen wegen Mordversuchs anzeigen konnte. Das Trio war eine Nacht in der Pension geblieben und hatte ihr eine Séance angeboten, mit der Möglichkeit, mit ihrem Mann zu sprechen. Als die alte Dame vor Schreck ohnmächtig geworden war, ließen sie sie dort am Tisch liegen und waren seitdem verschwunden.

»Moment mal«, sagte Inspektor Holmlund. »Wen haben sie denn zu ermorden versucht? Sie? Ihren Mann? Oder wen jetzt?«

»Mich natürlich. Mein Mann ist doch schon tot.«

»Seit wann? Haben Sie vorhin nicht gesagt, Sie hätten mit ihm geredet?«

Der Inspektor war nicht so ganz informiert, wie die Kommunikation per Medium funktionierte.

Die alte Dame erklärte es ihm. Als ihr Mann, der vor fünfzehn Jahren gestorben war, erzählt hatte, wie sehr er sie vermisse, fühlte es sich an, als hätte sie keinen Sauerstoff mehr im Hirn gehabt, und dann konnte sie sich an nichts mehr erinnern. Das Medium und die anderen mussten gedacht haben, dass sie auch gestorben sei, aber so leicht war das nicht. Die alte Dame war aus einem harten Holz geschnitzt, und jetzt wollte sie Gerechtigkeit.

Inspektor Holmlund seinerseits wollte sich aufs Wesentliche konzentrieren. Aber das sagte er nicht. Stattdessen erklärte er ihr die Gesetzeslage: Mit jemandem zu sprechen, der schon tot ist, woraufhin jemand, der nicht tot ist, in Ohnmacht fällt, fällt nicht in die Rubrik Mordversuch. Es fällt in gar keine Rubrik, wenn der Inspektor das alles richtig verstanden habe. Für allgemeine Beklopptheit gibt es keine Strafskala.

»Leider«, fügte er hinzu.

Und er konnte gerade noch auflegen, bevor es wieder klingelte.

Diesmal war es ein Mann, der sich als »besorgter Bürger« meldete. Er wünschte mehr darüber zu erfahren, was am Vortag geschehen sei, als dieser Zugriff auf den Leichenwagen erfolgt sei.

Der Inspektor erzählte es ihm, weil besorgte Bürger die Tendenz hatten, sich in unzufriedene ebensolche zu verwandeln, was doppelt so viel Arbeit für denjenigen bedeutet, der sich gerne aus der Affäre gezogen hätte. Es waren also drei Personen in einem Leichenwagen in eine Routinekontrolle geraten, und nach einem kurzen Verhör waren alle Unklarheiten beseitigt worden. Als »Zugriff« konnte man das nun wirklich nicht bezeichnen.

Der besorgte Bürger ließ nicht locker. Er wollte wissen, wohin der Leichenwagen nach dem Verhör gefahren war.

Was war bloß los mit den Leuten? Der Inspektor hatte keine Zeit für so was! Aber wenn er die alte Dame mit dem besorgten Bürger kurzschloss, könnten sie sich gegenseitig auf die Nerven gehen. Superidee!

»Ich kann nicht ausschließen, dass die Personen, nach denen Sie sich erkundigen, ganz in der Nähe von Eskilstuna übernachtet haben. Wenn Sie weitere Informationen wünschen, empfehle ich Ihnen, Frau Lundblad von der Pension Klipphällen anzurufen. Nette Frau. Sie werden sich sicher viel zu erzählen haben.«

Klick. Der Besorgte hatte aufgelegt. Schien nicht mehr ganz so besorgt. Fein.

* * * *

Johnny hatte bestimmt nicht vor, irgendeine Frau Lundblad anzurufen. Vielmehr würde er sie besuchen. Und ihre drei Gäste auch, wenn sie noch da waren. Aber warum eigentlich drei? Sabine Jonsson, Allan Karlsson und wer noch?

Na, er konnte den dritten ja immer noch bitten, sich vorzustellen, bevor er ihm die Kehle durchschnitt.

Seit Kenneths Unfall war eine Woche vergangen und ein Tag seit der abgebrochenen Beerdigung. Johnny vermisste seinen Bruder ganz schrecklich.

* * * *

Also auf nach Malmö. Zwei von den dreien ganz vorn im Auto, der Dritte zusammen mit seinem Tablett auf dem Rücken im Sarg dahinten, bei geschlossenem Deckel und hineingebohrten Luftlöchern. Die Fahrt führte über die Fernstraße 55.

Südlich von Strängnäs machte Allan den Deckel eine Weile auf.

»Hier in der Gegend hab ich damals gewohnt, bevor sie versucht haben, mich in Malmköping ins Heim zu sperren. Schade, dass ich das Haus in die Luft gesprengt habe, sonst hätten wir mal vorbeifahren und schauen können.«

»Du hast dein eigenes Haus in die Luft gesprengt?«, fragte Sabine.

»Ignorier ihn einfach«, sagte Julius.

Nach Malmköping landete das Trio wieder auf der E4, diesmal nördlich von Norrköping. Von dort ging es weiter Richtung Süden, auf der meistbefahrenen Autobahn Schwedens.

Allan merkte, dass Sabine und Julius ihn meistens anblafften, außer wenn er von Terroranschlägen sprach. Was in der Hauptstadt passiert war, hatte sie alle drei berührt.

Er erzählte, dass das tragische und erschütternde Ereignis die Nation offenbar in Atem hielt. Mehrere Menschen waren ums Leben gekommen, der Terrorist war fraglos festgenommen worden und gestand, mit dem Zusatz, dass Allah der Größte von allen sei. Allan wusste nicht, wie viel von dieser Tat tatsächlich auf Allahs Konto ging, bei Göttern konnte man nie wissen, die hatten allesamt so ihre Seiten. Einer hatte ja bei einer Wette mit Satan absichtlich zehn Kinder getötet.

Das sagte Sabine nichts, Julius aber schon.

»Buch Hiob, Altes Testament«, sagte er.

Mehr sagte er allerdings nicht. Er schauderte beim Gedanken an seinen tyrannischen Vater, der ihn vor zweiundfünfzig Jahren zur Konfirmation gezwungen hatte. Obwohl der Junge die meiste Zeit Bibeln geklaut und weiterverkauft hatte (das Stück zu fünfundzwanzig Öre, zwei für vierzig), war etwas hängen geblieben.

Die internationale Presse verkündete, dass Schweden jetzt seine Unschuld verloren habe. Das Paradies auf Erden sei für seine großzügige Einstellung zu den sogenannten Flüchtlingen gestraft worden.

Allan murmelte beim Lesen vor sich hin. Allein in seinem kurzen Leben auf Erden hatte Schweden es mit Linken zu tun bekommen, die ein Schiff sprengten, mit Rechten, die eine Zeitungsredaktion sprengten, und mit RAF-Mitgliedern, die eine Botschaft sprengten. Und dann auch noch der, der eine schwedische Ministerin kidnappen und in eine Kiste sperren wollte. Und dazu kamen noch diese ganzen Leute, die einfach losmarschierten und blindlings Ausländer erschossen, bis man sie festnehmen und einsperren konnte.

Sie alle hatten gemeinsam, dass sie ihre Gründe nannten. Mitsamt dem, der Stimmen hörte und deswegen die schwedische Außenministerin getötet hatte. Was sich der Mann gedacht hatte, der den Ministerpräsidenten auf offener Straße erschossen hatte, ließ sich jedoch nicht mehr feststellen. Zum einen, weil er jetzt selber tot war, zum andern, weil es vielleicht doch ein anderer gewesen war.

Das war alles zutiefst betrüblich. Aber was Schwedens *Unschuld* anging, war Allan der Meinung, dass die schon zu Wikingerzeiten den Bach runtergegangen war.

»Was murmelst du da hinten?«, fragte Julius.

»Ich weiß nicht«, sagte Allan.

Bevor er dieses Tablett gehabt hatte, war alles leichter gewesen.

Langweiliger. Aber leichter.

Der Hunderteinjährige surfte weiter. Das war inzwischen seine Hauptbeschäftigung im Leben.

Er las, dass in Alvesta in Småland die Müllabfuhr neuerdings ein Problem hatte. In der städtischen Firma Alvesta Reinigung AB war irgendjemand darauf gekommen, dass die Abkürzung für das Unternehmen seit fünfunddreißig Jahren ARAB lautete. Ein paar Bürger entblödeten sich nicht, eine Eingabe bei der Gemeindeverwaltung zu machen, weil diese Abkürzung doch ein Signal sende, dass Araber im Allgemeinen schlecht röchen.

Das war mal wieder so eine Nachricht nach Allans Geschmack, die er unbedingt an die Gruppe weitergeben musste.

»Haben die Leute eigentlich nichts Besseres zu tun?«, wunderte sich Julius.

»Alvesta ist doch gar nicht so weit von hier, oder?«, sagte Allan. »Wollen wir nicht mal hinfahren und uns das angucken?«

»Was denn angucken?«, fragte Sabine.

Das wusste Allan auch nicht so recht, deswegen gab er keine Antwort. Doch er gab seinem schwarzen Tablett ein Küsschen zum Dank für die Müllabfuhrnachricht. Alles war verziehen.

Die Reise ging weiter Richtung Süden. Als sie sich der Gegend um Värnamo näherten, begann es schon langsam zu dämmern. Mithilfe von Allans Tablett fand Sabine wieder eine schlichte Pension. Sie wurde von einer älteren Dame geführt, so ähnlich wie die Frau, die vor Kurzem mit der Nase auf die Tischplatte geknallt war.

»Aber mit der Neuen veranstalten wir bitte keine Séancen, okay?«, sagte Julius.

SCHWEDEN

Es war bereits Abend, als Johnny Engvall auf den Hof der Pension Klipphällen bog. Dort parkte kein Leichenwagen mehr, er war zu spät gekommen.

Die Pensionswirtin, die also überhaupt nicht am Séance-Tisch verstorben war, stand in der Küche und kochte den nächsten Topf voll Erbsensuppe, als sie überraschend Besuch bekam.

Der Nazi gab sich große Mühe, die alte Dame nicht zu sehr zu erschrecken. Bevor er mit Gewalt aus ihr rauspresste, was sie wusste, wollte er sie einfach freiwillig zum Reden bringen.

»Recht schönen guten Tag auch«, sagte er und hasste sich selbst für seinen leutseligen Ton.

»Ihnen auch einen guten Tag«, sagte Frau Lundblad. »Suchen Sie eine Übernachtungsmöglichkeit?«

Zufällig war Erbsensuppe Johnnys absolutes Lieblingsgericht. Es war lecker, schwedisch und echt. Am liebsten mit einem Klacks Senf am Tellerrand, einer Scheibe Knäckebrot und einem ordentlichen Glas Milch.

»Kann schon sein«, sagte er. »Und vielleicht sogar einen Happen zu essen?«

Frau Lundblad bat ihn zu Tisch. Die Suppe war fast fertig. Während sie zwei Gedecke auflegte, meinte sie, es freue sie, Gesellschaft zu haben, denn sie habe einen ganz schrecklichen Tag gehabt, das könne sie ihrem Gast versichern.

Und dann erzählte sie auch schon, Johnny brauchte gar nicht zu fragen.

Tags zuvor waren drei furchtbare Menschen – mit einem Leichenwagen! – gekommen. Nur wenige Stunden bevor der junge Herr auftauchte, hatten sie sie zu einer Séance eingeladen und ihr angeboten, mit ihrem verstorbenen Mann zu sprechen. Alles war gut gegangen, aber als sie von der nervlichen Anspannung ohnmächtig wurde, ließen diese Rüpel sie einfach liegen. Das war so unchristlich, dass es nicht mit Worten zu beschreiben war.

Eigentlich wollte Johnny sofort fragen, ob sie wusste, wohin die Gäste gefahren waren, aber dann drängte sich doch ein anderer Gedanke in den Vordergrund.

»Eine Séance?«, fragte er. »Haben Sie wirklich mit Ihrem Mann gesprochen?«

»Oh ja. Jetzt weiß ich, dass es ihm im Himmel gut geht. Und stellen Sie sich vor, er hat auch mit dem Rauchen aufgehört. Mein lieber, tüchtiger Börje hat mit dem Rauchen aufgehört.«

Und zum zweiten Mal schoss dem Nazi der ebenso absurde wie wundervolle Gedanke durch den Kopf, dass er mit Kenneth auf der anderen Seite vielleicht Kontakt aufnehmen könnte. Diesmal hielt sich der Gedanke länger, bevor er ihn beiseiteschob.

Die Suppe war göttlich. Die alte Dame war wohl mal blond gewesen, bevor sie weiße Haare bekam, das machte die Sache noch besser.

»Sie sind eine fantastische Köchin, das muss ich wirklich sagen. Aber sagen Sie mal, wissen Sie, wohin diese schrecklichen Menschen gefahren sind?«

Nein, das wusste die alte Dame natürlich nicht.

»Verstehe. Haben die Ihnen irgendwas gestohlen? Haben sie irgendwas hiergelassen?«

Nein, Diebe waren sie eigentlich nicht gewesen. Die einzige Spur, die sie hinterlassen hatten, war eine Notiz auf der Spüle.

Sie reichte ihm ein DIN-A4-Blatt. Darauf stand:

Stockholm – Nein.

Göteborg – Jein.

Malmö – Ja.

Malmö!

Dorthin waren sie also unterwegs.

»Möchten Sie noch einen Teller Erbsensuppe, mein Lieber?«, fragte die alte Dame.

»Nein, du alte Schnepfe«, sagte Johnny Engvall und ging. Letzteres fühlte sich richtig gut an.

SCHWEDEN

»Und, was ist mit Trump so alles los gewesen seit letztem Mal?«, eröffnete Julius am nächsten Tag das Gespräch am Frühstückstisch.

Es war Zeit für die Abreise, die letzten hundertfünfzig Kilometer bis Malmö. Wo sie wohnen sollten, wenn sie erst mal dort waren, musste sich erst noch finden. Immer schön eins nach dem andern. Julius dachte sich, wenn sie Allans Nachrichten von seinem schwarzen Tablett schnell abhakten, könnten sie umso schneller aufbrechen und sich den wesentlichen Fragen widmen.

»Lustig, dass du fragst«, sagte Allan. »Ich hatte eigentlich gedacht, wir könnten es heute aus Rücksicht auf unsere ungute Situation vielleicht mal überspringen. Aber natürlich ist da schon einiges passiert, während wir geschlafen haben – oder was auch immer ihr so gemacht habt, ich bilde mir ein, ich hab da was durch die Wand gehört.«

»Komm zur Sache«, sagte Sabine.

Ja, also, Trump. Er hatte einen neuen Kommunikationsberater eingestellt, der sofort bekannt gab, dass er alle in seiner Umgebung feuern lassen würde, woraufhin er selbst den Laufpass bekam.

»Danke«, sagte Julius. »Wollen wir dann …«

»Warte! Das hab ich doch bloß als Hintergrund erzählt. Es heißt, dass der Mann, der hinter der ›Schmeiß in so kurzer Zeit wie möglich so viele Leute raus wie möglich‹-Strategie steckt, unser Freund Bannon ist.«

»Unser Freund wer?«

»Steve Bannon. Der Chefstratege. Der Wütende mit den rosigen Wangen, der uns im Flughafen von New York in Empfang genommen hat.«

»Genau, so hieß er. Ich wusste nicht, dass das der Chefstratege des Präsidenten ist.«

»Ist er auch nicht. Nicht mehr.«

* * * *

Malmö kam immer näher. Julius war auf dem Beifahrersitz eingeschlafen. Allan schlummerte hinten im Sarg, allzeit bereit, sich tot zustellen, wenn es erforderlich wurde. Sabine war mit ihren Gedanken allein. Sie hatte kein gutes Gefühl dabei, eine neue Firma in Schweden zu gründen, dem Land, in dem sie einen Nazi verärgert hatten. Das Ausland wäre sicherer gewesen. Aber welches Ausland? Es reichte ja nicht, dass man den Kontakt zu jemand auf der anderen Seite herstellte, man musste auch verstehen, was er sagte. Und dann war ja längst noch nicht sicher, wie rentabel das Ganze überhaupt laufen würde.

Womit sie wieder beim gleichen Gedanken war.

Olekorinko. Der Hexenmeister. Oder *mganga*, wie er in seiner Muttersprache hieß. Der Mann, von dem ihre Mutter Gertrud so viel gesprochen hatte. Mit einer Geschäftsidee, die wie keine andere war.

In Afrika.

Verdammt, verdammt, verdammt.

Sie fluchte unhörbar. Doch Julius hörte ihr Schweigen und wachte auf.

»Woran denkst du?«, fragte er.

»Nichts.«

Sie sah keine andere Lösung, als bei dem Plan und der Facebook-Kampagne zu bleiben, die Allan und Julius schon vorbereitet hatten, in der Sabines Fähigkeiten als »Medium Esmeralda« mit Wohnsitz in Malmö vermarktet wurden – sechshundert Kilometer entfernt von dem erbosten Nazi in Stockholm, aber nur eine Brücke weit vom Riesenmarkt Kopenhagen.

* * * *

Für jemand, der unter dem Radar fliegt, ist es nicht leicht, Geschäftsräume zu finden. Oder auch nur eine Wohnung. Die Lösung bestand darin, Julius einem gewissen Risiko auszusetzen – er war ja der Einzige in der Gruppe, der in keinem Firmenregister genannt wurde. Es gab schon vereinzelte Mietwohnungen in der Gegend, unter anderem eine Dreizimmerwohnung im Süden des Stadtviertels Rosengård, für gut sechstausend Kronen im Monat, knapp sieben Kilometer vom Zentrum von Malmö entfernt. Es war nicht unbedingt die attraktivste Wohngegend, aber gerade deswegen eine passende Alternative für die Freunde. Im Zentrum für gut drei bis vier Millionen eine Wohnung zu kaufen stand ja gar nicht zur Debatte.

Julius wurde vor dem Büro der gemeinnützigen Wohnungsgenossenschaft abgesetzt (das im Gegensatz zu der freien Wohnung nicht in Rosengård lag) und meldete sein Interesse an.

Und bekam zu seiner Verblüffung ein *Nein* zu hören.

»Wir haben unsere Regeln«, sagte die Vertreterin der Genossenschaft, eine Frau Mitte vierzig.

»Und was sind das für Regeln?«, erkundigte sich Julius, der Regeln ganz allgemein nicht leiden konnte.

»Nun, wenn ich das recht verstanden habe, können Sie mir keine gültige Adresse oder ein geregeltes Einkommen vorweisen, und dann wird es schwierig.«

Julius schaute die Frau an.

»Was die gültige Adresse betrifft – die versuche ich mir ja gerade zu beschaffen. Aber ich kann mich ja wohl schlecht in einer von Ihren Wohnungen melden, bevor ich Zugang dazu habe, oder?«

»Das stimmt schon«, sagte die Frau. »Aber aufgrund Ihres Alters ahne ich, dass Sie vorher schon irgendwo anders gewohnt haben, und das geht aus dem Formular, das Sie mir hier ausgefüllt haben, nicht hervor. Und wenn ich Ihren Namen ins System eingebe, bekomme ich auch keinen Treffer.«

Scheißland! Konnte hier nicht *irgendwas* auch mal geheim sein? Durfte er sich wenigstens noch seine Zahnpasta selbst aussuchen? Doch das behielt er für sich.

»Junges Fräulein«, sagte er stattdessen. »Als Diplomat im Dienste des Außenministeriums habe ich seit der Kubakrise keinen festen Wohnsitz in Schweden mehr gehabt. Sie müssen wissen, dass ich oftmals schlimmes Heimweh hatte. Aber so schlimm wie in diesem Moment hab ich es noch nie empfunden, wenn mir ein kommunales Organ auf diese Art den Rücken zukehrt.«

Und dann legte er seinen schwedischen Diplomatenpass auf den Tisch.

Die Frau schaute den Pass an. Schlug ihn auf. Sagte erst gar nichts. Und dann:

»Und das geregelte Einkommen? Sie müssen verstehen, dass …«

»Ich habe meine Einnahmen natürlich nicht in Schweden gehabt«, sagte Julius, der spürte, dass er jetzt in Fahrt kam. »Wenn Sie freundlicherweise bei der Bank of Investments auf den Seychellen nachfragen wollen, werden Sie sicher finden, was Sie suchen.«

Glücklicherweise gab die Frau sofort klein bei. Den Namen der Bank hatte er nämlich frei erfunden, Seychellen hätte er nicht mal buchstabieren können, wenn sie ihn gebeten hätte.

»Ich glaube, ich verstehe Ihr Dilemma, Herr Diplomat«, sagte sie zögerlich. »Ich werde mal sehen, was ich tun kann.«

»Aber bitte beeilen Sie sich ein bisschen, ich habe Jetlag«, sagte Julius. »Ich bin gerade angekommen nach einem Zwischenstopp in der schwedischen Botschaft in New York. In Washington, meinte ich.«

Es dauerte nicht mal eine Minute beim Chef. So seltsam es auch war, dass ein Diplomat nach Rosengård ziehen wollte, beschloss die

Wohnungsgenossenschaft, ihn aufzunehmen. Es war ja auch eine gewisse Auszeichnung für sie.

»Wir haben beschlossen, davon abzusehen, dass Sie keine Einkünfte nachweisen können, Herr Diplomat. Sie können die betreffende Wohnung gegen eine Kaution von drei Monatsmieten gerne mieten. Ich hoffe, das ist Ihnen nicht zu viel?«

****

Die Dreizimmerwohnung lag im ersten Stock eines fünfgeschossigen Hauses. Ein Zimmer für Allan, eines für Julius und Sabine, eine Küche und ein Wohnzimmer, das als Veranstaltungsort für Séancen und geistiges Training herhalten musste. Die Möbel wurden Second Hand gekauft, und nach zwei Fuhren mit dem Leichenwagen war alles, wo es sein musste. Zuvor hatten Julius und Sabine im Schutz der Dunkelheit den weißen Sarg mit den roten Rosen in die Wohnung getragen.

»Der macht sich so hübsch im Séance-Zimmer«, sagte Sabine zufrieden.

»Ich kann mich nicht entscheiden, wo ich schlafen soll«, sagte Allan. »In dem Zimmer, das ich bekommen habe, gibt es zwar eine Jalousie, aber andererseits wird mir der Sarg fehlen. Bei dem kann man an und für sich ja auch den Deckel zumachen.«

»Du schläfst in dem Bett, das wir dir gekauft haben«, sagte Sabine. »Bei geschlossener Tür.«

SCHWEDEN

Sowie der Alltag wieder eingekehrt war, kontaktierte Inspektor Viktor Bäckman von der Märsta-Polizei seinen Kollegen Holmlund in Eskilstuna, der alles andere als überrascht war zu hören, dass diese Sargleute unter Beschuss genommen worden waren. Ja, er empfand sogar gewisse Sympathien für den Täter. Daher beantwortete er die Fragen seines Kollegen freundlich und korrekt und wünschte ihm viel Glück.

Allan Karlsson, Julius Jonsson, Sabine Jonsson.

Viktor Bäckman verdaute diese neue Information.

Zwei von ihnen gehörten zum schwedischen diplomatischen Corps. Mindestens zwei von ihnen waren auch in einem Sarggeschäft in Märsta aktiv gewesen. Auf das wiederum mindestens sechzig Kugeln abgefeuert worden waren. Woraufhin die Diplomaten diesen Vorfall nicht der Polizei gemeldet hatten, sondern nach Eskilstuna gefahren waren, wo sie in eine Polizeikontrolle gerieten. Wobei einer von den dreien in einem Sarg lag. Definitiv lebendig.

Was lief da eigentlich?

Keiner der drei war eines Verbrechens verdächtig, aber Inspektor Bäckman wollte ihnen doch gerne mal auf den Zahn fühlen.

Die Adresse, unter der Sabine Jonsson und Allan Karlsson gemeldet waren, war ebendieses Geschäft in Märsta. Julius Jonsson jedoch hatte sich an diesem Vormittag mit einer Adresse in Malmö gemeldet. Ein klärender Besuch bei Herrn Jonsson wäre also auch angebracht. Doch zunächst wollte er zu Ende recherchieren, was es da zu recherchieren gab.

Viktor Bäckman verzichtete darauf, die Sicherheitspolizei einzubinden, denn die gaben sowieso nie eine Antwort auf die Fragen gewöhnlicher Polizisten. Stattdessen rief er im Außenministerium an, um sich bestätigen zu lassen, dass es tatsächlich zwei Diplomaten mit Namen Allan Emmanuel Karlsson und Julius Jonsson (ohne zweiten Vornamen) gab.

Der Inspektor wurde von einer Stelle zur nächsten weiterverbunden. Er musste erst eine Minute warten, dann noch mal drei. Zu guter Letzt wurde er durchgestellt.

»Margot Wallström, wie kann ich Ihnen helfen?«

Inspektor Bäckman war völlig verdattert, fing sich aber rasch. Zuerst bat er um Entschuldigung, dass er die Außenministerin belästigte, das sei nicht seine Absicht gewesen. Es ginge nur darum, zwei Identitäten zu bestätigen, einen Diplomaten namens Karlsson und einen gewissen Jonsson.

Nun war es nicht so, dass Margot Wallström bei jedem Anruf im Außenministerium ans Telefon ging, aber sie hatte Karlssons und Jonssons Namen aufgeschnappt, und als das Personal die beiden nicht im System finden konnte, hielt sie es für das Beste, rechtzeitig einzugreifen, bevor wieder irgendetwas außer Kontrolle geraten konnte.

»Ich kann bestätigen, dass die Herren existieren und dass sie Diplomaten sind«, sagte Margot Wallström. »Gibt es irgendein Problem?«

»Nein, nein«, sagte Inspektor Bäckman. »Nur dass anscheinend jemand mit einem Schnellfeuergewehr auf sie geschossen hat und sie seitdem verschwunden sind.«

Margot Wallström sah sofort vor sich, wie ihre Karriere zu Bruch ging. Hätte sie diese beiden sonderbaren Wesen in Pjöngjang ihrem Schicksal überlassen sollen? Nein, was auch immer jetzt passierte – die Alternative wäre gewesen, dass Kim Jong-un am Ende noch wirksamere Waffen gehabt hätte als jetzt schon. Das musste auf jeden Fall höher bewertet werden als …

»Was haben Sie gesagt? Man hat auf sie *geschossen*? Haben sie zurückgeschossen?«

Inspektor Bäckman erklärte es ihr ausführlicher. Die Diplomaten hatten nicht geschossen, und es deutete auch nichts darauf hin, dass sie verletzt worden waren. Allerdings waren acht Särge im Kugelhagel durchlöchert worden. Und ein Laptop.

Die Geschichte war genauso unglaublich wie die Personen, von denen sie handelte. Angriff ist die beste Verteidigung, dachte sich Margot Wallström und sprach ein Stoßgebet, dass sie aus dieser Sache ungeschoren herauskam.

»Bäckman war Ihr Name, nicht wahr? Gut. Als Erstes will ich sagen, dass ich in meiner Eigenschaft als Außenministerin auf keinen Fall vorhabe, Ihre Arbeit für Sie zu machen, Herr Bäckman. Wenn die Diplomaten Karlsson und Jonsson eines Verbrechens verdächtigt werden, ist es Ihr gutes Recht – beziehungsweise sogar Ihre Schuldigkeit –, die Sache näher zu untersuchen. Wenn nicht, hab ich ein paar vertrauliche Informationen, die ich an Sie weitergeben kann.«

Inspektor Bäckman wiederholte, dass die Herren derzeit nicht unter Verdacht standen und er nur gerne die Möglichkeit bekommen hätte, sich mit ihnen zu unterhalten.

»Dabei kann ich Ihnen leider nicht helfen«, sagte Margot Wallström. »Das letzte Mal hab ich einen von den beiden bei einem geheimen Treffen mit Präsident Trump in New York gesehen. Damit können Sie natürlich anfangen, was Sie wollen, Herr Bäckman. Ich gestatte mir nur, den Wunsch auszusprechen, dass Sie diese Information für sich behalten, im Namen des Weltfriedens.«

Viktor Bäckman bereute schon, dass er das Außenministerium angerufen hatte. Margot Wallström legte da gerade den Weltfrieden in seine Hände, was mehr war, als er seinem schlimmsten Feind an den Hals wünschen würde.

»Ich habe Sie sehr gut verstanden, Frau Außenministerin«, sagte

Viktor Bäckman. »Und noch einmal: Da die Herren Diplomaten keines Verbrechens verdächtigt werden, habe ich keinen Grund, nach ihnen zu fahnden. Aber Frau Außenministerin, darf ich Sie bei der Gelegenheit fragen, ob Sie vielleicht eine Vermutung haben, wer auf die beiden geschossen haben könnte?«

Die Wahrheit lautete, dass Margot Wallström keine Vermutung hatte.

»Ich habe keine Vermutung«, sagte sie. »Aber ich ziehe in Erwägung, mal bei Präsident Trump und Generalsekretär Guterres nachzuhaken, ob sie was wissen. Soll ich einen von den beiden bitten, sich mit Ihnen in Verbindung zu setzen?«

Das war ein Schuss ins Blaue. Aber ein Volltreffer.

»Ach du Scheiße, bloß nicht!«, entfuhr es Viktor Bäckman.

Jetzt war es aber wirklich mal genug! Viktor Bäckman war frisch verlobt. Seine Freundin und er planten einen Golfurlaub in Portugal. In seiner Freizeit trainierte er eine Mädchenmannschaft bei Märsta IK, die erst letzten Herbst erfolgreich am Fußballturnier Märsta Games teilgenommen hatte. Abends besuchte er einmal die Woche einen Kurs in Personalführung und Organisationstheorie, um den Weg für zukünftige Beförderungen zu ebnen. Und am letzten Samstag im Monat traf er sich mit den Jungs zu einem Abend mit Poker und Bier.

Er war ganz sicher *nicht* bereit, das alles zu opfern, um als derjenige in die Geschichte einzugehen, der den Dritten Weltkrieg ausgelöst hatte.

»Entschuldigen Sie meine Ausdrucksweise, Frau Außenministerin. Aber ich glaube, dass ich von allen weiteren Ermittlungen Abstand nehmen werde. Zumindest vorerst. Ich habe jedoch eine eventuelle Adresse von Herrn Jonsson, wenn Sie wünschen. Eine Wohnung in Malmö.«

Margot Wallström wollte die Erinnerung an Allan Karlsson und seinen Spargel züchtenden Freund eigentlich lieber verdrängen. Aber das könnte vielleicht verdächtig wirken.

»Schrecklich gern«, sagte sie. »Kann ja sein, dass Theresa May in Zukunft etwas von Jonsson will, da ist es sicher gut, wenn ich eine Adresse habe.«

Die britische Premierministerin? Was wurde hier eigentlich gespielt? Nein, Viktor Bäckman wollte es gar nicht wissen. Er. Wollte. Es. Nicht. Wissen. Er gab Außenministerin Wallström also die Adresse durch und verabschiedete sich hastig, bevor er zum Training seiner Mädchenmannschaft eilte. Er war vierzig Minuten vor allen anderen in der Turnhalle.

Margot Wallström hatte ein schlechtes Gewissen wegen dem, was sie über Theresa May gesagt hatte. Aber sie hatte nicht gelogen, obwohl die Chance gering war, dass May jemals etwas von Julius Jonsson wollen könnte. Teils weil sie keine Ahnung von seiner Existenz hatte, teils weil sie schwer damit beschäftigt war, ihr Land zu demontieren.

SCHWEDEN

Mit ihrer umfassenden Facebook-Kampagne auf Schwedisch und Dänisch landeten sie in der ersten Woche sieben Treffer, die wiederum zu vier konkreten Buchungen führten. Eine aus Dänemark und drei aus Schweden.

Angeboten wurde ein Kontakt mit der anderen Seite beziehungsweise Hilfe mit nervigen Geistern. Die Séancen wurden in der Wohnung des Mediums in Rosengård abgehalten und kosteten dreitausend Kronen pro Sitzung. Geisteraustreibung und Ähnliches wurde freilich am besten dort vorgenommen, wo der Geist sich aufhielt. In dem Fall kamen noch die Kosten für Reise und Aufenthalt für Esmeralda und ihren Assistenten hinzu.

Bei den ersten vier Aufträgen wünschte jeder Kunde einen Dialog mit einem nahestehenden Verstorbenen. Alle vier kamen nach Rosengård. Drei der Séancen liefen gut. Im vierten Fall ging es um einen gerade ertrunkenen Fischer. Seine verzweifelte Freundin wollte ein letztes Gespräch mit ihrem Geliebten führen. Esmeralda stellte Kontakt zu ihm her, aber in dem Moment gelang dem Mädchen dasselbe. Der Ertrunkene war überhaupt nicht ertrunken, sondern mit kaputtem Motor auf Bornholm an Land geschwemmt worden. Nach seiner Rettung rief er sofort seine Freundin an, die erst Freudentränen vergoss und dann ihr Geld zurückverlangte.

SCHWEDEN

Johnny saß in einem kleinen Café am Gustav Adolfs Torg in Malmö und trank seinen Vormittagskaffee. Dazu aß er einen Salat, wobei er der Bedienung einschärfte, dass der Salat noch einmal extra gewaschen werden sollte – er gehörte nämlich zu der Gruppe von Neonazis, die an das Forschungsergebnis glaubten, dass die ganzen Schadstoffe in den Lebensmitteln für die galoppierende Homosexualität in der Gesellschaft verantwortlich waren.

Der Gustav Adolfs Torg war vielleicht nicht der beste Ort, um etwas zu essen, aber er durfte sich jetzt nicht an Kleinigkeiten aufhängen. Gustav IV. Adolf war ein durch und durch unfähiger König gewesen. Er legte sich mit Napoleon an, bezog Dresche, dass es nur so krachte, und verlor am Ende sowohl Finnland als auch seinen Königstitel. Er wurde abgesetzt und auf den Kontinent geschickt und starb ein paar Jahre später verarmt und versoffen in einem Wirtshaus irgendwo in der Schweiz. Als König angefangen, zum Grafen degradiert, noch ein paar Jahre als *Oberst Gustavsson* gelebt und als Säufer geendet. Nicht gerade die kometenhafte Karriere, die er da hingelegt hatte.

Nach dem Salat holte Johnny wieder den Stadtplan aus der Tasche, wie jeden Vormittag in den letzten Tagen. Er hatte bereits die ganze Stadtmitte abgegrast, das Hafenviertel und Arlöv mit Umgebung. Die westlichen und südlichen Stadtviertel fehlten noch. Seine Arbeit lief darauf hinaus, dass er so lange sämtliche Straßen abfuhr, bis er den Leichenwagen gefunden hatte, ob geparkt oder fahrend.

Aber es war gar nicht so leicht, sich zu konzentrieren. Johnny musste die ganze Zeit an seinen Bruder denken. Und er konnte auch den Gedanken an die Alte in der Pension bei Eskilstuna nicht ganz unterdrücken. Hatte sie wirklich mit ihrem toten Mann gesprochen?

Sabine Jonsson war ja im Vorstand einer Firma, die sich Andere Seite AG nannte, spezialisiert auf Hellseherei und mediale Jenseitskontakte. Von dort hatte sie offenbar in die Sargfertigungsbranche gewechselt, aber in der Pension war sie nachweislich zur Wahrsagerei zurückgekehrt.

Ihm kam der Gedanke, er könnte ihr das Messer an die Kehle halten und sie zwingen, Kontakt mit Kenneth aufzunehmen. Aber konnte man ihr denn überhaupt trauen? Wenn sein großer Bruder nun bei der Séance verlangte, dass sein kleiner Bruder das Medium am Leben lassen sollte – wer sprach dann in dem Moment? Kenneth oder Sabine Jonsson?

Nein, die Frau, die sterben sollte, kam als Kontaktperson zwischen den Brüdern nicht infrage. Aber es gab doch sicher noch andere Medien? Einerseits war das Ganze unmöglich zu glauben. Andererseits spürte Johnny, dass Kenneth noch da war, immer an seiner Seite. Das musste bedeuten, dass er irgendwo dort draußen war, in einer anderen Dimension. Das *musste* es bedeuten.

Johnny recherchierte im Internet und bekam Treffer im ganzen Land. Als er seine Suche auf Süd-Schonen einschränkte, blieben immer noch um die zwanzig. Die meisten fielen raus, weil sie nicht anboten, was Johnny suchte. Während er so siebte, kam ihm der Gedanke, dass Sabine Jonsson vielleicht mit einer Anzeige auftauchen könnte. Sie war blöd genug, in ihrem Leichenwagen herumzufahren – aber ihrem Verfolger dann auch noch direkt *mitzuteilen*, wo sie wohnte? Nein, so bescheuert war wohl keiner.

Zu guter Letzt blieben ihm vier Namen übrig: Bogdan, Angelique, Harriet und Esmeralda.

Bogdan schied sofort aus. Harriet klang nicht so wirklich nach einem Medium. Angelique? Der Name klang für Johnny ganz entschieden nach Pornofilm. Und die Pornofilm-Industrie wurde ja von den Juden beherrscht.

Blieb nur noch Esmeralda. Vielleicht Kanake, aber das ließ sich ja herausfinden.

SCHWEDEN

Neuntausend Kronen Einnahmen, minus die Hälfte an Auslagen für den Erwerb dieser Einnahmen. Das deckte bei Weitem nicht die Gebühr an Facebook, und da der Erfolg der Anzeigenkampagne ziemlich bald nachließ, war offensichtlich, dass die Geschäftsidee auf lange Sicht nicht gewinnbringend genug war.

Ein paar Tage später kamen trotzdem noch drei neue Anfragen. Aus den ersten beiden wurde nichts, die dritte war eine Bitte um eine Séance – ein Mann wollte Kontakt zu seinem Bruder aufnehmen, der bei einem tragischen Unfall ums Leben gekommen war. Wie immer war die Hintergrundinformation des Kunden der Schlüssel zum Erfolg der Séance. Esmeralda setzte sich in die Küche und rief den Mann über den Laptop an. Als sie wieder zu den alten Männern im Wohnzimmer zurückkam, war sie schneeweiß im Gesicht. Julius saß auf dem Sofa, Allan lag mit seinem schwarzen Tablett bequem auf dem Rücken in seinem weißen Sarg mit den roten Rosen.

»Was ist los?«, fragte Julius.

Sabine antwortete nicht. Allan hingegen schon.

Der neue französische Präsident hatte Schimpfworte benutzt, als er sich unbeobachtet wähnte. Und die deutsche Bundeskanzlerin hatte Putin in Moskau in Sachen LGBTQ-Rechte die Leviten gelesen. Allan wusste nicht, was LGBTQ bedeutete. Es klang wie eine nordkoreanische Nachrichtenagentur, aber das mochte er nicht recht glauben.

Julius schnauzte seinen Freund an, er habe nicht mit ihm geredet. Ob Allan denn nicht sehen könne, dass Sabine total verstört sei?

Nein, sagte Allan, das konnte er nicht. Der Sargdeckel versperrte ihm die Sicht. Aber wenn Sabine sie aufklären wollte, wäre das sicher zum Nutzen aller. Gehe er recht in der Annahme, dass ihre Hauptsorge woanders lag als bei den LGBTQ-Rechten? Dann hatte sie Allans vollste Unterstützung, vor allem, wenn sie ihm erklärte, was das bedeutete.

Sabine ignorierte Allan einfach, das hatte sie inzwischen gelernt. Stattdessen erzählte sie, dass sie gerade einen Termin für eine Séance mit Johnny gemacht hatte, der mit seinem Bruder Kenneth in Kontakt treten wollte.

»Gut«, sagte Julius. »Was wissen wir über Kenneth?«

»Zu viel«, sagte Sabine. »Das war der Mann, der in dem Nazi-Sarg liegen sollte, den wir angefertigt hatten.«

»Der dann auf uns geschossen hat?«

»Nein, er hat nicht mehr viel geschossen, aber sein Bruder. Und der kommt morgen hierher. Um eins.«

SCHWEDEN

Johnny Engvall hatte auch im Süden der Stadt keinen Treffer gelandet. Am nächsten Tag wartete Ost-Malmö, aber er griff seinen Ermittlungen jetzt schon mal ein bisschen vor. Er war nämlich unterwegs zum Medium Esmeralda, für ihn wie ein Hilferuf in seiner tiefen Trauer um Kenneth.

Am Ende hatte sie wirklich diese Fähigkeiten, die sie für sich in Anspruch nahm? Am Ende konnte Johnny ja zumindest einen letzten Gruß an seinen Bruder schicken und einen zurückbekommen. Am Ende … am Ende konnten die Brüder sogar einen Kommunikationskanal eröffnen, sodass sich keiner von ihnen je wieder einsam fühlen musste.

Johnny war pünktlich da. Esmeraldas Büro war offenbar auch ihre Wohnung. Sie lag in Rosengård, das jetzt nur noch vier, fünf Blöcke entfernt war. Aber was zum Teufel war das denn?

Auf einmal stand er einfach da.

Der Leichenwagen.

Geparkt.

Es war das richtige Fahrzeug. Aber die Häuser rundherum waren zahlreich und hoch, hier konnte er unmöglich an jede Wohnungstür klopfen.

Johnny stieg aus, ging zum Auto, befühlte die Motorhaube, die noch lauwarm war. Er war also vor Kurzem erst gefahren worden. Da ein Parkschein hinter der Windschutzscheibe lag, der bis morgen früh gültig war, würde das Auto wohl heute nicht mehr bewegt werden.

Das bedeutete, dass er es einfach bewachen musste, bis Sabine Jonsson mit Anhang hier auftauchte.

»Jetzt nur nichts überstürzen, Johnny«, sage er zu sich selbst. »Nur nichts überstürzen.«

Es war fast ein Uhr. Esmeralda wartete ein paar Straßen entfernt.

Johnny beschloss, erst noch seinen Termin wahrzunehmen. Wie gesagt: »Nur nichts überstürzen.«

* * * *

Aus schwer verständlichen Gründen war der Nazi mit dem Schnellfeuergewehr aus Märsta nun also in Malmö gelandet, wo er sich das Medium Esmeralda ausgesucht hatte. Das konnte kein Zufall sein. Natürlich war es kein Zufall. Aber es musste ein Zufall sein!

Wie die Freunde die Sache auch drehten und wendeten, sie konnten den Fehler nicht finden. Es gab keine einzige Verbindung zwischen Sabine Jonsson auf der einen Seite und der Wohnung sieben Kilometer südöstlich von Zentral-Malmö auf der anderen.

Im Mietvertrag der Wohnung stand ja bloß Julius. Und der tauchte in keinem Zusammenhang mit Sabine auf. Nicht in ihrer Firma, nicht in ihrer Wohnung in Märsta.

»Es ist tatsächlich ganz unmöglich, dass …«, sagte Julius.

Da fiel ihm ein, dass Allan, Julius und Sabine sich alle drei vor der Polizei in Eskilstuna ausgewiesen hatten. Damit war er also zusammen mit seinen Freunden bei der Polizei im System. Aber hatte dieser Johnny denn Zugriff darauf?

Die Schlussfolgerung musste dennoch lauten, dass der Nazi bewusst einen Termin bei Esmeralda gemacht hatte, um bei der Séance so viele Personen wie möglich hinzurichten.

Aber warum zur Hölle meldete er sich dann mit seinem richtigen Namen an?

Die neue Schlussfolgerung lautete, dass man einfach keine Schlussfolgerung ziehen konnte. Vielleicht hatte der Nazi ja wirklich ein Medium gesucht und war nur zufällig gerade in Malmö. Nein, das war einfach zu absurd. Aber die andere Variante war genauso absurd.

»Ich werd verrückt«, sagte Julius.

»Ich auch«, sagte Allan, um seine Unterstützung zu signalisieren.

»Das bist du doch schon«, sagte Sabine.

Sie schmiedeten folgenden Plan: Während der Séance sollte Sabine alias Esmeralda den Nazi Johnny allein in Empfang nehmen, während Allan und Julius sich in der Wohnung versteckten, so gut bewaffnet, wie es den Umständen entsprechend eben ging. Und wenn die Stimmung ins Bedrohliche kippte, würden sie aus ihrem Versteck kommen und ... ja, was dann?

Ein mickriger Plan, das war ihnen allen klar. Trotzdem ging Julius noch mal kurz shoppen und kam mit einem Baseballschläger und einer Luftpistole zurück.

»Nicht gerade Kim-Jong-un-Bewaffnung«, meinte Allan. »Außerdem kann ich den Baseballschläger nicht heben. Gib mir mal die Pistole!«

Sabine bereitete sich auf ihre eigene Art vor. Sie kochte Kaffee und zerkrümelte vier Schlaftabletten in einer Tasse. Es konnte nicht schaden, wenn der potenzielle Mörder schläfrig wurde, bevor er mit Morden anfing. Ihr wurde selbst schon leicht schwindlig, als sie nur ein kleines bisschen von ihrer Mischung kostete. Einen Beigeschmack konnte sie dabei nicht ausmachen.

Im letzten Moment kam sie noch darauf, den Leichenwagen vier Blöcke weiter weg zu parken. Für den Fall, dass der Zufall trotz allem auf ihrer, Allans und Julius' Seite war, sollte man den schlafenden Hund dann wohl besser nicht wecken.

Die Zeit schlich. Elf. Viertel nach. Siebzehn nach. Zehn vor zwölf. Zwanzig nach. Zwanzig vor.

Schlag ein Uhr klingelte es an der Tür.

Jetzt galt es.

Allan stand mit der Luftpistole in der Küche. Julius mit dem Baseballschläger im Flurschrank. Sabine in voller Montur mit ihren Medaillons und allem Pipapo. Das Séance-Zimmer war genau richtig abgedunkelt, mit einem geschmackvollen Sarg in der Ecke, Myrrhe, purpurrotem Tuch und warmen Steinen auf dem Tisch.

Sabine machte nervös die Tür auf und begrüßte …

»Frau Außenministerin Wallström? Was machen Sie denn hier?«

»Ah, Sie haben mich erkannt, wie ich sehe. Ich suche einen gewissen Julius Jonsson. Und seinen Freund Allan Karlsson. Wir sind miteinander bekannt, und ich muss ihnen ein paar Fragen stellen.«

Sabine hatte weiß Gott geglaubt, auf alles vorbereitet zu sein. Aber nicht auf das hier. Hatte die Außenministerin unter falschem Namen um einen Termin …?

Weiter kam sie nicht in ihren Gedanken, denn da tauchte hinter der Außenministerin noch eine Person auf. Ihr Leibwächter? Nein.

»Hallo, ich bin Johnny. Bin ich hier richtig?«

SCHWEDEN

Der Außenministerin war es gelungen, Inspektor Bäckman davon abzuschrecken, Karlsson und Jonsson gründlicher auf den Zahn zu fühlen. Aber das hieß noch lange nicht, dass sie die Sache selbst fallen lassen konnte. Was war mit ihnen passiert, seit sie nach Schweden zurückgekehrt waren? Jemand hatte mit einem Schnellfeuergewehr auf ein Haus geschossen, in dem sie vermutet wurden?

Die Ministerin wurde von einem schwindelerregenden Gedanken erfasst. Wenn nun der nordkoreanische Sicherheitsdienst auf schwedischem Territorium unterwegs war und schwedische Mitbürger hinzurichten versuchte? Man hatte ja erst vor Kurzem einen Nordkoreaner in Malaysia ermorden lassen. Der Schritt, dasselbe mit einem Schweden in Schweden zu machen, wäre zwar ein großer, aber vielleicht nicht zu groß?

Andererseits war da so gar keine einheitliche Vorgehensweise ersichtlich: Erst Gift, dann wild drauflosballern?

Und warum hatten Karlsson und Jonsson die Sache nicht angezeigt? Weil sie Angst hatten? Eigentlich hatten sie weder vor Kim Jong-un noch vor Donald Trump übermäßig eingeschüchtert gewirkt. Was könnte denn *noch* schlimmer sein?

All das und mehr ging der Außenministerin im Kopf herum. Sie hatte eine Adresse von Julius Jonsson in Malmö, konnte sich aber nicht vorstellen, die ganze Strecke von Stockholm nach Malmö zu fahren, um eine Art private Ermittlung anzustellen, was zwei Diplomaten trieben, die sie unkorrekterweise mit Diplomatenpässen ausgestattet hatte.

Also wartete sie ab, bis sie rein dienstlich in der Nähe zu tun hatte.

Die Grenzkontrollen zwischen Dänemark und Schweden hatten seit über einem Jahr für gereizte Stimmung zwischen den Ländern gesorgt. Bedürftige Flüchtlinge machten den langen Weg durch ganz Europa, und wenn sie nach Dänemark kamen, halfen die Dänen ihnen nur zu gerne über den Sund nach Schweden hinüber.

Das funktionierte so lange, bis es nicht mehr funktionierte. Als das kleine Schweden mehr Flüchtlinge aufgenommen hatte als das ganze übrige Europa zusammengenommen – außer Deutschland –, brach das System zusammen. Es gab keinen Platz mehr, an dem die Flüchtlinge hätten wohnen können. Es war der Gesellschaft nicht mehr möglich, in einem angemessenen Zeitraum ihren Flüchtlingsstatus zu ermitteln, geschweige denn ihnen eine menschenwürdige Zukunft zu bieten. Ein schrecklich großer Teil der alleinreisenden Kinder waren überdies siebzehnjährige Jungen, ganz egal, ob sie siebzehn waren oder nicht. Sie waren von einer Familie irgendwo im elendsten Winkel der Welt als Vorhut geschickt worden, deren Oberhaupt seinen ganzen verbliebenen Stolz in den Auftrag investierte, das Überleben seiner gesamten Familie zu sichern. Andere waren auf der Straße groß geworden und hatten nur Kriminalität gelernt, sonst nichts. Wieder andere waren heroinsüchtig, wie sollte man das alles auch anders aushalten?

In Europa lachte man sich kaputt über das dumme Schweden. Nicht viele Menschen kamen zur umgekehrten Schlussfolgerung: dass man diese ganze Flüchtlingssituation hätte bewältigen können, wenn alle EU-Länder sich verhalten hätten wie Schweden und Deutschland. Aber im Himmel Punkte für den Jüngsten Tag zu sammeln, war total out.

Nun ja. Schweden schloss also zu guter Letzt seine Grenze zu

Dänemark mit Gewalt. Niemand wurde mehr ohne ordnungsgemäße Kontrolle über die Brücke gelassen. Tausende von Pendlern zwischen den Ländern waren von unsäglichen Verspätungen betroffen.

Das Ergebnis ließ nicht lange auf sich warten. Schweden verlor seinen Ruf als Paradies auf Erden, die Zahl der Asylsuchenden sank von alle auf fast null. Während das Alltagsleben zwischen den Großstädten Malmö und Kopenhagen aus dem Takt kam. Zum ersten Mal seit Jahrzehnten wurde deutlich, dass Schweden und Dänemark zwei verschiedene Länder waren, zwischen denen man nicht einfach hin- und herfahren konnte, wie man wollte. Ungeachtet der Hautfarbe.

Aber jetzt wurde es Zeit für eine Lockerung der Beziehungen. Schweden beschloss, keine Legitimation mehr von den Leuten zu verlangen, die von der dänischen Seite über die Grenze wollten. Das sollte durch eine effektivere Grenzkontrolle in Schweden ersetzt werden. Deswegen brauchte die schwedische Grenzpolizei mehr Ressourcen. Kurz und gut, der Ministerpräsident hatte Außenministerin Wallström gebeten, nach Malmö zu fahren, um mit der Grenzpolizei über die neue Policy der Regierung zu reden. Und am besten besorgte Beamte zu beruhigen, die nicht kapierten, wie sie das schaffen sollten. Sie würde die internationale Perspektive ins Feld führen, damit die hart arbeitenden Beamten begriffen, dass sie ein wichtiger Teil des Ganzen waren.

Nähe demonstrieren, so hieß das in Politikersprech.

Die Ministerin nahm einen Linienflug von Stockholm nach Malmö, und als das Treffen mit der Grenzpolizei vorbei – und obendrein auch noch gut gelaufen – war, hatte sie noch drei Stunden. Nachdem sie kurz nachgedacht hatte, teilte sie ihren Bodyguards mit, dass sie vor dem Heimflug noch einen privaten Abstecher nach Malmö machen wollte.

Einen Abstecher? Einfach so? Da wollten die Bodyguards schon mehr wissen. Die Ministerin sagte, sie wolle alte Bekannte besuchen (wie alt sie waren, verschwieg sie), die keine Bedrohung für ihre Person darstellten. Daraufhin kam man zu dem gemeinsamen Beschluss, dass man sie zur gewünschten Adresse eskortieren würde, sie dann aber ab der Haustür alleine ließ. So eine Leibwache musste die Sicherheit eben auch gegen die Unverletzlichkeit der Persönlichkeitsrechte abwägen.

SCHWEDEN

Johnny Engvall hatte das Gefühl, eine der beiden Frauen im Flur wiederzuerkennen. Welche von den beiden Esmeralda war, war unverkennbar – das war die mit dem ganzen Talmi um den Hals. Die andere sah eher aus wie eine Geschäftsfrau, und sie war auch diejenige, die ihm so bekannt vorkam.

Margot Wallström war herumgefahren. Und fühlte sich plötzlich überhaupt nicht mehr wohl in der Situation. Der Mann, der hinter ihr aufgetaucht war, trug Lederkleidung und machte allgemein einen ziemlich vierschrötigen Eindruck. Sie wandte sich wieder Sabine zu.

»Wie gesagt, ich suche Allan Karlsson und Julius Jonsson. Aber wie ich sehe, bekommen Sie gerade Besuch, dann ist es wohl besser, wenn ich später wiederkomme?«

Sabine überlegte rasch.

»Hier wohnt niemand, der so heißen würde.«

Doch Johnny Engvall hatte es gehört. Und jetzt dämmerte es ihm langsam.

»Allan Karlsson?«, wiederholte er langsam.

Der Leichenwagen stand ja nur ein paar Blöcke entfernt auf der Straße. Was war er bloß für ein Idiot gewesen!

»Ich kenne einen Allan Karlsson«, fuhr Johnny fort. »Er ist in der Geschäftsführung einer Firma nördlich von Stockholm, die Särge herstellt. Und Verbindungen zu einem anderen Unternehmen hat, in der Hellseher…«

»Damit habe ich nichts …«, begann Sabine, doch sie wurde unterbrochen.

»Und Karlssons Leichenwagen parkt um die Ecke.«

»Ein Leichenwagen?«, versuchte es Sabine.

»Ein Leichenwagen?«, wiederholte Außenministerin Wallström mit etwas aufrichtigerer Verblüffung.

Aber jetzt hatte der fremde Mann ein Messer gezückt.

»Darf ich die Damen bitten, ganz vorsichtig rückwärts in die Wohnung zu gehen? Wir haben ein paar Sachen zu besprechen. Ich glaube, das ist heute mein Glückstag.«

Letzteres stimmte nicht, aber das wusste er ja Gott sei Dank nicht.

Johnny spürte Trauer aufsteigen, als ihm klar wurde, dass man den Rest des Tages anderen Dingen als dem Kontakt zu seinem großen Bruder widmen würde. Diese Trauer ging in Wut über. Er schaltete also einen Gang hoch und schlug einen anderen Ton an.

»Ich hab schon ein paar Jahre niemand mehr erstochen, das wird sicher schön. Aber zuerst erzählen Sie mir jetzt mal, wo der Mann ist, der meine Sargbestellung entgegengenommen hat. Karlsson hieß der doch, oder? Nach Möglichkeit möchte ich Sie gerne beide gleichzeitig umbringen. Und Sie hier gleich mit, glaube ich.« Johnny wandte sich zur Außenministerin. »Haben wir uns schon mal irgendwo gesehen?«

Margot Wallström hatte auf die harte Tour gelernt, dass Allan Karlsson und seine Freunde zu dem Schlag gehörten, von dem man sich besser fernhielt. Aber jetzt war Eile geboten. Die Bodyguards im Auto auf der Straße schienen plötzlich unendlich weit weg. Die Frage war, ob sie ihre Überlebenschancen steigerte oder verringerte, wenn sie erzählte, wer sie war. Schließlich sagte sie:

»Interessant. Ich erkenne Sie auch wieder. Waren Sie nicht mal schwedischer Botschafter in Madrid? Dann wären wir nämlich eventuell Kollegen? Ich bin die Chefin des Außenministeriums in Stockholm.«

Johnny Engvall kam völlig aus dem Konzept. Aber nur eine Sekunde lang.

»Sie sind die Außenministerin?«, fragte er. »Was zum Teufel ist hier eigentlich los?«

Sabine ergriff die Chance.

»Können Sie beide bitte mal still sein? Ich spüre, dass ich hier gerade Kontakt bekomme. Kenneth? Bist du das, Kenneth?«

Ihr Ablenkungsmanöver hatte den gewünschten Effekt. Johnnys Augen wurden ganz groß und rund, als Sabine beide Hände zur Decke hob und nach oben schaute. Die Bewegungen sahen in dem dunklen Zimmer fast ein bisschen unheimlich aus. Lange Schatten fielen auch noch auf einen Sarg, der hinten in der Ecke stand.

Wahrscheinlich hätte Johnny nicht länger als zehn Sekunden gebraucht, um Sabines Manöver zu durchschauen, aber da die Außenministerin nur halb so lang brauchte, um ihre Situation zu durchdenken, geschah Folgendes: In den ersten zweieinhalb Sekunden überlegte sie, ob sie laut losschreien sollte, sodass die Leibwächter draußen sie hören und retten konnten. Die letzten zweieinhalb Sekunden verbrachte sie damit, diese Idee fahren zu lassen, stattdessen die Schreibtischlampe an sich zu reißen und dem Nazi den Lampensockel über den Schädel zu ziehen.

Johnny Engvall ging zu Boden – ob bewusstlos oder tot, das galt es noch herauszufinden.

»Hände hoch!«

Allan kam durch die Küchentür hereingelaufen, die Luftpistole im Anschlag.

»Du solltest ihn ablenken, *bevor* ich ihm den Schläger über den Kopf ziehe, nicht danach«, sagte Julius, der gerade aus der anderen Richtung gekommen war.

»Und du hättest ihm den Schläger über den Schädel ziehen sollen, *bevor* die Außenministerin dasselbe mit der Lampe gemacht hat«, sagte Sabine.

Die Ministerin hatte einen prächtigen Treffer gelandet. Jetzt stand sie da mit der Tischlampe in der Hand und fühlte sich ganz leer.

»Gut gemacht, Margot«, sagte Julius. »Darf ich überhaupt Margot zu dir sagen?«

Die Außenministerin nickte.

»Nur zu«, sagte sie.

Etikette stand im Moment ganz weit unten auf ihrer Liste.

Allan und Julius hatten in ihren Verstecken das dramatische Geschehen verfolgt, das sich im Flur abspielte. Wo zum Teufel kam denn jetzt die Außenministerin her?

Nach dem ursprünglichen Plan sollte Allan den Wohnzimmereingang übernehmen, den von der Küche nämlich, und mit seiner Pistole fuchteln. In den Sekunden, die es dauerte, bis der Nazi merkte, dass sie ebenso ungefährlich war wie der Alte, der sie hielt, sollte Julius ihm mit dem Baseballschläger eins überziehen.

»Na, jetzt ist ja doch alles gut ausgegangen«, fasste Julius zusammen. »Auch wenn es nicht das Verdienst des langsamen Allan war.«

»Oder deines«, warf Sabine ein.

»Alles gut?«, wiederholte Außenministerin Wallström. »Hier liegt ein eventuell toter Mensch vor meinen Füßen. Und ich habe ihn eventuell getötet.«

»Na, na«, sagte Alan. »Von solchen Kleinigkeiten wollen wir uns doch jetzt die Stimmung nicht verdüstern lassen.«

»Ich höre, dass er atmet«, sagte Sabine. »Übrigens sind wir gar nicht dazu gekommen, uns richtig zu begrüßen, die Frau Ministerin und ich. Mein Name ist Sabine Jonsson. Ich bin nicht mit Julius verheiratet, auch wenn wir denselben Nachnamen tragen. Aber es ist ja noch nicht zu spät.«

Lahm ergriff die Außenministerin Sabine Jonssons ausgestreckte Hand.

»Margot Wallström«, sagte sie.

»Ja, ich weiß schon«, sagte Sabine.

»Willst du mich wirklich heiraten?«, fragte Julius und strahlte übers ganze Gesicht.

»Oh ja, lieber Julius!«

In diesem Moment kam wieder Leben in die Ministerin, die die ganze Zeit wie gelähmt neben sich gestanden hatte.

»Können Sie Ihre Heiratsanträge bitte zu einem anderen Zeitpunkt erledigen?«, bat sie. »Bevor ich hier völlig den Verstand verliere?«

In Gesellschaft einer Außenministerin am Rande eines Nervenzusammenbruchs sowie zweier frisch Verliebter, die nur Augen füreinander hatten, wurde Allan klar, dass es jetzt bei ihm lag, die Dinge in die Hand zu nehmen.

»Ich glaube, es wäre das Beste, wenn Sie uns nicht zusehen müssen, während wir hier so gut es geht die Bude aufräumen, Frau Außenministerin. Vermutlich wird es Ihnen und Ihrer Karriere nicht guttun, wenn Sie Schweden und der ganzen Welt erklären müssten, was Sie zusammen mit einem bewusstlosen Nazi in einem Séance-Zimmer in einem Vorort von Malmö gemacht haben.«

»Aber ich kann doch nicht einfach ...«, setzte die Ministerin an.

»Gehen? Das ist eine tolle Idee«, sagte Allan. »Nicht zuletzt deswegen, weil die führende Diplomatin Schwedens dem Nazi mit eigenen Händen eins übergebraten hat. Man kann viel Gutes sagen über das, was Sie gerade gemacht haben, aber so furchtbar diplomatisch war es nun nicht unbedingt. Haben Sie schon jemals von so einem Schlamassel gehört, Frau Ministerin?«

Nein, hatte sie nicht.

Allan fand trotzdem, dass sie eine Erklärung verdient hatte, bevor sie ging. Er brachte die Kurzfassung, wie er und Julius in Märsta gelandet waren, Sabine kennengelernt und sich mit ihr zusammengetan hatten, um eine blendende Geschäftsidee mit etwas persönlicher gestalteten Särgen umzusetzen, wie ihnen dabei leider eine einzige Panne unterlief und der Mann, der jetzt auf dem Boden lag und schlief, deswegen so unendlich wütend auf sie wurde, dass er anfing, wild herumzuballern, sodass sie vor ihm geflohen sind.

»Warum haben Sie denn nicht einfach die Polizei gerufen?«, fragte Margot Wallström.

»Die Polizei doch nicht!«, sagte Julius. »Die Polizei ruft man nur, wenn es wirklich nötig ist. Und auch dann nicht unbedingt.«

»Aber ...«, begann die Außenministerin.

Weiter kam sie nicht. Denn jetzt fing der eben noch bewusstlose Mann auf dem Boden an, sich zu bewegen. Er stöhnte und murmelte Unverständliches. Sabine war sofort bei ihm.

»Setzen Sie sich auf, Herr Nazi, ja, Sie können ruhig erst mal auf dem Boden sitzen bleiben. Hier haben Sie eine Tasse Kaffee, damit Sie wieder zu sich kommen. Dass der Blitz aber auch so heftig in Ihren Kopf eingeschlagen ist ...«

»Kaffee?«, sagte die Außenministerin. »Ist das denn in seinem Zustand so ...«

Schlau, wollte sie sagen, aber jetzt setzte sich Johnny Engvall mit der Kaffeetasse in der Hand auf.

»Der Blitz?«, wiederholte er und versuchte sich zu erinnern, wo er überhaupt war.

Er leerte die Tasse mit sämtlichen Schlaftabletten und war immer noch so k. o., dass Julius ihm daraufhin die Hände auf dem Rücken fesseln konnte, wenn auch nur unter Protest.

»Was machst du denn da?«, sagte Johnny. »Wer bist du? Wo bin ich?«

»Na also«, sagte Sabine. »Jetzt hat er vier Schlaftabletten intus, es dauert nicht mehr lang, dann ist erst mal eine Weile Schluss mit dem Gefasel.«

Da war die Grenze für die Außenministerin erreicht. Mehr wollte sie nicht wissen. Mehr wollte sie nicht sehen. Sie wandte sich an Allan.

»Würden Sie mir kurz erläutern, wie es Ihrer Ansicht nach weitergehen soll, Herr Karlsson? Ich hab hier zwei Vertreter der Sicherheitspolizei vor der ...«

»Keine Polizei«, sagte Julius.

Allans Vorschlag sah so aus, dass die Außenministerin sich jetzt so schnell wie möglich vom Acker machte, am besten in Gesellschaft ihrer Bodyguards, die sie offensichtlich gar nicht brauchte, weil sie sich ja auch alleine bestens verteidigen konnte. Um den immer schläfrigeren Nazi auf dem Boden würden sich die anderen nach Kräften kümmern. Und die Frau Ministerin sollte sich keine Sorgen machen. Auch wenn in Allans Nähe im Laufe der Jahre schon der eine oder andere Unfall passiert war, würden sie dafür Sorge tragen, dass dieses Subjekt den Tag überlebte. Nicht, weil er es verdiente, sondern weil es eine Frage des allgemeinen Anstands war.

Allgemeiner Anstand? Außenministerin Wallström schloss die Augen. Sie hatte das Gefühl, dass ihre Karriere bald zu Ende sein würde. Auch wenn sie nicht wusste, was sie falsch gemacht haben könnte. Zumindest nicht von einem moralischen Standpunkt. Wie hatte es so weit kommen können, wo es doch ihr einziges Streben gewesen war, ein bisschen Frieden auf Erden zu schaffen?

Wenn das alles ans Licht kam, würde keine Entschuldigung oder Erklärung helfen. Nach allem, was sie über die natürliche Dynamik der Medien gelernt hatte, würde sie von Zeitungen und Fernsehen in Stücke gerissen werden.

Seltsamerweise hatte die Erkenntnis, dass alles verloren war, eine beruhigende Wirkung auf sie. Sie würde zu dem stehen, was sie getan hatte, und aufrecht und erhobenen Hauptes in den Abgrund fallen.

Doch bevor die Wirklichkeit sie einholte, konnte sie ja immer noch Gutes tun. Am nächsten Tag wartete ein Treffen der Außenminister in Brüssel. Die Woche darauf hatte sie einen kompletten Tag mit dem Ministerpräsidenten, um Macrons Chancen auf einen Wahlsieg in Frankreich zu analysieren, mit Blick auf die bevorstehende Bundestagswahl in Deutschland. Das Treffen war angesetzt worden, weil die Zukunft der gesamten Europäischen Union auf dem Spiel stand. Seitdem war die Einsicht hinzugekommen, dass der Präsident der Vereinigten Staaten nicht richtig tickte. Die Zukunft Europas wurde damit umso wichtiger für die Welt. Und darin hatte Schweden eine bedeutende Rolle zu spielen. Nichtsdestoweniger stand in diesem Augenblick die Außenministerin des Landes, die Schweden zugleich im UNO-Sicherheitsrat vertrat … in einem Zimmer in der Vorstadt von Malmö neben einem zusammengeschlagen und betäubt auf dem Boden liegenden Neonazi.

»Hören Sie sich das mal an«, sagte Allan, der sein schwarzes Tablett zur Hand genommen hatte, von dem er ein paar Minuten getrennt gewesen war. »Donald Trump hat gerade seinen eigenen Außenminister zu einem IQ-Test herausgefordert.«

Wie bitte?

Nein, sie würde nicht einfach aufgeben. Die Welt brauchte Margot Wallström noch, ganz einfach.

»Ich gehe jetzt«, sagte sie.

Ihre beiden Bodyguards warteten vor dem Auto auf der Straße auf sie.

»Alles klar, Frau Außenministerin?«, fragte der eine.

»Ja, natürlich«, erwiderte Margot Wallström. »Wieso fragen Sie?«

* * * *

Die Außenministerin und ihre Leibwächter fuhren davon. Allan, Julius und Sabine standen in einem Halbkreis um den schlummernden Nazi auf dem Boden. Er musste hier weggebracht und irgendwo abgeladen werden, bevor er wieder aufwachte.

»Können wir ihn nicht in einen Teppich rollen?«, fragte Julius.

»Wenn wir einen hätten«, sagte Sabine.

»Er kann ja leihweise meinen Sarg haben«, sagte Allan.

Sabines Miene hellte sich auf.

»Mann, endlich kommt mal was Vernünftiges aus deinem Munde, Allan.«

Julius und Sabine hoben den bewusstlosen Mann hoch. Allan trat zu ihnen und begann die Taschen des Nazis zu durchwühlen.

»Was machst du denn da?«, wollte Julius wissen.

»Den Feind kennenlernen«, erwiderte Allan.

Er fand Autoschlüssel, eine Dose Schnupftabak und eine Brieftasche mit Führerschein, Kreditkarte und dreitausendsiebenhundert Kronen in bar.

»Danke, Johnny Engvall«, sagte er zu dem Bild auf dem Führerschein.

Er behielt das Geld des Nazis und warf den Rest in den Müll.

Als sie die Schlepperei hinter sich hatten, setzte Sabine den Hunderteinjährigen mit seinem schwarzen Tablett an den Küchentisch und instruierte ihn, dort sitzen zu bleiben, bis man ihm etwas anderes sagte. Das war eine Lösung, die Allan gefiel.

Julius erhielt den Auftrag, die Habseligkeiten des Trios in den gerade erworbenen Koffer zu stopfen, während Sabine das Auto holen ging. Sie konnten ja schlecht am helllichten Nachmittag vier, fünf Blöcke weit mit einem Sarg die Straße entlangspazieren. Sabine bestimmte sich und Julius zu Sargträgern, während Allan die Aufsicht über den Rollkoffer übertragen bekam.

Anderthalb Stunden nach der Séance mit der Außenministerin und dem Nazi verließ das Trio seine Wohnung. Julius und Sabine kämpften sich mit dem Sarg mit dem schlafenden Nazi ab, Allan schlenderte summend in ein paar Schritt Abstand hinterher. Bis zur Haustür mussten sie nur eine Treppe überwinden, aber es war trotzdem unglaublich anstrengend. Natürlich begegneten sie im Treppenhaus prompt einem Nachbarn, einer Frau mit zwei Einkaufstüten voller Lebensmittel. Erschrocken schaute sie den Sarg an.

»Überdosis Heroin«, erklärte Allan. »Einfach grässlich so was.«

Die Frau gab keine Antwort. Vielleicht war sie ja Ausländerin?

»Heroinski«, verdeutlichte Allan.

SCHWEDEN – DÄNEMARK

Allan, Julius und Sabine drängten sich auf den Vordersitzen des Leichenwagens, weil der Nazi den gesamten hinteren Bereich belegte.

Zehn Minuten später hatten sie sich des schlafenden Problems entledigt. Johnny Engvall saß jetzt auf einer Bank in einem wunderbar verlassenen Park etwas außerhalb des Stadtzentrums. Während Julius und Sabine die schwere körperliche Arbeit taten, kramte Allan einen weißen Plastikbecher zwischen den Vordersitzen heraus. Den drückte er dem Nazi in die Hand, wodurch sich dieser in einen mutmaßlichen Bettler verwandelte, der auf seinem Platz eingeschlafen war.

»Aber bleiben Sie nicht zu lange da sitzen, Herr Johnny, sonst erkälten Sie sich noch«, sagte Allan zum Abschied.

Die Situation war immer noch höchst kompliziert. Das Nazi-Problem war natürlich alles andere als gelöst. Aber nach dem ganzen Geschleppe und der frischen Luft funktionierte Sabines Gehirn wieder ganz prächtig.

Das musste sie jetzt nutzen, um sich etwas Neues auszudenken. Oder zumindest etwas Großes. Bestenfalls auch noch was Gutes.

Und Sabine kam zu einer Entscheidung.

Julius merkte, dass sie genau zu wissen schien, wohin sie das Auto lenkte. Er sagte nichts und dachte sich, dass sie jetzt am Zug war.

Sie verließen Malmö, landeten auf einer Landstraße und waren wenig später an der Brücke nach Dänemark. Sabine verlangsamte und begann, Geld für die Brückenmaut zusammenzusuchen.

»Vor dem Hintergrund der Ereignisse halte ich es für das Beste, wenn wir das Land verlassen«, sagte sie.

»Dänemark«, sagte Julius.

»Ich liebe Dänemark«, sagte Allan, der wieder in seinen Sarg geklettert war und es sich bequem gemacht hatte. »Glaub ich jedenfalls. Ich bin noch nie da gewesen. Oder?«

»Dänemark reicht nicht, wenn wir allen Leuten aus dem Weg gehen wollen, die uns umbringen wollen«, meinte Sabine. »Und die Geschäftsidee ist im Moment einfach zu schlecht, wenn wir wirklich unseren Lebensunterhalt damit verdienen wollen.«

Sie fuhr fort, dass sie viel über die Zukunft nachgedacht habe. Als der Nazi auftauchte, um kurz darauf eine Tischlampe über den Schädel zu bekommen, war diese Situation eben forciert worden.

»Die Lampe wusste schon, wo sie landen musste«, sagte Allan. »Wenn ich nächstes Jahr noch lebe, weiß der Teufel, ob ich nicht tatsächlich sozialdemokratisch wähle.«

»Du gehst wählen?«, fragte Julius.

»Nicht, dass ich wüsste.«

Sabine bat die alten Männer, einen Augenblick still zu sein, und fuhr fort: »Ich hab also nachgedacht. Wir können nicht mehr in diesem Leichenwagen rumfahren, weil der Nazi ihn kennt. Und wir können mit Sicherheit davon ausgehen, dass er jetzt wütender auf uns ist denn je.«

Allan wollte gerade die mutmaßliche Wut des Nazis in Verhältnis zu Kim Jong-un und Donald Trump setzen, ehe ihm einfiel, dass man ihn gebeten hatte, still zu sein.

»Also kein Leichenwagen mehr«, wiederholte Sabine. »Und kein Schweden.«

Allan setzte sich im Sarg auf. Dieses Gespräch ließ sich so an, dass er nicht mehr schweigen konnte.

»Das klingt ja ganz so, als hätte das junge Fräulein Sabine eine Idee?«

»Scheint mir auch so«, sagte Julius.

Und das stimmte. Wenn das Geschäft mit den Séancen florieren sollte und sie länger als eine Woche überleben wollten, kam es darauf an, dass sie international dachten. In der großen weiten Welt würde es dem Nazi und seinem Gefolge wesentlich schwerer fallen, sie zu finden. Andererseits war die Konkurrenz auf dem spirituellen Sektor dort härter als in ihrer Heimat. Da reichte es nicht, wenn man mit Geistern ankam und mit Kontakt zu Leuten, die ihr letztes Wort längst gesprochen hatten.

»Was brauchen wir also?«, fragte Julius.

»Produktentwicklung«, sagte Sabine.

»Und wo auf der Welt können wir unser Produkt am besten entwickeln, was meinst du?«

»Sitzt ihr alle?«, fragte Sabine.

»Ich sitze, wie du siehst«, sagte Julius.

»Ich hatte mich gerade wieder hingelegt, aber bitte schön«, sagte Allan und setzte sich wieder auf.

»Gut. Wir fahren jetzt nach Kastrup, lassen das Auto auf dem Dauerparkplatz und lösen drei Flugtickets nach Daressalam.«

»Daressa-*was*?«, fragte Julius.

RUSSLAND

Nach einer Reihe von Widerständen unterschiedlichster Art hatte Gennadij Aksakow jetzt wieder den Geruch des Sieges in der Nase. Eines sensationellen Sieges obendrein. Er schien der Einzige zu sein, dem klar war, dass Angela Merkel in Deutschland auf bestem Wege war, die Wahl zu verlieren. Ein Sieg war ja kein Sieg, wenn man danach nicht ordentlich regieren konnte.

Gennadij verwaltete grotesk hohe Geldsummen für seinen besten Freund und sich. Ihr Kapital war im Ausland sicher angelegt, und noch sicherer, weil es von Gennadijs finnischem Pass geschützt wurde. Egal was für Sanktionen sich die Umwelt für Russland und die russischen Bürger einfallen ließ, niemand konnte das Vermögen des Finnen Aksakow einfrieren. Er war finanziell abgesichert und mit ihm der Präsident.

Ihre Erfolge hatten in letzter Zeit geschwankt. Mithilfe von hundertsechzehntausend Twitter-Accounts bearbeiteten Aksakow und seine Armee von Netzsoldaten die britischen Wähler vor der Brexit-Abstimmung. Nur ein Amateur hätte all diese Accounts automatisch betreiben lassen, das wäre aufgefallen. Das Geheimnis war eine perfekt abgestimmte Mischung aus vollautomatisierten, halbautomatisierten sowie hundertprozentig menschlichen Accounts. Die Botschaft war jedoch ziemlich einheitlich, nämlich dass die Briten Europa den Rücken kehren sollten.

Wolodja lachte schallend und klopfte Gena auf den Rücken, als es 52:48 für die Neinsager ausging. Gena antwortete bescheiden, es hätte ohne seine Hilfe auch schon 51:49 ausgehen können.

Dann folgte die amerikanische Präsidentschaftswahl, die so unheimlich glatt lief, dass es schon fast wieder unheimlich war.

Die Parlamentswahlen in den Niederlanden und in Frankreich zeigten allerdings, dass Gena und Wolodja doch nicht unbesiegbar waren. Trotz massiver Unterstützung aus Moskau wurde die niederländische PVV nicht stark genug, um politisches Chaos zu stiften. Es dauerte über zweihundert Tage, bis die Rechtsliberalen eine Mehrheitsregierung zusammenbekamen, aber sie bekamen sie hin.

In Frankreich hätten die Russen fast schon die Hände in den Schoß legen und dem Selbstläufer zuschauen können. Man wollte eine rechte Partei und eine linke Partei und dann so stark polemisieren, dass Marine Le Pen glatt an allen vorbeizog, außer an einem, und dann konnten die Russen einfach den letzten Konkurrenten anderweitig versenken. Doch als dieser Pfosten sich unmöglich machte, *bevor* Moskau ihn versenken konnte, tauchte aus dem Nichts ein neuer Kandidat der Mitte auf. Es gelang Gena nicht mehr, die Positionen neu zu organisieren, woraufhin Frankreich einen EU-freundlichen Präsidenten bekam.

Die Behauptungen der Trolle, dass Macron ein heimliches Leben als Homosexueller lebte, fanden seine Wähler und er nur mäßig aufregend, denn wenn es etwas gab, was in Frankreich jederzeit toleriert wurde, dann waren es alternative Liebesspielchen aller Art.

Nach diesem Fehlschlag kam auch schon der nächste. Das Fiasko in Schweden, die vier Millionen Euro Unterstützung für einen Neonazi, der diese Hilfe dankte, indem er sich selbst umbrachte. Der Bruder des Neonazis war nach übereinstimmenden Spionageangaben der Mann, der daraufhin ein Bestattungsunternehmen mit einem MG in Trümmer schoss. Das völlig Unbegreifliche an dieser Geschichte war, dass dieser Bruder (der ebenfalls überzeugter Nazi war) versucht hatte, ausgerechnet *Allan Karlsson* umzubringen. Der Hunderteinjährige, der in Pjöngjang so ein Chaos gestiftet hatte, war zum Diplomaten befördert worden, woraufhin er sich offenbar auf die Bestattungsbranche verlegt hatte, um dann zum zweiten Mal innerhalb kürzester Zeit in direkten Konflikt mit russischen Staatsinteressen zu geraten. All das waren Schlussfolgerungen aus einem belauschten Telefongespräch zwischen einem einzelnen Kriminalinspektor und der schwedischen Außenministerin, die unvorsichtigerweise auf einer unverschlüsselten Leitung in ihrem Ministerium gesprochen hatte. Kim Jong-un hatte vielleicht recht gehabt – sie hätten den alten Mann suchen und ihm die Kehle durchschneiden sollen. Jetzt war er jedenfalls wieder verschwunden.

Gennadij beschloss, noch ein paar Wochen abzuwarten und dann erneut Kontakt zum lebenden Bruder des toten Neonazis aufzunehmen, um noch einmal die geltenden Geschäftsbedingungen zu unterstreichen oder ihn andernfalls aus dem Spiel zu nehmen.

Während er darauf wartete, konnte er den Gedanken genießen, dass bald die Stunde der Rache gekommen war. Alle behaupteten, Merkel würde die Bundestagswahl ganz klar gewinnen, der sozialdemokratische Kandidat sei viel zu schwach. Niemand wollte sehen, was Gennadij sah, dass sich nämlich die Sozialdemokraten weigern würden, in Merkels Regierung zu sitzen, wenn sie bei der Wahl zu schlecht abschnitten, denn alles andere wäre politischer Selbstmord. Die russische Taktik bestand also darin, die Schwachen noch weiter zu schwächen, in Verbindung mit heimlichen Parteispenden an die AfD. Auf die Art griffen sie Merkel von zwei Seiten an, ohne ihr direkt zu schaden. Was wiederum dazu führen würde, dass sie die Wahl zwar gewann, aber keine Regierung bilden konnte. Wenn sie das merkte, würde sie endlich aufgeben. Das Letzte, was Russland gebrauchen konnte, war nämlich diese hoffnungslos starke alte Dame in Berlin.

»In der letzten Meinungsumfrage haben die Sozialdemokraten drei Prozent verloren«, erzählte Gennadij Aksakow seinem Präsidenten. »Zwei von ihnen sind zu unseren Freunden in die AfD abgewandert.«

»Du bist ein Genie, Gena«, sagte Präsident Putin. »Hab ich dir das schon mal gesagt?«

»Sehr oft, Herr Präsident«, erwiderte sein bester Freund lächelnd. »So oft, dass ich es fast schon selber glaube.«

DÄNEMARK

Sabine saß schweigend am Steuer, während sie über die Brücke und durch den Tunnel zum internationalen Flughafen Kopenhagen fuhren. Sie durchdachte noch einmal gründlich ihr Emigrationsvorhaben.

Olekorinko in Tansania war schon ewig lange in ihren Gedanken, und sie hatte es fast schon zu einer Wahrheit erhoben, dass er die Lösung aller Probleme war. Das Land als solches bot auch viele Vorteile. Zum Beispiel war der Nazismus in Tansania noch nicht erfunden worden. In höheren Lagen schien es dort auch keine nennenswerten Schlangen zu geben. Denn Schlangen im Allgemeinen gehörten zu den wenigen Dingen, die Sabine noch weniger leiden konnte als Nazis. Schlangen, Nazis, Krieg und tödliche Krankheiten. In der Reihenfolge. Allerdings mit Karlsson als heißem Anwärter auf einen der vorderen Ränge. Krieg und Gewalt hatte das Land auch nicht zu bieten. Blieben nur noch die tödlichen Krankheiten, aber die schien man da unten auch eher heilen zu können. Nicht zuletzt mit Olekorinkos Hilfe, wenn man alles glauben wollte, was ihre Mutter von ihm erzählt hatte – was man im Grunde lieber nicht tun sollte.

Sabine hatte sich informiert. Es gab mehrere Inspirationsquellen in der Region. Auf der kenianischen Seite der Grenze wohnte die Geschäftsfrau Hannah. Sie nannte sich selbst *Die Königin* und beschäftigte sich von Montag bis Freitag damit, bei ihren Kunden

Krämpfe zu heilen, Flüche aufzuheben und den Leuten Ratschläge zu erteilen anhand dessen, was sie nach einem Feuer in der Glut las. Gegen Extra-Bezahlung nahm sie sich auch schwererer Fälle von Krebs, HIV und Aids an. Samstags ruhte sie sich aus, und sonntags ging sie in die Kirche. Sicherheitshalber.

Hannah führte jedem, der es sehen wollte, gerne ihre Luxusvilla und ihre fünfzehn Autos vor. »Ich bin eine Hexe, und ich bin gut«, verkündete sie zwischen ihren Autos. »Im Namen des Vaters, des Sohnes und des Heiligen Geistes.«

Hannah war in vielfacher Hinsicht beeindruckend. Aber sie konnte Sabines Interesse doch nicht so stark fesseln. In glühenden Kohlen herumkratzen konnte sie selbst.

Der pensionierte evangelische Pfarrer Olekorinko und sein Konzept unterschieden sich deutlich von dem, was *Die Königin* praktizierte. Der Pfarrer hatte in der Savanne der Serengeti eine Zeltstadt errichtet. In einem Anbau ans Hauptzelt hatte er sein Laboratorium, wo er nach einem exakten, zum Teil geheimen Rezept seine Wundermedizin zusammenbraute.

Er verlangte nur sehr wenig Geld, stattdessen baute er auf die schiere Masse seiner Kunden. Die Medizin funktionierte nämlich nur in der Zeltstadt und nur in dem Augenblick, in dem die Menschen vom Pfarrer gesegnet wurde.

Sabine wollte mehr über seine Vorgehensweise erfahren. Die *Massenversammlung* wäre etwas ganz Neues in der modernen europäischen Hellseherei. Das hatte schon ihre Mutter erkannt. Und das war der Weg in die Zukunft für Sabine, ihren geliebten Assistenten und den Hunderteinjährigen, der mit von der Partie war, ob ihnen das nun gefiel oder nicht.

SCHWEDEN

Johnny Engvall wachte davon auf, dass jemand eine Fünf-Kronen-Münze in den weißen Becher legte, den er offenbar in Händen hielt. Wo war er? Warum fror er? Wer hatte ihm da gerade Geld gegeben, und wofür?

Er litt an den Nachwirkungen einer Tischlampe, die er an den Kopf bekommen hatte, und einer etwas zu hohen Dosis Schlaftabletten. An Ersteres konnte er sich nicht erinnern, das Zweite nur erahnen.

Er merkte, dass er irgendwo auf einer Parkbank saß, aber konnte nicht ausmachen, wo. Da beugte sich jemand über ihn.

»Na, mein Lieber, wie geht's?«

Eine Frau. Ihr Gesicht war viel zu nah an seinem. Wer war sie? Und was ging hier eigentlich vor?

Die Umrisse kamen wieder, zusammen mit Johnnys Persönlichkeit.

»Wie es mir geht?«, wiederholte er. »Was geht dich das an? Und hässlich bist noch dazu.«

Die Frau hatte Mitleid mit dem schlafenden Bettler auf der Parkbank gehabt, hatte eine Münze aus ihrem Portemonnaie genommen und dann gesehen, dass der Schlafende gerade aufwachte. Der arme Kerl sah wirklich zu elend aus.

»Mein Lieber«, sagte sie, »Sie sind doch wohl nicht böse auf mich? Wenn Sie mitkommen, finden wir vielleicht irgendwo einen Laden, wo ich Sie auf einen Teller heiße Suppe einladen kann?«

Suppe?, dachte Johnny finster. Er versuchte, sich aus seiner sitzenden Haltung aufzurappeln. Die Frau half ihm.

»Verpiss dich, du überflüssiges blödes Weibsstück«, sagte er und versetzte der barmherzigen Samariterin einen Stoß, dass sie beinahe hingefallen wäre.

Johnny stand jetzt wieder sein kompletter Wortschatz zur Verfügung. Er erklärte der Frau, was sein Messer und er am liebsten mit ihr gemacht hätten. Sie wich erschrocken zurück, erst einen Schritt, dann noch einen. Aber sie war mutiger als die meisten.

»Ich geh ja schon, wie Sie sehen. Aber wie wollen wir das jetzt mit der Suppe machen?«

Johnny zückte sein amerikanisches Armeemesser mit der dreißig Zentimeter langen, polierten Klinge und zielte damit auf ihren Hals.

»Sag noch einmal ›Suppe‹«, fauchte er.

Aber das tat die Frau nicht. Sie sagte nichts mehr. Johnny ging davon, ohne ihr etwas anzutun. Er hatte einfach zu starke Kopfschmerzen für weitere Aktionen.

Ein paar Blöcke weiter suchte der immer noch leicht schwindelgeplagte Nazi ein Stehcafé, in dem er sich ein Sandwich und eine Tasse Kaffee bestellen und wieder zu sich kommen konnte.

Bis vor Kurzem hatte er richtige Scheuklappen aufgehabt, so sehr war er darauf fixiert gewesen, die Leute umzubringen, die seinen Bruder am Tag seiner Beerdigung so abgrundtief gedemütigt hatten.

Aber genau in dem Moment, in dem er diese selbst auferlegte Aufgabe vollenden wollte, traf ihn der Blitz auf den Kopf. Aber natürlich konnte man jetzt nicht einfach so aufhören. Oder? Er hatte vier Millionen Euro und eine Sache, für die er sich einsetzen wollte, um Kenneths Gedenken zu ehren.

Johnnys geistige Fähigkeiten reichten aber durchaus aus, um zu begreifen, dass er von einer älteren Frau und einer Außenministerin überwältigt worden war. Das ließ sich nicht vom Tisch wischen. Das konnte man in der Prioritätenliste auch nicht nach unten schieben.

Die vier Millionen und was man damit bewirken konnte, mussten warten. Die Außenministerin durfte am Leben bleiben, wenn sie Johnny nicht noch einmal in die Quere kam, doch die alte Frau und ihr Gefolge niemals.

Jetzt musste er sie bloß noch finden. Wenn nötig, würde er Tage, Wochen oder Monate darauf verwenden.

Dachte Johnny in dem Moment, als auf seinem Smartphone eine wichtige Nachricht auf dem Display aufblitzte:

Wieder ein mutmaßlicher Terroranschlag! Diesmal auf dem internationalen Flughafen Kopenhagen.

Der Kaffee und das Sandwich mussten warten.

DÄNEMARK – SCHWEDEN – DEUTSCHLAND

Zum zweiten Mal innerhalb kürzester Zeit musste Sabine zugeben, dass Allan ihnen nützlich gewesen war. Sie saß am Lenkrad und gab ihm Anweisungen, wie er auf seinem Tablett den nächsten Flieger nach Daressalam suchen musste. Der, den Allan fand, war unglaublich knapp. Ein bisschen umständlich würde es auch werden, mit Zwischenlandung sowohl in Frankfurt als auch in Addis Abeba, aber es würde schon gehen. Wenn sie es nur schafften. Sabine ging noch ein bisschen mehr aufs Gas und beschloss, so kreativ wie möglich zu parken, wenn sie erst mal am Flughafen waren.

Sie fand einen prima Platz auf dem Gehweg direkt vor der richtigen Abflughalle auf dem internationalen Flughafen Kopenhagen. Zwar musste sie im Slalom zwischen doppelten Verbotsschildern und Verkehrshütchen hindurchfahren, aber es ging. Sogar Julius, der noch nie allzu viel für Gesetzestreue übriggehabt hatte, konnte nur noch staunen.

Sie kauften ihre Tickets am Schalter, hatten nur Handgepäck, und das auch nur mit Müh und Not, denn Allan hatte vergessen, ihren gemeinsamen Koffer aus der Wohnung mitzunehmen, als seine beiden Freunde etwas anderes zu tragen hatten.

»Du hattest nur diese eine Aufgabe«, sagte Sabine. *»Eine einzige Aufgabe.«*

»Glück im Unglück, dass es nicht noch mehr waren«, meinte Allan.

Der Check-in ging aus ebendiesem Grund umso schneller, und zwanzig Minuten, nachdem sie den Flughafen erreicht hatten, saßen sie auch schon auf ihren Plätzen in der zweiten Reihe im Flugzeug nach Frankfurt.

»Sekt?«, fragte die Stewardess.

»Können Sie Gedanken lesen?«, erwiderte Allan.

Der Lufthansa-Flug 831 war der letzte, der startete, bevor der Flughafen geschlossen wurde. Die Sicherheitsstufe war bereits hoch, war nach dem Attentat in Stockholm aber noch weiter verschärft worden. Nun stand ein verdächtiges Fahrzeug äußerst regelwidrig geparkt direkt vor dem Eingang zu Terminal 3.

In Dänemark hatte sich allgemein die Ansicht durchgesetzt, dass der Nachbar Schweden von morgens bis abends nichts anderes tat, als Selbstmordattentäter zu importieren. Während des Krieges in Syrien flohen mehr Menschen als die dänische Gesamtbevölkerung vor Panzern, Bomben und Luftangriffen mit chemischen Waffen. Die meisten landeten in der Türkei, wo sie nicht willkommen waren. Deswegen zogen viele Richtung Norden weiter und taten alles, um Fallen wie die ungarischen Elektrozäune oder gezielten Tränengaseinsatz zu umgehen.

Wer sechstausend Dollar in der Tasche hatte, konnte das Tränengas komplett umgehen, um in Länder weiterzufahren, die noch weiter weg waren und in denen man auch nicht willkommen war. Zum Beispiel Dänemark. Das seinerseits nach Schweden durchwinkte. Wo man nicht mehr aus noch ein wusste. Die Schweden entschieden sich trotzdem gegen Elektrozäune und Tränengas und stellten stattdessen lieber ein Dach über dem Kopf, weil nicht feststand, dass alle, die behaupteten, geflohen zu sein, um ihr Leben zu retten, zugleich Terroristen waren. Ein paar wenige Schweden wussten es jedoch besser und gaben sich große Mühe, so viele Flüchtlingslager wie möglich anzuzünden, um den Terroristen gleich mal einen Denkzettel zu verpassen.

Die Dänen zogen aus alldem die Schlussfolgerung, dass der Leichenwagen mit dem schwedischen Kennzeichen und dem Sarg mit Sprengstoff angefüllt sein musste, der zur Zerstörung des Flughafens gedacht war. Alle Abflüge wurden sofort gestrichen, ankommende Flugzeuge umgeleitet, das Terminal geräumt, der Bombenentschärfungsroboter von der Polizei angefordert.

Nur wenige Minuten nach dem Alarm war die Neuigkeit schon im Internet. Unidentifizierter schwarzer Leichenwagen strategisch günstig und heimtückisch in der Nähe von Tausenden von Reisenden geparkt.

»Aha, da seid ihr also«, sagte Johnny Engvall. »Und ihr habt selbst dafür gesorgt, dass ihr nicht mehr wegkommt. Ihr Scheißidioten.«

Er ging davon aus, dass Sabine Jonsson samt Begleitung genauso am Flughafen festhing wie alle anderen. Da sein eigenes Auto mehrere Kilometer entfernt war, hielt er ein Taxi auf der Straße an.

»Nach Rosengård bitte.«

Als sie da waren, wollte der Fahrer natürlich sein Geld, doch Johnny entdeckte, dass er weder Portemonnaie noch Autoschlüssel dabeihatte. Er bat den Fahrer zu warten, während er seinen eigenen Kofferraum aufbrach. Mithilfe seines Maschinengewehrs, das er darin aufbewahrte, brachte er den Taxifahrer auf andere Gedanken.

»Wie heißt du?«, fragte Johnny und richtete die Mündung auf die Stirn des Fahrers.

»Bengt«, sagte der Fahrer.

Und begann zu weinen.

»Freut mich, dich kennenzulernen, Bengt«, sagte Johnny. »Meinst du, du und ich könnten uns einigen, dass du mich ohne Bezahlung nach Kastrup fährst?«

»Bitte, töten Sie mich nicht.«

»Da heißt dann wohl ja.«

* * * *

Als sie an der Öresund-Brücke waren, machte Bengt Anstalten zu bremsen, um die Maut zu zahlen.

»Du willst hier doch nicht etwa *Schlange* stehen, um den schwedischen Staat mit dieser Brückenmaut zu mästen, oder?«, fragte Johnny wütend.

Bengts Angst war auf der Fahrt noch größer geworden, denn im Radio hieß es, dass auf dem Flugplatz, zu dem er und der Mann mit dem Maschinengewehr unterwegs waren, offenbar gerade ein Terroranschlag im Gange war. Er kam nicht um die Schlussfolgerung herum, dass sein Fahrgast ebenfalls Terrorist war.

Deswegen tat Bengt, was man ihm sagte, stieg aufs Gas und fuhr mit hundertzwanzig Sachen durch die Kontrollstelle, wobei er von der Überwachungskamera fotografiert wurde.

Über die Brücke ging es noch schneller. Kastrup war jetzt nur noch wenige Minuten entfernt.

Bis dahin hatte die geballte intellektuelle Kraft des Arischen Verbundes die Situation überhaupt nicht analysiert. Aber als sie nur noch wenige Kilometer vom Flughafen entfernt waren, befahl er seinem Chauffeur wider Willen, doch langsamer zu fahren. Ab jetzt musste man alles richtig machen. Nur nichts überstürzen.

Das Trio, das Kenneths Gedenken in den Schmutz gezogen hatte, war also in Kastrup hängen geblieben, aus einem Grund, den sie selbst verschuldet hatten. Nach den Live-Updates der Judenmedien im Netz war bis jetzt keiner gefasst worden. Sie befanden sich also noch mit allen anderen evakuierten Reisenden in der Abflughalle, von der das Radio sprach.

Nummer eins auf seiner Liste war es also, diese Halle zu finden.

* * * *

Die Menschen flohen vor Krieg, Terror und hoffnungsloser Armut. Aus nur zu verständlichen Gründen suchten sie sich nach Möglichkeit Weltengegenden aus, wo Krieg, Terror und hoffnungslose Armut mehr oder weniger außen vor waren. Sonst hätte ihre Flucht ja wenig Sinn gehabt.

Schweden fehlten alle drei genannten Komponenten, daher war es ein Land, in das man hineinflüchtete, nicht umgekehrt. Das bedeutete wiederum, dass die schwedisch-dänische Grenzkontrolle auf der schwedischen Seite der Öresund-Brücke ziemlich einseitig lief. Jedes Fahrzeug, das nach Schweden kam, wurde gründlich kontrolliert, während der Verkehr in die andere Richtung nur an einer Mautstation halten musste.

Deswegen war es auch nicht möglich, durch diese Mautstation zum Beispiel mit hundertzwanzig Sachen hindurchzubrettern, ohne dass jemand reagierte. In solchen Fällen wurde die Polizei auf der dänischen Seite über Automarke, Farbe und Kennzeichen in Kenntnis gesetzt. Sollte in einem aktuellen Fall auch noch ein mutmaßlicher Terrorakt ins Bild kommen, zum Beispiel auf dem internationalen Flughafen Kopenhagen, wurde unweigerlich die Maßnahme ergriffen, dass man den flüchtigen Fahrer in ein Register für offene Vorgänge eingab, in dem er blieb, bis er mit der Begründung zu den Akten gelegt wurde, dass »die Ermittlungen ergebnislos« geblieben waren.

Eine Ausnahme von dem Gesagten konnte sich einstellen, wenn der Fahrer des verdächtigen Fahrzeugs unklugerweise in eine Polizeikontrolle kam und anhielt.

* * * *

Achthundert Meter vom Auslandsterminal in Kastrup hatte die Polizei eine Straßensperre errichtet, Verkehrshütchen aufgestellt und es so eingerichtet, dass man hier wenden und wieder in die umgekehrte Richtung fahren konnte. Der Fahrer jedes Fahrzeugs wurde begrüßt und kurz darüber informiert, dass der Flughafen wegen eines Polizeieinsatzes bis auf Weiteres gesperrt war. Dem Fahrer und eventuellen Passagieren empfahl man, die Berichterstattung in den Medien zu verfolgen, damit sie erfuhren, wann die Sperre wieder aufgehoben wurde. Während ein Polizeianwärter der dänischen Polizei dem Fahrer diese Botschaft vermittelte, notierte ein Polizeiinspektor neben ihm das Fahrzeugkennzeichen, reine Routinemaßnahme.

Polizeianwärter Krogh reagierte schon beim ersten Kontakt mit dem Fahrer des Taxis mit schwedischem Kennzeichen, das man ihm gemeldet hatte. Der Mann am Steuer sah aus, als hätte er Todesangst. Und neben ihm, auf dem Beifahrersitz, saß ein konzentrierter Fahrgast, der offensichtlich etwas unter seinem Ledermantel versteckte. Als sein Kollege, Polizeiinspektor Larsen, sich demonstrativ räusperte, wurde ihm auch klar, dass mit dem Kennzeichen irgendwas nicht in Ordnung war und er hier einen Fall vor sich hatte.

»Darf ich um Ihre Papiere bitten?«, fragte der Polizeianwärter. »Ihre bitte auch«, sagte er zu Johnny Engvall.

Um die zwanzig schwer bewaffneten Kollegen rund umher war nicht entgangen, dass sich hier irgendwas Größeres anbahnte.

Bengt zeigte seinen Taxischein.

»Ich hab meinen Führerschein leider zu Hause vergessen«, sagte Johnny.

Polizeianwärter Krogh bekam die kurze Information vom Inspektor, dass dieses Fahrzeug es soeben unterlassen hatte, seine Brückenmaut in Schweden zu bezahlen.

Das war alles? Na, es war wohl trotzdem nicht verkehrt, wenn man sich das Ganze mal näher anschaute.

»Dürfte ich Sie bitten, aus dem Auto zu steigen? Beide bitte«, sagte Polizeianwärter Krogh.

Bengt machte die Tür auf, setzte erst den einen und dann den anderen Fuß auf – und schmiss sich dann jählings zu Boden.

»Ein Terrorist!«, schrie er. »Der Mann im Auto ist ein Terrorist! Und er hat ein Gewehr!«

Letzteres war zwar keine korrekte Beschreibung von Johnnys Schnellfeuerwaffe, aber sei's drum.

Ein Leben voller Gewalt hatte Johnny gelehrt, dass man heiklen Situationen am besten mit der Waffe in der Hand begegnete. Da die dänische Polizei nicht annähernd so schießfreudig ist wie zum Beispiel die amerikanische, gelang es ihm daher, sein Maschinengewehr zu zücken und es sogar noch zu entsichern, bevor er vorsorglich von den zwölf der zwanzig Polizisten unter Beschuss genommen wurde, die in diesem Moment nicht wie gelähmt zusahen. Acht der zwanzig standen völlig sprachlos daneben, aber das hatte keinen Einfluss auf den Ausgang. Vom ersten Schuss wurde Johnny schwer verletzt, am zweiten starb er, und dann starb er noch mehrmals – die genaue Zahl lässt sich nicht feststellen – an den weiteren fünfunddreißig.

Fünfzehn Minuten später war der Leichenwagen gesichert. Er enthielt nichts von dem, was man hätte befürchten können.

Damit war die Attacke auf den internationalen Flughafen Kopenhagen abgewehrt, das verdächtige Fahrzeug konfisziert, ein schwer bewaffneter Terrorist ausgeschaltet. Der Held des Tages war übrigens ein Schwede. Er hieß Bengt Lövdahl und war Taxifahrer.

Bei der Zwischenlandung in Frankfurt kleideten sich Sabine, Allan und Julius neu ein, bevor sie sich setzten und auf ihren Anschlussflug warteten. Allan natürlich mit seinem Tablett.

Er meinte, es sei gut, dass sie Skandinavien hinter sich gelassen hatten, denn mochte man es nun glauben oder nicht, die Terroristen hatten wieder zugeschlagen, zum zweiten Mal innerhalb kürzester Zeit. Diesmal in Kastrup, wo sie sich vor ein paar Stunden noch selbst aufgehalten hatten.

»Oje«, sagte Sabine. »Was soll aus dieser Welt nur werden?«

DEUTSCHLAND

Als der Führer der freien Welt genug Arbeitstage damit verbracht hatte, ausgewählte Teile seines eigenen Volks per Twitter zu mobben, musste sich die Welt nach einem Ersatz umschauen. Die Wahl fiel auf die dreiundsechzigjährige Angela Merkel. Als Tochter eines evangelischen Pfarrers wohnte sie nicht in einem Palast, sondern in einer Wohnung im Zentrum von Berlin.

Von Montag bis Freitag schlief sie vier Stunden pro Nacht, aber am Wochenende konnte es schon mal vorkommen, dass sie sich bis Sonnenaufgang noch mal gemütlich im Bett herumdrehte. Zu ihren anderen Exzessen gehörte ihre Leidenschaft für Kohlsuppe. Zu der sie gerne ein Bierchen trank, sie war schließlich Deutsche.

In ihrer Freizeit arbeitete sie noch ein bisschen, oder sie schnappte sich ihren Mann und ging mit ihm in die Oper. Zu besonderen Gelegenheiten gingen sie noch ein Stück weiter, nämlich zum Wandern nach Südtirol.

Sie war neben vielem anderen Physikerin, er Chemiker. Die physikalische Chemie zwischen ihm und ihr war irgendwann im Jahr neunzehnhundertvierundachtzig entstanden.

Als Bundeskanzlerin war sie das Gegenteil von Donald Trump. Zurückhaltend, nachdenklich, analytisch. Ihr war bewusst, wie wichtig diese Qualitäten in einer unruhigen Welt waren. Eigentlich hatte sie sich nächsten Herbst aus der Politik zurückziehen wollen. Aber was hätte dann werden sollen, mit Trump, Putin und dem ganzen Chaos?

Also beschloss sie, noch mal vier Jahre dranzuhängen, wenn die Wähler es so wollten. Danach mussten die Deutschen und die Welt ohne sie zurechtkommen.

* * * *

Der deutsche Sicherheitsdienst in Berlin hatte so seine Tricks. Dazu gehörte auch, automatisch benachrichtigt zu werden, wenn Leute, auf die sie ein Auge hatten, mit der Lufthansa flogen.

Der schweizerisch-schwedische Atomwaffenexperte Allan Karlsson war ihnen vom Radar gerutscht, nachdem er in der deutschen Botschaft in Washington vier Kilo angereichertes Uran abgeladen und sich dann nach Schweden abgesetzt hatte.

Aber jetzt war der alte Mann wieder unterwegs. Gerade war er von Kopenhagen nach Frankfurt gereist. Warum nur, um alles in der Welt?

Bei näherem Hinsehen stellte sich heraus, dass seine vollständige Reiseroute Kopenhagen–Frankfurt–Addis Abeba–Daressalam hieß. Und die Frage blieb: *Warum um alles in der Welt?*

Die vier Kilo waren ursprünglich aus der Anreicherungsanlage im Kongo gekommen, die die CIA damals gesponsert hatte, entgegen jeglichem gesunden Menschenverstand. Über einen Laborassistenten vor Ort bekam der BND genug Puzzleteilchen geliefert, um mit einer gewissen zeitlichen Verzögerung den Weg des Urans durch Afrika verfolgen zu können.

Er führte über Tansania weiter nach Süden, durch Mosambik nach Madagaskar. Dort wurde es von dem nordkoreanischen Massengutschiff *Ehre und Stärke* an Bord genommen, das im Übrigen gerade zu einer neuen Fahrt ausgelaufen war, wieder Kuba hin und zurück. Wieder auf demselben Umweg über den Atlantik und den Indischen Ozean.

War es so weit, dass das leere nordkoreanische Uran-Lager wieder aufgefüllt werden sollte? Und wenn ja, welche Rolle spielte

Allan Karlsson dabei? Er wusste nachweislich, dass irgendwas im Gange war, das hatte er Bundeskanzlerin Merkel ja selbst mitgeteilt, auf einer handbeschriebenen Serviette. Diesmal waren es fünfhundert Kilo!

Doch das Ganze ließ sich nur schwer analysieren. Wenn Karlsson vorhatte, die größte Menge angereichertes Uran zu schmuggeln, die die Welt je gesehen hatte, warum sollte er der deutschen Bundeskanzlerin das vorher ankündigen? Noch dazu auf einer Serviette.

Der Chef des BND wollte der Bundeskanzlerin unbedingt persönlich Bericht erstatten. Eigentlich hatte sie gar keine Zeit für ihn, denn je näher die Bundestagswahl rückte, desto mehr war sie damit beschäftigt, möglichst nichts zu tun. Und nichts zu sagen. Die Meinungsumfragen zeigten, dass sie in der Gunst der Wähler derzeit klar vorne lag. Die Sorge, dass die Russen versuchen könnten, den Ausgang der Wahl mit gezielt gestreuten Fehlinformationen über Angela Merkels Tun und Lassen zu beeinflussen, hatte sich als unberechtigt herausgestellt. Die allgemeine Meinung in den sozialen Medien schien eher so auszusehen, dass Sozialdemokrat Schulz und sein Wahlkampfteam so was wie die personifizierte Inkompetenz waren. Die extreme Rechte hatte natürlich zugelegt, aber nicht so, dass es reichen würde.

Die politischen Analytiker vermuteten, dass Angela Merkels relative Erfolge bei den Meinungsumfragen darauf beruhten, dass die Oppositionsführer keinen Riss in der Merkel'schen Fassade gefunden hatten, weil sie nämlich ungefähr gleich dachten. Ebenso wie die Deutschen im Allgemeinen. Aber am meisten führte man ihren Erfolg auf die allgemeine Kompetenz der Bundeskanzlerin zurück, und das Ganze vor dem Hintergrund, wie sich die Welt jetzt eben entwickelt hatte. Die USA hatten einen Präsidenten mit einer Form von psychischer Störung. In Großbritannien war man im Vorjahr an die Wahlurnen gegangen, nachdem Cameron die rhetorische Frage gestellt hatte: »Wir wollen doch nicht etwa alle Ausländer rausschmeißen, oder?« Woraufhin er die Antwort bekam: »Doch, das wäre eine tolle Idee!« In Polen demontierte man die Demokratie, so gut es eben ging. In Ungarn hatte man diese Aufgabe bereits abgeschlossen. Dazu nehme man noch Madrids Unfähigkeit, mit Katalonien fertigzuwerden (beziehungsweise Kataloniens Unfähigkeit, mit Madrid fertigzuwerden), und zu guter Letzt den Mann, der fast so dick war, wie er gefährlich war: Kim Jong-un.

Und mittendrin: Bundeskanzlerin Merkel, unerschütterlich wie eine uralte Eiche auf dem Feld. Um sie herum wogte das Korn wie wild, aber sie stand felsenfest an ihrem Platz.

Wenn sich nun die weltpolitischen Ereignisse und die innenpolitische Debatte bis zum Wahlsonntag einfrieren ließen, hatte sie weitere vier Jahre vor sich. Was der ganzen Welt Hoffnung und Zuversicht einflößen konnte, außer Russland vielleicht. Und vielleicht auch dem Mann in den USA, der zuerst nicht wusste, was er denken sollte oder warum – um im Anschluss daran gleich wieder seine Meinung zu ändern.

Der Chef des Bundesnachrichtendienstes wurde erwartet. Er klopfte an die Tür der Bundeskanzlerin und wurde eingelassen, wie es sich gehörte.

Er hatte mitzuteilen, dass der schwedische Unruhestifter Allan Karlsson wieder aufgetaucht war. In Frankfurt. Auf dem Weg nach – ausgerechnet – Tansania.

Die Bundeskanzlerin erfuhr die Details, soweit man welche hatte, wurde an die fünfhundert Kilo angereichertes Uran erinnert – und reagierte mit einer Erhöhung des Gesamtbudgets des BND um zehn Millionen mit sofortiger Wirkung.

Merkel fügte hinzu, dass der BND-Chef sie *unverzüglich* darüber zu informieren habe, was ein atomwaffenaffiner Karlsson eventuell vorhaben mochte (fünfhundert Kilo angereichertes Uran konnte man nicht einfach wegdenken, ganz egal, wie nah die Bundestagswahl war). Der Chef errötete leicht, gestand, dass seine Familie und er am nächsten Tag auf die Bahamas fliegen wollten, aber dass er selbstverständlich jede Minute seiner Ferien dienstlich erreichbar sei. Nur befinde er sich mindestens zehn Stunden in einem Flugzeug von Berlin nach Nassau, und da oben sei nicht immer gewährleistet, dass er ständigen Kontakt zu seinen Agenten vor Ort halten könne.

»Es ist womöglich eine unverschämte Frage, aber könnten Sie sich vielleicht vorstellen, dass der verantwortliche Ostafrika-Chef Sie direkt kontaktiert, für den Fall, dass etwas Akutes vorfällt, wenn ich gerade nicht erreichbar bin? Wenn nicht, werde ich meine Reise natürlich absagen.«

Angela Merkel hatte ein warmes Herz hinter ihrer Bundeskanzlerinnenfassade. Dass der Chef des BND jetzt zu Frau und Kind heimgehen und ihnen mitteilen sollte, dass ihre Reise ins Wasser fiel, weil er Telefonbereitschaftsdienst hatte, das wollte ihr nicht gefallen.

»Geben Sie meine Privatnummer dem verantwortlichen Agenten in Daressalam«, sagte sie. »Mit der Auflage, mich zu jeder Tages- und Nachtzeit sofort anzurufen, sobald sich Karlsson auf weniger als dreihundert Kilometer an eine Uran-Anreicherungsanlage oder einen mutmaßlichen Schmuggler annähert. Schönen Urlaub wünsche ich. Und grüßen Sie Frau und Kinder von mir.«

* * * *

Zu den letzten Amtshandlungen des BND-Chefs, bevor er zu seinem ersten Urlaub seit sechs Jahren aufbrach, gehörte es, dass er einen Bericht an die beiden Vertreter des BND schickte, die in der Basis in Daressalam stationiert waren. Karlsson und seine Reisegesellschaft würden um dreizehn Uhr zwanzig landen, mit der Maschine der Ethiopian Airlines aus Addis Abeba. Unter beigefügter Telefonnummer könne man die Bundeskanzlerin persönlich erreichen, für den Fall, dass sich Dramatisches ereignete, und auch nur dann, wenn er selbst nicht zu erreichen sei.

RUSSLAND

Nach dem Telefonat mit ihrem inoffiziellen Informanten in Stockholm legte Gennadij Aksakow den Hörer auf. Beziehungsweise er knallte ihn auf die Gabel. Und versetzte dem leeren Stuhl neben sich einen Tritt.

»Was ist denn los, Gena?«, fragte Putin, der ihm gegenübersaß.

»Dieser Allan-Scheiß-Karlsson, der ist los!«

»Der Hunderteinjährige?«

»Ja. Jetzt hat dieser Idiot den anderen Nazi auch noch um die Ecke gebracht. Vier Millionen Euro beim Teufel.«

Putin meinte, es träfe ja keinen Armen, aber was denn eigentlich passiert sei?

Der Nazi hatte einen ganzen Trupp bewaffneter Polizisten einer dänischen Anti-Terror-Einheit provoziert und war auf der Stelle kurz und klein geschossen worden.

Putin fragte leise, was das mit dem Hunderteinjährigen zu tun habe. War der Terroralarm in Kopenhagen nicht deswegen ausgelöst worden, weil man am Flughafen einen Leichenwagen mit Sprengstoff gefunden hatte?

»In dem Leichenwagen war überhaupt nichts. Der stand bloß im absoluten Halteverbot.«

»Im absoluten Halteverbot? Und wer hat ihn da hingestellt? Nein, warte. Sag nichts. Ich hab schon verstanden.«

TANSANIA

Olekorinkos Wundermedizin-Zeltlager lag in der Serengeti, direkt am Ufer des Mara River. Als Allan, Julius und Sabine in Daressalam in ein Taxi stiegen, erfuhren sie von dem glücklichen Chauffeur, dass es vierundzwanzig Stunden dauern würde, dort hinzufahren, und dann noch mal eine halbe Ewigkeit, bis man den richtigen Ort gefunden hatte. Der Mara hatte die Eigenheit, dass er vierhundert Kilometer lang war, und die Serengeti war ungefähr fünfzehntausend Quadratkilometer groß.

»Also, diese Löwen haben ja ganz schön Platz«, meinte Allan.

»Wir brauchen eine konkretere Adressangabe«, meinte Julius.

»Und ein anderes Transportmittel als ein Auto«, meinte Sabine.

Fünfhundert Meter lagen zwischen dem internationalen und dem nationalen Terminal des Julius Nyerere Airport.

Da das Trio bereits in einem Taxi saß, änderte es das Fahrtziel ab. Von einer Tagesreise auf eine Fahrt von zwei Minuten. Der Fahrer war jetzt nicht mehr so glücklich, er hatte das Taxameter kaum angemacht, da musste er es auch schon wieder ausschalten. Er hätte erst losfahren und sie dann aufklären sollen.

Hinter dem Taxi fuhr ein schwarzer Passat, in dem zwei konzentrierte Agenten des Bundesnachrichtendienstes saßen, die Order hatten, Karlsson nicht aus den Augen zu lassen. Und dem höchsten Chef des BND – alternativ der Bundeskanzlerin – sofort Bescheid zu geben, wenn dem Alten irgendein Blödsinn einfallen sollte.

KONGO

Die kongolesische Grube in Katanga war offiziell seit mehreren Jahren geschlossen, dafür hatte die UNO gesorgt. Damit war die Uran-Zufuhr zum unmittelbar angrenzenden Kernforschungszentrum abgewürgt, welches das Land einst mit dem Segen der USA hatte einrichten dürfen. Zum Dank für die Uran-Lieferung für die Bomben, die man in den Vierzigerjahren auf Hiroshima und Nagasaki abgeworfen hatte.

Außer den USA hatte es niemand für eine gute Idee gehalten, einem Land, in dem sich wirklich alles für Geld kaufen ließ, diese Art von Kapazitäten zu gestatten. Doch da die Amerikaner davon mehr hatten als alle anderen, gingen ihre Interessen vor. Kurz gesagt, sie kauften das ganze Land. Für Geld.

Seitdem hatten sich die USA jedoch hinter die Forderungen der UNO gestellt, dass im Kongo Recht und Ordnung herrschen sollten, und dazu gehörte auch, dass die Katanga-Grube und das Labor keine Bedrohung mehr für den brüchigen Weltfrieden darstellten.

Oder?

Eine örtliche Bewachungstruppe, finanziert von ebendieser UNO, hatte den Auftrag, dafür zu sorgen, dass kein Uran-Abbau mehr vorgenommen wurde. Das direkt angrenzende Labor war mit einer Plombe versiegelt.

Der Chef dieser Bewachungstruppe, Goodluck Wilson, faxte am Ende jeden Monats einen Bericht an die internationale Atomenergieorganisation, die IAEA in Wien. Und der lautete immer gleich: *Alles in Ordnung, könnt euch auf uns verlassen*, in dieser Richtung.

Goodluck Wilson hatte die Mitglieder für die gesamte Truppe höchstpersönlich ausgesucht, nämlich drei Brüder und dazu sieben von seinen verlässlichsten Cousins. Sie alle verfolgten hier dasselbe Ziel, nämlich unglaublich reich zu werden. Die Auswirkungen auf den Zustand der Welt interessierten sie nicht.

Vier ehemalige Labormitarbeiter krochen jeden Morgen durch einen unterirdischen Gang, der im plombierten Zentrum für Atomforschung wieder herauskam, um dort anzureichern, was das Zeug hielt. Insgesamt waren es fünfzehn Personen, die sich den Gewinn teilen mussten, aber praktisch nur elf. Die vier Assistenten ahnten nicht, dass sie einem Unfall zum Opfer fallen würden, sobald sie nicht mehr gebraucht wurden. Die geplanten Bruttoeinnahmen sollten sich auf fünfzehn Millionen Dollar für Goodluck belaufen und weitere fünf Millionen für jeden der zehn Brüder und Cousins. Die nicht existierenden Grubenarbeiter bekamen täglich acht Dollar pro Person, und damit waren sie zufrieden, bis der westliche Schacht über ihren Köpfen einstürzte, sechs Jahre nachdem die Grube stillgelegt worden war. Die Sache wäre wohl unbemerkt geblieben, wenn nicht nachweislich siebzehn Arbeiter, die gar nicht dort hätten sein dürfen, dort gewesen wären. Und jetzt auch noch tot. Das ließ sich nicht vertuschen. Die IAEA fragte nach, was die Arbeiter denn in der Grube zu tun gehabt hätten, wenn dort doch angeblich alles in Ordnung war. Ohne eine Antwort abzuwarten, schickten sie Beobachter in den Kongo, die mal näher nachforschen sollten.

Goodluck und seine Mannen hatte eigentlich warten wollen, bis sie genau ihre halbe Tonne angereichertes Uran beisammenhatten, denn diese Menge hatten die Nordkoreaner über Russland bestellt. Nun mussten eben die ersten vierhundert Kilo schnell mit Blei ummantelt und in einer Hütte im nächsten Dorf versteckt werden. Nach dem letzten Grubenunglück gab es dort ja jede Menge leer stehende Hütten. Die vier Labormitarbeiter (einschließlich dem, der auf der Lohnliste des BND stand) brachten es dann auch noch fertig, alle zusammen zu verunglücken, als der unterirdische Gang zum Kernforschungszentrum plangemäß kollabierte, am Morgen bevor die Beobachter aus Wien eintrafen.

Die Vertreter der Atomenergiebehörde konnten keinerlei Unregelmäßigkeiten feststellen. Sie waren jedoch misstrauisch genug, um die halbe Bewachungstruppe gegen vertrauenswürdige Leute auszutauschen. Das heißt, Leute, auf die man sich eben *nicht* verlassen konnte, wenn man die Sache aus Goodluck Wilsons Perspektive betrachtete.

Alles hat ein Ende. Der Chef der Bewachungstruppe begriff, dass er aus dem Unternehmen nicht mehr herauspressen konnte. Der Gewinn blieb also bei acht Millionen, von denen Goodluck selbst die Hälfte einstrich. Da konnte man jetzt nichts mehr machen. Musste man eben kleinere Brötchen backen.

TANSANIA

Im Julius-Nyerere-Flughafen, auf einer Bank in der Abflughalle für nationale Flüge, stellte Sabine die geografischen Recherchen an, zu denen sie bislang nicht gekommen war. Allan überließ ihr zu diesem Zweck widerstrebend sein schwarzes Tablett (dessen Nutzung des mobilen Netzes weiterhin von einem bereits hinreichend betrogenen Hoteldirektor auf Bali bezahlt wurde).

Der Beschluss lautete schließlich, den erstbesten Flug nach Musoma in der Serengeti zu nehmen und sich dann durchzufragen. Olekorinkos Wundermedizin-Zeltlager war in ganz Afrika bekannt, es würde also nicht schwer sein, in Musoma jemand zu finden, der den Weg kannte.

Das Flugzeug war einmotorig und nahm dreizehn Passagiere an Bord. Neun gehörten zu einer italienischen Beratungsfirma, die ihr fünfundzwanzigjähriges Jubiläum feierte, indem sie das ganze Personal auf eine mehrtägige Safari in die Serengeti einlud (steuerlich absetzbar, weil man dafür sorgte, dass jeden Tag eine fünfzehnminütige Besprechung abgehalten wurde). Drei weitere Plätze wurden kurz vor Abflug von einer kleineren Reisegruppe aus Schweden gebucht.

Die beiden Agenten hatten einerseits den Auftrag, die mutmaßliche Uranlieferung an die *Ehre und Stärke* im Auge zu behalten. Beim letzten Mal war die wesentlich kleinere Ladung durch Tansania und Mosambik weiter Richtung Süden transportiert worden. Andererseits verlangte Berlin, dass die Agenten Allan Karlsson nicht aus den Augen ließen. Karlsson, der in die falsche Richtung reiste.

Eine Person zu beschatten – selbst einen Hunderteinjährigen –, ist eine Aufgabe, die man am besten nicht allein erledigt. Die Gefahr, entdeckt zu werden, war einfach zu groß. Dem egozentrischen und arroganten Chefagenten A missfiel die Idee, in die entgegengesetzte Richtung des Uran-Transports zu reisen – nur weil die Alte in Berlin sich irgendwas einbildete. Und warum schleppte eigentlich die ganze Zeit *er* die Einsatzmappe mit sich herum? Er war schließlich der Chef, im Gegensatz zu der Frau neben ihm.

»Hier, nehmen Sie das mal«, sage er zu seiner unterwürfigen Kollegin. »Und buchen Sie zwei Flugtickets für uns. Ich geh so lange einen Kaffee trinken.«

Die Fluggesellschaft Precision Air schien an diesem Tag auf der Seite des arroganten Agenten zu sein: Es gab nur noch einen Platz im Flugzeug. Der arrogante Agent konnte also guten Gewissens (und mit einem höhnischen Grinsen) der unterwürfigen Agentin die Niete überlassen. In der Zwischenzeit wollte er die Grenze zwischen Tansania und Mosambik bewachen. Es war wichtig, dass man dort war, wo die Dinge passierten, wenn sie passierten, wenn man die nächsthöheren Ränge anstrebte.

Die Niete bestand darin, Karlsson zu beschatten, um zu beobachten, was er sich für Dummheiten einfallen ließ, fernab vom Zentrum des Geschehens.

Die Verliererin hatte überdies das Pech, auf dem letzten freien Platz zu landen und damit direkt neben dem Objekt, dem sie sich eigentlich absolut nicht zeigen wollte.

B beschloss, ihre Pflicht zu erfüllen, statt in eine immer tiefere Depression zu verfallen. Sie begann ein Gespräch mit Karlsson, in der Absicht, vielleicht etwas Brauchbares aus ihm herauszukriegen. Sie begrüßte ihn, nannte ganz bewusst ihren Namen nicht, erklärte aber, sie sei Geschäftsfrau.

»Schau mal einer an«, sagte Allan. »Ich hoffe, die Geschäfte gehen gut?«

»Ja, danke«, sagte die Agentin und lenkte das Gespräch sofort in eine andere Richtung.

Sie probierte es damit herauszufinden, was der Herr wohl zu tun hatte in … in …

»Musoma?«, sekundierte Allan. »Wir sind auf dem Weg nach Musoma. Sie doch auch, oder, Frau Geschäftsfrau?«

Agentin B verfluchte sich innerlich. Dass sie aber auch den Namen ihres Reiseziels vergessen hatte! Aber es war alles so schnell gegangen in der Abflughalle. Das Land war groß, dreimal so groß wie Deutschland. Daressalam kannte sie in- und auswendig. Und die Hauptstadt Dodoma kannte sie auch. Und Morogoro natürlich. Und Arusha.

Doch von Musoma, ganz oben im Nordwesten, hatte sie bis zum heutigen Tag noch nie gehört.

Allan erzählte freimütig, dass Sabine – die dort drüben saß, zwei Plätze weiter vorn – als Medium arbeitete und neue Inspiration suchte. Es gab da anscheinend einen ganz außergewöhnlichen Heiler in der Serengeti, Olekorinko hieß der, woran an und für sich nichts auszusetzen sei, jeder Mensch müsse ja irgendwie heißen. Sein Freund Julius, der auf dem Platz neben Sabine saß, tauschte die Namen anderer Leute zwar aus wie sein Hemd, aber Allan lag so was nicht.

»Ein Heiler?«, fragte Agentin B.

»Oder Hexenmeister? Ich merk mir solche schweren Wörter meistens gar nicht. Hab ja mit den leichten schon genug Probleme.«

Sie wollten also Olekorinko aufsuchen, von ihm lernen und neue spirituelle Energie bekommen. Sabine konnte der Frau Geschäftsfrau da sicher mehr erzählen, wenn es sie interessierte.

»Sie sind nicht zufällig auch in der Hellseherbranche? Oder möglicherweise in der Tourismusbranche?«

Was sollte das nun wieder? Dieser Atombombenexperte und

eventuelle Uran-Schmuggler Karlsson war unterwegs zu einem Hexenmeister in der Savanne, um spirituelle Energie zu tanken? Wenn er ihr schon die Hucke vollügen musste, konnte er sich dann nicht wenigstens was Raffinierteres ausdenken?

Nein, die Agentin war nicht in der Hellseherbranche tätig. Sie sagte, sie sei Immobilienmaklerin.

Das war die Tarnung, die A und B in Daressalam benutzten.

Aber das ging auch ins Auge. Allan fand, das klinge ja interessant. Und meinte, in der Savanne von Tansania gebe es sicher auch viele spannende Lehmhütten, für die man ein Angebot machen konnte.

War der Hunderteinjährige sarkastisch oder einfach nur schwer zu durchschauen? Die Agentin fühlte sich unwohl in seiner Gegenwart. Sich in der größten Stadt Tansanias als Immobilienmaklerin auszugeben war das eine. Diese Tarnung funktionierte aber gleich wesentlich schlechter in Landstrichen, in denen es vielleicht gar keine Immobilien zu vermakeln gab. Musoma?

»Na ja, die Lehmhütten sind nicht mein vorrangiger Grund, dort hinzufliegen.« Sie versuchte, einen selbstsicheren Ton anzuschlagen. »Aber es gibt ja doch das eine oder andere Safaricamp, das man sich mal anschauen kann.«

»Ach so – sind Sie also doch in der Tourismusbranche?«

Viel mehr wurde auf der restlichen Reise zwischen der Agentin und Allan nicht gesprochen. Die Deutsche brauchte die Zeit, um an ihrer Tarnung zu feilen. Bis jetzt war es nicht so gelaufen, wie sie gedacht hatte. Es wurde auch nicht besser, als das Flugzeug zur Landung ansetzte und sich herausstellte, dass Musoma eine richtiggehende Stadt mit gut und gerne hunderttausend Einwohnern war – und einer beträchtlichen Anzahl von Immobilien europäischen Zuschnitts.

»Schauen Sie nur!«, rief Allan und deutete aus dem Fenster. »Hier gibt es ja doch so einiges für Sie, Frau Immobilienmaklerin. Lustig, dass Sie das nicht gewusst haben. Oder wohin Sie überhaupt unterwegs sind.«

Die Agentin hasste sich schon selbst. Jetzt konnte sie Karlsson auch noch mithassen. Blöder alter Sack.

* * * *

Die Landebahn war unbefestigt. Schmal und keinen Meter länger als nötig, lag sie inmitten der Stadt, die dem südlichen Ufer des Victoriasees den Rücken zukehrte.

Vor dem kleinen Terminalgebäude standen ein paar Taxis mit Fahrern, die auf ihr Glück hofften. Alle wussten, wo Olekorinko war, aber keiner war so scharf aufs Geld, dass er bereit gewesen wäre, die drei Ausländer dorthin zu bringen. Es war eine Fahrt von ungefähr hundertfünfzig Kilometern, und die Straßen waren in einem solchen Zustand, dass man fast hundertprozentig sicher sein konnte, mit seinem Fiat, Honda oder Mazda unterwegs liegen zu bleiben.

Doch Sabine erspähte einen Mann, der in einiger Entfernung aus seinem Land Cruiser Passagiere absetzte und Gepäck auslud. Es war ein offener Jeep mit drei Sitzreihen und dicken Reifen, der nicht so aussah, als ob er so schnell irgendwo liegen bleiben würde. Als der Mann fertig war und sich von den Besitzern des Gepäcks verabschiedet hatte, näherte sich Sabine und fragte, ob er frei sei.

Nein, leider nicht. Er sei nicht aus der Gegend, er müsse gleich wieder nach Hause zu seinem Camp in Masai Mara. In zwei Tagen erwarte man neue Gäste, und dann müsse er wieder am Arbeitsplatz sein.

Sabine gab jedoch nicht gleich auf. Wie sich im weiteren Gespräch herausstellte, war der Ort, an dem der Mann arbeitete, nur ungefähr fünfzig Kilometer vom Lager des Wunderheilers Olekorinko entfernt. Und auf einmal klang der Vorschlag der drei Ausländer doch ganz interessant. Für eine Heimfahrt bezahlt zu werden, die man sowieso unternehmen musste, war ja ein echter Bonus, auch wenn ein kleiner Umweg dazugehörte.

Die deutsche Agentin stand achtzig Meter entfernt und schaute unglücklich zu. Ein anderer Land Cruiser war weit und breit nicht in Sicht, und sie hatte mittlerweile selbst herausgefunden, wie weit man mit den Taxis hier kommen konnte.

B rief ihren Chef in Daressalam an, um die Situation mit ihm zu besprechen. Ihr Chef brachte sie auf den neuesten Stand. Die Amerikaner hatten gerade die neue Position der *Ehre und Stärke* durchgegeben. Das Schiff würde schon in wenigen Tagen die Südspitze Madagaskars erreichen.

Wenn die früheren Angaben des Atomwaffenexperten Karlsson stimmten, war die Wahrscheinlichkeit groß, dass dort auch die neuerliche Übergabe des angereicherten Urans erfolgen würde. Diese Ladung würde aber wesentlich größer ausfallen als die erste. Der Schmuggelweg war annähernd bekannt, dank dem mittlerweile leider verschwundenen Laborassistenten. Die große Herausforderung für die Schmuggler lag darin, die Grenze zwischen Tansania und Mosambik zu überqueren. Also ungefähr tausendachthundert Kilometer entfernt vom momentanen Aufenthaltsort der Agentin B.

B fand, dass Karlsson trotzdem an der Schmuggeloperation beteiligt sein könnte und dass er sie mit seiner vorherigen Information zu Madagaskar in die Irre führen wollte. Wenn es etwas gab, was B Freude bereiten konnte, war es, dem Chef eine lange Nase zu drehen.

»Was sagten Sie, was Karlsson da oben vorhat?«

B gab Teile des Gesprächs wieder. A lachte schallend.

»Hellseherische Kräfte würden Ihnen jetzt auch nicht schaden. Kann er Ihnen nicht ein bisschen was abgeben?«

»Er ist aber verschwunden, verdammt noch mal!«, sagte die unterwürfige Agentin in einem etwas weniger unterwürfigen Ton als sonst bei ihr üblich.

Chefagent A behauptete lügenhaft, mit seiner Untergebenen mitzufühlen. Er selbst würde jetzt den Koffer packen, um an die Grenze zu Mosambik zu fahren, wo er den Chef der Grenzkontrolle ordentlich aufscheuchen wollte. Ein Mann, der ebenfalls auf ihrer Lohnliste stand.

»Bleiben Sie mal schön da oben, dann ist die Merkel glücklich. Daran, dass Sie da jetzt nicht so viel Spaß haben, lässt sich wenig ändern. Ebenso wenig wie daran, dass ich die Lorbeeren einheimsen werde, wenn diese fünfhundert Kilo unschädlich gemacht worden sind. So spielen wir alle unsere Rollen, nicht wahr?«

Agentin B seufzte. Hier gab es nur Taxis. Auf Asphalt sicher wunderbar. Aber in der Savanne zu nichts zu gebrauchen, wie ihr jetzt klar war.

»Kaufen Sie sich doch einen Land Cruiser«, meinte ihr Chef. »Oder einen Helikopter.«

Das Gute an Karlsson war ja, dass der BND noch mal mehr Spielgeld bekommen hatte.

Einen Geländewagen kaufen?, dachte B. Mehr als alles andere wollte sie sich ein neues Leben kaufen.

»Mal sehen, was sich machen lässt«, sagte sie und legte grußlos auf.

* * * *

Es waren immer noch zehn Kilometer bis zu Olekorinkos Wunder-Zeltlager, als der Verkehr zum Erliegen kam. Das passiert schnell mal, wenn zehntausend Menschen gleichzeitig an denselben Ort fahren und die Straße so schmal ist, dass kaum Raum für Gegenverkehr bleibt. Es gab aber die ganze Zeit Gegenverkehr, weil ebenso viele frisch behandelte Patienten wieder auf dem Heimweg waren.

Dabei kamen längst nicht alle mit dem Auto. Viele fuhren Motorrad oder Moped. Andere waren mit dem Fahrrad unterwegs. Die Allerärmsten gingen zu Fuß. Jedes Mal, wenn die Madenhacker in der Luft loszwitscherten, wusste man, dass eine Herde Kaffernbüffel zu nah gekommen war. Dann kletterten alle, die nicht schon in einem Auto saßen, schnell aufs nächste vierrädrige Fahrzeug, auf die Motorhaube, das Dach oder irgendjemandem auf den Schoß. Wenn die Vögel wieder verschwanden, kehrte das Chaos wieder in seinen ursprünglichen Zustand zurück. Wegen der Löwen und Leoparden machte sich keiner Gedanken. Die schliefen tagsüber. Und Elefanten konnte man schon auf die Entfernung sehen oder hören.

Ab und zu kam der Verkehr wieder in Gang, und der Land Cruiser mit den drei Schweden und ihrem Fahrer konnte fünfhundert Meter oder mehr weiterrollen, bevor alles wieder anhielt.

Der Mann, der den Auftrag angenommen hatte, sie ans Ziel zu bringen, hieß Meitkini, und er machte sich Sorgen, es nicht rechtzeitig zu seinem Camp zurück zu schaffen und seine Arbeit als Safari-Guide zu verlieren. Aber er bereute es auch nicht. Dafür waren die drei Passagiere zu nett. Außerdem bezahlten sie ihn gut.

Allan saß auf dem Beifahrersitz, lieh sich Meitkinis Fernglas, kommentierte alles, was er sah, vom Warzenschwein bis zur Giraffe, las laut von seinem schwarzen Tablett vor, was so in der Welt außerhalb der Savanne passierte, und brachte Meitkini dazu, den Großteil seiner Lebensgeschichte zu erzählen. Julius und Sabine saßen in der ersten Reihe hinter ihnen und trugen zur fröhlichen Stimmung bei, so gut sie konnten. Auf Julius' Frage erwiderte Meitkini, dass er nicht sicher sei, aber er glaube, das Klima in der Serengeti sei nicht optimal für Spargel.

Ihr Fahrer war ein Massai aus Kenia. Dass er sich auf dieser Seite der Grenze aufhielt, war eher ungewöhnlich. Die gerade abgesetzten Gäste hatten darauf bestanden, unbedingt von Musoma weiterzufliegen. Als ihr Guide ihnen davon abriet, wollten sie nicht auf ihn hören, und zum Schluss war es ihm dann egal. Spätestens wenn sie Tansania vom Flughafen in Daressalam verlassen wollten, würden sie merken, dass sie illegal ins Land gekommen waren.

»Macht eine Woche Gefängnis und ein paar Tausend Dollar Strafe«, schätzte Meitkini.

»Oder noch ein paar Tausend Dollar drauf und kein Gefängnis?«, schlug Allan vor.

Ja, das mochte vielleicht funktionieren, aber die Tansanier waren schon stolz. Meitkini empfahl Karlsson, sich lieber an die Gesetze des Landes zu halten.

»Etwas anderes würde mir nie einfallen«, entgegnete Allan.

Julius wand sich auf dem Rücksitz. Diese allgemeine Gesetzestreue verbreitete sich ja wie eine Epidemie von Kontinent zu Kontinent.

Meitkini glaubte nicht an Hokuspokus oder Wundermedizin. Er glaubte an Gott und an die menschliche Fähigkeit, friedlich Seite an Seite mit den wilden Tieren zu leben. Die Massai jagten nicht mehr, diese Zeit lag schon mehrere Generationen zurück. Früher galt man nicht als *Mann*, bevor man nicht seinen ersten Löwen getötet hatte. Jetzt sah der Initiationsritus so aus, dass man erst beschnitten wurde und danach ein Jahr am Stück unter freiem Himmel überleben musste. Wer das schaffte, wurde zum echten Massaikrieger befördert. So hießen sie, obwohl sie nie Krieg führten.

»Frau Merkel steht kurz davor, die deutsche Bundestagswahl zu gewinnen«, sagte Allan und zeigte auf sein schwarzes Tablett. »Dann wird Europa wohl noch eine Weile halten. Es sei denn, es gibt Bürgerkrieg in Spanien. Die Katalanen haben Madrid so satt wie nur was. Ich weiß, wie es ihnen geht, ich war beim letzten Mal ja dabei.«

»Neunzehnhundertsechsunddreißig«, sagte Julius. »Eventuell hat sich seitdem doch so einiges getan.«

»Mag sein«, sagte Allan.

Julius wandte sich an den Fahrer.

»Bist du sicher, dass das mit dem Spargel hier nicht funktionieren würde, Meitkini?«

* * * *

Agentin B saß am Steuer ihres soeben angemieteten Land Cruiser. Der Verkehr war praktisch zum Erliegen gekommen, und in regelmäßigen Abständen kletterten ihr immer wieder Menschen ins oder aufs Auto, ohne um Erlaubnis zu fragen. Dort blieben sie eine Viertelstunde oder länger sitzen, ohne eine Erklärung abzugeben, bevor sie alle wieder herunterhüpften wie auf ein vereinbartes Signal.

Alles, aber auch wirklich alles war schiefgelaufen. Zum einen, weil B wahrscheinlich Hunderte von Kilometern vom Zentrum des Geschehens entfernt war. Aber auch, weil Allan Karlsson sie jetzt erkannte. Wie sollte sie ihre Anwesenheit in diesem Wunder-Zeltlager erklären, falls sie jemals dort ankommen sollte und noch dazu das Pech hatte, dem observierten Objekt über den Weg zu laufen? Andererseits – wenn sie den alten Mann nicht fand, was hatte diese Reise dann überhaupt für einen Sinn?

Was hatte überhaupt das ganze Leben für einen Sinn?

Jetzt ging es jedenfalls mal wieder ein bisschen vorwärts. Vielleicht würde sich der Stau jetzt ja endlich aufl... Nein. Würde er nicht.

* * * *

»Ich glaube, wir sind da«, sagte Meitkini und weckte damit Allan, der sich ein Nickerchen gegönnt hatte.

Die Reise war alles andere als durchgeplant. Es wurde schon dunkel, und die Freunde hatten keine Unterkunft. Tausende hoffnungsfroher Tansanier um sie herum schienen Lagerfeuer vorzubereiten, neben denen sie schlafen wollten, bis sie am nächsten Tag den Wunderdoktor treffen konnten. Feuer war etwas, was wilde Tiere seit Urzeiten mieden. Das zusammen mit den Wachen, die mit Speer und Knüppel bewaffnet waren und sich im Zwei-Stunden-Rhythmus abwechselten, erhöhte die Überlebenschancen auf nahezu hundert Prozent.

Allan nahm die Dinge, wie sie kamen, doch Julius und Sabine behagte die Vorstellung mit dem Lagerfeuer gar nicht. Nicht zuletzt, weil sie dann erst mal in die Savanne hinausgehen mussten, um trockene Zweige zum Feuermachen zu sammeln, und es wurde jetzt von Minute zu Minute dunkler.

Sabine erkundigte sich bei Meitkini, wie er sich das so vorgestellt hatte – ob er wohl bis zum nächsten Tag hierbleiben und sie alle im Auto schlafen konnten?

Tja, die Reise hatte nun ja doch nicht so lang gedauert, wie Meitkini zwischenzeitlich befürchtet hatte. Aber wie hatten sie sich den weiteren Verlauf vorgestellt? Sie mussten ja zurück nach Musoma, und dorthin war Meitkini eben nicht unterwegs. Er erwartete wie gesagt eine neue Touristengruppe, und die musste er vier Tage lang unterhalten. Vorher konnte er keinesfalls noch mal über die Grenze nach Tansania fahren.

»Wir haben es jetzt ja nicht wirklich eilig«, meinte Allan. »Und es könnte doch ganz nett sein, wenn wir uns mal anschauen, wie es bei dir zu Hause so aussieht.«

Meitkini meinte, dass das Massaireich zu beiden Seiten der Grenze gleich aussah, aber die Freunde seien natürlich trotzdem willkommen, ihn ein paar Tage ins Camp zu begleiten. Es war Nebensaison, und er würde schon dafür sorgen, dass der Preis entsprechend ausfiel. Aber wenn sie mitkommen wollten, dann war jetzt Eile geboten. Spätestens morgen in der Abenddämmerung mussten sie losfahren.

Ein ganzer Tag mit Wundern schien Allan, Julius und Sabine ausreichend.

Dann waren sich also alle einig. Meitkini fuhr das Auto an die Seite und verteilte Decken. An Proviant hatte keiner gedacht, aber das löste sich von selbst. Wo zehntausend Menschen zusammenkommen, entsteht irgendwie automatisch eine Art kommerzieller Aktivität. Frauen gingen jeweils zu zweit mit Körben herum, die mit allen möglichen Leckereien angefüllt waren. Julius gab ein Gebot auf acht Sandwiches und vier Flaschen Cola ab.

»Alkohol haben Sie wahrscheinlich keinen im Angebot, oder?«, fragte er die Frauen.

»Kannst du eigentlich nie an was anderes denken?«, fragte Sabine.

»Die sprechen bloß Maa und Swahili, sie haben nicht verstanden, was du gesagt hast«, erklärte Meitkini. »Aber ich kann stellvertretend für sie antworten: Cola ist alles, was sie im Angebot haben.«

»Na ja, man kann nicht alles haben«, sagte Allan.

»Doch, vielleicht schon«, sagte Meitkini und machte das Handschuhfach seines Autos auf, um eine Flasche Konyagi hervorzuholen.

»Sieh mal einer an! Was ist das denn Schönes?«

»Das ist das beliebteste alkoholische Getränk in Tansania. Schmeckt am besten mit einer Scheibe Limette und ein paar Eiswürfeln. Oder mit Cranberrysaft.«

»Oder so wie er ist, direkt aus der Flasche?«, meinte Allan.

»So mach ich das immer«, sagte Meitkini.

»Ich glaube, das ist der Beginn einer wunderbaren Freundschaft«, sagte Allan.

»Darauf trinken wir«, sagte Meitkini und warf den Korken über die Schulter nach hinten.

»Darf ich auch mal?«, fragte Julius.

* * * *

Es war schon richtig dunkel, als Agentin B endlich beim Zeltlager ankam. Die Frauen mit dem leckeren Essen hatten sich schon zurückgezogen. B musste sich auf der ersten Rückbank ein Lager bereiten, ohne Essen oder Decke. Vor einem knappen Jahr hatte man ihr eine Versetzung nach Singapur angeboten. Jetzt überlegte sie, wie es wohl gelaufen wäre, wenn sie angenommen hätte. Da es zum Einschlafen zu kalt war, musste sich B den Großteil der Nacht mit ihren Gedanken herumschlagen.

Wegen Franz hatte sie auf Südostasien verzichtet. Er liebte seinen Job als Zahnarzt und weigerte sich mitzukommen. Nur drei Wochen, nachdem B die Stelle seinetwegen abgesagt hatte, stellte sich heraus, dass Franz schon seit ein paar Monaten auch die Zahnarzthelferin liebte. Sie und ihre mittlerweile perfekten Zähne.

Es gab eine lautstarke Trennung. Franz sagte, er sei es so unfassbar müde, nie zu wissen, wo sich seine Frau aufhielt und was sie eigentlich in der Arbeit machte. Sie hatte immer nur gesagt, dass sie im Staatsdienst war und nicht mehr verraten konnte. Das fand er eine Weile ganz spannend, aber als sie drei Jahre verheiratet waren und sie immer noch dabei blieb, war es einfach irgendwann blöd. Sollte er mit einer geheimen Frau Kinder haben? Was würden ihre Tochter oder ihr Sohn im Schulaufsatz über den Beruf ihrer Mutter schreiben? »Sie macht Sachen, die niemand wissen darf«? Die Lehrer würden am Ende glauben, dass sie sich prostituierte. Manchmal glaubte Franz es schon selbst.

Und dann wollte sie mit ihm auf einmal auf die andere Seite des Erdballs ziehen. »Im Staatsdienst.« Von Rödelheim nach … wohin? Eine geheime Ehefrau zu haben war übel genug. Eine geheime Ehefrau in einem fremden Land, das war dann doch mal zu viel. Und dann noch die Geschichte mit der Zahnarzthelferin. Und ihren Zähnen. B sah ein, dass es nicht helfen würde, wenn sie ihr die einschlug, selbst wenn sie der Typ dazu gewesen wäre.

Seitdem war sie nicht mehr nur geheim, sondern auch noch einsam. Der fast schon unmögliche Auftrag, angereichertes Uran zu suchen, das irgendwo in Afrika auf Vergnügungsreise war, wurde eine Flucht von alldem. Man hatte ihr die Stelle in Daressalam am Mittwochmorgen um neun Uhr angeboten. Um fünf nach neun hatte sie Ja gesagt.

* * * *

Die Zeremonie sollte am nächsten Tag um elf beginnen und bis ein Uhr gehen, bevor die größte Hitze anfing. Das Lager erwachte schon um sieben Uhr zum Leben. Die Frauen mit den Essenskörben waren wieder da. Überall hingen Plakate auf Englisch und Swahili, auf denen die Abläufe erklärt wurden. Jeder, der fünftausend Shilling (beziehungsweise zwei Dollar) hinlegte, bekam einen Schluck vom Wundertrank und obendrauf noch Olekorinkos Gebete und Beschwörungsformeln. Leute ohne Geld mussten sich mit den Beschwörungsformeln begnügen.

»Zwei Dollar sind nicht viel«, meinte Julius. »Nicht mehr als der Großhandelspreis für ein Bund Spargel.«

»Nein«, sagte Sabine. »Aber zehntausend Bund Spargel am Tag sind dann doch mal ein nettes Sümmchen.«

Abgesehen von den zwanzigtausend Dollar, die Olekorinko bei der Messe einnahm, bot er noch Privatsprechstunden in seinem Zelt an, zwanzig Minuten für Tausend Dollar oder sechzig Minuten für zweitausendfünfhundert. Die Nachfrage war groß.

Sabine war nicht die Erste, aber die Zweite. Sie buchte die kürzere Variante ab drei Uhr. Und danach, so meinte sie, habe sie alles gelernt, was es hier zu lernen gab.

Um sein ganzes Publikum zu erreichen sprach Olekorinko in ein Mikrofon. Das war an zwei beachtliche Verstärker angeschlossen, die von acht Autobatterien betrieben wurden. Das Ganze war beeindruckend organisiert. Sabine schätzte, dass zweihundert Frauen herumgingen und *kikombe cha dawa* (einen Schluck Wundermedizin) an alle ausschenkten, die bezahlen konnten, und ab und zu auch mal an jemand, der nicht zahlen konnte, aber verzweifelt genug daherkam.

Julius und Sabine kosteten auch mal. Das Getränk schmeckte bitter und hatte keine unmittelbare Wirkung welcher Art auch immer. Allan entdeckte, dass in der Flasche ohne Korken noch ein Rest Konyagi war. Das war ihm Wunder genug.

Der Medizinmann stand ziemlich weit entfernt auf einem Podest, jetzt hatte er angefangen, irgendwas auf Swahili zu singen. Als er fertig war, ergriff seine Assistentin das Wort. Sie erklärte, was bereits auf mehreren Plakaten zu lesen war, nämlich dass die Medizin nur in Olekorinkos Gegenwart wirken konnte, nur wenn er sie gesegnet hatte (was er soeben gemacht hatte) und – vor allem – nur bei demjenigen, der nicht an ihrer Wirkung zweifelte.

»Wenn du nicht an Olekorinko glaubst, glaubt seine Medizin nicht an dich«, erklärte die Assistentin auf Englisch, Swahili und Maa. »Und jetzt lasst uns beten.«

Und dann betete sie. Erst auf Englisch.

»Lieber Gott, erfülle *kikombe cha dawa* mit der Kraft deines Dieners Olekorinko. Lass diese Kraft wiederum Körper und Seele desjenigen erfüllen, der glaubt und nicht zweifelt. Konzentriere dich dabei auf Asthma und Bronchitis. Auf Rheumatismus und Geistesschwäche. Auf Depressionen und Arbeitslosigkeit. Auf HIV und Aids. Auf Krebs und Lungenentzündung. Auf Pech und Versagen im Liebesleben. Auf Kinderlosigkeit und auf mehr Kinder, als die Familie bewältigen kann. Oh, lieber Gott, führe Olekorinko und seine Schüler auf den rechten Weg. Erweise uns deine Güte, oh Herr. Du bist alles für uns! Amen.«

Ein Mann neben Sabine war enttäuscht, weil seine bakterielle Prostatitis nicht ins Gebet mit eingeschlossen worden war, aber bei fast allen anderen war die Begeisterung groß.

Jetzt begann Olekorinko wieder auf Swahili zu singen. Ein rhythmischer, eintöniger Gesang, begleitet von Trommeln, über eine halbe Stunde lang. Unterdessen gingen die zweihundert Frauen durchs Publikum, um noch weitere Wünsche für das abschließende Gebet entgegenzunehmen, das unmittelbar bevorstand. Der Mann mit der Prostatitis konnte seine Beschwerde vorbringen und war zufrieden.

Insgesamt dauerte die Zeremonie weniger als eine Stunde statt der angekündigten zwei. Die Assistentin erklärte das damit, dass

Olekorinko heute stärker mit spiritueller Kraft aufgeladen war als sonst, er konnte also pro Minute eine größere Menge heilende Energie übertragen. Niemand war betrogen worden.

Olekorinko selbst hielt sich im Hintergrund, nickte bestätigend zu den Worten seiner Assistentin und schloss mit einem »Halleluja«.

Man hörte vereinzelte Hallelujas vom Feld, bevor zehntausend Menschen gleichzeitig aufbrachen, um den mühsamen Heimweg anzutreten. Zufriedener und eventuell sogar befreit von entzündeten Prostatadrüsen und Aids.

Blieben nur noch die, die eine persönliche Sprechstunde beim Heiler gebucht hatten. Und eine unterwürfige, deprimierte Agentin des deutschen Sicherheitsdienstes.

* * * *

Sabines zwanzig Minuten mit Olekorinko begannen damit, dass er schweigend vor sich hin meditierte. Allan, Julius und Meitkini saßen auf Stühlen hinten im Zelt. Man hatte ihnen eingeschärft, dass sie nicht an der Sitzung teilnehmen durften. Sollten sie es trotzdem tun, musste Olekorinko mehr Energie freisetzen, und dann würde der Tarif entsprechend angehoben werden.

»Der weiß, wie man an sein Geld kommt«, meinte Allan.

»Still jetzt!«, sagte Julius.

Nach der Meditation schlug Olekorinko die Augen auf und schaute Sabine an.

»Was kann ich für dich tun, mein Kind?«, sagte er.

Sabine hatte in keinster Weise das Gefühl, dass Olekorinko ihr Vater war. Doch sie war endlich dort, wo sie sein musste. Auch wenn sie gerne ihre Mutter Gertrud an ihrer Seite gehabt hätte.

»Ich habe ein paar ganz direkte Fragen«, begann sie. »Die erste lautet, was Ihr magischer Trank enthält, außer Ihrer eigenen Seele und der Hilfe des Herrn?«

Olekorinko musterte sie gründlich. Mit Journalisten hatte er schon zu tun gehabt, war das hier auch eine? Ein paar hatten sogar etwas vom Wundertrank hinausgeschmuggelt und in einem Labor analysieren lassen. Das führte letztlich dazu, dass per Regierungsdekret festgestellt wurde, dass der Trank »nicht gesundheitsschädlich und daher zum Verkauf freigegeben ist«. Schon damals waren sieben Regierungsmitglieder mit diversen Beschwerden mit dem Hubschrauber zum Wunderheiler gekommen.

»Die wirksame Zutat ist genau die, die Sie genannt haben: Gottes Energie durch mich, seinen Diener. Aber der Herr und ich arbeiten in Symbiose mit der Natur. Die bittere Süße kommt vom Mtandamboostrauch, kennen Sie den?«

Nein, den kannte Sabine nicht. Aber sie begriff, dass sich der Wunderheiler nicht auf irgendeine heimliche Zutat berief, und das war schade. So eine hätte man finden, ihr eine Geschichte verpassen und sie als geeignete Geschäftsidee nach Europa exportieren können. Mit Gott war es schon schlechter. Dessen Vor- und Nachteile waren in ihrer Heimat schon bekannt. Wieso überhaupt Gott? Olekorinko war doch ein Hexenmeister, oder nicht?

»Ich arbeite zu Hause mit Hellseherei und Geisteraustreibung – was haben Sie damit für Erfahrungen?«

Olekorinkos vier Leibwachen strafften den Rücken. Olekorinko funkelte seinen Gast an. Sabine hatte gerade etwas ganz Falsches gesagt.

»Die Hexenkunst kommt vom Teufel«, sagte er. »Wenn Sie eine Hexe sind, ist es lebensgefährlich, *kikombe cha dawa* zu trinken. Der ist ausschließlich für Menschen, die auf dem rechten Weg wandeln.«

Was war denn jetzt los?

»Auf dem rechten Weg«, murmelte Sabine und spürte, wie angespannt die Stimmung im Zelt auf einmal war.

»Auf dem rechten Weg«, wiederholte Olekorinko.

Und hielt ihr dann in leisem, feindseligem Ton eine Art Vortrag. Er handelte von der Hexenkunst und wie man sie am besten bekämpfte. Gott sei Dank wurden jedes Jahr fünfhundert tansanische Frauen getötet, weil sie als Hexen entlarvt wurden. Aber das reichte noch nicht. Das Böse war dem Guten immer einen Schritt voraus. Der einzige Trost war, dass sich die Hexen und die Zauberer gegenseitig töteten, wie neulich, als ein Zauberer in Ngorongoro eine Hexe getötet und in mundgerechte Stücke geteilt hatte, die ihm Glück bringen sollten, wie er meinte. Jetzt saß er selbst für achtzehn Jahre im Gefängnis – so viel Glück hatte ihm das Ganze bis jetzt eingebracht. Trotzdem: Zauberer sollte man nicht ins Gefängnis stecken, denn von dort konnten sie ihr verderbliches Tun ja weiterbetreiben. Die sollten zusammen mit den Hexen sterben.

Sabine war perplex. Wollte diese Hokuspokusfigur sich etwa von der Hexenkunst ganz allgemein distanzieren? Deswegen war sie ja überhaupt hergekommen. Und hatte ihre Freunde mitgenommen. Und Allan.

Ihr drängte sich das Gefühl auf, dass die Reise nach Tansania sinnlos gewesen war. Oder hatten sie nur den falschen Vertreter aufgesucht, um eine Idee zu finden, die sich weiterentwickeln und importieren ließ? Wenn es keine Hexerei war, wenn jemand eine heilige Flüssigkeit trank, die aus den Wurzeln der Natur gebraut worden war, um seine Prostatitis zu heilen, was war es denn dann?

Leider war sie so dumm, genau diese Frage zu stellen. Aber statt zu antworten, gab Olekorinko seinen Leibwächtern ein Zeichen. Sie machten einen Schritt nach vorn, und dann noch einen. Wollten sie etwa …

In der Sekunde stand Meitkini auf. Er sagte etwas auf Swahili. Es klang streng, und die Wachen erstarrten. Sie schauten sich um, spähten über die Büsche vor dem Zelt. Es war unter Olekorinkos Würde, dasselbe zu tun, aber er blieb kerzengerade auf seinem Platz sitzen und schaute Meitkini konzentriert an.

Irgendwie war es dem Massai gelungen, für sich und seine Freunde Zeit zu gewinnen. Er befahl Allan, Julius und Sabine, augenblicklich das Zelt zu verlassen und sich ins Auto zu setzen.

»Ich hab aber noch eine Frage«, sagte Allan.

»Oh nein, das hast du nicht«, sagte Meitkini, ohne Olekorinko aus den Augen zu lassen. »Tu jetzt, was ich dir sage. Sofort!«

Ein paar Minuten später saßen sie im Jeep und entfernten sich vom Lager des Wunderheilers. Nach einer Weile konnte sich Meitkini wieder entspannen. Als Erstes entschuldigte er sich, weil er so einen groben Ton angeschlagen hatte, aber die Situation war bedrohlicher gewesen, als Sabine und den anderen klar gewesen war.

»Darf ich jetzt etwas sagen?«, bat Allan.

»Bitte sehr.«

»Glaubt diese Gestalt eigentlich selbst an sich?«

Meitkini gestattete sich ein Lächeln.

»Ich bin froh, dass du das nicht im Zelt gefragt hast, Karlsson. Dann wärst du nicht mehr so viel älter geworden.«

»So viel älter werde ich sowieso nicht mehr. Aber was hast du denn gesagt, das sie so aus dem Konzept gebracht hat?«

»Ich hab gesagt, dass der afrikanische Giftpfeilbaum sie im Auge hat und sie stechen würde, wenn sie sich nicht beruhigten.«

»Der afrikanische *was*?«

»Sie haben gleich verstanden, was ich gemeint habe. Ich hab meinen Kragen aufgeknöpft, damit sie an meinem Halsschmuck sehen konnten, dass ich Massai bin. Sie haben geglaubt, dass einer von meinen Stammesgenossen in der Nähe war und sie im Visier hatte. Da waren mindestens zehn Büsche, Steine oder Bodenmulden, zwischen denen ein Schütze hätte wählen können. Inzwischen werden sie gemerkt haben, dass ich gelogen habe, aber jetzt ist es zu spät.«

»Falls sie nicht in dem Auto sitzen, das da hinter uns herfährt?«, fragte Sabine nervös.

Meitkini warf einen Blick in den Rückspiegel und erkannte die Automarke und die Plakette über der Windschutzscheibe.

»Nein, das ist ein Mietwagen. Mit so was fahren Touristen rum, aber nicht Olekorinko und seinesgleichen.«

»Der afrikanische *was* war das nun?«

»Der Giftpfeilbaum. Von dem gewinnen wir das Gift, mit dem wir unsere Speerspitzen einschmieren. Ein Volltreffer tötet einen Siebenhundert-Kilo-Büffel innerhalb von zehn Sekunden. Bei so einem schmächtigen Kerlchen wie Olekorinko würde schon ein Kratzer auf der Haut ausreichen.«

»Und wer ist *wir* in diesem Zusammenhang?«, erkundigte sich Sabine.

»Die Massai.«

»Aber hast du nicht gesagt, dass ihr friedlich seid?«

»Doch. Außer wenn uns jemand dumm kommt.«

»Zum Beispiel ein Büffel?«

»Ja. Oder ein Quacksalber.«

Sabine hatte allerdings immer noch nicht kapiert, was nun eigentlich schiefgelaufen war. Olekorinko war doch ein Hexenmeister. Sie selbst bezeichnete sich auch als Hexe.

»Na ja, das ist heikler, als du meinst, Fräulein Sabine«, sagte Meitkini. »Soll ich es dir erklären?«

»Schrecklich gern.«

Meitkini kam ihrem Wunsch nach.

Eine *Hexe* zu sein galt in ganz Afrika als etwas Negatives. Hexen schlug man am besten tot. Oder noch besser: übergoss sie mit Benzin und zündete sie an. Das war übrigens auch, was Olekorinkos Männer mit Sabine vorgehabt hatten. Daher der überstürzte Aufbruch.

Sabine schauderte bei dem Gedanken.

»Aber ich hab doch von dieser Königin in Nairobi gelesen, einer Hexe mit Luxusvilla und fünfzehn Autos. Die war ganz stolz auf ihre Profession, wie es aussah.«

Meitkini schaute sie anerkennend an. Aha, Fräulein Sabine hatte also von der Königin gehört? Das war aber keine Hexe, sondern eine *mganga*. Das wird in manchen Sprachen falsch übersetzt. Hexen sind darauf spezialisiert, die Leute zu schädigen. Wenn irgendwo im Dorf der Blitz einschlägt, steckt in der Regel eine Hexe dahinter. Dann ruft man einen Seher, der in Spiegel und Tiereingeweide schaut und vielleicht einen Blick in die Kristallkugel wirft – bevor er verkündet, wo die verdächtige Hexe wohnt, die den Blitz geschickt hat. Dann zündet man sie an, und ihr Haus sicherheitshalber gleich mit.

»Ohne jeden Beweis?«, fragte Sabine.

»Nein, nein. *Mit* Beweis. Der Seher.«

Aber die Hexen versuchten auf jede mögliche Art, diese Gefahr von sich abzuwenden. Zumindest die, die das Gefühl hatten, in der Gefahrenzone zu sein.

»In der Gefahrenzone?«

»Na ja, jede vermögende Frau mittleren oder fortgeschrittenen Alters. Am besten eine Witwe. Eine, auf die der Rest des Dorfes neidisch ist.«

»Eine erfolgreiche Frau also«, sagte Allan. »So was war Männern zu allen Zeiten auf allen Kontinenten ein Dorn im Auge.«

»Wahnsinn, über was du mittlerweile alles Bescheid weißt«, sagte Julius.

Er sehnte sich zurück nach seinem Freund, der er gewesen war, bevor er von dem befallen wurde, was ihn jetzt offenbar befallen hatte.

Allan nickte nachdenklich.

»Das ist die Kehrseite des schwarzen Tabletts«, sagte er. »Ich bitte vorbehaltlos um Entschuldigung.«

Meitkini wusste nicht viel darüber, wie es anderswo lief, aber in Afrika waren es auffallend oft Witwen mit Geld, die in der Kristallkugel des Sehers auftauchten.

»Sie versuchen also auf jede Art, die Gefahr von sich abzuwenden«, sagte Sabine. »Auf welche Art denn?«

Meitkini gefiel sich in seiner Rolle als Lehrer. Fräulein Sabine und die anderen wussten schrecklich wenig darüber, wie es in seiner Ecke der Welt zuging.

»Der Absatz von Blitzableitern ist auf diesem Kontinent höher als auf allen anderen Kontinenten zusammengenommen. Ein Blitzableiter auf einem Hügel kostet nicht viel. Dann schlägt der Blitz eben dort ein statt in irgendein Haus. Und die verdächtige Hexe bleibt zwar verdächtig, kann aber noch eine Weile weiterleben.«

»Aber die Königin in Nairobi braucht keine Blitzableiter um sich herum?«

»Genau. Weil sie keine Hexe ist, sondern eine *mganga*. Lass mich raten – ich soll dir jetzt erklären, was eine *mganga* ist, stimmt's?«

Er wartete die Antwort auf seine rhetorische Frage gar nicht erst ab.

»Also, erstens glaubte die *mganga* an Gott, etwas anderes kam nicht infrage. Aber in diesen Gottesglauben mischte sich noch eine Prise von allem Möglichen: Kräuter, Rituale, Wurzeln mit magischen Kräften. Eine echte *mganga* weiß, dass jedes Leiden eines Menschen entweder physische oder überirdische Ursachen hat. Es ist sinnlos, einen entzündeten Blinddarm zu operieren, wenn sich der Grund unserem Verständnis entzieht. Dasselbe gilt für HIV und Aids. In solchen Fällen ist die immaterielle Kraft viel wirksamer.«

»Die immaterielle Kraft?«

»Magie. Exorzismus. Oder warum nicht eine Tasse von Olekorinkos gesegneter Wundermedizin? Aber immer zu einem guten Zweck, sonst gibt es Hexenalarm.«

Julius hatte dem Gespräch zugehört, ohne sich einzumischen. Eines beschäftigte ihn jetzt aber doch.

»Hör mal, Meitkini, wäre es nicht denkbar, dass im grünen Spargel auch irgendeine magische Kraft wohnt?«

Er sah eine Geschäftsmöglichkeit vor sich, die alles übertraf, was ihm jemals eingefallen war. Gustav Svenssons Wunderspargel! Heilt alles. Kommen Sie, kaufen Sie!

»Gut möglich«, meinte Meitkini. »Aber bei einer Blinddarmentzündung würde ich doch besser auf einen Chirurgen setzen.«

Sabine brauchte Zeit zum Nachdenken. Gingen die Geschichten ihrer Mutter Gertrud also alle auf ein sprachliches Missverständnis zurück? Musste sie ihre Erkenntnisse jetzt auf etwas zurückstutzen, was sich nicht weiter nutzen ließ? Oder gab es da noch einen dritten Weg, den man beschreiten konnte?

* * * *

Es dauerte drei Stunden, bis sie die Grenze zwischen Tansania und Kenia erreicht hatten. Sie wurde von einem etwas größeren Stein am Wegesrand markiert, den keiner von den Schweden bemerkt hätte, wenn ihr Fahrer nicht das Tempo verlangsamt und darauf gezeigt hätte.

»Willkommen in meiner Heimat«, sagte er, während sie an dem Stein vorbeifuhren.

»Jetzt fährt dasselbe Mietauto schon hinter uns her, seit wir diesen Olekorinko mit seinen Leibwachen verlassen haben«, sagte Sabine, immer noch ganz durcheinander und verstört von dem, was sie durchgemacht hatten.

Sie hatte so gar keine Lust, verbrannt zu werden, ob mit oder ohne Benzin.

Allan drehte sich um und schaute nach hinten. Und bat um Meitkinis Fernglas.

Das Auto war ein gutes Stück entfernt, aber es sah nach einem einsamen Fahrer aus. Einer Frau, genauer gesagt. Mit Blazer. In der afrikanischen Savanne? Es war sogar derselbe Blazer wie ...

»Wenn du kurz anhalten könntest, Meitkini, dann red ich mal mit der Frau, die uns da hinterherfährt. Ich glaube, das könnte eine alte Bekannte sein.«

Es begann zu dämmern, und der Massai ließ den Blick über die Umgebung gleiten.

Rechts zog gerade eine Zebraherde in aller Ruhe über eine Anhöhe. Alle ganz ruhig. Und links machte sich eine Gruppe Paviane für die Nacht bereit. Ebenfalls ruhig. Und keine Vogelaktivität in der Luft. Also weder Löwen noch Büffel in der Nähe. Meitkini meinte, es sei sicher, hier anzuhalten, aber was auch immer Karlsson da vorhabe, es dürfe nicht zu lang dauern. In der nächsten Viertelstunde würde es dunkel werden, und dann durfte keiner von ihnen mehr einen Fuß aus dem Auto setzen.

Anhalten? Hier? Und wieso »Bekannte«? Was für Bekannte konnte er hier denn haben, in der Mitte von Nirgendwo? Julius war von Sabines Nervosität angesteckt worden. Es war wirklich nicht empfehlenswert, sich in der wildesten Wildnis auf den mangelhaft arbeitenden Verstand des Hunderteinjährigen zu verlassen. Warum fuhren sie nicht einfach weiter?

»Jetzt einatmen, mein lieber Spargelbauer. Und dann wieder tief ausatmen. Alles wird gut, du wirst schon sehen«, sagte Allan.

Als Meitkini am Straßenrand anhielt, tat der Mietwagen in hundertfünfzig Meter Abstand dasselbe. Allan kletterte langsam aus dem Land Cruiser auf den Boden. Er machte ein paar Schritte auf das Mietauto zu, dann hob er das Fernglas wieder an die Augen und sah, dass er recht gehabt hatte. Er ließ es sinken und rief der Frau im Jackett zu:

»Kommen Sie doch her, Frau Immobilienmaklerin! Nur keine falsche Bescheidenheit!«

TANSANIA – KENIA

Agentin B hatte zu guter Letzt doch noch ein paar Stunden Schlaf gefunden, schlotternd auf dem Rücksitz. Und noch ein paar am Vormittag, als die Sonne die Luft aufgewärmt hatte. Danach konnte sie dem Tag gar nichts mehr abgewinnen. Zwischen diesen zehntausend Menschen war es nur zu leicht, Karlsson aus dem Weg zu gehen, ihn zu finden hingegen unmöglich. B konnte nur das Auto der Schweden observieren und ihnen dann in sicherem Abstand folgen, wenn sie wieder fuhren. Oder auch nicht so sicher, wie sich dann herausstellte, denn sie nahmen nicht denselben Rückweg. Sondern bogen Richtung Norden ab, auf Straßen, die noch schlechter waren als die, auf denen sie zu Olekorinko gefahren waren.

Jedem Agenten musste klar sein, wie sinnlos es war, jemanden allein im Auto zu verfolgen. Man brauchte mindestens einen zweiten Kollegen. Einer musste vorausfahren, der andere hinterher. Und dabei musste man ununterbrochen Kontakt über Funk halten.

Doch die Agentin war nun mal allein mit diesem sinnlosen Auftrag. Und die Straße war keine Straße, sondern eher eine Art Viehpfad. Das Risiko, entdeckt zu werden, war groß.

B hielt größtmöglichen Abstand und fuhr mit ausgeschaltetem Licht, um ja keine Reflexe im Rückspiegel der Verfolgten zu erzeugen. Andererseits durfte sie die Schweden und ihren Fahrer nicht aus dem Blickfeld verlieren. Sie konnten jederzeit irgendwo abbiegen und auf Nimmerwiedersehen verschwinden.

Es war ein schwieriger Balanceakt. Außerdem quälten B die Gedanken von letzter Nacht. Wie hatte es nur so weit kommen können? Sie fuhr einsam über einen steinigen Feldweg durch die afrikanische Savanne. Einsam aus jeder denkbaren Perspektive. Und geheim. Sie hatte das Gefühl, dass sie Vollzeit daran arbeitete, ihr bereits hinreichend zerstörtes Leben endgültig zu zerstören.

Und in diesem Augenblick verschlimmerte sich die ungute Situation noch weiter, denn da stand das observierte Objekt mitten auf der Straße und rief sie, als wären sie alte Freunde.

Agentin B zog in Erwägung, einfach den Rückwärtsgang einzulegen und zu verschwinden. Aber die Dinge waren zu kompliziert. Der hunderteinjährige Feind konnte ja genauso gut ein Freund sein. Wenn B nun schon mal aufgeflogen war, musste sie jetzt die Taktik wechseln, sonst würde sie niemals Klarheit in die Sache bringen.

Und was hatte sie schon zu verlieren? Wenn sie wieder nach Hause kam, würde sie kündigen. Streifenpolizistin in Rödelheim? Das wär doch auch was. Aber wenn sie dann Zahnschmerzen bekam und zum Notzahnarzt musste, wenn Franz Dienst hatte?

Die Agentin fuhr langsam bis zu dem alten Mann und seinem Auto. Sie stieg aus und ging schweigend auf Allan zu.

»Guten Tag, guten Tag«, sagte Allan. »Und, haben Sie ein paar spannende Immobilien zum Vermitteln gefunden?«

Da standen sie nun an dem Ort auf dieser Erdkugel, der wahrscheinlich der letzte war, den ein professioneller Immobilienmakler dienstlich besuchen würde.

Agentin B war in den letzten sieben Jahren ihres Lebens geheimer als geheim gewesen. Sie litt unter Schlafmangel. Sie hatte Hunger. Und Durst. Sie hatte sich selbst satt und ihr Leben auch. Und sie stand einem Mann gegenüber, der vielleicht Feind war, vielleicht aber auch Freund.

Irgendwo musste mal Schluss sein. Agentin B traf eine Entscheidung.

»Nein, hab ich nicht. Mein Name ist Friederike Langer, und ich soll im Auftrag der Bundesrepublik Deutschland verhindern, dass angereichertes Uran von Afrika nach – zum Beispiel – Nordkorea weitertransportiert wird.«

»Na, so was in der Richtung hatte ich fast schon geahnt«, meinte Allan. »Sie standen im Flughafen von Daressalam in der Schlange hinter uns. Dann landeten wir im Flugzeug nebeneinander, und wie sich herausstellte, wussten Sie nicht, wohin Sie überhaupt unterwegs waren. Und haben meiner Vermutung zugestimmt, dass es in Musoma gar keine Immobilien zum Vermakeln geben könnte. Da haben wir uns aber alle beide mal gründlich geirrt. Vor einer Weile hab ich Sie wiedererkannt, Sie haben ja seit gestern auch nicht mehr das Jackett gewechselt. Und hier in der Savanne können Sie ja im Grunde nur hinter mir und meinen Freunden her sein, oder?«

»Das ist korrekt«, sagte die Agentin.

Sie war sich in ihrem ganzen Leben noch nicht so unprofessionell vorgekommen.

»Was ist denn hier los?«, wollte Meitkini wissen.

»Eine ganze Menge«, sagte Allan. »Gestatten die Herrschaften, dass ich Sie einander vorstelle?«

Bis zu diesem Moment hatte Meitkini schon Wurfholz und Messer bereitgehalten, aber Allans Ton konnte er entnehmen, dass das unnötig war. Die unglückselige Agentin hatte bereits festgestellt, dass sie vier potenziellen Feinden mitten in der Savanne völlig unbewaffnet gegenübergetreten war. Na, gleich noch eine Panne nach allen, die ihr schon unterlaufen waren.

Nachdem sie die Formalitäten hinter sich gebracht hatten, schlug Allan vor, dass man den Neuzugang doch auch in Meitkinis Camp mit einladen könnte. Sie hatten viel zu bereden.

»Stimmen Sie mir da zu, Frau Langer?«

Ja, das tat sie allerdings.

»Und hier können wir ja schlecht stehen bleiben. Stimmen Sie mir da auch zu?«

Ja, das auch.

»Dann fahren wir weiter«, sagte Meitkini. »Fahren Sie mir hinterher, Frau Langer.«

Allan beschloss, in den Wagen der deutschen Agentin zu steigen, damit sie sofort mit dem Plaudern anfangen konnten. Da fühlte sich die Agentin Langer schon etwas besser. Wenn Karlsson ein Betrüger war, dann würde er sich gleich selbst um Kopf und Kragen reden. Dann war sie zwar immer noch am falschen Ort – unbewaffnet und nachdem sie schon viel zu viel gesagt hatte –, aber dann wüsste sie es zumindest.

Auf der Weiterfahrt und während es rundherum dunkler wurde, erzählte Allan ihr eine Kurzfassung seiner Reise mit dem Ballon und weiter, mit ausgewählten Rückblenden auf sein früheres Leben. Agentin Langer glaubte ihm jedes Wort. Es gab zu viele beweisbare Details, die für Karlsson sprachen. Wenn er wirklich im großen Stil Uran schmuggeln und für Nordkorea arbeiten würde, warum war er dann aus dem Land geflohen, statt schön zu bleiben, wo er war? Und wie konnte ein Uran-Schmuggler, der seine fünf Sinne beisammenhatte, vier Kilo angereichertes Uran in die USA einführen, um sie anschließend in der deutschen Botschaft in Washington abzuladen, zusammen mit einem Liebesbrief an Angela Merkel?

»Der Laborchef in Pjöngjang sprach von einer wesentlich größeren Lieferung als der ersten«, sagte Allan. »Kommt das betreffende Uran aus dieser Gegend – nachdem Sie ebenfalls hier sind und Interesse zeigen, Frau Langer?«

Ja, genau diesen Verdacht hatten die Agenten gehabt, das ließ sich schlecht leugnen. Aus dem Kongo, genauer gesagt. Und das Schiff, das Karlsson und Jonsson vor ein paar Monaten aus dem Meer gefischt hatte, war wieder unterwegs.

»Wir sind ziemlich sicher, dass die Übergabe südlich von Madagaskar erfolgen soll.«

»Was tun Sie dann *hier*?«

Agentin Langer bekam einen gereizten Ton.

»Wenn Sie nicht wären, Herr Karlsson, dann wäre ich jetzt auch ganz woanders.«

»Ach so«, sagte Allan.

* * * *

Der Weg schien von Minute zu Minute schlechter zu werden. Manchmal hatte er eine völlig andere Neigung bekommen nach einem afrikanischen Wolkenbruch, der Wasserströme über die Straße schickte, die sie ganz oder teilweise mit sich rissen.

Hie und da lief die Strecke sogar direkt durch einen Bach. Manchmal wurde der Weg von einem dicken Felsblock oder Stock geteilt, der dort gar nicht hingehörte. Dort wurde es dann zu eng, als dass es für zwei Fahrspuren gereicht hätte, und so gab es kürzere Abschnitte, die man eigentlich nur auf einer Seite befahren sollte. In der kenianischen Savanne sind Verkehrsschilder jeglicher Art eher die Seltenheit. Für den Fall, dass sich die Straße teilt, muss man bei der Wahl zwischen links und rechts den gesunden Menschenverstand walten lassen. Meitkini entschied sich für links, denn er war in einem Land mit Linksverkehr geboren und aufgewachsen.

Doch Agentin Langer war ja nur unfreiwillig zu Besuch. Zudem hatte sie die ersten dreiunddreißig Jahre ihres Lebens einen Steinwurf von der A5 bei Frankfurt am Main verbracht. Der entscheidende Unterschied zwischen der A5 und der kenianischen Landstraße C12 lag nicht in erster Linie darin, dass man auf Ersterer mit zweihundert Stundenkilometern fahren konnte und auf Letzterer höchstens mit zehn, sondern in der schlichten Tatsache, dass man in Kenia nicht auf derselben Straßenseite fuhr wie in Deutschland.

Der langen Rede kurzer Sinn: Die Agentin fuhr im Gegensatz zu Meitkini auf der falschen Seite um einen größeren Felsen herum. Der Bach dahinter hatte zwei Furten in zehn Meter Abstand. Die westliche war benutzbar, während auf der östlichen Seite der letzte Wolkenbruch größere Landmassen mitgerissen hatte. Ein aufmerksamer und gewissenhafter Massai hatte ein Warnschild aufstellen lassen, auf dem stand, dass die eine Furt nicht mehr dreißig Zentimeter tief war, sondern eher anderthalb Meter. Doch da sich dieser Massai, ebenso wie Meitkini, grundsätzlich links hielt, hatte er sich nicht noch die Mühe gemacht, auch auf der anderen Seite ein Warnschild aufzustellen, und das war ebendie Seite, von der Agentin Langer kam.

Es half also nichts, dass die Agentin ganz vorsichtig in den Bach fuhr, denn innerhalb einer Sekunde war er statt dreißig Zentimeter plötzlich fünf Mal so tief. Das Fahrzeug kippte heftig nach vorn und blieb mit den Vorderreifen in dem tiefen Loch stecken, das sich unter der Wasseroberfläche verbarg. Der Motor landete teilweise unter Wasser und stellte innerhalb von Sekunden seine Funktion ein.

»Hoppala«, sagte Allan, der sich festhalten musste, um nicht ins Wasser zu fallen. »Wenn ich jetzt einen Tipp abgeben sollte, würde ich fast tippen, dass Sie uns in einen schönen Schlamassel gebracht haben, Frau Agentin.«

Agentin Langer dachte nur, dass alles die ganze Zeit immer nur noch schlimmer wurde. Und das in rasendem Tempo. Seit ein paar Stunden stand fest, dass sie am falschen Ort in Afrika war. Jetzt sah es auch noch so aus, als würde sie erst mal hier festsitzen, bis jemand sie rausangeln und das Auto für sie reparieren konnte.

Es war ein Abenteuer, Allan und die Agentin auf die andere Seite zu holen. Meitkini prüfte mit einem Ast, wie weit er sich mit seinem Wagen in den Bach vorwagen konnte. Er kam weit genug heran, um die Deutsche und den Schweden von Motorhaube zu Motorhaube zu bugsieren und sie dann mit Julius und Sabine sicher wieder an Land zu bringen.

»Ihr Auto muss hierbleiben«, sagte Meitkini. »Das muss man mit einem Abschleppseil von der anderen Seite rausziehen, und so was macht man nicht mitten in der Nacht zwischen den ganzen wilden Tieren hier. Außerdem kann ich mir nicht vorstellen, dass der

Motor noch in einer Verfassung ist, in der man ihn zum Laufen kriegen könnte, nachdem Sie beschlossen haben, ihn unter Wasser zu setzen.«

»Ich hab nicht *beschlossen*, ihn unter Wasser zu setzen«, erwiderte Agentin Langer.

KENIA

Die desillusionierte Agentin saß auf der Terrasse vor dem Zelt, das man ihr im Camp zugewiesen hatte, in dem Meitkini als Guide arbeitete. Sie war innerlich aufgewühlt und konnte immer noch nicht schlafen. Stattdessen begrüßte sie einsam das Morgengrauen. Die Zelte lagen auf den seitlichen Hängen des grünen Tals inmitten von Savanne und Busch, das zum Camp gehörte. Nur zweihundert Meter weiter unten erstreckte sich ein Wasserloch. Nach Sonnenaufgang kamen ein paar Dikdiks, um ihren Durst zu löschen, doch sie mussten gleich darauf den Platz für eine Herde Elefanten räumen. Die Stille im Tal war großartig. Wie in Deutschland, dachte Agentin Langer, nur umgekehrt.

Der Frieden fand ein jähes Ende, als Allan und Julius über den Weg von der Lounge geschlendert kamen. Bei Tagesanbruch stellten die wilden Tiere ihre Jagd ein, dann konnte man wieder spazieren gehen.

»Guten Morgen, Frau Agentin. Haben Sie gut geschlafen?«, erkundigte sich Allan.

»Wir haben hier ein Frühstück für Sie dabei, wenn es recht ist?«, fragte Julius und hob das Tablett etwas in die Höhe.

Frau Agentin? Ach so, natürlich, sie hatte ihre Tarnung ja aufgegeben. Und Karlsson war nicht diskret umgegangen mit dem, was er erfahren hatte.

»Ja, danke«, log die Agentin Langer. »Ich hab gut geschlafen.

Und Frühstück wäre gar keine schlechte Idee. Bitte, setzen Sie sich doch.«

Die Frau und die beiden Männer teilten sich Kaffee, Spiegeleier und Papayas aus dem Garten des Camps und besprachen das weitere Vorgehen. Unterdessen ging der kühle Morgen in einen ganz schön warmen Tag über, auf gut zweitausend Meter Höhe gleich südlich des Äquators.

Allan hatte sein schwarzes Tablett mit und meinte, er würde gerne zum Besten geben, was er darin so alles entdeckte. Er versprach auch, nicht wieder zu erzählen, wie viele im Mittelmeer ertrunken waren, denn das mochte Julius langsam schon nicht mehr hören.

Julius bat Allan, die Agentin nicht so zu quälen, wie er Sabine und ihn schon viel zu lange gequält hatte, doch die Agentin nickte höflich. Es wäre doch schön zu erfahren, was außerhalb von Savanne und Busch so passiert war. Hatte der Oberste Führer im Osten sich wieder irgendwas Neues einfallen lassen?

Hatte er sicher, meinte Allan, aber nichts, was bis zum Tablett vorgedrungen wäre. Er würde aber gern mit anderem dienen, wenn es genehm war.

»Nein!«, sagte Julius, aber Allan redete einfach weiter.

Zu Hause im guten alten Schweden hatte das Verkehrsministerium mit voller Absicht sein ganzes Register an ein Unternehmen in Osteuropa weitergegeben, gegen den Rat der Sicherheitspolizei. Damit gab man auch streng geheime Informationen über Kampfpiloten und Agenten im Staatsdienst weiter. Jetzt verrieten die Zeitungen, dass der Chef der Behörde Gefahr lief, siebzigtausend Kronen Strafe zahlen zu müssen, gefeuert zu werden und mindestens vier Millionen Abfindung zu kassieren.

»Darf ich raten, Frau Langer? Sie haben keine Kollegen, die in Schweden stationiert sind, oder? Das wäre vollkommen überflüssig«, sagte Allan. »Wir kennen keine Geheimnisse da oben, weder voreinander noch vor anderen.«

Allan sah, dass Julius schmollend dasaß. Wegen dieser einen Nachricht? Na, ein bisschen konnte er doch wohl mal aushalten.

Wie es aussah, war Trump immer noch Trump, während Saudi-Arabien im freien Fall auf die abendländische Dekadenz zuzurasen schien. Nicht genug damit, dass die Frauen das Recht bekommen sollten, selbst Auto zu fahren, jetzt sollten sowohl Männer als auch Frauen wieder ins Kino gehen dürfen, zum ersten Mal seit neunzehnhundertachtunddreißig. Ehe man sich's versah, durften sie am Ende bald auch ein Schnäpschen trinken und sich wieder wie Menschen fühlen.

Als Allan keine Reaktion auf seine Überlegungen bekam und Julius immer noch mürrisch dreinschaute, legte er einen anderen Gang ein.

»Das hier könnte dich vielleicht ein bisschen aufmuntern, Julle«, sagte er.

Und dann erzählte er von dem Fußballschiedsrichter aus Ghana, der gerade auf Lebenszeit gesperrt worden war, weil er bei einem Fußballspiel auf Strafstoß für Südafrika entschieden hatte, nachdem ein armer Senegalese den Ball zufällig aufs *Knie* bekommen hatte.

Julius reagierte immer noch nicht (abgesehen von der Bemerkung, dass er nicht Julle hieß), im Gegensatz zur deutschen Agentin.

»Aber es ist doch erlaubt, dass man ihn aufs Knie bekommt, oder nicht?«, fragte die Frau, die Sport zur Unterhaltung ihr Leben lang gemieden hatte. Beziehungsweise Unterhaltung ganz allgemein, wenn sie es sich recht überlegte.

»Ja, das ist es ja gerade. Aber der internationale Fußballverband – der ansonsten für seine Korruptheit bekannt ist – befand, dass der Schiedsrichter korrupt war. Jetzt soll das Spiel wiederholt werden.«

Immer noch ein mürrisches Gesicht bei seinem Freund auf dem Sofa. Jetzt blieb nur noch eins. In Fußballsprache übertragen hätte man sagen können, dass er das Gespräch jetzt auf Julius' Spielfeldhälfte verlegte.

»Mal ein ganz anderes Thema: Haben Sie vielleicht irgendeine Verbindung zu Spargel, Frau Agentin?«

Mit dieser Frage hatte Agentin Langer nicht gerechnet.

»Spargel?«, wiederholte sie. »Oh ja, ich habe eine langjährige, sehr enge und sehr gute Verbindung zu Spargel. Mein Großvater ist nämlich in Schwetzingen geboren und aufgewachsen.«

»In Schwetzingen«, sagte Allan. »Das klingt wie etwas, womit man sich seinen Longdrink aufgießt.«

Agentin Langer sagte, dass man in Schwetzingen sicher ein, zwei Gläschen trinken konnte und sich vielleicht auch noch ein drittes bestellen, bevor der Abend zu Ende ging, aber ansonsten habe der Name der Stadt nichts mit Alkohol zu tun. Mit Spargel hingegen sehr wohl.

»Erzählen Sie mehr!« Julius setzte sich auf dem Sofa auf.

»Willkommen zurück«, sagte Allan.

Wie sich herausstellte, hegte Friederike Langer ihr ganzes Leben lang Liebe zum Spargel, zwar zum weißen, aber immerhin. Ihr Großvater Günther war zu seiner Zeit einer der größten Spargelbauern in Schwetzingen. Er kroch auf dem Sandboden herum und schien persönlichen Kontakt zu jeder Pflanze zu unterhalten. Und zu Hause kreierte er zusammen mit Großmutter Matilda fantastische Gerichte mit dem weißen Gold. Vorspeisen, Hauptgerichte und sogar Nachspeisen!

»*Weißes* Gold?«, wunderte sich Julius. »Aber echter Spargel ist doch grün!«

Das war das Einzige gewesen, worüber er mit Gustav Svensson auf Bali gestritten hatte. Der Schwedeninder bestand darauf, dass das Geschäft diversifiziert werden musste und mindestens zwanzig Prozent der Pflanzen eine weiße Ernte statt einer grünen geben sollten.

Agentin Langer lächelte zum ersten Mal seit bestimmt einem Jahr.

»Bei allem Respekt, Herr Julius, aber ich glaube, da haben Sie etwas falsch verstanden.«

* * * *

Meitkinis Safarikunden kamen wie geplant und wurden von ihrem Guide gebührend in Empfang genommen. Die Schweden und die Deutsche mussten jetzt ein paar Tage so gut es ging allein klarkommen.

Allan verbrachte die Zeit auf der großen Terrasse bei der Lounge, mit Ausblick über das grüne Tal und das Wasserloch, wo es fast die ganze Zeit etwas Neues zu sehen gab. Nach den Antilopen kamen die Elefanten, und wenn die fertig getrunken hatten, waren die Löwen aus ihrem Schlummer erwacht. Ein einsames Nashorn kam auch regelmäßig zum Wasserloch. Und die Giraffen, diese Fehlkonstruktionen, die einen Spagat machen mussten, um trinken zu können.

Der Hunderteinjährige war mit fast allem zufrieden. Mit der Aussicht natürlich. Mit den Drinks, die der junge John an der Bar ihm sogar ungebeten hinstellte. Und dann hatte John auch noch so viel technisches Wissen! Wenn man das Tablett an etwas anschloss, was sich Netzwerk nannte, kamen die Nachrichten aus allen Winkeln der Erde fünf Mal schneller herein als sonst. Dieselben Nachrichten zwar, aber trotzdem.

Sabine zog es vor, sich in der Lounge ein bisschen weiter weg zu setzen, damit Allans Geschichten nicht ihre Konzentration störten. Sie spielte verschiedene Ideen durch, wie man die Hellseherei in ein Massenprojekt einbauen konnte, nach dem Prinzip: Lieber zehntausend Teilnehmern ein paar wenige Dollar pro Person aus der Nase ziehen, als dreihundert Dollar von einem zu kassieren. Und das am liebsten, ohne Gott mit hineinzuziehen.

»Massenhellseherei«, murmelte sie vor sich hin. »Mittwoch um elf nehmen wir Kontakt mit Elvis auf. Zehn Dollar Eintritt. Zwanzig für eine persönliche Frage.«

Nein, das war zu schlecht. Wenn man noch einen Tee drauflegte, um das Bewusstsein der Teilnehmer zu erweitern? Geheimen Tee? Vielleicht ein bisschen LSD, um die Grundlage für ihren Ruf zu legen?

»Wie läuft's so?«, fragte Allan über ein paar Tische hinweg.

»Stör mich nicht!«, antwortete Sabine.

Schlecht, dachte sie.

Julius und Agentin Langer hielten sich meistens auf der anderen Seite der Lounge auf, vor der sich der Biogarten des Camps erstreckte. Beide waren sich einig, dass das Klima hier auf zweitausend Meter Höhe durchaus für Spargel geeignet war. Schlechter sah es allerdings mit der Erde aus, die rot und sehr stark eisenhaltig war. Julius meinte, solches Kroppzeug wie den weißen Spargel könne man sicher überall ziehen, aber der grüne verlange feinkörnigen Sandboden. Agentin Langer konterte, dass der weiße Spargel genau dasselbe verlange, aber dass es nicht weiter wichtig sei, auf welchem Boden man den grünen anbaute, denn der sei ja sowieso ungenießbar.

Die beiden Spargelliebhaber verstanden sich im Großen und Ganzen prächtig, abgesehen von der Frage mit Grün oder Weiß.

Der arrogante Agent A rief an und störte. Er erzählte, dass er in Zusammenarbeit mit dem BND-gesponserten Grenzbeamten und achtzig seiner Männer eine unsichtbare Mauer zwischen Tansania und Mosambik gebildet hatte. Es war nur eine Frage der Zeit, bis die Schmuggler in diese Falle rannten.

»Schade, dass Sie da nicht dabei sein können, jetzt bin ich der Einzige, der das ganze Lob einsackt.«

Die einst so unterwürfige Agentin B hatte aus ihrer neuen Spargelfreundschaft wieder Energie geschöpft. Auf jeden Fall reichte es, um ihrem Chef alles Schlechte zu wünschen.

»Das ist ja schön für Sie«, sagte sie. »Und wenn das Uran aus irgendeinem Grund trotzdem durchkommt, finden Sie sicher einen Weg, wie Sie mir die Schuld daran zuschieben können, meinen Sie nicht?«

Chefagent A war gar nicht gewöhnt, dass B ihn so anging.

»Jetzt seien Sie doch nicht sauer, bloß weil Sie nicht genug Verstand hatten, am richtigen Ort zu sein. Wie läuft es eigentlich mit diesem Karlsson, haben Sie ihn schon gefunden?«

»Nein«, log Agentin B. »Ich bin mit dem Auto, das ich gemietet hatte, in der Savanne liegen geblieben. In ein paar Tagen kommen Helfer, die es mir aus einem Bach rausziehen.«

Chefagent A lachte schallend.

»Das ist wirklich das Lustigste, was ich seit Langem gehört habe. Dann hängen Sie ja so richtig fest da oben.«

A erzählte, dass die *Ehre und Stärke* den Berichten zufolge immer noch Kurs auf das Kap der Guten Hoffnung, Kap Agulhas und – mit allergrößter Wahrscheinlichkeit – Süd-Madagaskar hielt. Das bedeutete, dass das Schmuggeluran jetzt jeden Tag die Grenze zwischen Tansania und Mosambik überqueren dürfte.

»Danach bleibt mir wohl nichts anderes übrig, als die Bundeskanzlerin persönlich anzurufen und ihr die Botschaft zu überbringen«, sagte A.

Dabei weisungsgemäß über seinen Vorgesetzten, den urlaubenden BND-Chef, zu gehen, hätte die eigene Karriere nicht angemessen gefördert.

Agentin Langer kehrte zu Julius in die Lounge zurück. Sie merkte, dass sie in seiner Gesellschaft etwas entwickelte, was sich wie Lebensfreude anfühlte.

»Hallo, mein fehlgeleiteter Spargelfreund, darf ich mich zu Ihnen setzen?«

Sie lächelte, als sie das sagte. Es war ein liebevolles Gekabbel zwischen Grün und Weiß.

Julius erwiderte:

»Selber hallo, Sie farbenblindes Huhn. Bitte, setzen Sie sich gern zu mir!«

KENIA

Die Touristen fuhren wieder, sehr zufrieden nach ein paar Tagen in der Gegend, die man auch das achte Weltwunder nannte. Meitkini hatte wieder Zeit für Allan, Julius, Sabine und die Deutsche, die ja Hilfe mit ihrem Auto brauchte. Sabine hatte vorgeschlagen, dass die alten Männer und sie vielleicht noch ein paar Tage im Camp bleiben könnten, wenn es ginge. Sie konnte so gut nachdenken in dieser Lounge, war allerdings mit ihrem Geschäftsplan noch nicht so weit gekommen, wie sie es sich gewünscht hätte.

Meitkini freute sich. Er verbrachte gerne noch ein wenig Zeit mit den Schweden, vor allem, weil jetzt nicht mehr so viel Arbeit auf ihn wartete. Abgesehen von der Deutschen und ihrem Auto natürlich.

»Die Deutsche«, dachte Agentin B. »Die Agentin.« Wie das wohl wäre, sich mal in einem Zusammenhang zu bewegen, in dem man sowohl einen Namen als auch eine Identität hatte, über die gesprochen werden durfte?

»Ich heiße übrigens Friederike«, sagte sie. »Angenehm.«

Meitkini schaute etwas beschämt drein. Da klingelte Friederike Langers Telefon. Am Ende hatte ihr Chef jetzt …

Nein, hatte er nicht. Er wollte sich nur zum fünften Mal erkundigen, ob sie schon losgekommen war. Friederike antwortete bekümmert, dass man an der Lösung arbeitete. Das Auto würde man jetzt in ein paar Stunden aus dem Bach ziehen, danach müsse man nur noch den Motor wieder zum Laufen bringen. Morgen früh konnte sie in Musoma in den Flieger steigen.

»Fliegen Sie direkt nach Madagaskar, dann treffen wir uns dort. Diese Wichser müssen uns irgendwie durch die Maschen geschlüpft sein.«

Das Gespräch war beendet, und Meitkini fuhr fort:

»Wollen wir es so machen, dass wir jetzt alle zusammen zum Bach fahren, dein Auto rausziehen ... Friederike ..., den Motor wieder irgendwie zum Laufen bringen, dich verabschieden, und dann machen wir anderen auf dem Heimweg mal eine richtige Safaritour, bevor es dunkel wird?«

Allan meinte, es wäre interessant, ein bisschen näher an die Szenarien zu kommen, die er am Wasserloch schon beobachtet hatte. Die anderen stimmten zu. Julius bedauerte es etwas, dass Friederike schon fahren musste, aber er verstand, dass die Pflicht rief.

* * * *

Mit ein paar Safari-Abstechern unterwegs dauerte es anderthalb Stunden, bis sie beim Bach waren, in dem Agentin Langer die vordere Hälfte ihres Land Cruiser vor ein paar Tagen so unglücklich unter Wasser gesetzt hatte. Der Bach war noch da.

Im Gegensatz zum Auto.

»Hier war wohl schon jemand und hat geholfen«, stellte Meitkini fest.

»Und hat als Dankeschön das Auto gleich mitgenommen«, ergänzte Allan.

Friederike Langer vergrub das Gesicht in den Händen. Irgendjemand hatte das Fahrzeug gestohlen, das sie nach Tansania zurückbringen sollte, um dann weiter nach Süden zu fahren. Was um Himmels willen sollte sie jetzt nur anfangen?

Meitkini bat sie, sich wieder zu fassen. Er schlug vor, nach der versprochenen Safaritour wieder ins Camp zurückzufahren, die

Schweden abzusetzen und sie dann in der Nacht nach Musoma zu bringen.

»Dann können Sie das Mietauto als gestohlen melden, bevor Sie mit dem Flugzeug weiterreisen, Friederike. So schlimm ist das doch gar nicht, oder?«

Nein, im Grunde wohl nicht. So würde es jetzt also gemacht werden.

Wurde es dann aber nicht.

* * * *

Die Safaritour war schon was ganz Besonderes. Sogar Allan, der sonst schwer zu beeindrucken war, war beeindruckt von dem, was er sah. Meitkini hatte sowohl das richtige Fahrzeug als auch die Genehmigung, dorthin zu fahren, wo sich die Tiere hauptsächlich aufhielten, er musste nicht dort bleiben, wo zufällig eine Straße verlief. Oder wie auch immer man diese steinigen Pfade nennen wollte.

Da sah man Gepardenbabys, die sich spielerisch balgten, während ihre wachsame Mutter nach Löwen Ausschau hielt. Man sah Herden von Zebras, Thomson-Gazellen und Gnus. Man sah eine riesige Elefantenkuh mit einem nur wenige Wochen alten Kalb, das zwischen ihren Hinterbeinen einhertrippelte. Man sah Nase und Augen von vier Nilpferden, die auf den Abend warteten, damit sie das Wasser verlassen und ein bisschen fressen konnten. Kurz und gut: Es war großartig.

Bevor jemand in der Gruppe darauf achtete, wurde es plötzlich dunkel.

»Hoppla«, sagte Meitkini. »Jetzt müssen wir aber schleunigst wieder zurück auf die richtige Straße.«

Er fand sie auch und machte sich auf den Heimweg zum Camp.

Am Äquator geht es schnell von Dunkel zu Pechschwarz. Auf beiden Straßenseiten funkelten die Augen der wilden Tiere, für viele von ihnen begann jetzt ihre Arbeit.

Nach einer guten halben Stunde Fahrt durch die Savanne sahen sie in der Entfernung etwas Rotes leuchten. Die Rücklichter eines Autos? Ja, tatsächlich.

»Also wirklich – ein Stau!«, sagte Allan.

Sie fuhren näher heran. Das Fahrzeug stand still. Es schien ein Problem zu haben. Meitkini befahl der Gruppe:

»Bleibt im Auto sitzen! Niemand streckt auch nur einen Fuß raus! Das gilt auch für dich, Allan.«

»Keine Sorge, Meitkini. Ich beweg mich nicht, wenn es sich vermeiden lässt.«

Der Kreuzschlüssel, der auf dem Boden neben dem linken Hinterreifen lag, verriet, dass das Auto einen Platten hatte. Es war ein blauer Hilux mit einer großen Holzkiste auf der Ladefläche. Im Fahrerhäuschen saß ein Mann, der vorsichtig durch die heruntergelassene Fensterscheibe spähte. Meitkini ließ seinen Land Cruiser neben den Hilux rollen. Allan saß links vorne und war ganz aufgekratzt. Neue Begegnungen waren immer so spannend.

»Guten Tag, mein Herr«, sagte er. »Mein Name ist Karlsson. Allan Karlsson. Haben Sie wohl auch einen Namen?«

Der Mann im Hilux war schwarz, mittleren Alters und eher klein. Er musterte Allan misstrauisch, bevor er ihm antwortete.

»Smith«, sagte er. »Stan Smith.«

»Da kann man mal sehen«, staunte Allan. »Spielen Sie Tennis?«

»Nein, ich hab einen Platten«, sagte Stan Smith, dem nicht bewusst war, dass er einen Tennis spielenden Namensvetter hatte, der weiß und fast zwei Meter groß war und deswegen nicht unbedingt Gefahr lief, mit ihm verwechselt zu werden.

Meitkini sagte, er habe einen Kreuzschlüssel neben dem platten Reifen gesehen, und fragte, ob Herr Smith das Auto in der Dunkelheit verlassen hatte, um den Reifen zu wechseln. Wenn ja, wollte er ihm nur sagen, dass das absolut nicht empfehlenswert sei.

»Ich hab das Auto nicht verlassen. Aber mein Begleiter. Er ist vor zwanzig Minuten von Löwen erbeutet worden.«

Was für eine schreckliche Nachricht. Aber Herr Smith schien doch relativ gefasst.

»Tut mir leid, das zu hören«, sagte Meitkini. »Möchten Sie in unser Auto rüberklettern und in unserem Camp hier in der Nähe übernachten? Morgen kann ich dann organisieren, dass Sie jemand herfährt und Ihnen auch mit dem Reifenwechsel hilft.«

Stan Smith schüttelte den Kopf.

»Das ist nett, aber nein danke. Ich kann meine Ladung nicht allein lassen.«

Allan betrachtete die große Holzkiste auf der Ladefläche.

»Was haben Sie denn da drin, wenn man fragen darf?«

Wieder zögerte Stan Smith.

»Hilfsgüter«, sagte er.

»Hilfsgüter«, wiederholte Allan. »Ja, so was ist wichtig. Kommt natürlich immer drauf an, was für Hilfsgüter das so sind.«

Prompt schien Stan Smith wieder zu zögern. Für so etwas hatte Allan ein feines Auge.

»Für die Armen«, fügte er hinzu, und seine Miene besagte, dass er die Sache nicht weiter ausführen wollte. »Fahren Sie einfach weiter, ich komme schon zurecht heute Nacht.«

Meitkini zuckte mit den Schultern und schickte sich an weiterzufahren. Stan Smith hatte ganz recht damit, dass er die Nacht überleben würde, wenn er einfach bis zum Morgengrauen im Auto blieb. Und wenn er keine Hilfe haben wollte, dann eben nicht.

Damit wäre die Sache erledigt gewesen, hätte nicht Allan noch etwas auf dem Herzen gehabt.

»Da haben Sie aber eine sehr hübsche Aktentasche, Herr Smith«, bemerkte er.

Der Mann im Pannenauto zuckte zusammen.

»Es ist nämlich so, dass ich auch mal mit so einer rumgelaufen bin«, sagte Allan. »Nordkoreanisches Design. Das weiß ich mit absoluter Sicherheit, denn ich bin sehr vertraut mit der nordkoreanischen Aktentaschenkollektion. Die ist ziemlich begrenzt.«

Mehr musste nicht gesagt werden, damit die Situation eine ganz neue Wendung nahm. Goodluck Wilson alias Stan Smith machte hastig seine nordkoreanische Aktentasche auf und entnahm ihr einen Revolver. Dann machte er das Verdeck auf, stellte sich auf seinen Sitz und zielte mit der Waffe abwechselnd auf Allan und Meitkini auf den Vordersitzen und auf die Frauen und den Mann auf der Rückbank.

»Bleiben Sie, wo Sie sind«, befahl er.

Einen Augenblick stand die Zeit still. Und in diesem Augenblick konnte Goodluck Wilson seine Situation analysieren.

Er stand also in kohlschwarzer Nacht mitten in der kenianischen Savanne, dem Ort auf Erden, an dem es mehr wilde Löwen gibt als irgendwo anders. Er hatte vielleicht noch sieben Kilometer bis zu dem örtlichen Flugplatz, auf dem die Kiste mit den vierhundert Kilo angereichertem Uran heute Nacht oder allerspätestens morgen Nacht verladen werden sollten. Er hatte einen Platten, aber hier hatte er jetzt Zugriff auf ein anderes Fahrzeug. Mithilfe des Revolvers, den er in der Hand hatte, könnte er es sich einfach nehmen und davonfahren. Revolver haben ja die Wirkung, dass die Leute das tun, was der Besitzer der Waffe ihnen sagt. In diesem Fall konnte er also von dem Alten, seinem Fahrer und den dreien auf dem Rücksitz verlangen, dass sie das Auto mit ihm tauschten.

In diesem Fall blieb allerdings das Problem mit dem Uran. Das konnte er ja schlecht zurücklassen. Wenn er die Kiste öffnete, konnte er seine Geiseln zwingen, die vierzig Zehn-Kilo-Kisten in den Land Cruiser zu laden, eine nach der anderen. Aber das bedeutete, dass einer von ihnen auf dem Boden arbeiten musste, weil er ihn mit vorgehaltener Waffe dazu zwang, und der war dann eben auch diesen verdammten Löwen ausgeliefert. Würde der Revolver überhaupt reichen, um unter solchen Umständen die Disziplin in der Gruppe aufrechtzuerhalten?

Aber was war das überhaupt für eine seltsame Gruppe? Wie zum Teufel konnte der weiße Greis seine Aktentasche erkennen? Das war völlig bizarr.

Erstaunlich, wie viel das menschliche Gehirn so leisten kann, während die Zeit stillsteht. Goodluck Wilson überlegte weiter. Eine Alternative wäre natürlich die, sie alle miteinander zu erschießen, weil sie eine Bedrohung für dieses Multimillionendollargeschäft darstellten. Aber das würde ihn nicht weiterbringen. Erst am Morgen, wenn er das Auto oder die Reifen ohne Hilfe wechseln konnte. Und wie viele Safari-Jeeps konnten bis dahin noch hier vorbeikommen?

Ungefähr an dieser Stelle war der Augenblick vorüber. Die Zeit lief weiter. Meitkini hatte in seiner Eigenschaft als Massai eine Art Bumerang an seiner Hose befestigt. Mit diesem Wurfholz konnte er ein wildes Tier in Bewegung aus vierzig Meter Entfernung treffen. Der Treffer war massiv genug, um das Tier zum Umdenken zu bewegen, wenn es denn überhaupt dachte.

Ob Tier oder Mensch, das machte im Grunde keinen Unterschied. Aus nur drei Meter Entfernung war es keine Kunst, den Mann, der sich Stan Smith nannte und wahrscheinlich irgendeinen anderen Namen hatte, mit dem Wurfholz mitten auf die Stirn zu treffen. Ein Büffel, der das Wurfholz gegen die Flanke bekommt, empfindet Schmerz. Ein Mensch, der es gegen die Stirn bekommt, ist auf der Stelle tot.

Meitkini handelte blitzschnell.

»Guter Wurf«, lobte Allan.

»Danke«, sagte Meitkini.

Julius und Sabine sagten gar nichts, das Ganze war für sie viel zu schnell gegangen. Für Friederike Langer auch. Sie brach das Schweigen.

»Was genau ist da gerade passiert?«, wollte sie wissen.

Allan antwortete: »Hier ist genau das passiert – würde ich schätzen –, dass Sie gerade Ihre fünfhundert Kilo Uran gefunden haben, Frau Agentin, nein, Friederike. Wahnsinn, wie klein die Welt doch immer wieder ist.«

KONGO

Vor ein paar Monaten war es schon ein ganz schönes Abenteuer gewesen, die Probelieferung nach Madagaskar zu befördern, wo die Nordkoreaner sie an Bord nahmen. Aber die Fahrt bis nach Pjöngjang war dann ja gut gelaufen. Ein paar Tage vor Goodluck Wilsons unseliger Begegnung mit Allan und seinen Freunden hatte er die *Operation Jackpot* eingeleitet. Der Oberste Führer da oben wollte die fünfhundert Kilo kaufen, die nun leider nur vierhundert geworden waren. Und das sollte jetzt über die Bühne gehen. Das Uran konnte ja nicht in einer Hütte mitten im Dorf stehen bleiben und sich selbst jedes viertmilliardste Jahr halbieren.

Doch vier Kilo waren eine Sache, vierhundert eine ganz andere. Durch wohlgezielte Bestechungsgelder die Ladung über Burundi nach Tansania zu überführen war ein Leichtes gewesen, doch die nächste Grenze, die zwischen Tansania und Mosambik, war gut bewacht. Dort nahmen die Grenzbeamten ihre Arbeit ernst. Solche Menschen waren das Schlimmste, was Goodluck Wilson kannte.

Außerdem hatte er diese Route schon einmal erfolgreich zurückgelegt und dabei wahrscheinlich auch die eine oder andere Spur hinterlassen. Goodluck Wilson glaubte nicht an Glück, seinem Namen zum Trotz. Er glaubte an Geschick.

Der Chef der Bewachungstruppe musste sich etwas Neues einfallen lassen.

Und das tat er auch.

Alle, die nach angereichertem Uran und ähnlich spannenden Dingen von hohem Wert auf dem internationalen Markt Ausschau hielten, rechneten damit, dass die Ladung auf dem Weg zur nächsten Küste war, der von Tansania, oder der zweitnächsten, von Mosambik. Deswegen beschloss Goodluck Wilson, einen anderen Weg zu nehmen. Die Ladung sollte nach Norden transportiert werden, in die Serengeti. Dort lag das Reich der Massai. Die Massai hüteten Kühe und zogen Ziegen auf und nahmen ansonsten wenig Anteil an der modernen Welt. Und vor allem kümmerten sie sich nicht um irgendwelche Landesgrenzen, genauso wenig wie die ganzen wilden Tiere, die jeden Sommer Richtung Norden in fruchtbarere Gegenden wanderten. Quer durchs Reich der Massai ging die Grenze zwischen Kenia und Tansania, an der es keinerlei Kontrollen gab. Ein Massai lässt sich nämlich von niemand erzählen, dass er seine zweihundert Kühe nicht über irgendeine Linie auf dem Boden treiben darf.

Der Plan sah so aus, dass die Uranladung in einen Hilux aus dem Kongo geladen wurde, via Burundi, südlich des Victoriasees, in die Serengeti, über die Grenze nach Kenia und dann bis zum winzigen Flugplatz Keekorok. Der bestand aus einer Start- und Landebahn aus roter, mineralreicher Erde und einem Terminalgebäude, das nicht größer war als ein Zeitungskiosk. Air Kenya flog den Flughafen aus Nairobi an, um hier safaridürstende Touristen abzusetzen und die anderen wieder mitzunehmen, die fertig getourt hatten. Wenn die Sonne unterging, machte der Zeitungskiosk zu, und der Flughafen stellte jede Aktivität ein. Bis zum nächsten Morgen ließ sich dort kein Mensch blicken.

Wer etwas zu verbergen hatte, aber starke Scheinwerfer an seinem Flugzeug und obendrein ein vernünftiges Navi besaß, der konnte hier völlig problemlos in der Dunkelheit landen und wieder starten, ohne weitere Zeugen als die eine oder andere Giraffe oder ein Zebra. Goodluck Wilson brauchte die Russen nur um den richtigen Pilotenkontakt zu bitten, schon war die Sache geregelt. Die Russen, weil die

Nordkoreaner ja nicht zu erreichen waren, die waren wie Gespenster in der Nacht.

Wenn die Ladung übergeben war, würde das Flugzeug zur Küste und von dort auf vierzig Meter Höhe übers Meer fliegen, bis man einen festgetrampelten Acker an der Südspitze von Madagaskar erreichte. Dort übernahmen dann die menschenscheuen Nordkoreaner. Vorausgesetzt, sie hatten die achtzig Millionen Dollar zum Austausch mit.

Dieses letzte Detail machte Goodluck Wilson ein bisschen nervös. Aber nur ein bisschen. Die Bezahlung von hunderttausend Dollar für die erste Probelieferung hatte ganz nach Plan funktioniert. Damals als Vorschuss. Eines Tages stand plötzlich ein fremder Mann mit asiatischem Aussehen vor Goodluck Wilsons Büro. Er hatte in jeder Hand eine Aktentasche und sagte nur:

»Name?«

»Goodluck Wilson«, sagte der Chef der Bewachungstruppe und verzichtete auf die Gegenfrage.

Der Asiate nickte und sagte, dass in der einen Aktentasche die vereinbarte Summe Geld sei, während in der anderen exakte Pläne lagen, wie sein Auftraggeber die Lieferung verpackt haben wollte. Um die Bleiummantelung hatte man sich bereits gekümmert.

Das war alles. Der Asiate verließ den Ort genauso schnell, wie er gekommen war, und er hatte sich seitdem auch nicht wieder blicken lassen. Goodluck Wilson wusste es nicht mit Sicherheit, aber er ahnte, dass der Mann von der nordkoreanischen Botschaft in Kampala gekommen war. Von Uganda in den Kongo zu reisen war nicht schwer. Und auch wieder zurück. Goodluck Wilson selbst hätte ein Fischerboot über den Albertsee vorgezogen, aber es gab auch andere Wege.

Mochte das nun alles sein, wie es wollte, wichtig war nur, dass die Nordkoreaner gezeigt hatten, dass sie liefern konnten. So wie er es wenig später auch tat. Damals war alles glattgegangen, jetzt würde auch wieder alles glattgehen.

Dachte Goodluck Wilson.

KENIA

Ein viel genutzter Land Cruiser, der für die harten Verhältnisse in der afrikanischen Savanne geschaffen wurde, hat ungefähr einmal pro Woche einen Platten. Ein Hilux hat diese Panne unter denselben Voraussetzungen ein paar Mal öfter. Wer nur vorübergehend zu Besuch ist oder vorsichtig genug fährt, hat große Chancen, sich die Mühen eines Reifenwechsels zu ersparen.

Doch die Steine sind zahlreich und scharfkantig. Das Risiko besteht immer. Nach Einbruch der Dunkelheit muss man mehr als wachsam sein, denn wenn man nicht so allein am Straßenrand ist, wie man das gerne hätte, ist das Unglück schon so gut wie passiert. In der Dunkelheit schleicht sich nämlich der Löwe auf der Jagd nach Beute an. Und der Leopard – den die Massai »die Mördermaschine« nennen. Schon die Hyäne kann unangenehm genug sein. Das bösartigste Tier von allen, der Kaffernbüffel, hat dann schon Feierabend gemacht, vorausgesetzt man hat seinen Platten nicht an einer ganz verkehrten Stelle. Und was das für eine Stelle ist, kann man nie wissen.

Kurz und gut, bei Platten in der Nacht gilt:

Bleib. Im. Auto. Bis. Es. Hell. Ist.

Aber wie sieht das aus, wenn man eigentlich keine Zeit hat? Wenn man vierhundert Kilo angereichertes Uran auf der Ladefläche liegen hat und gleichzeitig ein Flugzeug im Schutze der Dunkelheit auf einem unsäglichen Flugplatz gelandet ist, der diesen Namen kaum verdient hat, und dort ungeduldig auf die Ladung wartet? Während mal eben achtzig Millionen Dollar im Pott liegen?

Vielleicht machen es nicht alle so, aber Goodluck Wilson glaubte dann doch ans Glück. Nicht an seines, sondern das Glück seines Lieblingscousins Samuel. Der Cousin wurde mit einer Taschenlampe rausgeschickt, um den kaputten Reifen zu wechseln. Er hatte fast schon jeder Statistik getrotzt, als er so weit gekommen war, dass der neue Reifen schon angebracht war und nur noch die Muttern angezogen werden mussten. Da kamen zwei Löwinnen aus dem Nichts und dennoch aus zwei verschiedenen Richtungen.

Der Löwe denkt logisch und immer gleich. Ihm fehlt die Fähigkeit, ein lebendes Wesen von einem motorbetriebenen Fahrzeug zu unterscheiden, solange das Wesen Verstand genug besitzt, in ebendiesem Fahrzeug sitzen zu bleiben. Wenn da zum Beispiel ein offener Jeep voller Safarifans kommt, sieht der Löwe das Ganze und nicht lauter einzelne potenzielle Mahlzeiten. Und dann denkt er sich dreierlei: 1. Kann ich das fressen? (Nein, das ist zu groß.) 2. Kann es mich fressen? (Nein, ein langes Leben hat mich gelehrt, dass Geländewagen und Lastwagen grundsätzlich nicht zum Angriff übergehen.) 3. Kann ich mich damit paaren? (Nein, so kinky werde ich wohl mein Lebtag nicht.)

Sobald aber jemand die Sicherheit des elefantengroßen Fahrzeugs verlässt, bekommt der Löwe ganz andere Antworten auf seine Fragen: 1. Kann ich das fressen? (Ja, und es ist auch noch lecker!) 2. Kann es mich fressen? (Nein, wie sollte das denn gehen?) 3. Kann ich mich damit paaren? (Nein, so kinky werde ich wohl mein Lebtag nicht.)

Der Löwe hat die Spezialität, dem Opfer den ersten Prankenhieb zuerst auf Mund und Nase zu versetzen, deswegen hörte Goodluck Wilson von dem Angriff erst nur ein ersticktes Rasseln und den Kreuzschlüssel, der dem Cousin entglitt und auf den harten Boden fiel. Dann sah er zwei glühende Augenpaare in der Dunkelheit und hörte das Geräusch krachender Knochen.

Da begriff er.

Er wusste, dass er jetzt allein war. Sein erster Gedanke galt nicht seinem Cousin oder dessen Familie, sondern der Umverteilung der vier Millionen, die gerade frei geworden waren. Er kam zu dem Schluss, dass es das Beste war, sie selbst zu behalten, denn er wollte keine Misshelligkeiten in der Gruppe.

Kurz nachdem die Löwinnen die Reste seines toten Cousins in den Busch geschleift hatten, damit sich erst die Männchen und danach die Jungen daran gütlich tun konnten, tauchte ein Fahrzeug auf der Straße auf. Hier? Mitten im Nichts und Nirgendwo? Und obendrein fast mitten in der Nacht? Verdammt noch mal!

KENIA

Meitkini lernte den Gebrauch von Speer, Messer und Wurfholz, als er drei Jahre alt war. Im Alter von vier Jahren hatte er als Hüter der Kuhherde das Pech, plötzlich Auge in Auge mit einem Kaffernbüffel zu stehen. Das größte Pech hatte jedoch der Büffel, denn der Speer des Vierjährigen landete fast genau an der richtigen Stelle, und er konnte sich unter einem Gebüsch verkriechen, während langsam das Leben aus dem Büffel rann. Elf Jahre später wurde der Junge fünfzehnjährig in die Savanne geschickt, nur mit den Kleidern, die er am Leib trug, seinem Speer, dem Messer und dem Wurfholz. Mehr nicht. So ging das eben. Die Jungen, die ein Jahr später ins Dorf zurückkehrten, wurden in die Erwachsenenwelt aufgenommen, denn jetzt waren sie richtige Massaikrieger. Kam man nicht zurück, erübrigte sich die Frage ja sowieso. Nun, Meitkini kam aber zurück, wie auch alle seine Freunde. Wer ab dem Alter von drei Jahren gelernt hat zu überleben, hat die Tendenz, genau das zu tun.

Jetzt, im Alter von zweiunddreißig, bat er seine Mitreisenden, alle Sachen auszuziehen, die sie nicht unbedingt brauchten, und alle Decken einzusammeln, die im Auto lagen. Meitkini kletterte inzwischen selbst nach hinten und griff sich den Reservekanister mit dem Benzin.

Dann bildete er mit den benzingetränkten Kleidungsstücken und Decken strategisch platzierte Haufen rund um die beiden Autos, verteilte Taschenlampen an alle Freunde und gab ihnen Anweisungen, in welche Richtung sie den Lichtstrahl richten sollten. Schließlich ließ er auf jeden Kleiderhaufen ein Zündholz fallen, sodass sie wie wild anfingen zu brennen.

»So«, sagte er. »Ich geh jetzt da raus und trag die Kisten vom anderen Auto zu unserem rüber, und wer hier kann, nimmt sie entgegen. Ich glaube, das kriegen wir gut hin.«

Als abschließende Sicherheitsmaßnahme drückte er Friederike ein Brecheisen in die Hand, das er neben dem Benzinkanister gefunden hatte.

»Das wirfst du, wenn du irgendwas näherkommen siehst.«

Sie nickte konzentriert. Und kam sich in diesem Moment wieder vor wie eine waschechte Agentin im Außeneinsatz.

Zehn Minuten später war Meitkini fertig. Die Haufen brannten immer noch. Friederike Langer stand immer noch mit dem Brecheisen bereit. Als Letztes hob Meitkini den toten Stan Smith aus dem Auto und legte ihn in den Graben.

»Lässt du ihn für die Löwen da liegen?«, fragte Sabine.

»Nein«, sagte Meitkini, der in etwas Entfernung schon vier leuchtende Augenpaare im Busch gesehen hatte. »Für die Hyänen.«

* * * *

Als sie wieder im Camp waren, hatten sich die Dinge verändert. Friederike ging mit Meitkini nicht weiter auf Details ein, sie begnügte sich damit zu sagen, dass es jetzt nicht mehr unmittelbar erforderlich war, so schnell wie möglich nach Musoma zu fahren.

»Prima«, sagte Meitkini. »Wären die Damen und Herren einverstanden, wenn ich John bitte, uns in der Lounge was Schönes einzuschenken, bevor wir uns zu einem späten Abendessen hinsetzen?«

»Was Schönes in der Lounge klingt schön, finde ich«, kam es von Allan.

Die anderen nickten und pflichteten ihm bei.

Friederike Langer sorgte dafür, dass sie es in der Lounge noch schöner hatte als alle anderen, inklusive Allan. Sie brauchte das. Sie hatte es zum Teil Allan Karlsson zu verdanken, dass sie jetzt vierhundert Kilo angereichertes Uran hatte, abgewogen und versandfertig, also das Hundertfache der Menge, die Allan der Bundeskanzlerin Merkel bereits hatte schenken können.

Der Chef von Agentin Langer hatte lange die sechshundert Kilometer lange Grenze zwischen Tansania und Mosambik scharf im Auge behalten, um das Uran zu entdecken, das sich jetzt in Kenia befand. Jetzt machte er dasselbe wohl auf Madagaskar. Friederike spürte, dass sie noch etwas Zeit zum Überlegen brauchte, bevor sie ihren Chef anrief, um ihm Bescheid zu geben.

Was sollte sie tun? Abgesehen davon, dass sie das alles so herzlich satthatte.

»Sie sehen mitgenommen aus, Frau Agentin«, sagte Allan. »Friederike, meine ich. War das in letzter Zeit vielleicht alles ein bisschen zu viel für Sie?«

Dieser Karlsson. Der die Leute so mühelos durchschaute.

* * * *

Als sich alle zu Tisch gesetzt hatten, um ein spätes Drei-Gänge-Menü auf der Terrasse mit Ausblick aufs pechschwarze Tal zu sich zu nehmen, tauchten in der Ferne zwei Autoscheinwerfer auf. Erst sah man sie nur schwach in der Dunkelheit flackern. Da näherte sich offenbar jemand langsam dem Camp.

Julius wurde nervös.

Sabine wurde nervös.

Friederike Langer wurde nervös.

Meitkini kontrollierte, ob das Wurfholz da war, wo es hingehörte.

»Kriegen wir Besuch?«, sagte Allan. »Wie aufregend!«

Die Vorspeise wurde aufgetragen, aber niemand rührte etwas an. Jetzt war das Auto ganz nah. Mein Gott, das war ja ein ganz normaler Pkw! Ein Taxi! Das den ganzen Weg bis hierher geschafft hatte!

»Kann es sein, dass da jemand Stan Smith vermisst?«, fragte Friederike, die sich sicherheitshalber noch mal schnell die Brechstange geholt hatte.

»Hm«, überlegte Meitkini. »Aber warum sollte ihn das zu uns führen?«

Das Taxi blieb direkt vor der Terrasse stehen. Ein Mann bedankte sich beim Fahrer, gab ihm Geld und stieg aus. Er ließ den Blick über die Personen wandern, die dort in einer Reihe standen, und blieb bei Julius hängen, der ganz links stand.

»Hallihallo, mein Freund«, sagte Gustav Svensson. »Ich freu mich vielleicht, dich zu sehen!«

INDONESIEN

Es war nicht leicht gewesen, in der Einsamkeit auf Bali Gustav Svensson zu heißen. Es wäre aber auch nicht leichter geworden, wenn er seinen Namen wieder zu Simran Aryabhat Chakrabarty Gopaldas zurückgeändert hätte.

Gustavs Lehrmeister im Export von Gemüse unklarer Herkunft war verschwunden. Gustav hatte durch eine Fehlentscheidung dafür gesorgt, dass der Großhändler in Schweden auf unbestimmte Zeit eingesperrt wurde. Der Spargel gedieh, aber Gustav hatte keinen Abnehmer. Er hatte nur Spargel und Ausgaben. Was er brauchte, waren Julius und Geld.

Von Letzterem war jedoch noch ein bisschen übrig. Gustav drehte alle Taschen noch mal um, um den letzten Cent herauszuholen. Und dann fiel ihm nichts Besseres ein, als das Letzte, was er besaß, in die Suche nach seinem Partner zu investieren.

Aber wo war er? Das letzte Lebenszeichen war aus Amerika gekommen. Davor aus Pjöngjang. Wenn Julius in dem Rhythmus weitermachte, konnte er jetzt auch in Argentinien sein. Oder in Neuseeland. Oder überall dazwischen.

Gustav wünschte sich inbrünstig, seinen Partner einfach bloß anrufen zu können. Aber das ging ja nicht, weil Julius vor seiner Abreise sein Telefon verschenkt hatte. Nämlich an Gustav.

Eine SMS schicken? Eine Mail? Nein, so vernetzt war Julius nicht. Gustav ja im Grunde auch nicht. Das Einzige, wovon er wusste, war

Allans Tablett. Das war auf Bali ja jeden Tag heiß gelaufen, und das tat es wohl immer noch, aber was half ihm das schon?

Wenn man nicht …

In seinem Kopf entstand eine kühne Idee.

Das Telefon, das er in der Hand hatte, hatte er ja von Julius bekommen, der es wiederum von Allan bekommen hatte, der es wiederum vom Hoteldirektor bekommen hatte, zusammen mit dem Tablet. Bevor der Direktor dem Hundertjährigen, der kurz darauf hunderteins geworden war, das Paket überreicht hatte, war alles fertig und installiert.

Gustav hasste sich selbst dafür, dass er das Telefon nicht angehabt hatte, als Julius anzurufen versuchte. Zur Strafe zwang er sich, sich gründlich in die neue Technik einzuarbeiten. Das Erste, was er lernte, war, dass sich der Akku leert, wenn man ihn nicht wieder auflädt.

Und dann gab es da dieses sogenannte »Bluetooth«. Und noch so seltsame Geschichten wie Roaming und mobile Datenverbindung durch Tethering und … ja, genau! – »Mein iPhone suchen«. Gustav fand, dass das nun wirklich die komischste Funktion von allen war, denn schließlich hatte er das ja in der Hand. Aber wenn man weiter nachlas, stellte sich heraus, dass man mittels dieser Funktion auch Allans schwarzes Tablett suchen konnte.

Wenn jetzt am Ende …

Aber das wäre doch bestimmt zu schön, um wahr zu sein, oder?

Aber warum nicht? Bis jetzt war das meiste ja in die Binsen gegangen, sein Glück musste sich doch auch mal wenden, oder?

KENIA – DEUTSCHLAND

Gustav Svensson hatte »sein iPad gesucht« und gefunden und wurde jetzt gebührend von der Gruppe willkommen geheißen. Nun galt es nur noch, das Uran loszuwerden. Allan setzte sich ans Bürotelefon. Es klingelte vier Mal, dann nahm am anderen Ende der Leitung jemand ab.

»Hallo?«

So meldete sich die Bundeskanzlerin Merkel nämlich immer an ihrem privaten Telefon. Damit sie nicht gleich verriet, wer sie war.

»Selber hallo«, sagte Allan. »Spreche ich da wohl mit der Bundeskanzlerin höchstpersönlich? Und verstehen Sie mich, wenn ich Englisch spreche, oder möchten Sie, dass wir uns auf Russisch unterhalten? Auf Mandarin könnten wir uns zur Not sicher auch noch verständigen.«

»Wer ist denn da?«, fragte Angela Merkel auf Russisch.

»Hab ich das nicht gesagt? Hier ist Allan Karlsson. Ich habe eine Riesenladung angereichertes Uran für Sie gefunden, zusätzlich zu dem, das ich Ihnen schon mal geliefert hatte sozusagen.«

Angela Merkel hatte noch nicht mit dem Frühstück begonnen. Sie saß im Morgenrock an ihrem kleinen Schreibtisch vor dem Schlafzimmer und hatte in den Unterlagen zum heutigen Tagesgeschäft geblättert, als das Telefon klingelte. *Das* Telefon. Von dem höchstens zehn Personen überhaupt wussten.

»Mir ist nicht ganz wohl bei diesem Anruf«, sagte sie abwartend. »Woher haben Sie meine Nummer?«

»Ich kann verstehen, dass Sie sich das fragen, Frau Bundeskanzlerin. Ich könnte ja irgendwer sein. Ich bewundere Ihren Argwohn! Der ist in Ihrer Position ja unheimlich wichtig.«

»Danke, aber Sie haben meine Frage trotzdem noch nicht beantwortet.«

»Ach so? Das muss daran liegen, dass ich in den letzten vierzig Jahren so vergesslich geworden bin. Aber ich glaube, Sie werden schon zu glauben wagen, dass ich der bin, der ich bin, wenn ich erzähle, dass ich Ihnen vor nicht allzu langer Zeit in großer Eile einen Brief auf mehrere Servietten geschrieben habe. Der war allerdings auf Englisch, wenn ich recht überlege.«

Bundeskanzlerin Merkels Misstrauen schrumpfte ein paar Millimeter.

»Sprechen Sie weiter.«

»Ja, das war ein umwerfend toller Abend mit dem UNO-Botschafter. Wie hieß er noch gleich ...? Konrad! Genau, Konrad hieß er! Ein guter Mensch. Hat die Rechnung übernommen, inklusive Getränke, der hat da nicht groß rumgeknausert. Aber verstehen Sie, warum die Deutschen Schnaps mit Apfelgeschmack machen?«

Angela Merkels Misstrauen schrumpfte noch einen Millimeter.

»Na ja, das mit den Äpfeln im Schnaps ist nicht so wichtig«, sagte sie. »Aber vielleicht könnten Sie noch ein bisschen mehr von den ... Servietten erzählen, die Sie erwähnt haben, Herr Karlsson.«

Für den Fall, dass der Mann am anderen Ende der Leitung den Inhalt wiedergeben konnte, konnte sie zumindest in Erwägung ziehen, ihm zu glauben, dass er der war, für den er sich ausgab. Er hatte ja schon erwähnt, in welcher Sprache das Schriftstück abgefasst worden war.

»Ach so, ja. Gut, also es war so, dass Konrad aufs Klo musste. Er musste wohl ... also, ich meine ... es dauerte eine ganze Weile, bis er zurückkam.«

»Die Servietten«, erinnerte ihn die Bundeskanzlerin.

»Ja, die Servietten, die standen auf so einem Halter auf dem Tisch, ich hab mir eine geschnappt und angefangen zu schreiben. Und dann noch eine und noch eine. Auf den Inhalt brauchen wir vielleicht nicht mehr einzugehen, Sie haben sie doch schon gelesen, oder? Und ich hab sie ja selbst geschrieben.«

Entweder er ist nicht der, der er zu sein vorgibt, oder er ist ein bisschen bescheuert, dachte Angela Merkel. Aber dann kam sie darauf, dass er angeblich etwas über hundert sein sollte, also musste man ihm wohl noch eine Chance geben.

Womit ihr Misstrauen unbemerkt noch einmal einen Millimeter geschrumpft war.

»Wenn dieses Gespräch hier weitergehen soll, möchte ich mich vergewissern, dass Sie der sind, für den Sie sich ausgeben, Herr Karlsson. Könnten Sie also so nett sein und erzählen, was Sie – wenn Sie denn Sie sind – mir geschrieben haben? Wenn ich überhaupt ich bin.«

»Ach, jetzt versteh ich«, sagte Allan. »Wenn Sie Sie sind – und davon gehe ich aus, weil ich Sie ja angerufen habe –, haben Sie von mir einen Bericht darüber bekommen, was passiert ist, als mein Spargel anbauender Freund und ich vier Kilo angereichertes Uran in einer nordkoreanischen Aktentasche in die Finger kriegten. Wussten Sie übrigens, dass alle Aktentaschen in Nordkorea gleich aussehen?«

»Bitte fahren Sie fort«, bat Angela Merkel.

»Gut. Also, erst dachten wir, dass wir die Aktentasche diesem … wie heißt er noch schnell … diesem Trump geben, dem Präsidenten der USA. Aber dann stellte sich raus, dass der wohl nicht mehr ganz richtig im Oberstübchen ist, was übrigens gar nicht so selten ist bei den Staatschefs dieser Welt, wie ich schon feststellen konnte. Wenn Sie die Bemerkung entschuldigen wollen.«

»Fahren Sie fort.«

»Ich hatte dann keinen Bock mehr, wie die jungen Leute so sagen. Aber zu Ihnen, Frau Bundeskanzlerin, habe ich durch mein schwarzes Tablett Vertrauen gefasst. Ich glaube, dass Sie sich dieser vier Kilo bestimmt schon auf bestmögliche Art angenommen haben und jetzt vielleicht noch Platz für weitere vierhundert haben?«

Karlsson war ganz sicher der, für den er sich ausgab. Nicht nur, weil er den Inhalt des Serviettenbriefs detailliert genug wiedergegeben hatte, sondern weil er genau diesen halbwirren Ton beibehielt, den auch der Brief gehabt hatte. Das Misstrauen der Bundeskanzlerin war nun gänzlich ausgeräumt.

»Vierhundert?«, sagte sie. »Sollten es nicht fünfhundert sein?«

Da hatte die Kanzlerin schon recht, dachte Allan. Julius und er hatten die Kisten nachgewogen und gezählt, es fehlten hundert Kilo. Aber die Schmuggler würden doch wohl nicht vierhundert Kilo über die eine Route schicken und die fehlenden hundert über eine andere? Wenn man das Risiko hätte minimieren wollen, dann hätte man das Paket doch eher halbieren müssen, oder?

»Ihre Beobachtung ist völlig korrekt, Frau Kanzlerin«, sagte Allan, als er fertig überlegt hatte. »Aber zum einen wäre es möglich, dass meine Auftraggeber nicht ganz zurechnungsfähig waren, zum anderen könnte es ja auch Lieferschwierigkeiten gegeben haben. Beides ist in höchstem Maße wahrscheinlich.«

Allan überlegte noch ein paar Sekunden.

»Sind Sie noch dran?«, fragte die Bundeskanzlerin, als es lang genug still in der Leitung gewesen war.

»Ja, ich bin dran. Und ich bin fertig mit meiner Analyse. Ich sage: Es waren Lieferschwierigkeiten.«

Angela Merkel begriff, in welche Lage sie geraten war. Es waren noch drei Tage bis zur Wahl, und jetzt konnte sie jeden Moment weitere vierhundert Kilo Uran an den Hals bekommen. Diese Sache musste jetzt ebenso elegant wie diskret gehandhabt werden.

»Sind Sie noch dran?«, fragte Allan.

Ja, sie war noch dran.

»Ich hätte Ihnen die vierhundert Kilo gerne geschickt, aber letztes Mal war es doch etwas leichter, das hier passt jetzt nicht in eine

Aktentasche, nordkoreanisch oder nicht. Ich brauche ein Flugzeug. Das uns aus Afrika abholt, da bin ich nämlich gerade. Und eine Landebahn in Deutschland – wenn die Frau Bundeskanzlerin da netterweise entsprechend vorwarnen würde, damit wir nicht niedergeschossen werden, wenn wir kommen. Das würde vielleicht aussehen. Vierhundert Kilo Uran, die auf Berlin herunterregnen.«

Die Bundeskanzlerin legte die Hand an die Stirn. Und dachte: Vierhundert Kilo Uran, die auf Berlin herunterregnen. *Wenige Tage vor der Wahl.*

Sie sammelte sich und formulierte ein paar Fragen, die immer noch zu klären waren. Zum Beispiel, wo genau Karlsson und das Uran sich in diesem Augenblick befanden. Und ob er eventuell mit einem anderen Vertreter der Bundesrepublik zusammenarbeitete. Davon war ja der eine oder andere in ebendieser Angelegenheit in Afrika unterwegs.

Allan erzählte, er befinde sich in Kenia, weswegen er zunächst auch in Erwägung gezogen habe, die kenianische Regierung zu kontaktieren, aber hier seien gerade Wahlen gewesen – in dieser Hinsicht war man Deutschland hier voraus –, und die seien so unglücklich ausgegangen, dass der Sieger das, was er gerade gewonnen hatte, hinterher vor dem Obersten Gericht wieder verlor, also musste die Wahl wiederholt werden. Entweder war die Opposition um den Wahlsieg betrogen worden, oder sie hatte andere betrogen, damit es so aussah, als wäre sie betrogen worden. Irgendwie hätte er doch ein sichereres Gefühl, wenn das Uran in die Hände der Bundeskanzlerin gelangte.

In die Hände oder an den Hals, das war beides gleich schlimm, aber sie konnte seine Gedankengänge nachvollziehen. Andererseits konnte es kein gutes Ende nehmen, wenn man diesen wandelnden Unruheherd namens Karlsson nach Deutschland fliegen ließ, mit oder ohne die betreffende Fracht.

»Und wie sieht es in diesem Zusammenhang mit Ihren eventuellen Kontakten zu den Vertretern der Bundesrepublik aus, Herr Karlsson?«, fragte sie.

»Ach, ganz gut, muss ich sagen«, erwiderte Allan.

Angela Merkel stellte fest, dass er wirklich eine einzigartige Begabung hatte, Fragen nicht zu beantworten.

»Ich glaube, es ist das Beste, wenn die Bundesrepublik die betreffende Fracht abholt«, erklärte sie. »Könnten Sie wohl so nett sein, mir eine exakte geografische Angabe zu machen? Dann werde ich sehen, was ich tun kann.«

»Selbstverständlich kriegen Sie die, Frau Bundeskanzlerin. Aber exakte geografische Angaben sind nicht unbedingt meine Spezialität. Ich habe eher ein Talent dafür, dort zu landen, wo ich lande. Würden Sie gestatten, dass ich Sie morgen früh zur gleichen Zeit wieder anrufe, damit wir die Details besprechen können?«

Die Bundeskanzlerin setzte zu einer Antwort an, doch Allan hatte keine Zeit mehr, denn bei ihm siegte jetzt der Hunger. Er legte einfach auf.

»Frühstück ist fertig, Allan«, sagte Julius.

»Ich hab schon gesehen, ich komme«, sagte Allan.

KENIA

Das Geld der Gruppe war bald aufgebraucht, nachdem mit Gustav Svenssons Auftauchen nun auch noch ein weiteres Maul zu stopfen war. Sabine wusste seit ihrer Zeit als Geschäftsfrau in Schweden, dass sie rechnen konnte. Erst musste sie Minus lernen, dann Plus, nachdem die Sargverkäufe in Schwung gekommen waren. Aber jetzt hatte man es gerade wieder mit Minus zu tun.

Und irgendwelche einträglichen Hellseher-Ideen wollten sich einfach nicht einstellen. Fast hätte sie Lust gehabt, einen LSD-Trip auszuprobieren, um sich frei zu machen, aber in Masai Mara gab es keinen Markt für Drogen. Außerdem hätte sie diesen Schritt ja doch nie unternommen. Wenn ihre Mutter in diesem Zustand Gespenster vor Zügen jagen konnte, dann war das Risiko wohl groß, dass sie es vor Löwen machte.

In der Lounge saßen jetzt nicht mehr nur Julius und Friederike und unterhielten sich über Spargel, sondern auch Gustav Svensson. »Sich über Spargel unterhalten« war übrigens eine Untertreibung. Das grenzte schon an *Anbetung.*

Man war allgemein der Auffassung, dass das Klima in zweitausend Meter Höhe am Äquator perfekt war! Grün musste er sein. Oder weiß. Oder beides, je nachdem, auf wen man hören wollte.

Aber man war sich auch einig, dass das Ganze unendlich tragisch war, weil hier nämlich der Boden völlig falsch war. Schon seit Langem übrigens. Im Tal nebenan hatte man zwei Millionen Jahre alte menschliche Überreste gefunden. In derselben harten Erde, die die Spargelbauern nun verfluchten.

»Dann kauft doch neue Erde«, meinte Allan, der ein Stückchen weiter weg auf der Terrasse saß und seine Nase in das schwarze Tablett steckte. »Beziehungsweise lasst es lieber, denn ich hab das gerade schon für euch erledigt.«

Was hörten Sabine und die Spargelbauern da?

»Du hast Erde bestellt? Hierher? Von welchem Geld denn?«, fragte Sabine.

»Du hast Erde bestellt? Hierher? Was für eine Sorte?«, fragte Julius.

»Was für eine Sorte?«, fragte Gustav.

»Was für eine Sorte?«, fragte Friederike Langer.

Allan war das Gejammer leid gewesen, hatte ein bisschen herumgesurft und Nägel mit Köpfen gemacht. In Nairobi gab es sandhaltige Erde in Hülle und Fülle, und nachdem er ein paar Knöpfe gedrückt hatte, war sie bestellt. Vierhundert Tonnen für den Anfang. Das dürfte doch erst mal eine Weile reichen, oder?

»Darf ich bitte noch mal nachfragen: Von welchem Geld hast du gerade vierhundert Tonnen Erde gekauft?«, fragte Sabine.

»Mit gar keinem Geld«, sagte Allan. »Das ist hier in Afrika nicht so fortschrittlich. Die schicken eine Rechnung.«

»Und was meinst du, wer die bezahlen soll?«

»Ach so, *das* meinst du. Haben wir denn kein Geld mehr vom Sarggeschäft?«

»Nein.«

»Dann muss ich um ein bisschen Zeit zum Nachdenken bitten.«

Sabines finanzielle Bedenken verschwanden jedoch hinter der Sachfrage. Am eifrigsten war Friederike Langer.

»Heiliger Strohsack!«, sagte sie. »Vierhundert Tonnen, das reicht ja fast für das ganze Feld hinter dem Biogarten. Wir müssen bloß nachts Bewachung organisieren, damit die Paviane uns nicht den ganzen Spaß verderben.«

Gustav Svensson strahlte übers ganze Gesicht.

»Vierhundert Tonnen!«, sagte er, ohne zu begreifen, wie viel das nun genau war.

Unterdessen war Julius gedanklich schon bei der nächsten Phase.

»Mal sehen, wie wir das mit den Lastwagen auf dem Gelände hinbekommen. Der Abhang geht ja gleich auf der anderen Seite des Gartens los, dann wäre es vielleicht das Beste, wir leiten sie zwischen Souvenirladen und Büro hindurch. Was meint ihr?«

Außer Sabine zerbrach sich niemand den Kopf darüber, dass man nicht genug Geld hatte, um die Erde zu bezahlen. Und es schien auch niemand den Gedanken zu Ende zu denken, dass sie nun mal alle nicht hier wohnten und dass mindestens eine von ihnen, nämlich Friederike, ein anderes Leben hatte, weit weg von hier.

»Was hast du jetzt wieder angerichtet?«, sagte Sabine, nachdem sie die enthusiastische Gruppe verlassen hatte und zu dem alten Mann auf die Terrasse spaziert war.

»Wieso angestellt?«, sagte Alan. »Die freuen sich doch wie die Kinder.«

»Aber wir haben doch kein Geld.«

»Das ist doch nicht das erste Mal. Entspann dich, Sabine! Wir leben alle nur einmal. Das ist das Einzige, worauf man sich verlassen kann. Wie lange, das ist allerdings unterschiedlich.«

KENIA – MADAGASKAR

Friederike Langer hatte die Sache in der Hand. Soll heißen: das Uran. Und die Telefonnummer der Bundeskanzlerin, die nur im Notfall benutzt werden durfte.

»Notlage hin, Notlage her«, hatte Allan gesagt. »Soll ich den Anruf für Sie erledigen?«

Und dann hatte er es gemacht. Und morgen würde er noch einmal anrufen. Das alles war ebenso unwirklich wie erhebend.

Ihr Chef hatte sie in die Savanne geschickt, Tausende von Kilometern entfernt von dem Ort, an dem sich das entscheidende Geschehen höchstwahrscheinlich abspielen würde. Und sich selbst hatte er natürlich in die perfekte Position gebracht. Doch dann lief alles genau umgekehrt. Er konnte jeden Augenblick aus Madagaskar anrufen, um nachzufragen, ob sie wirklich unterwegs war. Nicht, weil er sich Sorgen um sie gemacht hätte, sondern weil er ohne sie ja niemand hatte, der den Klein- und Kleinstkram für ihn erledigte.

Friederike bat John an der Bar um ein Glas Wasser und hatte gerade einen ersten Schluck genommen, als ihr Telefon klingelte.

»Friederike Langer hier, wie kann ich Ihnen helfen?«, sagte sie, in der Absicht, ihren Chef von Anfang an auf die Palme zu bringen.

»Ich bin es, Sie Idiotin. Sind Sie schon in Musoma? Sie sollten doch …«

Sie fiel ihm ins Wort.

»Nein. Musoma lass ich erst mal. Ich bleibe lieber hier. Mit dem Uran.«

Agent A fragte, ob er recht gehört habe. Hatte die Langer das Uran gefunden? Da oben?

»Ja, stellen Sie sich vor, so kann's gehen.«

»Lassen Sie bloß die Hände davon! Ich komme sofort. Wo sind Sie?«

»In Kenia.«

»Wo in Kenia, verdammt noch mal?«

Agentin Langer schaute sich um.

»In der Savanne, glaube ich.«

»Jetzt geben Sie mir gefälligst vernünftige Antworten, Langer, sonst schlag ich Ihnen den Schädel ein, wenn ich da bin.«

»Dazu müssen Sie mich aber erst mal finden.«

Was war denn jetzt los? Sabotierte sie etwa ihren Chef?

»Wenn Sie nicht gefeuert werden wollen, geben Sie mir *augenblicklich* Ihre exakte Position durch!«

Diese Drohung hatte keinesfalls die gewünschte Wirkung.

»Gefeuert? Bundeskanzlerin Merkel hat bei unserem letzten Telefonat eher eine Beförderung angedeutet.«

Da befiel Agent A schlagartig die Atemnot. Hatte diese Stümperin von Langer etwa hinter seinem Rücken mit der Bundeskanzlerin gesprochen? Woher hatte sie überhaupt die Nummer?

»Ja, die hätten natürlich Sie haben müssen, nicht ich. Gott bewahre, Sie sind schließlich der Chef, aber Sie waren ja der Meinung, dass es unter Ihrer Würde als Chef ist, unsere Einsatzmappe herumzuschleppen. Was ich gut nachvollziehen kann, die wiegt ja fast hundert Gramm.«

Das war ja die reinste Katastrophe.

»Geben Sie mir die Nummer sofort durch!«, sagte er. »Das ist ein Befehl.«

Agentin B genoss die Situation. Ein rares Gefühl.

»Nein, das geht nicht. Diese Leitung ist nicht sicher. Ein Jammer, dass Sie mich in die falsche Richtung schicken mussten. Soll ich sie für Sie anrufen? Ach so, nein, das hab ich ja schon gemacht.«

Sie hörte, wie ihr Chef schwer schnaufte.

»Die Bundeskanzlerin hat auch noch etwas von einem Orden gesagt. Also – für mich, nicht für Sie.«

»Jetzt hören Sie mal zu«, versuchte es Agent A.

»Aber was soll ich mit einem Orden? Ich hab stattdessen gekündigt. Ich hab ja ungefähr ein Jahr Überstunden abzubauen, ich glaube, damit fang ich heute gleich mal an. Dann müssen Sie mich nie mehr sehen. Und was noch besser ist – ich muss *Sie* nie mehr sehen.«

Friederike Langers Geschichte entsprach nicht ganz den Tatsachen, denn Allan hatte ja das Telefonat mit Berlin übernommen. Aber alles, was Agent A irgendwie quälen konnte, war gut. Und ihm zu sagen, sie habe gekündigt, hatte sich besonders schön angefühlt. Genauso gut, wie es sich anfühlen würde, diese Kündigung so bald wie möglich in die Tat umzusetzen.

»Bitte, Frau Langer«, sagte Agent A. »Sagen … Sie … mir … einfach … wo … Sie … sind …«

Der Chef sprach immer nur ein Wort auf einmal aus und rang zwischendrin um Luft.

»In Kenia, hab ich doch gesagt. Glaub ich. Aber jetzt bin ich beschäftigt. Angela ruft wohl gerade auf der anderen Leitung an. Umwerfend nette Frau. Tschüss.«

Dann beendete sie das Gespräch und schmiss das Telefon in den Bach, der sich so hübsch vom Camp zum Wasserloch hinunterschlängelte.

»Alles gut?«, erkundigte sich Allan, der das Ganze beobachtet hatte.

»Sehr gut, danke«, sagte Ex-Agentin Langer. »Sehr gut.«

KENIA – DEUTSCHLAND

Genau vierundzwanzig Stunden nach dem ersten Telefonat mit der Kanzlerin rief Allan wieder an. Angela Merkel nahm gleich nach dem ersten Klingelton ab.

»Guten Morgen, Frau Bundeskanzlerin. Es ist wohl das Beste, wenn ich die Frau Bundeskanzlerin so oft wie möglich mit ›Frau Bundeskanzlerin‹ anrede, solange es noch geht. Man weiß ja nie, wie das am Sonntag läuft.«

»Guten Morgen, Herr Karlsson«, sagte Bundeskanzlerin Merkel.

»Ich rufe an, um Ihnen mitzuteilen, wo Sie das Paket abholen können, Frau Bundeskanzlerin. Beziehungsweise die Kiste. Die Kis*ten*. Kurz und gut: das Uran.«

»Gut. Dann wollen wir mal hoffen, dass Sie das diesmal schaffen, ohne mitten im Gespräch aufzulegen. Also, erzählen Sie mal«, sagte sie und griff nach ihrem Füllfederhalter. Sie saß an ihrem Schreibtisch vor dem Schlafzimmer, im selben Morgenrock wie tags zuvor.

Die Empfehlung lautete, dass die Bundesrepublik sich in niedriger Flughöhe anschleichen und in der Dunkelheit auf dem Keekorok-Flugplatz in Masai Mara landen sollte.

»Wenn Sie von Berlin aus geradeaus runterfliegen und dann über Kampala schräg links abbiegen, liegt Keekorok ein Stück ins Landesinnere, gleich nach dem Victoriasee. Oder Sie kommen im Bogen von der anderen Seite. Dann müssen Sie bei Lamu an der kenianischen Küste direkt rechts abbiegen. Und nach einer Stunde oder so müsste Keekorok unter Ihnen auftauchen.«

War dieser Karlsson eigentlich ganz richtig im Kopf?

»Ein etwas legalerer Plan wäre es natürlich, wenn Sie der kenianischen Regierung in Nairobi die ganze Sache erklären würden. Aber da käme es natürlich darauf an, dass die Regierung zwischen Information und Abholung nicht schon wieder abgesetzt wird.«

Die Bundeskanzlerin hatte nicht vor, am Telefon eventuelle Pläne zu bestätigen, dass man illegal ins Territorium einer anderen Nation eindringen wollte, insbesondere nicht zwei Tage vor der Wahl. Also antwortete sie:

»Ich hab verstanden, was Sie mir sagen wollten. Seien Sie noch so nett und geben Sie mir die Koordinaten durch.«

Die Koordinaten? Mit so was kannte Allan sich nicht aus. Doch Meitkini stand direkt neben ihm, hörte zu und kritzelte die Antwort rasch auf einen Zettel.

»Man hat mir gerade einen Zettel in die Hand gedrückt. Aha, so sehen also Koordinaten aus. Bei flüchtigem Hinsehen erinnert es fast an eine Atomspaltung, finde ich.«

Allan las vor, Angela Merkel schrieb mit.

»Was meinen Sie, wann die Ware vor Ort sein kann, Herr Karlsson?«

Das konnte die Frau Bundeskanzlerin selbst bestimmen. Morgen Nacht oder die Nacht darauf vielleicht?

Ohne das Arrangement direkt zu bestätigen, teilte Angela Merkel mit, dass man vielleicht übermorgen Nacht ins Auge fassen könnte. Zum Beispiel um Null Eins Null Null.

»Haben wir bis dahin noch irgendwas anderes zu besprechen?«, fragte sie.

Da hatte Allan eine jähe Eingebung.

»Ja, vielleicht, wenn Sie schon so nett fragen, Frau Bundeskanzlerin.«

»Ja?«

»Wir haben uns hier ein wenig in Unkosten gestürzt, als wir sichergestellt haben, dass das Uran nicht in Nordkorea landet.«

Bundeskanzlerin Merkel witterte Unrat. Bis jetzt hatte Karlsson nie von einer Bezahlung gesprochen.

»Unkosten?«, wiederholte sie.

»Unter anderem mussten wir für den guten Zweck vierhundert Tonnen Erde kaufen.«

Erde? Was hatte das denn jetzt mit angereichertem Uran zu tun? Nein, sie wollte es gar nicht wissen.

»Und wo liegt der tagesaktuelle Preis für vierhundert Tonnen Erde?«, fragte sie mit einem Anflug von Kühle in der Stimme.

Tja, die Erde war sehr sandhaltig und von höchster Qualität, und außerdem hatte man einen ziemlich komplizierten Transport aus Nairobi organisieren müssen.

»Ungefähr zehn Millionen«, sagte Allan.

»Zehn Millionen Euro für vierhundert Tonnen Erde?«, sagte Bundeskanzlerin Merkel.

So, dieser Karlsson war also doch ein Gangster. Der sie jetzt zu erpressen versuchte.

»Nein, Quatsch«, sagte Allan. »Zehn Millionen kenianische Shilling.«

Angela Merkel schaute schnell den aktuellen Valutakurs auf ihrem Laptop nach. Und war erleichtert. Der kenianische Shilling stand bei 0,008 Euro. Die Summe, um die Karlsson hier bat, entsprach dem Überschuss, den diese wohlhabende Nation alle zwei Minuten erwirtschaftete. Dieses Telefonat hatte bereits doppelt so lang gedauert.

»Natürlich werden wir Sie für Ihre Erde entschädigen, Herr Karlsson«, sagte sie. Sie wollte immer noch nicht wissen, wen oder was er eventuell darin zu begraben gedachte. »Wenn Sie mir eine Kontonummer geben, kann ich das gleich in die Wege leiten.«

»Einen Augenblick, Frau Kanzlerin«, sagte Allan und bat wieder Meitkini um Hilfe.

Zahlungen aus dem Ausland waren im Camp an der Tagesordnung. Meitkini schrieb Allan eine Reihe von Buchstaben und Ziffern auf.

»Danke«, sagte die Bundeskanzlerin. »Wenn Sie mich entschuldigen, dann würde ich jetzt gerne auflegen. Ich habe noch ein bisschen was zu erledigen.«

Eigentlich ziemlich viel sogar. Sie musste den Transport nach Keekorok organisieren, bevor sie schleunigst wieder dazu überging, nichts zu tun und nichts zu sagen. Denn in achtundvierzig Stunden öffneten die Wahllokale.

DEUTSCHLAND

Die Bundestagswahl war schon seit ein paar Stunden im Gange, als eine Transall C-160 auf der Basis der deutschen Luftwaffe im Landkreis Cochem-Zell landete, nachdem man einen Auftrag in Afrika erledigt hatte.

Vierzig Kisten unbekannten Inhalts wurden auf ein Transportfahrzeug des Flugplatzes geladen, für eine dreihundert Meter weite Fahrt zu dem gepanzerten Bus, mit dem der Rest der Reise absolviert werden würde. Neun Kilometer von hier wartete ein Schacht, in dem neben vielem anderen auch vier Kilo angereichertes Uran verwahrt wurden, die demnächst Nachschub erwarteten.

Der Bus hatte sich strategisch geschickt ans äußere Tor der Ostseite des Militärflughafens gestellt, wo er zum Teil von zwei großen Wahlplakaten verdeckt wurde. So sah es aus, als würde die Bundeskanzlerin höchstpersönlich den Transport überwachen. Sie lächelte die Soldaten, die das angereicherte Uran von einem Fahrzeug ins andere umluden, mit ihrem Mona-Lisa-Lächeln an. Sie sagte: »Für ein Deutschland, in dem wir gut und gerne leben.«

Sie hatte allen Grund zu lächeln. Die Wahlprognosen besagten, dass sie gewinnen würde, obwohl ihr komplizierte Koalitionsverhandlungen bevorstanden. Ihre Gesandten waren außerdem nach Kenia geflogen und wieder zurück, ohne Aufsehen zu erregen. Die Kenianer waren Gott sei Dank mit sich selbst beschäftigt.

Eine knappe Stunde später war der Schacht wieder versiegelt. Die

Bundeskanzlerin und ihr Professor waren selbst wählen gegangen und nahmen jetzt zu zweit ein schweigsames Abendbrot ein.

»Sieht ja ganz so aus, als würde der Herr Karlsson nun doch keinen Einfluss auf den demokratischen Prozess in Deutschland nehmen«, stellte der Professor fest.

»Na ja, die Wahllokale schließen erst in einer guten Stunde. Noch hat er Zeit«, sagte Bundeskanzlerin Merkel.

KENIA

»Kein Mensch ist ohne Fehler, ich am allerwenigsten«, entschuldigte sich Allan.

Meitkini und Sabine hatten ihn ins Büro des Camps zitiert und ihn gebeten, eine Einzahlung von achtzigtausend Euro aus Deutschland aufs Konto des Camps zu erklären. Allan erklärte, er habe die Bundeskanzlerin Merkel freundlich gebeten, ihnen die Kosten der Erde zu erstatten, die er bestellt habe. Und sie in ihrer großen Freundlichkeit habe dieser Bitte entsprochen.

»Aber achtzigtausend Euro – das ist doch das Zehnfache von dem, was die Erde gekostet hat«, sagte Sabine.

»Ja, ist mir inzwischen auch klar. Aber da waren so schrecklich viele Nullen beim Umrechnen der kenianischen Währung, dass ich mich einfach vertan haben muss.«

»Sagst du jetzt auch die Wahrheit, Allan?«, fragte Sabine streng. »Man betrügt die deutsche Bundeskanzlerin nicht einfach mal so um Geld.«

In dem Augenblick betrat Julius das Zimmer. Er hatte Sabines letzte Worte gehört.

»Warum denn nicht?«, fragte er. »Was ist denn überhaupt passiert?«

SCHWEDEN

Margot Wallström hatte ihren Job noch nicht verloren, und vieles deutete darauf hin, dass das auch so bleiben würde. Das änderte aber nichts an der Tatsache, dass sie innerlich sehr aufgewühlt war.

Der Nazi in Rosengård, für dessen Überleben sich Karlsson verbürgt hatte, hatte vor ein paar Stunden unfreiwillig Selbstmord begangen bei einem Zusammenstoß mit der Polizei beim internationalen Flughafen Kopenhagen. Daran konnte man Karlsson nun wirklich keine Schuld geben. Oder? Das ganze Trara am Flughafen hatte ja damit begonnen, dass er (oder wer auch immer das Auto gefahren hatte) seinen Leichenwagen auf dem Gehweg vor dem Haupteingang der Abflughalle geparkt hatte. Das musste doch jedem klar sein, wo das hinführen konnte.

Die Außenministerin hatte dafür gesorgt, dass sie über die Ergebnisse der polizeilichen Nachuntersuchung informiert wurde. Und die war jetzt abgeschlossen. Mithilfe von Überwachungskameras und allgemeiner Kombinationsarbeit war klar, dass in erster Linie Sabine Jonsson eines Verbrechens verdächtig war. Karlsson und Jonsson konnten eventuell der Beihilfe zu diesem Verbrechen beschuldigt werden, aber da der – etwas bequeme – Staatsanwalt sich damit begnügte, das Verbrechen auf »Verstoß gegen das Parkverbot« zu definieren, gab es nichts, wofür man die beiden Letztgenannten zur Rechenschaft hätte ziehen können. Sabine Jonsson musste jedoch mit einem saftigen Bußgeld von siebentausend Dänischen Kronen rechnen.

Trotzdem war es ein gutes Gefühl zu wissen, dass das Trio das Land verlassen hatte. Was es für ein Gefühl war, dass der Nazi das Zeitliche gesegnet hatte, versuchte die Außenministerin zu verdrängen. In ihrer Position wünschte man niemandem den Tod.

Sie war gerade auf dem Weg zum Ministerpräsidenten, um den Ausgang der gestrigen deutschen Bundestagswahl zu analysieren. Was bedeutete, dass Karlsson ihr jetzt mehrere Stunden nicht im Kopf herumspuken konnte, und das war mal ein richtig gutes Gefühl.

* * * *

»Hallo, Margot, setz dich«, sagte Ministerpräsident Löfven.

Sie waren sich einig, dass das deutsche Wahlergebnis nicht so gut war wie erhofft. Die extreme Rechte hatte in letzter Minute noch mehr Stimmen an sich ziehen können, während die Sozialdemokraten total absackten – beides sehr betrüblich.

Margot Wallströms Analyse, warum das Ergebnis für die Kräfte der Vernunft schlechter ausgefallen war als erhofft und geglaubt, war so handfest wie das Wüten von Orkan Irma in den Tagen vor der Wahl. Der Orkan verwüsete Puerto Rico, und lange sah es ganz so aus, als würde er auch eine tödliche Bedrohung für Florida darstellen. In der Woche, in der sich dieses Drama abspielte, ließ sich Donald Trump keine einzige Dummheit einfallen. Außerdem waren die Medien nun auf ein anderes Thema konzentriert als auf seine vorherigen und gegebenenfalls auch fortgesetzten Dämlichkeiten. Während eines begrenzten, aber für die deutschen Wahlen wichtigen Zeitraums stand Trump also nicht so da wie das genaue Gegenteil von Angela Merkel, das er de facto war. Die Menschen hatten eben doch ein kurzes Gedächtnis. Als Trump vorübergehend nicht als Garant für eine unsicherere Welt wahrgenommen wurde, verlor

Angela Merkel wichtige Prozentpunkte, die die deutschen rechtsnationalen Verwandten des amerikanischen Präsidenten gerne für sich einstrichen.

Der Ministerpräsident staunte über die Freimütigkeit seiner Außenministerin. Die Analyse war anders als zu erwarten, aber sie hatte ihre Logik.

Dann beschloss er, Bundeskanzlerin Merkel anzurufen, um ihr zu gratulieren, auch wenn ihre Situation im Parlament eine anstrengende zu werden versprach.

»Bleib ruhig hier, Margot. Die Bundeskanzlerin und ich haben keine Geheimnisse vor dir.«

Zehn Minuten später konnte das Gespräch durchgestellt werden. Ministerpräsident Löfven gratulierte sowohl der Bundeskanzlerin als auch Europa ganz allgemein. Die Stabilität, die die Frau Kanzlerin ausstrahlte, war gut für alle Beteiligten.

Die Bundeskanzlerin bedankte sich. Sie hatte schon um die zehn Glückwunschanrufe von Staatsoberhäuptern aus allen Ecken der Erde entgegengenommen. Dieses war nur eines von vielen, aber andererseits auch wieder nicht. Allan Karlsson, der in ihrem Leben in den letzten Tagen eine so große Rolle gespielt hatte, war schließlich Schwede.

Der Ministerpräsident hatte das Gespräch auf Lautsprecher gestellt, sodass Außenministerin Wallström mithören konnte. Was sie zu hören bekam, war schon sensationell.

»Danke nochmals, Herr Ministerpräsident«, sagte Bundeskanzlerin Merkel. »Darf ich die Gelegenheit nutzen und einen Gruß an den schwedischen Staatsbürger Allan Karlsson durchgeben, dem es so beispielhaft gelungen ist, Kim Jong-un nicht bei Dingen zu helfen, bei denen er keine Hilfe bekommen sollte?«

Der Ministerpräsident war verblüfft über die Wendung, die das Gespräch nahm, aber nicht allzu sehr. Margot Wallström hatte noch keine Gelegenheit gehabt, von ihren weiteren Abenteuern mit Karlsson nach New York zu erzählen.

»Das werde ich machen«, sagte der Ministerpräsident. »Soll ich ihm irgendwas Besonderes ausrichten?«

Angela Merkel war nach ihrem Wahlsieg gut gelaunt. Ihr war noch nicht ganz klar, was für enorme Probleme bei der Regierungsbildung auf sie zukommen würden.

»Tja, richten Sie ihm aus, dass er mich gerne mal besuchen kann, wenn er in der Nähe von Berlin ist. Ich lade ihn gerne auf einen Teller Kohlsuppe ein.«

Außenministerin Wallström traute ihren Ohren nicht. War Allan »Was-zum-Teufel-hat-er-jetzt-wieder-ausgeheckt« Karlsson tatsächlich mit der deutschen Bundeskanzlerin befreundet?

Als das Telefonat beendet war, sagte sie zu ihrem Ministerpräsidenten: »Ich glaube, ich geh jetzt nach Hause. Ich hatte einen langen Tag.«

MADAGASKAR – NORDKOREA – AUSTRALIEN – USA – RUSSLAND

Der nordkoreanische Kurier stand mit achtzig Millionen Dollar auf Madagaskar und wartete auf eine größere Menge angereichertes Uran, das niemals auftauchte. Die *Ehre und Stärke* hatte nicht länger warten können, ohne Gefahr zu laufen, das Interesse der amerikanischen Satelliten auf sich zu ziehen. Der Kurier erkannte, dass man ihm an allem die Schuld geben würde, woraufhin er in vorauseilendem Gehorsam sich selbst und die achtzig Millionen vom Erdboden verschwinden ließ.

Kim Jong-un raste vor Wut. Nicht so sehr wegen des Urans, er hatte jetzt ja seine Plutoniumzentrifuge. Aber das Geld! Garantiert hatte der Kapitän der *Ehre und Stärke* da seine Finger mit im Spiel gehabt. Der würde genau die Begrüßung bekommen, die er verdiente, wenn er wieder zurück war.

Ebendies hatte der Kapitän sich auch ausgerechnet. Vielleicht geriet sein Schiff deswegen vor der australischen Westküste plötzlich in Seenot, woraufhin er die Gelegenheit ergriff und bei der Einwanderungsbehörde in Perth politisches Asyl beantragte. Im folgenden Verhör erzählte er alles, was er wusste und miterlebt hatte, einschließlich der Begegnung mit einem hunderteinjährigen Schweizer, der auf dem Indischen Ozean in einem Korb auf dem Wasser trieb. Die Australier übermittelten diese Information wiederum an die CIA, die sich ihrerseits gehalten sah, Präsident Trump zu informieren.

Alles über Allan Karlssons Tun und Lassen auf dem Indischen Ozean stand bereits in einem UNO-Bericht nachzulesen, den Margot Wallström abgegeben hatte, der mit seinen zweiundsiebzig Seiten jedoch zweiundsiebzig Seiten zu lang für Präsident Trump gewesen war. Deswegen zog der Präsident jetzt auch seine eigenen Schlüsse.

»Wie beknackt sind die Menschen eigentlich?«, sagte er. »Ein schwedischer Kommunist treibt auf einem Korb im Meer und wird von einem nordkoreanischen Gesinnungsgenossen rausgefischt? Reiner Zufall, dass ich nicht lache!«

Und dann gab er der CIA Befehl, Karlsson festzunehmen und ihn zur Verantwortung zu ziehen.

»Wofür, Mister President?«, fragte der neue CIA-Chef (neu deswegen, weil der vorherige von ebendiesem Präsidenten gefeuert worden war).

»Das ist ja wohl nicht meine Aufgabe, das zu entscheiden«, sagte der Präsident.

Daraufhin bedankte sich der CIA-Chef für das Gespräch und legte die Sache zu den Akten, in der Gewissheit, dass der Präsident das Ganze in vierzehn Tagen schon wieder vergessen haben würde.

* * * *

Bei Gennadij Aksakow war die Verwirrung noch etwas größer als die Wut, und er war trotzdem noch extrem wütend.

»Was hast du denn, Gena?«, fragte Präsident Putin seinen Freund.

»Wo soll ich anfangen?«, sagte Gena.

»Fang einfach damit an, dass du erzählst, was dich belastet«, sagte Wolodja.

Und das tat er dann auch.

Sein Kontakt im Kongo, Goodluck Wilson, hatte seinen Uran-Auftrag vergeigt. Das erste Anzeichen dafür war der Bericht des von den Russen kontrollierten Piloten des Frachtflugzeugs, das im Schutz der Dunkelheit auf einem winzigen Flugplatz in Masai Mara gelandet war. Wilson und das Uran tauchten nie auf. Weder zur verabredeten Zeit noch in der Nacht darauf, der verabredeten Zeit für den Fall, dass etwas Unvorhergesehenes dazwischenkam.

»Hat er kalte Füße bekommen?«, fragte der Präsident.

Mehr als das, wusste Gena zu berichten. Sowohl die Füße als auch der ganze Rest von Goodluck Wilson waren von einer unbekannten Zahl von Hyänen ungefähr sieben Kilometer vor dem Flugplatz aufgefressen worden. Das Auto stand noch am Straßenrand, aber die Ladung war verschwunden. Er hatte offensichtlich einen Platten gehabt.

»Pech«, sagte Putin. »Und wo ist das Uran jetzt?«

Das wiederum wusste Gena nicht. Die Kontaktleute des Piloten hatten beobachtet, wie ein paar Nächte später ein unidentifiziertes Flugzeug auf dem Flugplatz Keekorok gelandet und wieder abgeflogen war. Anhand dieser Informationen das Uran in Kenia zu suchen – oder auch nur in Afrika –, war schlicht und einfach sinnlos.

»Vielleicht ist es aber auch egal«, meinte Putin. »Kim Jong-un hat ja, was er braucht. Soll heißen, er hat mehr, als er haben sollte.«

Da stimmte Gena ihm zu. Aber damit war die Geschichte noch nicht zu Ende.

»Nein?«

Nein, da war noch die Sache mit Allan Karlsson.

»Der Mann, der deine beiden Nazis in Schweden kaltgemacht hat?«

»Ja. Und in Dänemark.«

»Was hat er denn jetzt wieder angestellt?«

»Er baut Spargel an.«

Präsident Putin liebte Spargel.

»Schön«, sagte er. »Wo denn?«

»In einem Tal in Kenia. In Masai Mara. Mitten zwischen dem Flugplatz und dem Dickicht, in dem die Hyänen Wilson aufgefressen haben.«

Der Präsident lachte.

»Und woher weißt du das?«

»Der Wichser hat es getwittert!«

Da lachte Putin noch lauter.

»Sollen wir jemand hinschicken, der ihn umlegt?«, fragte Gena.

Doch Präsident Putin wusste, wann er etwas sportlich zu nehmen hatte.

»Wir sind von einem Hunderteinjährigen hinters Licht geführt worden, Gena. Lass den alten Mann in Frieden. Jetzt müssen wir uns um eine Fußball-WM kümmern. Auf dass die bestgedopte Mannschaft gewinnen möge!«

SCHWEDEN – USA – RUSSLAND

Schwedens erstes Jahr im Sicherheitsrat neigte sich seinem Ende zu.

Und ich bin auch fast am Ende, dachte Margot Wallström.

Sie hatte einiges erreicht, aber bei der Entspannung des Verhältnisses zwischen den USA und Nordkorea war sie keinen Schritt vorangekommen. Je ein monströses Ego zu beiden Seiten des Stillen Ozeans, das waren zwei zu viel.

Eigentlich hätte sie ihr Scheitern gern Allan Karlsson in die Schuhe geschoben, der innerhalb weniger Monate Chaos auf vier Kontinenten angerichtet hatte. Jetzt war es eine Weile still um ihn gewesen, da bereitete er sich wohl nach Kräften auf den fünften vor?

Doch in ihrem tiefsten Inneren war ihr klar, dass man Karlsson überhaupt keine Schuld zuschieben konnte. Er schien nur die Eigenschaft zu haben, zur falschen Zeit am falschen Ort zu sein.

Hundertein Jahr am Stück.

* * * *

»*Democracy Dies in Darkness*«, meinte die *Washington Post* und machte sich die Mühe, sämtliche Lügen und Verfälschungen der Wahrheit aufzuzählen, die Präsident Trump in seinem ersten Jahr im Weißen Haus von sich gegeben hatte. Frei übersetzt hieß das wohl so viel wie »Möge die Wahrheit gewinnen«.

Doch das tat sie nicht. Am Ende des Jahres kam der Präsident im Schnitt auf fünf falsche Behauptungen pro Tag. Zu seiner Verteidigung ließe sich sagen, dass er den Schnitt auch dadurch oben hielt, dass er dieselbe Unwahrheit ständig wiederholte. Die *Washington Post* war nun eben so unvornehm, jede Unwahrheit als Unwahrheit zu zählen, obwohl sie schon am Tag zuvor und auch zwei Tage vorher schon ausgesprochen worden war.

Insofern hatte der Präsident über sechzig Mal gelogen, Sachen erfunden oder die Wahrheit verdreht, als er über die Krankenversicherungsreform seines Vorgängers sprach. Und als er sich zur Steuerlast in den USA äußerte, hatte er hundertvierzig Mal danebengelegen, obwohl er nach jedem Irrtum zurechtgewiesen worden war. Aber die Medien mit ihren Fake News waren ja sowieso das personifizierte Böse.

* * * *

Wie immer feierten Gena und Wolodja zusammen Silvester. Die Tradition verlangte, dass sie um Mitternacht mit einer Tasse Tee anstießen. Ihr gemeinsamer Auftrag, Russland die Stellung in der Welt zu verschaffen, die das Land verdiente (und am besten noch ein bisschen obendrauf), war viel zu wichtig, als dass man ihn hätte versaufen dürfen.

Vor genau zwölf Monaten hatten sie auf die Entwicklung in den USA und die bevorstehende Vereidigung von Donald J. Trump angestoßen. Seit der Wahlnacht war eine ganze Division von Genas Internetarmee aus jungen Männern und Frauen damit beschäftigt, ihre Spuren zu beseitigen, während drei andere Divisionen sich die ganze Zeit neu formierten, damit der Zusammenbruch der Vereinigten Staaten schön weiter voranschritt.

Nach weiteren zwölf Monaten feierten die Freunde den Brexit. Zwei riesige Siege innerhalb ebenso vieler Jahre.

Zweitausendsiebzehn war nicht so erfolgreich verlaufen. Das

Chaos in den USA war natürlich in vielerlei Hinsicht ganz großartig, aber es war auch erschreckend. Das ermahnte sie, in der Zukunft ein bisschen mehr Zurückhaltung walten zu lassen. Ganz oben auf der Tagesordnung stand die Frage, ob es an der Zeit war, Trump wieder zu entfernen. Und Kim Jong-un am besten gleich mit. Es gab eine Alternative, aber über die mussten Wolodja und Gena erst noch mal schlafen.

Ansonsten mussten sie einsehen, dass sie dieses Jahr die Chance verpasst hatten, auch Europa zu versenken. Am meisten ärgerte sie dabei die Entwicklung in Frankreich. Dort war alles für ein Duell zwischen François Fillon und Marine Le Pen vorbereitet gewesen. Rechts gegen extrem rechts. Gena besaß Informationen über Fillon, die Le Pen den Weg geebnet hätten. Doch dann stieß irgendein Typ beim Satiremagazin *Le Canard enchaîné* auf dieselbe Information und veröffentlichte sie – viel zu früh, verdammt! Dass er seiner Frau fünfhunderttausend Euro aus Steuermitteln fürs Nichtstun bezahlt hatte, wurde verständlicherweise ungnädig aufgenommen. Fillon war erledigt, und mit ihm die russische Chance, Europa von Paris aus zu versenken.

Besser lief es da schon in Berlin. Aber die Katze mit den neun Leben, diese verdammte Merkel, schien die Regierungsbildung am Ende trotz allem hinzukriegen.

Na, man durfte nicht zu gierig werden. Die relative Ordnung im Mittleren Osten hatte ja weiter Bestand. Die Trottel in EU und NATO wollten einfach nicht einsehen, dass Baschar al-Assad auf Dauer und in geordneter Art und Weise entfernt werden musste. Assad weg*zubomben* wäre genauso, als wollte man Russland von seiner Einflussnahme wegbomben, mal ganz abgesehen von dem bodenlosen Chaos, das darauf folgen würde. In diesem Zusammenhang musste man schon mal die eine oder andere Giftgasattacke in Kauf nehmen. Die Quasi-Demokratien im Westen hatten aus dem Fall Libyen nichts gelernt, so viel war klar. Und der nicht abreißende Strom von Flüchtlingen nach Europa spielte Russland sowieso in die Karten.

Jeder arme Teufel, dem es gelang, in einem der dämlichsten Länder des Kontinents eine Aufenthaltsgenehmigung zu ergattern, schürte die Fremdenfeindlichkeit im Nachbarland an. Am wenigsten Hilfsbereitschaft war dort vorhanden, wo man zuvor schon nicht geholfen hatte. So war es nun mal um die menschliche Missgunst bestellt.

»Prost, mein lieber Freund«, sagte Wladimir Putin und hob seine Teetasse.

»Gutes neues Jahr«, erwiderte Gennadij Aksakow.

Woraufhin sie einander ihre *novogodnye podarki* überreichten – Neujahrsgeschenke – und dann gemeinsam in die Zukunft blickten.

»Wo auf der Welt liegt denn unser nächstes Projekt, was meinst du?«, fragte Gennadij. »Italien vielleicht?«

»Ach nein, die kriegen das schon alleine hin.«

* * * *

Der Vorteil daran, mit Tee aufs neue Jahr anzustoßen, liegt darin, dass man am nächsten Morgen munter und geistig klar ist. Wie es in der Richtung um Kim Jong-un bestellt war, wusste Wladimir Putin nicht, als er seinen präsidialen Hörer für ein direktes Gespräch unter Staatslenkern abnahm.

Hintergrund dieses Anrufs war die unkontrollierte Zuspitzung der Situation zwischen den beiden Vollpfosten in Pjöngjang beziehungsweise Washington. Das musste jetzt mal ein Ende haben! Jeden Tag wurden in Wladiwostok groteske Mengen von Hilfsgütern eingepackt und über die Grenze nach Nordkorea geschmuggelt, damit der kleine Große und sein Volk nicht verhungerten, während sie sich in russischem Auftrag mit der Welt zankten.

Es klingelte zweimal, bevor Kim Jong-un abnahm.

»Guten Morgen«, sagte Präsident Putin. »Oder Nachmittag, für dich.«

»Guten Nachmittag, Wladimir Wladimirowitsch«, sagte Kim Jong-un. »Das ist ja mal eine schöne Über…«

»Halt die Klappe«, schnitt Putin ihm das Wort ab. »Ab jetzt machst du haargenau das, was ich dir sage. Erstens wirst du bekanntgeben, dass dein kleines Scheißland bei den Olympischen Spielen in Pyeongchang teilnehmen wird. Und dann wirst du …«

Er kam nicht mehr dazu, eine Charmeoffensive gegen die USA anzuordnen, denn nun fiel Kim Jong-un ihm ins Wort.

»Bei allem Respekt, Wladimir Wladimirowitsch, aber du kannst mir nicht befehlen, dass …«

»Oh doch, und ob ich das kann«, sagte Putin. »Und genau das werde ich ab jetzt tun.«

KENIA

»Friederike Langers Spargel aus der Region« wurde in ganz Deutschland verkauft, jedes Bund schön mit einer schwarz-rot-goldenen Banderole um die Mitte. Ihr Preis lag zwanzig Prozent unter dem der Konkurrenz, die durchweg den finanziellen Nachteil hatte, dass ihr deutscher Spargel in Deutschland angebaut wurde. Friederikes regionaler Spargel war zwar nicht so regional, wie sie das gern gehabt hätte, denn die kenianischen Pflanzen brauchten Zeit zum Wachsen. Während man das abwartete, musste in der Zwischenzeit eben der indonesische Spargel herhalten, der war ja letztlich genauso deutsch.

In Schweden war Gustav Svensson keine funktionierende Marke mehr, aber unter dem Namen Julius Jonsson lief es genauso gut. Gustav wurde ja doch sehr gebraucht im kenianischen Unternehmen. Er wusste, wie viel Abstand zwischen den Furchen bleiben musste und wie tief und breit sie sein mussten. Er sprach geduldig auf Hindi mit jeder Pflanze. Und er experimentierte ebenso geduldig mit der optimalen Düngemischung: zwei Teile Elefantenmist und ein Teil Kaffernbüffel für den weißen Spargel, zwei Teile Kaffernbüffel und ein Teil Gnu für den grünen.

Sabine verbrachte die Tage im Büro in der Lounge. Wie sich herausstellte, taugte sie zwar nicht zur Unternehmerin, konnte aber höllisch gut ausrechnen und verwalten, was andere Unternehmer so erzielten. Achtzig Prozent des Gewinns investierte sie in neue

Erde. Von den letzten zwanzig Prozent kaufte sie dem Mann das Camp ab, der es von seinem Vater geerbt hatte und sich trotzdem nie blicken ließ. Er brauchte das Geld, um sein zutiefst destruktives Leben in Kinshasa fortsetzen zu können – mit Wein, Weib und kongolesischem Gesang.

Meitkini umwarb Friederike drei Monate lang jeden Tag mit roten kenianischen Rosen, bevor ihr Herz zu guter Letzt schmolz. Nach weiteren fünf Monaten stellte sich heraus, dass sie schwanger war. Wenn es ein Junge wurde, wollte Meitkini, dass er Uvuvwevwevwe hieß.

Friederike meinte, sie hoffe auf ein Mädchen.

Allan verbrachte seine Tage unterdessen auf der Terrasse mit dem Ausblick aufs Wasserloch. Sein neues Hobby war jetzt Twittern. Er hatte nicht nur kapiert, was das war, sondern beteiligte sich auch aktiv. Allerdings war ihm nicht klar, dass er damit der ganzen Welt seinen Aufenthaltsort mitteilte.

Mit Zufriedenheit nahm er zur Kenntnis, wie glücklich die jungen Leute mit ihrem Leben waren. Aber etwas nagte ja doch an ihm. Er hatte angefangen, ein Muster im Nachrichtenstrom auf seinem schwarzen Tablett zu erkennen.

Die Welt war insgesamt schon ein besserer Ort als vor hundert Jahren, obwohl die Entwicklung nicht unbedingt ganz linear verlaufen war. Es ging immer phasenweise bergab und dann wieder bergauf.

Soweit Allan das beurteilen konnte, war man gerade mal wieder auf dem Weg nach unten. Es bestand die Gefahr, dass sich diese Entwicklung nicht umkehren würde, bevor genügend Leute lange genug übel genug miteinander umgesprungen waren. Dann fingen die Menschen plötzlich wieder an zu denken.

So war es immer gelaufen. Aber war es eigentlich so absolut sicher, dass es wieder so laufen würde? Die Wissenschaft hatte gerade festgestellt, dass die Durchschnittsintelligenz zurückging. Allan hatte gelesen, dass Leute, die zu viel auf ihr schwarzes Tablett starrten, die Fähigkeit zum Dialog verloren. Denn so ein Tablett hatte ja die Eigenschaft, dass es *zu* seinem Besitzer sprach, nicht *mit* ihm. Die Menschen surften also durchs Internet und ließen andere so viel für sich denken, dass sie langsam, aber sicher selbst verdummten.

Bekümmert musste Allan einsehen, dass die *Wahrheit* zugleich mit der Intelligenz an Boden verlor. Früher war es leicht zu wissen, was wahr war und was nicht. Branntwein war gut. Zwei plus zwei machte nicht fünf.

Doch da die Leute nun nicht mehr miteinander redeten, gewann am Ende der, der einfach dasselbe am häufigsten wiederholte. Manche hatten dieses Talent so verfeinert, dass sie ihre Worte innerhalb der nächsten Sekunde gleich noch mal wiederholten. Gleich noch mal wiederholten.

Den größten Kummer machte es ihm allerdings, als er merkte, dass ihm das alles Kummer machte. Die Dinge waren eben, wie sie waren, konnte es dann nicht einfach so laufen, wie es lief, ohne diesen ganzen Stress?

Sabine kam vorbei und sah, dass der alte Mann sein schwarzes Tablett beiseitegestellt hatte. Er hatte die Arme verschränkt und schaute mit leerem Blick über die Savanne.

»Was denkst du denn, Allan?«, sagte sie.

»Zu viel«, sagte Allan. »Viel zu viel.«

Ein extra Dankeschön geht an

Meine Verlegerin Sofia Brattselius Thunfors, weil sie so schrecklich klug ist.

Meine Redakteurin Anna Hirvi Sigurdsson, weil sie es auch ist.

Meinen Kollegen Mattias Boström, weil er recherchieren kann wie kein Zweiter.

Meine Agentin Carina Brandt, weil sie meine Werke über die ganze Welt verbreitet.

Meinen guten Freund Lars Rixon, weil er liest, brummt und mag, was er liest.

Meinen Onkel Hans Isaksson, weil er heimlich liest, brummt und mag, was er liest.

Die Spargelexpertin Margareta Hoas vom Gasthaus Lilla Bjers für ihr wertvolles Wissen, das der Autor für seine Zwecke ein bisschen verdreht hat.

Das Kulturgenie Felix Herngren, weil er der ist, der er ist, und weil er mich zu dieser Geschichte mit inspiriert hat.

Danke auch an

Die Prinzessin, Jonatan und Mama. Einfach so.

Jonas Jonasson

»Klug, spannend, amüsant.
Ein hanebüchener Spaß.«

DIE ZEIT

Mit fünf fing sie an zu arbeiten, mit zehn wurde sie Waise, mit fünfzehn von einem Auto angefahren. Im Grunde deutete alles darauf hin, dass Nombeko ihr Dasein in ihrer Hütte im größten Slum Südafrikas fristen und sehr früh sterben würde. Aber Nombeko war ein Rechengenie – und schon bald lag das Schicksal der Welt in ihren Händen …

PENGUIN VERLAG

»Klug. Lebensfroh.
Mächtig unterhaltsam«

Rheinische Post

Ein Mörder, der mit Jesus spricht, eine Pfarrerin, die mit Gott hadert, und ein frustrierter Hotelmitarbeiter, der von der Liebe überrascht wird. Ein unbeschreiblich skurriles Trio, das zu einer großen Mission aufbricht: Sie wollen die Menschen glücklicher und den eigenen Geldbeutel voller machen. Und das auf ihre ganz besondere Weise: tollkühn, unverfroren, mit viel Glück (und ein wenig Verstand) …